桃李不言

"陶陶，我们以后会在一起
过好多好多的年"

—盏夜灯

北京燕山出版社
BEIJING YANSHAN PRESS

图书在版编目（CIP）数据

桃李不言 / 一盏夜灯著. — 北京 : 北京燕山出版社,
2023.4

ISBN 978-7-5402-6896-1

Ⅰ. ①桃… Ⅱ. ①一… Ⅲ. ①长篇小说—中国—当代
Ⅳ. ①I247.5

中国国家版本馆CIP数据核字（2023）第062429号

桃李不言
TAOLIBUYAN

作　　者：一盏夜灯
责任编辑：王月佳
出版发行：北京燕山出版社有限公司
社　　址：北京市西城区椿树街道琉璃厂西街20号
电　　话：（010）65240430（总编室）
印　　刷：北京盛通印刷股份有限公司
开　　本：880mm×1230mm　1/32
字　　数：350千字
印　　张：10.5
版　　次：2023年4月第1版
印　　次：2023年4月第1次印刷
定　　价：42.80元

点意 / 绘

天空安静 / 绘

天空安静 / 绘

目录

目录

伤逝

Chapter 1

陶安之不知道别人的记忆是从几岁开始的，但她从很早就记事了。比如她从未见过她的爸爸妈妈，她只有外公；比如她有一个全世界最好最厉害的外公，他什么都懂，教她写字，教她背乘法口诀，还教她背古诗。

外公是个退休的化学教师，为人和善。在小镇上的生活虽简单平淡，但陶安之却很开心。天气好的时候，外公会用自行车载着她一起去钓鱼。她坐在自行车后座，脚丫子晃啊晃啊地，数着天上的白云。

村里人少，几乎人人都有一点点不用算盘就算得出来的亲戚关系。陶安之记忆中的外公几乎没有发过脾气，脸上总是笑眯眯的，人缘很好，出门走上一圈，很远就有人打招呼叫“陶老师”，即使买菜，也会比别人多得些葱姜蒜。

周六日会有学生在他这里补习，有时他还会让学生留下来吃饭。他烧菜手艺一流，很多学生甚至求着家长多给伙食费让他管饭吃的。

那么好的外公，无所不能的外公。

陶安之清晰地记得那天早上，是她上幼儿园的第一天。她穿着外公给她新买的裙子，乖乖地坐在饭桌前喝着粥。旁边的椅子上放着她崭新的书包，粉粉的颜色，是兔子的形状，还有两只长长垂下来的耳朵，是外公托人从镇上买回来的。她很喜欢。

粥喝到一半，外公笑着说：“对了，忘记给我们陶陶拿红鸡蛋了。”

乡下风俗，孩子上学第一天，家长会准备好两颗鸡蛋，给孩子带到学校去吃。陶安之没有想到，这是她外公对她说的最后一句话。

陶安之等了一会儿没有等到他。厨房里突然传来一声闷响，好像重物砸地。她叫了声“外公”，没有声音回答，她滑下椅子，“咚咚咚”地跑向厨房。到门口她就停下来了，一颗红艳的鸡蛋滚到了她的脚边，她惶惑地看过去，外公的手里握着另一颗鸡蛋，他的脸色已经变成了青灰色。

那天陶安之没有去上幼儿园。接下来的事情她就记不清了，模糊印象里，有人过来给她换上白色的孝服，同宗的长辈们把外公放到祠堂里。

她就一个人坐在祠堂的板凳上，耳边充斥着各种声音，哭声、哀声，还有他们在讨论火化下葬之类的话；还有那些她叫着大姑大姨的人在不远处絮絮叨叨地说着话：

“听说是突发的心肌梗死，去得很快，送煤气的老杨家的儿子去到家里的时候，尸体都凉了……”

“可怜见的陶老师，通知他闺女了吗？听说是在邶城？”

“陶老师的闺女？好多年没见到了。唉，也真是不懂事，年纪轻轻的生了女儿就丢给陶老师，孩子都六岁了，也不见她回来看一眼……”

“这究竟怎么回事，孩子爸爸呢？怎么跟着陶老师姓陶呢？”

“小点声，那孩子还在场呢……”

那本来越来越大的声音被刻意压低了，听上去窸窸窣窣的，小声而尖锐。

“未婚生女”“对方是有钱人，不承认的……所以才入了陶家的户口”。

陶安之虽然人小，外公已经教她认得很多字，竟然听懂了许多。

她一声不吭。

外公就躺在那个“木箱子”里，换上了另外一套他的衣服。她见过，是他不常穿的，熨得笔直服帖的。他活着的时候是爱笑的，现在脸部一层灰木色，唇边似乎是翘起来的。

这样“走得安详些”，那些人是这么说的。

而这些人还在旁边没完没了地说着。

外公之前说：大人说话时小孩子不可以插嘴，所以她没有插嘴。可是外公现在也不能站起来阻止他们了。

陶安之慢慢地垂下头。她就这么一动不动地坐着，惨白的丧服，小小的身体，像一小块僵硬的雕像。周围的大人们来来往往，操办着葬礼的相关事宜。有长辈注意到她，给她拿了吃的。

到了晚上，她想留下来守夜，不过她太小了，被送到村里的同宗长辈家过夜了。

陶安之隔天早早来到灵堂，按照大人的指示上香、跪拜、烧纸。这时节虽然是早秋，但是暑气尚毒，遗体不能过久摆放，必须出殡、火化，然后骨灰盒才可以放到村里的祠堂。

陶安之的外公早年丧妻，膝下只有一女和一外孙女。去世时还不满六十岁，算不得喜丧，只能一切从简。但是再怎么从简，也必须要有孝子孝女披麻戴孝，主事的老人带点怒气地问："怎么回事？陶家闺女到现在还没到？太不孝了！父母在，不远游！现在父母不在了，她人呢？"

老人家年纪七十有五，年轻时打过鬼子，当过几届村支书，下过海做过生意，在村子里威望很高，小辈们都叫他"老叔公"，发起火来年轻一辈的没有多少人敢接话。

现在什么事情都准备好了，就差那个早就该到的人。老叔公还想再说几句，眼风扫到跪着的陶安之，看到孩童那乌亮的眼珠，还有迟迟不能盖棺的遗体，把要说的几句话咽下去了。

子嗣单薄，没有善终——还有比这更让人觉得悲凉的吗？老叔公想。

陶安之仍旧没有说话，跪在棺木前，再次把自己变成了一小块僵硬的泥塑。就在此时，门外冲进来一个女人，在众人还没反应过来时，扑通一声跪下，跪行几步到棺前，凄怆地喊了一声"爸爸……"

磕了三个头后，她仍垂着头，双肩颤颤，抽泣不止时。她的脖子长而雪白，垂着颤抖的样子，呈现出一种惊人的脆弱的美感。

周遭的环境仿佛一下子安静了，灵堂里只有她那窸窸窣窣的哀哭。

陶安之眨也不眨地盯着她，看着周围的大妈大姨抽泣着去宽慰她，看着旁边的男性一脸的不忍，就连老叔公都别开了脸。

突然她抬起头朝这边看过来，陶安之接触到她的眼神，那张陌生又熟悉的清丽憔悴的脸庞，满是泪水。陶安之那状如泥塑的身子渐渐松动，"嘎"的一声分崩离析，露出小小的肉身。

女人动作很快地扑过来，拥了她入怀。陶安之稚嫩的心猛地一颤。她仅有的年岁里，很少感受过什么是女性的怀抱，这个怀抱异常柔软芬芳，且还在微微发抖。陶安之联想到她外公养的母鸡，在下雨天也会叽叽着急地叫唤，把小鸡崽掩藏在它的翅膀下。

陶安之抿紧了唇，突然觉得想哭了，甚至想开口叫一下那两个字。也就很短的一会儿，也许有一分钟，也许只有几秒。但还没等她好好感受一下这个怀抱，女人就撤走了。

陶安之那点勇气瞬间烟消云散了。她怔怔地望着女人朝着棺木呢喃，哭到抽噎，一只素白的手揪着胸口的布料，仿佛这样能缓解什么似的。安之望着望着，也觉得胸口闷得发疼。

陶老师的女儿终于到了，老叔公叹口气，挥手让人准备盖棺。一直没掉泪的陶安之突然从喉咙发出一声尖厉的号叫，扑上去抱住棺木，硬是不让人盖上。场面一度很混乱，老叔公再次深深叹口气。孤儿寡母，怪可怜的。

陶安之把喉咙喊破了。他们把外公的棺木放上车，要送到镇上的殡仪馆去火化，那个一直在哭泣的女人也跟了上去。

老叔公眉头挑了挑，本来按照村子的风俗，女人是不能跟去火化的，何况还是未出嫁的女人。但他脸部肌肉抽了抽，还是没说什么。

陶安之自然是无法跟去的，车子开动，扬起一溜灰尘。她艰难地昂起头，目送着。

那年陶安之不到六岁，她甚至都还没有上幼儿园。她还未知生离，却已经懂得了死别。

父母

Chapter 2

路途颠簸，车子一个震动，陶臻臻昏昏沉沉地睁开眼，才发现刚才不知道什么时候睡了过去。丧事处理完后，她当机立断，锁了老家的房子，留了一把钥匙给自小相熟的长辈，托这位长辈帮忙料理，就在村里叫了一辆车，开往高铁站。

她往车窗外瞟了几眼。今天天气很好，是个大晴天，天高且蓝，碧空如洗。是在邶城极少看到的天空。

她多瞅了几眼，收回视线，落在旁边睡着的小女孩身上。

瓷白的皮肤，乌黑柔软的头发，这都像她。至于眉目长得像她多点还是像另外一个人，她没有仔细端详过。事实上，这些年她都是刻意忽略她的存在。所知道的那点信息都是父亲在电话里告诉她的，在她有意无意地筛漏后，居然也能忆起许多细节。

“两岁还不会说话，还好走路比较有劲。”

“取名叫安之，希望她以后遇到什么事情都能安之，而且顺之。”

“会说话了，就是不太爱说话，为了让她多说话，我每天都花时间让她背唐诗，像你一样。”

“孩子很聪明，就是太安静了……你要不要跟她说几句话？”

每次她都沉默听完，然后把话题岔开。父亲在那边也会安静几秒，再顺着她的话题说下去。

父亲偶尔会开玩笑道：“这样文静内向的性子不知道随了谁呢？”

她知道，她自己不是这个性子，她从小好强，爱与人交流，表达欲很强。

她也争气，小学跳级考上了县里最好的中学，高考又考到了全国最好的大学之一，在邶城。

要不是意外认识了陈慕齐，一时糊涂后有了孩子……她本来没打算要，那时她才大一，她的梦想还未启程，当未婚妈妈她想都没想过，况且陈慕齐是个没胆的，听到她怀孕脸都吓白了，他甚至没敢说要不要孩子，他那对父母看着她的眼神就好像她要死乞白赖地傍上他们家儿子一样。只有她的父亲站出来，说了一句："孩子是陶家的。"

陶臻臻双眼酸痛，她的父亲，是她见过的最有担当的男人。他那时把她带回家，也不惧流言蜚语，从未对她这件事说过一句重话。孩子生下来后，他托了现在在派出所工作的学生，将孩子落到了陶家的户口上，爱这个孩子像爱护她一样。

而她自己，却不愿意面对这孩子，她甚至都不主动提起孩子。因为她是自己那段识人不清留下来的黑历史，是陈慕齐父母那居高临下的鄙视眼神，是她把自己从"别人家的孩子"变成了"不自爱的未婚怀孕的堕落少女"。

想到这里，陶臻臻内心泛起一股烦躁，她又瞥了一眼那孩子，发现孩子不知道什么时候已经醒了，正静静地盯着她看。

那对眼睛，瞳仁很黑，水汪汪的。杏眼细眉，给她一种很熟稔的感觉。她内心的浮躁再浓了几分，果然是从自己身下掉下来的肉，再怎么不愿面对都无法掩盖这个事实。

那孩子也不言语，就这么静静地看着她，她别开脸。

在沉默间到了高铁站，陶臻臻推门下车。开车的是同乡的，一个黑瘦的小伙子，给她拿过行李箱，硬是不愿意收她的钱。

陶臻臻一袭白裙子，腰是腰，胸是胸，美得像一道流动的光，吸住了无数的视线。那个憨厚的小伙子偷看了她好几眼，才心满意足地离开。

车子开走，留下一大一小两个女人。大的眉目疲倦，手搭着行李箱；小的青嫩，背着一个小兔子书包。

临进入高铁站前，陶臻臻回头望了一眼，心知她永远不会再回来了。

她昂一昂头："走吧。"

陶安之背着小书包，小步小步地追着她。她个子非常瘦小，从未来过这种地方，只觉得嘈杂陌生。安之仰头去看女人，她一手拉着行李箱，另一只手空着，手指柔白。

她等了很久，直到进入了车厢，也不见那只手探过来拉她一下。

她们坐的是二等座，人不多。旁边有一对年轻的夫妇，带着一个三四岁左右的男孩。小男孩不习惯坐车，开车不久就吐了，他眼眶红红地看着父母，他妈妈安慰他：“没事的，宝宝，妈妈让乘务员阿姨来打扫一下。”他爸爸摸摸他的头，帮助清扫完之后，就把他抱在膝盖上，陪他看《猫和老鼠》动画片，妈妈微笑着喂他水喝。

陶安之看了他们很久，她没忍住，瞄向旁边。女人微微侧着，一副墨镜遮住了大面积的脸孔，早就睡着了。安之把头转过来，抱一抱胸前的小书包，顿了一顿，干脆把头埋了进去。

来了邶城两天，陶臻臻终于联系上了陈慕齐，她花了三通电话才让他完全消化了这个“必须由他们中的一个来接管孩子”的事实。好不容易约了对方见面商量，她放下电话长透一口气。

她今年大学毕业了，已经高分通过托福，甚至被国外一所不错的大学录取。现在好不容易才走上自己想要走的路，没有人能够阻挡，她必须尽她所能让陈慕齐带走孩子。

所以她很残酷，她承认。她拒绝跟那孩子有过多的目光接触。这孩子也如她父亲说的一般，很安静，不吵闹，让做什么就做什么，给什么吃什么，安静得没有一点存在感。除了昨天，在穿完自己给买的新衣服后，她拉了拉衣袖，低低说了一声：“太大了……”

陶臻臻瞥了一眼，袖子长了一大截，裙摆也太长了。她皱了下眉，售货员明明告诉她，这是六岁小孩穿的。陶臻臻打量了她一下，这孩子身高不太像六岁的，太矮了……她突然想起来，乡下地方算虚岁，她算起来才五岁，但还是太矮了。她一时说不出话，蹲下来，给安之两边衣袖卷了两卷，顿了顿说：“就是要买大一点，这样可以穿久点……”然后不知道为什么又补一句，“小孩子长得快，所以衣服通常都会买大的……”

陶安之看着她，点了点小脑袋：“外公也是这么说的。”

陶臻臻手一顿，不知道心里晕开点温温的感觉。隔了几秒她说：“外公刚走不久，我们不能穿太鲜艳的衣服，等……再买……”到底还是说不出“等以后我再给你买”，因为承诺说出来就要兑现的，只能这么含糊过去。

陶安之眼睛里闪过一点微光，她小嘴翘了翘，再点点她的小脑袋。

陶臻臻不自在地站了起来。

这时，门铃响了，恰好给了她台阶。陶臻臻过去打开门，陶安之从她身后探出头来，小心地打量着来人。

一米七五的身高，一头略长的头发，白色T恤，牛仔裤一边一个大窟窿，还有一点油彩。整个人清俊干净，因为太瘦了，有一股孱弱的文艺气质。皮肤很白，甚至可以比得上陶臻臻。对上陶臻臻的眼睛，他搔了下头发，带了点尴尬的笑容："嗨……"

陶臻臻脸上的神情冷淡中夹杂着几分惆怅，她点了下头："进来吧。"

陈慕齐刚踏进来，就看到客厅里站着一个小女孩，穿着白领结的黑裙子，睁着一双好奇的水黑色的眼睛仰头看着他，脸颊粉扑扑的，像春天的池塘里刚刚冒出水面的一朵小而细的花苞。

陈慕齐犹豫地迈了一步，弯下身子来。

陶臻臻的声音响起来："安之，这是你爸爸。"

陈慕齐像突然被什么东西蜇了一下，搓了一下手，挤出一点笑容，干巴巴地说了一句："嗨，安之……"

安之眨了眨眼睛，小手在裙摆搓了搓，刚张了张嘴巴，就见眼前的男人生硬地把脸扭开，她顿时就明白了。

陈慕齐尴尬得想要找个地洞钻进去。开什么玩笑？他觉得自己都没有长大，也没有活得很明白，竟一下子就变成"爸爸"了。也不是一下子，他早就是爸爸了，只不过那年陶臻臻被她爸爸领回去，之后也没怎么听到消息。他经历过最初的战战兢兢，慢慢地把这事束之高阁，久而久之，好似就真的忘记这件事了。他根本没想过结婚生子这方面的事。他上头两位哥哥都早已成家，孩子也有了四个。他父母和他哥哥都是生意人，只有他从很小就想当个画家，甚至把自己的名字改成了"慕齐"，"齐"就是齐白石。

说来也真倒霉，不就是一次失误？可到如今，就变成了面前这个活生生的无法忽视的"果子"。来之前陈慕齐胆战心惊地想，听说陶臻臻的老爸死了，她该不会把孩子推给自己吧？

话说他们之间，陶臻臻的监护条件比他好太多了，名校大学毕业，成绩优秀，肯定能找到一份好工作，照顾孩子肯定不在话下；而他陈慕齐，虽然家里有钱，那也是他父母的，他现在每个月都向父母领生活费，他四体不勤、五谷不分，努力几次都没考上邶城美院，现在跟一个业界有名的画家学画，一年的学费就要二十万，更别说时时要去采风之类，根本没时间、没条件去照顾一个小孩子。来之前，他反反复复想了这么多条，才觉得心神稍定。

是的，这孩子绝对不能跟着他。

声音

Chapter 3

“你说什么？你要出国？”

“对，你小声点，不要这样看着我，孩子该轮到你管了。”

“什么该不该，我们从来没有过这个协议好吗？是你家把孩子领走的，还让她姓了陶。”

“还不是因为你那势利的父母，还有你！现在我爸都走了，我告诉你，现在是你的责任了！”

“哼，我不负责任？说得像你养过那孩子一样，你也只会推给你爸，现在你爸死了，你就巴不得甩掉这个包袱……”

“你小点声……”

门外的声音忽高忽低，像弹簧一样，高了可以被压低，低了之后又蹦高，且越来越尖利，想听不见都不行。

陶臻臻租的房子是在老小区，只有一室一厅，收拾得干净文雅，碎花窗帘、手工编织的棉地毯、精心料理的小盆栽，处处都是温馨的气息。

陶安之独自在卧室，外面两个大人以为门关上，他们就可以在客厅里无所顾忌地讨论她的去留。

陶安之想：要是我听不懂那么多字就好了。

坐着坐着，感觉有些热。其实陶臻臻给她买的衣服一点都不好穿，衣袖、裙子太长，领口却偏紧。她知道有个白色的遥控，一按，墙上那个叫“空调”的东西就会转动，屋子里就会凉凉的。但这东西好像在客厅里。

陶安之想：如果我就这么走出去，客厅的两个人会不会不吵了？

他们很好看，但他们说话的声音太不好听了。

她对父母毫无印象也没多大的概念，只是村里邻居的婶婶，面对她家小孩时总是唠唠叨叨，一会儿说穿的衣服不够，一会儿说吃得太少。

高铁上的那对父母会轻声地安慰他们晕车的孩子。

他们面对孩子的表情都很自然、真实，声音也是。

“外公。”

陶安之在心里喊了一声。

她垂下脖子，摸摸膝盖上的小兔子书包，摸摸小兔子长长的耳朵。她会不会像童话故事里的爱丽丝？小兔子会不会跳起来，把她带到树洞里去？她会不会变得很小很小？如果可以，她就躲进去再也不要出来了。

躲也没有用，外面的两人仿佛已经撕破脸皮。

“我爸妈一生教书育人，赚的每一分钱都清清白白，哪像你家，陈慕齐，需要我提醒你家祖上三代都是挖煤的吗？赚了多少黑心钱？我要是有办法，会让安之跟着你？”

“是是是，你们书香门第，那孩子应该跟着你呀，我这样的黑心家族，怎么能养孩子？”

“陈慕齐，你是不是男人，你让我放弃前程？我不像你，我只有自己……”陶臻臻已经带上了哭腔。

陈慕齐声音无奈：“不是我不愿意，臻臻，我已经有女朋友了。”接着他开口，“要不……送到……”

声音渐渐低下去。陶安之捂住耳朵，细小的双肩颤抖，她只觉得房间越来越热，领口越来越紧，闷得让人发慌，想要大声尖叫。

她没有叫出来，反而是门铃响了起来。接着她听到一个柔润清澈的声音：“臻臻，我打电话你没有接，院里拿到出国名额的学生要填的这些文件送到宿舍来了……”

“……谢谢你，言蹊。”

她们开始轻声聊一些东西，陶臻臻离开学校几天，怕漏掉一些重要的通知。

陶安之被这个声音吸引，她走过去，偷偷扒开一条门缝。那是一个身材高挑的女人，穿了件白色的衬衫，水蓝色的牛仔裤，平底鞋。背对着她，正在跟陶臻臻说话，依稀是一些她不懂的字眼。

她的嗓音很好听，像去年夏日，外公带她去山里的溪谷钓鱼时，清澈的泉水汩汩流经岩石发出的泠音。

旁边的陈慕齐不耐烦地打断她们："喂，先别忙，说清楚孩子到底要怎么办。你别想这样一走了之。"

陶臻臻身形一顿，转过来怼他："当年一走了之的可不是我……"

这两人年轻气盛，还未做好为人父母的准备，又相看两厌，把孩子当作刺伤对方的利器，一点情面都不留。

陈慕齐尴尬道："你能不能要点脸，请你同学走了再说？"

"我不怕不要脸，整个大学都知道我遇到负心汉，未婚生女，退学了。幸好我争气，又考进去了，要不是这样，我早就可以毕业了……"

陈慕齐被她这不阴不阳的语调彻底激怒，说了一句最能刺伤女人的话："我又没逼你和我在一起！"

这一刺见血见肉，陶臻臻嘴唇一下子就白了，哆嗦半天说不出话来。

陈慕齐说出口来也知道这话过了，但他也不想道歉，索性自己坐在一边，生着闷气。

屋子里恢复安静，言蹊还没来得及透口气，她转过身，正好就瞧见了门缝后的陶安之。

许多年后，陶安之每每回想到这里，都会非常庆幸她当年开了那条门缝。

安之后来对言蹊的性格有了一定的了解后，猜想她当时是真的想告辞的，因为她是进退有度、有礼有节的人且相当尊重别人的隐私。

安之清晰地记得那时她转过身子，脂粉没有施的一张素脸，以安之当时的词汇量并不能完整地描述她有多好看。只看到她眼神对上自己时，眉头微微蹙了蹙，侧过脸说道："孩子还在屋里，你们吵成这样？"

接着她朝自己走过来，到面前，蹲下来，清亮的眼睛盈了一丝淡淡的温和的笑意："你好。"然后她说，"我叫言蹊，你叫什么名字？"

陶安之想：总算有人注意到她是小孩子了，又不只当她是小孩子。

陶安之说："安之，陶安之。"

一边又想 yanxi 怎么写呢，哪个 yan 哪个 xi ？

面前女人的眼神更加柔和，她唇边扬起一点笑意，嗓音清泠悦耳："真是个好名字。"她微微侧脸，"臻臻，我带安之下去透透风，这里太热了。"

因为偏过了一点角度，客厅里阳光透亮，她长长的睫毛微微颤动，似乎是毛茸茸的，很好摸的感觉。然后她转头，向陶安之伸过来一只白皙修长的手，牵起她的，就这么理所当然地走了出来。

陶安之愣了好久，看了看被握住的手好久，又扭头看看关上的门，一切的争吵她都不用再听到了。都是因为面前这个叫 yanxi 的人？她仰头去看她，好高。从这个角度看上去，可以瞧见她玉白的下颌线。

突然她低头对陶安之笑了一笑，说道："要按电梯吗？"

陶安之愣愣地望着她，再愣愣地点头。第一次来的时候，她确实就对那个铁门好奇，但是不敢对陶臻臻开口。之后两天她们也没有再下楼，吃的东西都是叫的外卖。

"去按那个朝下的箭头……"女人放开了她的手。

陶安之走到电梯门旁，看了看那两个箭头，又看了看她。女人微微笑，她回头想了想，踮起脚，摁亮那个键。

键旁边的红字闪动着，还听得到隐隐的轰鸣声。一会儿，叮的一声，那扇亮亮的铁门就敞开。陶安之的小脸一下子亮了，小嘴微张，轻轻地"哇"一声。

进了电梯，陶安之又去摁了一楼键 1，电梯隆隆作响，身体也有下降的感觉。她的手再度被女人牵住，陶安之很高兴，腼腆地低着头。包裹住她的手温暖细腻，特别舒服。

被她牵着一步一步慢慢地走，脚步声轻柔。陶安之偷偷发起呆，忽然想，会不会这个人才是她妈妈?

陶臻臻租的是老式小区，是以前的大院改过来的，环境清幽，且很有烟火气息。楼下有几棵老树，老树下还有大理石做的乘凉的桌椅。

言蹊和陶安之一大一小坐在椅子上，安之拿着言蹊给买的脆皮雪糕。

雪糕是鱼的形状，外面一层是黑色的榛子巧克力，一咬，脆脆的，内馅是白色奶味的，更冰更软。陶安之吃得不亦乐乎。

"好吃吗？"言蹊问她。言蹊手里有瓶矿泉水，拧开，略仰头，玉白的脖子间动了动，咽下一口水。

陶安之手上的脆皮雪糕给她啃掉一个大角，她又咬下一口，含在嘴里。听见这话，嘴巴鼓鼓的，用力地点了点小脑袋。

口腔内的温度把雪糕含化了，暖暖冰冰的奇异感感觉真好。陶安之忍不住又咬了一口。

突然，那只修长的手拈着张纸巾，替她擦擦嘴角。靠得近了，才瞧见她手指纤细，连弯下去的指关节都是温润光洁的。

“你几岁了？四岁？”

陶安之垂下头，有点小郁闷道：“六岁。”

说完，她有点别扭，拿了吃完雪糕剩下来的木棒，还有纸巾，走了几步，丢进垃圾桶。

走回来，去看面前的女人，女人好像看出了她那点小别扭，轻盈一笑，抬手轻轻地拍拍她的头。

陶安之被她拍得腼腆极了，甚至想拿脸蹭蹭她的手。这人要真是她妈妈多好啊？可是她姓 yan，第二声，盐？颜？言？ xi，第一声，西？息？溪？

没有了，想不出来还有什么字了。她认识的字太少了，都不知道这两个字怎么写。陶安之偷偷去看她，刚好这时有微风吹过，吹拂起她鬓边的几缕发丝。

然后安之闻到了空气中有股若有若无的香味，很好闻。

女人察觉到她在看自己，偏过头来对她笑一笑，拧开矿泉水瓶喝水。

隔了一会儿，言蹊裤兜里好似有什么东西响起来了，她拿出一个白色的“小盒子”，陶安之眨眨眼，这应该就是大人们所说的“手机”了。可能有什么人找她，她要走了吗？安之突然心里很不舍，眼巴巴地望着她。

女人把手机按掉了，再放回兜里。安之过了一会儿见她没有起身，突然就明白了——她在陪自己。她们也是一大一小，各占一个石椅。没有交谈。安之想也许她不是一个多话的人，也许她不知道要跟自己一个小孩子聊什么。

人的感觉真是很奇妙的东西，小小的陶安之想：这些天她都在害怕、恐惧、焦虑中度过，偏偏还不能表现出来，因为她知道她的妈妈不喜欢她。

而现在，在一个她都不能拼出名字的陌生人旁边，她觉得安心，甚至还吃了这个陌生的女人买给她的雪糕。这个女人还主动牵了她的手。

早秋的风吹过来还有点暑温，不知为何，安之的心一下子就静下来了。

父母与小孩

Chapter 4

言蹊是陶臻臻的室友，她刚入学时就听说同宿舍有个师姐未婚先孕退学，生完孩子，复习了一年，又考回来了。

在大学校园里，八卦总是传得很快，尤其是一个关于年轻漂亮优秀女生的桃色八卦。

她们不同专业，上课时间不同，但时间长了，言蹊发觉陶臻臻是一个骄傲刻苦的人。陶臻臻的重返校园也带来了不少风言风语，还有一些不怀好意看热闹的人拿这件事来刺她。她一概不理，每天都像一只高昂着头的孔雀，在学校里骄傲且高冷地展示她的才华。学习，去图书馆，参加演讲比赛，参加辩论赛，参加学生会的选拔……

言蹊对她是欣赏的，同个宿舍，渐渐两个人变成了好朋友。

言蹊并不是一个容易跟人交心的人，她觉得朋友是要讲缘分的，但再好的朋友也必须划清界限，尊重别人的隐私。她觉得她和陶臻臻的友情是比室友更深一层的，君子之交淡如水。所以她从不过问。

给陶臻臻送完资料她本来就打算走了，男女的互相指责和对骂，让两个漂亮的年轻人面目都有些狰狞。她无意介入别人的事情。没想到，一转头，对上了打开一条门缝的陶安之。

小女孩穿着过长的裙子，扒着门，甚至都没有门把高。也不知道她听了有多久了。言蹊想也没想就走了过去。

她自小家教良好，最见不得小孩和老人受苦。那小女孩有一对乌黑明亮的眼睛，纯净而早慧。

小女孩的手牵在手心像一块小小的软糖，给人一种必须好好呵护，稍微用力她就会受伤的感觉。

言蹊想她这个心态和年纪刚好卡在一个尴尬的刻度。她刚过二十一，不讨厌小孩，也没有很喜欢。她的年纪也没有到一个成熟得可以对任何小孩都很有母性的阶段。

幸好她大哥有一对作天作地、每天上房揭瓦的双胞胎男孩，让她对待小孩有了一点心得。那就是……买吃的。也不是多高明的心得，尤其是当她买给小女孩一块雪糕后，她才后知后觉地发现，好像不能给这个年纪的小孩吃冰的吧？

还没换乳牙呢，还有也不是热到非得吃冰的夏天，万一拉肚子怎么办？不过看得出小女孩很开心。拆开包装，她看着鱼形雪糕小小声地“哇”了一下，好奇地咬一口，双眼晶亮。

可能没吃过？那欢喜的模样让言蹊那“不该给小女孩买冰吃”的歉意烟消云散了。

她轻声问：“好吃吗？”

小女孩嘴巴鼓鼓的，用力地点点小脑袋，吞咽后朝她忸怩地笑了笑，右边脸颊有一个可爱的小窝。接着她像小仓鼠吃东西似的，双颊微动，一咬，唇边都沾上了巧克力。

言蹊眼里都是稠密的笑意，拿出纸巾给她擦拭。问到年纪她好像有点不开心。女人无论在哪个年龄阶段，被问及年纪都会有点情绪反应。小孩子，就生怕别人把她说小了。

六岁呀，看上去才四岁多点。她知道屋子里的两个大人，她的父母在为了她的监护权而争吵，都不想要她吗？这事儿在成年人看来都是极其残酷的，但愿她不懂吧。

言蹊的目光停留在小女孩卷了好几层的袖子上，内心微叹息，小孩子都是敏感的，怎么能不懂呢？

她兜里的手机振动了好几下，言蹊今天是跟电视台请了半天假，回校办离校相关手续，顺便把要填的资料给陶臻臻送过来，没想到会发生这种事。

她应该回去了。算了，再等等吧。那小女孩在偷偷地瞄她。言蹊装作没看见，按掉了手机。

小女孩转回头，挠挠自己的手指，坐在那里，安安静静，一团稚嫩，乖得像只等待人认领的小动物。突然，小女孩的背脊挺直，从椅子上跳下来。言蹊眼尾扫过去，陶臻臻和陈慕齐走过来了。陶臻臻是一脸的决然，陈慕齐则耷拉着肩膀。

瞧这个样子，应该是商量好了。毕竟是人家的家事，自己在这有点尴尬。言蹊犹豫了一下，到底没有说出“我先走了”的话。走近了，陶臻臻手臂挂着一个小书包，兔子形状的，两只长耳朵垂摆着。

安之的脸一下子就白了。言蹊也明白了，她皱皱眉头。

陶臻臻深吸了一口气，对陈慕齐说：“……我跟她说几句话。”

陈慕齐默许。

“安之……”

安之由着她牵过去，并木然地想：她总算牵我了，可是这是有代价的……

陶臻臻在心里把话车轱辘般转了几圈，刚叫一声安之的名字，就哽住，她深呼吸几下，决定还是直说：“你以后就跟着你爸爸住……”

旁边隔了几步远的男人听到“爸爸”这两个字，脸上的表情很不自然，他干咳一下。这陶臻臻真有意思，对孩子说话必定要带上“你爸爸”的字眼，也不想想自己是“妈妈”。

陶臻臻咬唇静了几秒，把挂在手臂的书包脱下来，蹲下来作势要给她背上。

安之没有去接，她小脸苍白，感觉心里被什么东西绞来绞去，刺痛刺痛的。她小脑袋里一片空白，也不知道说什么。

她突然冒起个念头：是不是我认识的字太少啦？又是另外一个念头滚出来：我该上幼儿园了。这样的念头像滚雪球，一个接一个：可是我没法上幼儿园了，外公死了。死了就是再也不回来了，外公不回来所以没有人要她了。

面前的这个女人不要她，那个叫“爸爸”的男人也不想要她。

巨大的悲伤蜂拥而至，像一把刀子，割着、插着，年幼的她毫无应对之力。而当时的安之不知道，这痛苦她几乎花掉半生的时间才慢慢修复。

周围的三个大人一声不吭，言蹊默默地移开视线。他们都在等着小孩子应有的反应，例如撒泼，例如倒地号啕大哭，可都没有。

陶安之站了很久，然后她像一个提线的木偶娃娃，僵硬、缓慢地接过书包，背上。脸色是死灰般的苍白。

陶臻臻终于忍不住，抖着摸住她小小的肩膀，说：“我对不起你！”这几个字一出口，她眼泪一颗一颗滚落，她抽噎道，“我没做好准备要当妈妈……”

她喃喃再说了一遍：“我还没有要做好准备……”像是要坚定自己的决心一样，“我才刚毕业，我好不容易争取到了这个出国读书的名额，我只有这次机会……你知道，你外公，我的爸爸已经不在了，我也没有别的人可以依靠了……你懂的吗？

“安之，你爸爸，陈慕齐他不一样，他不需要努力，他还有父母，他家里很有钱，养你没问题……”陶臻臻边说边颤抖，“你放心，他已经是你监护人，你是受法律保护的，他要是敢虐待你……可以告他的……”

她一辈子都想离开那个小乡村，摆脱那个清贫的原生家庭。所谓开弓没有回头箭，她已经没有别的选择，只能往前走。她说了那么多，陶安之只是低垂着头，小手抓着书包背带，没有哭，没有说话，反而是陶臻臻梨花带雨，哭到不能自已。

言蹊皱紧眉，欲言又止，轻叹一声。

这大人像小孩，小孩子就不得不表现得像大人。

陈慕齐不耐烦道：“好了，别哭了，不是什么都依你了吗？你倒是委屈上了！你放心，我不会虐待她的。”

他才觉得委屈呢，还不知道怎么跟家里的父母交代，他烦躁道：“说完了？说完赶紧走，别假装母女情深了！”

“陈慕齐！”

他冷笑道：“我说错了？那好，你说你要出国读书，多不过三四年，就算你五年，五年后你毕业工作了，你会来接她吗？你敢这么说吗？”

陶臻臻一愣，陈慕齐冷笑。陶安之抬起脸来看她，陶臻臻扛不住她的目光，也说不出来那句“我会来接你”。

陶安之的目光一点一点地暗淡下去。

陈慕齐催促她：“走吧。”

陶安之突然解下书包，拉开拉链，拿出一个本子，她打开来，是一张张的照片。她小手翻动，取出一张，递给陶臻臻。

陶臻臻颤着手接过。

安之重新背好书包，转身跟在陈慕齐的后面，小步离开。

陶臻臻看了一眼照片，就忍不住捂住嘴哭泣。是她爸爸抱着安之，两人对着镜头笑得灿烂。

陶臻臻哭得那么伤心，几乎站不稳。在旁边目睹一切的言蹊不得不伸手扶住她。

言蹊并没有安慰陶臻臻，也没有发表意见。她甚至有点后悔为什么要选择今天请假，不请假就不会回宿舍，也不会看到陶臻臻桌上的表格，更不会给她送过来。自己就不会看到这么尴尬、残忍的一幕。

她是个外人，由不得她置喙。那小女孩稚嫩的身影，低着头，一步一步地跟在大人的身后，背上小兔子书包耷拉着一对长耳朵，随着她的步伐，动一下，又动一下。

一缕发丝飘过来遮住言蹊的视线，她举手拂开。

这时，前面的小女孩蓦然停住脚步，轻轻地回头看向她们这边。

言蹊一怔。

那小女孩不是回头看她的妈妈，她看的是自己。

属兔

Chapter 5

九月底的邶城，大风起兮。在大街小巷、天桥上下、公交地铁路口，都可以看见飘扬的黄叶，偶尔还会有晚夏还未凋零的花卉，外瓣一圈枯萎的卷边，花蕊依然柔嫩，有种可爱的倔强。

言蹊在周五下班的晚高峰接到发小兼死党柳依依的电话，约她明天一起爬山赏枫叶。

言蹊刚好在红绿灯路口停下，闻言一笑，从小看到大的枫叶，还要必须抽周末人最多的时间去？明显的醉翁之意不在酒。

她说："有事快说，没事就算了，我周末只有一天休息，不想出去。"

柳依依笑道："嘿，我这不是想你了吗？你实习怎么样？顺利转正的话，我以后是不是就能在电视上看到你了？"

言蹊："早呢，八字还没一撇。"

柳依依："我反正对你有信心，我绝对支持你。就是你呀，千万不要播新闻，老气横秋，内容没意思，穿什么也没人注意。半个小时下来，就只记得那句'观众朋友晚上好'……"

言蹊："……你是不是对电视传媒行业有什么误解？不是随便的人都能播新闻的好吗？"

柳依依在那边笑得花枝乱颤。

言蹊笑道："我现在是实习，没有固定的岗位。"

她驱车过了红绿灯路口，看了眼腕表。五点刚过一刻钟。

柳依依道："何必要实习那么辛苦啊，让你大哥跟你台里的领导打声招呼，想进什么部门就进什么部门，想去什么频道就去……”

言蹊打断她：“我大哥才不会允许我这样子，再说我想自己努力，如果顺利留下，就工作，不顺利的话就回校考研。”

柳依依道：“好吧，你都想好了……”

言蹊：“你就直接把你要说的话说出来吧，不要拐弯抹角。”

柳依依这才说真话：“好啦，是高既明。”

言蹊放慢速度，前头车辆开始拥堵，前面是一辆的士，她开的是Chopster①，她速度控制得再慢上几分，闻着车内一股淡淡的柑橘香氛。然后她才开口：“他怎么了？”

“你真要和他分手呀？”

言蹊说：“他决定出国，我留在国内，好聚好散，和平分手。”

高既明是她同校师兄。刚认识的时候他研二，她大二。

邶城大学校园里有最适合年轻人恋爱的景色。春日晨起的花径，夏日午后深蓝色的湖，秋天飒飒而落的桂花，冬天的图书馆。他们一起见证过，惊叹过，享受过。那两年彼此真真切切地相爱过。

“我还不是怕你后悔啊……高既明，你们学校高才生中的高才生啊，还有……你们真的很合适，都没吵过架，就这么断了很可惜啊。”

挂电话前柳依依这么说：“他在西雅图你知道吧？说打了好几次电话你都没有接。然后不知道为什么，他就疯狂打我电话……当时我在伦敦好吗？时差啊时差，也不算好时差再打！反正我把话带到了，你决定吧。”

言蹊没有表态。过了一个拥堵路段，道路开始畅通，她踩下油门，加速。

好聚好散，她觉得是这样，而且她到机场送了高既明。机场游客来往密集，人声嘈杂。高既明身材高瘦，穿了件卡其色长风衣，文质彬彬，在人群里十分抢眼。

他说：“一定要分开吗？”

言蹊笑了笑说：“我可以异地恋，你肯定也会说你可以，但我们都知道你坚持不住。”

邶城大学是全国前十名的高等学府，高既明的编程专业是全国数一数二的，他学得好，长得好，在大学里桃花不断。

高既明说：“言蹊，你这么说不公平，我可是很辛苦才追到你的，我还

注①：保时捷轿车的一款新车型。

是想跟你在一起。”

他长着一对不锋利的眼睛，仅仅是平常看人，就能让人感受到一种专注和深情。这是他的撒手锏，最能吸引女人的地方。即使他已经有女朋友，还会有人当着她的面，对他表白。

以往她不介意，不代表她能一直不介意。

言蹊摇了摇头，拍拍他肩膀：“我决定的事情不会改变，你知道的，我们现在分开，不会有芥蒂，多年后还能再见。”

她摇下车窗吹了点风，中止了回忆。她一旦决定了，就不愿意摇摆。言蹊对生活里的选择有强烈的直觉。

比如她读书选了新闻作为第一专业，中文是第二专业；比如她选择摄影作为她的爱好而不是职业；比如她毕业放弃了保研选择了工作，选择了进电视台；比如她大学里在众多追求者中接受了高既明，现在又选择了和他分手。

她都是靠直觉，不给自己后悔的机会。一旦决定，竭尽全力，然后再听天命。

柳依依说她太理智了，其他事也就算了，感情怎么能如此理性？又不是自来水，说开就开，说关就关了。

“我见过你跟高既明在一起的样子，没人会怀疑你们不相爱。和他分开，你不会难过的吗？”

难过吗？她当然会难过。毕竟是初恋，也曾因爱而喜，因爱而伤，患得患失，辗转反侧。爱与不爱，有时候也只是一瞬间的事情，她决定放下而且忘怀，她不愿意再花时间去想。何况工作真的很忙。

言蹊看了下腕表，已经六点了。天空矮了下来，云朵染了橘边。又是个红绿灯，旁边停下来一辆凯迪拉克，副驾驶有个小女孩在叽叽喳喳：“爸爸，刚才的比萨可好吃了，我们再在外面玩一会儿嘛，不要那么快回家。”

“宝宝，都一个多小时了，我们得快点回家。”

言蹊眼前忽然晃过陶安之的脸。

一个月过去了，陶臻臻已经出国，不知道那个小女孩现在怎么样了？

言蹊还记得当时那个回头的眼神。

风声绵和，秋叶翻飞，那个小女孩，发丝被吹乱，花苞一样的小脸蛋，那对眼睛水盈盈的。离得远了，在光的反射下，眼睑似乎有微光，仿若泪珠。

言蹊心里波澜起伏，拍摄下来应该会是一幅好作品，但她没有。不是因为当时手中没相机，而是她做不到。

那天不知道是什么心理，她跟陶臻臻要了陈慕齐的电话号码。过了几天，她打电话询问陶安之的情况。陈慕齐以为她是替陶臻臻问的，漫不经心地说："上幼儿园去了，不然还能干吗？"

言蹊没有否认，还问了是哪家幼儿园。陈幕齐电话那边有女人调笑的声音，他想了半天才说出名字。

那家幼儿园刚好就在这附近，但是这个点早就放学了吧？

言蹊犹豫了一下，还是转了方向盘，驱车前往。

她开着导航找到了幼儿园的地址，目光逡巡一圈，在空中一滞。

六点了，幼儿园早已下班，门都关上了，门口的花坛边坐了一个小身影，还有那个熟悉的兔子书包。

黄昏时分，天空越发矮了，那个小小的身影衣着单薄，在晚风的吹刮下蜷着，盯着地上，像只无人认领的小动物。

言蹊心一紧，又是可以入画的镜头。然而她还是……

她开门出来，朝她走过去。

这时，一个保安模样的大爷先她一步，冲那个小身影说："孩子，六点了，今天也没有人来接你吗？"

小身影没有动。

大爷叹一口气："好孩子，快回去吧，我送你搭车……"

陶安之点点头，转过脸来对他微笑，目光与言蹊对上。

她一愣。

言蹊微微牵起唇角，走到她跟前。

"你是来接她的？太好了，孩子都等一个多小时了……哎……"大爷总算放心离开了。

"还记得我吗？"言蹊扫了一下地上，发现地上用白粉笔写了"H He Li Be B C N"。

这是英文字母？不，不对……

言蹊惊讶地发现，这是元素周期表前面几个元素的缩写。这是她写的？

"我记得你……你叫yanxi。"小女孩奶声奶气地说。

言蹊脸上笑意加深，有趣地望着她。

安之说完，发觉直呼大人名字不礼貌，她讷讷地加又上三个字：“……大姐姐。”

Yanxi……大姐姐？这辈分……言蹊想，如果她妈妈不是自己同学的话，那么“姐姐”这个称呼也没错。好吧，记得就好。

她迟疑了几秒，到底没有问出来“为什么没有人来接你”，答案也不难猜到。于是她问：“饿了吗？我带你去吃东西。”

言蹊领着安之进了肯德基的门，才后知后觉地发现这不健康的油炸食品也应该不适合小孩子吃。经历过上次给未换牙的幼童吃冰后，她本来刚才想带她去吃点健康的。

只因她在车上多问了一句：“有什么想吃的东西吗？”

陶安之指：“白爷爷。”

言蹊顺着她指的方向看过去，不远处白头发白胡子的肯德基爷爷慈祥地笑着。好吧……

“我去点餐，你坐好，等我。”言蹊跟她说完，就去排队。

陶安之按了按咕噜噜叫的肚子，点点小脑袋，乖巧地坐好。肯德基正是晚餐的高峰期，人数众多，有些嘈杂。有情侣，有家庭，也有几位单身人士在吃饭。

陶安之很开心，她看着言蹊排队的背影，修长高挑。她穿了件灰蓝色的衬衫，牛仔裤。细细的腰肢，长长的腿。

安之用自己贫瘠的词汇量艰难地描述着她，只觉得她好看极了。观察了一圈肯德基里就餐的人，没有人比她更好看。

言蹊点完餐，带着她去洗手，入座。她点了个儿童套餐，土豆泥、蛋挞、小薯条，还有小瓶的九珍果汁，还给她拿了个套餐玩具。自己则要了个汉堡套餐。

安之看到那个玩具，都顾不得自己肚子饿了，眼神发亮。言蹊帮她打开，白色的小兔子两颊各有一朵小腮红，抱着一个鼓，一按，左右爪子开始“咚咚咚咚”打起来。

安之小脸蛋被灯光映得红彤彤的，她兴奋地在椅子上动了动，带了点不敢相信道：“给我的吗？”

言蹊含笑地看着她："当然是给你的。这是给小孩子的。"

"我属兔。"安之眼睛亮晶晶的。

"真的？那就是你的了！"

安之双手捧住兔子，右边脸颊的酒窝深深的，她圆圆的乌溜溜的眼睛弯起来："嗯！"

肚子里的青蛙

Chapter 6

她们坐在靠窗的位置，窗外夜幕低垂，路灯透出橘色的光，与墨色的夜交融在天边，行人三三两两。

安之的肚子发生“咕咕”的响声，她脸红红地捂住肚子：“我肚子里的青蛙叫了。”

肚子里的青蛙？被言蹊一看，她好像有点难为情，小手在肚子上比了比：“肚子里住着青蛙，我肚子饿的时候它就会……咕咕叫……”瞧见言蹊的笑意越来越深，她越说越小声，“外公说的……”

言蹊藏起笑意，一副恍然大悟的样子：“原来如此。”

安之拿起小勺子挖着土豆泥，吃得津津有味。

小孩子吃东西很香的样子挺可爱的。言蹊眼睛涌上毫不掩饰的笑意。她吃完汉堡就不再吃了，静静地看着安之吃。感觉安之长大了一点。

言蹊问：“你知道自己住在哪里吗？”

安之吸一口果汁：“嗯，我知道公交站。”

言蹊怔了怔，眉头微微皱起来：“你坐公交车？”

安之咬了咬吸管，她嘴唇施了点力，右脸颊那个酒窝也深陷下去，含糊说：“有时……没有人来接我……”

那天她被那个叫作爸爸的人带回去，住在一个大房子里，有司机和用人，然后上了幼儿园，之后就再也没有见过他了。

一开始还有人接送她上学、放学。过了几天，见主人家也不在乎她，他们就在背后说：“反正她也不姓陈……何必那么费劲，不要让她丢了就好……”

幼儿园放学时间是四点半，很多家长提前在门口等着，都要当“第一名”接到孩子。安之每次都是最后一个。一开始老师还会陪她，后来时间长了，就开始话里话外抱怨不能按时下班。

安之什么都知道，后来就主动走出校门。她知道不会有人来接她，也不想太早回去，回去也只是一个陌生的大房子而已。

门口的老大爷会跟她说话，也是他教她搭公交车，认公交车牌。第一次上车的时候，司机还以为看错了，瞪着她后面，以为会上来一个大人。车上的大人都盯着她看，脸上露出怜悯的表情。还好路不难记，她坐218路公交车，在最后一个站停下，走上三千步，向后转，然后走一千步，数到第五个房子，就到了。

安之想起那些眼神，眼睛瞬间酸涩起来，她微垂下头，在心里说：不能哭……人家好心带你吃东西，你不能哭……她把头埋得更低，伸手摸到蛋挞，塞到嘴边大口大口啃起来。

言蹊沉了下气，但没忍住，还是起了身，动作稍大带动了椅子。

安之闻声抬起头，她瘪了一下小嘴，泪珠摇摇欲坠。她飞快地用小手擦了一下，赶紧低下头去。

言蹊动作顿住，她并不懂怎么哄小孩，只能伸手摸摸她的头。

“在这里等我，我去打个电话。”

她不想小孩子看见她发火，于是走开几步，拨给陈慕齐。电话接通，言蹊深呼吸几口，把事情梗概告诉他。即使她家教极好，在这一刻也很想揍人。

陈慕齐在电话那边沉默了好久，才闷声道：“那……我也不知道还能怎么办了……”

言蹊呼出一口气，抬头发现那边的小女孩正凝望着她，眼神透露出一点点小心翼翼的期盼。

跟她对上目光，女孩赶紧低头，吃起薯条来。这个小女孩就像一颗小小的种子，悄悄地在她心里生根发芽，现在已经长成一棵不容忽视的小树苗，让她牵挂。

“要不我把她送到我一个亲戚家去？她家里有小孩……应该会带孩子吧……”

言蹊想也不想就说：“不用了……”

挂断电话，她回到桌子，那份儿童套餐已经给安之吃得差不多了。

“吃饱了吗？”

安之捏起最后一根小薯条，说：“吃饱了。”她舔舔小指头。

言蹊勾唇一笑：“以后再带你来吃。”

肯德基里的灯光明晃晃的，安之仰着头看她，酒窝微微一深，说：“我要回去了。”

她拢了拢背包带子。

言蹊低头看她：“还要回去吗？”

她的声音真的很好听，这次衬衫是灰色的，挽起袖子，露出的手腕纤细白皙，戴着一块白色的表。个子很高，因为要跟安之说话，于是俯下身子来，安之看到她睫毛很长，脸颊在灯光的映照下莹润而温柔。

安之想她是自己遇到的那么多大人里最温柔的，也是对自己最好的一个。

她抓抓书包带子：“我已经没有其他地方可以去了……”

言蹊心里的那棵小树苗瞬间开枝散叶，生出了许多藤蔓，把她的心环绕圈紧，让她产生了痛感。静了几秒，她伸手：“来。”示意安之牵住。安之恍惚地去牵，指头一接触，暖和的温度包裹住她，被拉着走了几步。

安之疑惑地仰着头看她，她耳边的发丝因走动略略拂动。她带着安之走出了肯德基的大门，清冷的夜风，华灯初上，车水马龙，还有人声鼎沸。

安之瑟缩了下，手被紧了紧，她仰头，言蹊温柔清澈的目光就这样进入了她的眼眸里：“安之，既然你没有地方去了，那到我家去吧。”

周遭的一切仿佛静音了，感觉就像童话里的梦境一样。

安之坐上言蹊的车，车内空间宽敞，副驾驶座位宽大，她腿都碰不到底。系着安全带，安之像一只被绑着的受惊的小动物。

言蹊微微翘起唇，揉揉她的头发，把车速放慢些。似乎觉察到小朋友的紧张，言蹊指指车窗给她看。

安之侧过头，车窗外满天五彩的灯光，从高架桥望下去，像浮在半空。

安之“哇”一声把脸贴在玻璃上，睁大眼睛。

言蹊眼睛弯了弯。她发现了，这小女孩惊喜的时候眼睛会瞪得大大的，像一时想不出什么词汇来，只来得及“哇”一声。

有点可爱。

言蹊的家在郊区，碰上有点堵车，到小区时已经八点多了。夜深，风更大，车子开进花园时，修长繁茂的树杈快速掠过。到车库的时候，安之已经歪在椅子上睡着了。

言蹊解开安全带下车，到另外一边开了车门。小心地把她抱起来，将她的头靠在自己的肩膀上。把她的小兔子书包挂在另外一只手臂。

轻得很，软软的。比她那两个小猪似的双胞胎侄子好抱多了。

经过寂静的露天走廊时，闻到了绿色的爬藤植物和菊花散发出来的淡淡清香。

进了屋子，一个眉目温婉，有着亲切笑意的五十岁上下的女人迎了出来。

“小五，回来了。”她看到言蹊怀里抱着的安之，露出惊讶的表情，“这是谁家的孩子？”

“心姨。”言蹊道，“是朋友家的，要在家里住一段时间，你找找看有没有给她穿的衣服……”

被称作心姨的女人想了想。“这恐怕不好找……”她微微无奈道，“家里女孩子少……哦，你小时候的衣服都还在，我去找找……”

“大嫂还有言大小胖呢？”

心姨笑道：“你大嫂带他们回娘家住几天，亲家父母想孩子了。”

“也是……也该去祸害祸害那边……”

安之在她们说话的时候就醒来了。被抱着的感觉很舒服很温暖，双脚没有落到实地本来是一种极没有安全感的行为，但是她又闻到了那股她无法形容的香气。柔软的怀抱，她不想离开，想被多抱一会儿。

听着大人们的话，她又有点好奇，脸颊无意识地蹭动了一下。

抱着她的人发觉了，轻声问：“醒了？”

她不好意思转下去，睁开眼睛去看站在面前的“心姨”，只见心姨正带着一脸亲切的笑意瞧着她。

“心姨，这是安之。”

感觉背后的手在轻轻拍她，安之立刻懂了，乖巧道：“心姨好……”

心姨似乎愣了一下，又笑开了：“乖孩子，该叫奶奶……真可爱的小姑娘呀……”

伸手过来摸摸她的脑袋，安之一下子就喜欢她了。

“小五，你也累了一天，明天还得上班，把安之给我吧。”

她伸手过来作势要抱安之，安之几乎是条件反射地缩了一下，随即迅速搂住言蹊的脖子。

言蹊笑："没事，我带她去见下爷爷奶奶。他们呢？"

"哦……"心姨脸上闪过几分惊讶，然后说，"在二楼看电视呢。"

说着又想把言蹊手上挂的小书包接过来，安之正想说什么，言蹊就避开心姨的动作，说："那我上去了。"继续抱着她走向楼梯口。

心姨在身后，露出了沉思的笑容："看来小五很喜欢这个小女孩啊……"

洗澡

Chapter 7

楼梯是木质的，铺了地毯。安之被抱着，到了转弯处，还有一大截阶梯。她不好意思道：“我下来走……我……重……”

抱着她的女人笑声清脆：“像只小猫一样，不重。我两个侄子比你重多了，平常我在家他们就挂在我身上，甩都甩不掉。”

“侄子？”

“侄子就是我大哥的儿子，是双胞胎。四岁了，比你小一点，啊……他们今天不在，要不然可以跟你一起玩。”

就是她口中说的言大小胖吗？

安之酒窝凹进去一点。

“我带你去见我爷爷奶奶，他们住在二楼。他们年纪大啦，不怎么爬楼梯，那边有个小电梯……”

她一边抱着她爬楼梯，一边跟她说话，气息有点点急促。安之的视觉角度是逐步上升的，心也是。

她在那个大房子里一直都不敢怎么睡着，起初怕睡过去醒来又在陌生的地方，后来是因为睡醒后面对的都是冷漠的脸。然而从刚才醒来就在被人呵护地抱在怀里，安之却感到了安心。

安之把脸蛋贴近言蹊肩膀的布料，静静地听着。

“我爸妈很小就不在了，我是跟着爷爷奶奶长大的。他们很喜欢小孩子的，不用怕。”

她的身上总有股淡香，不知道藏在哪里，无法形容。幼儿园的女老师和同学们的妈妈身上也会有香味，但没有她这么好闻。安之记住了这个香味。

言蹊是在这里长大的，她是家里同辈中最小的一个，也是唯一的一个女孩。父母是自由恋爱，大学还没毕业就结婚了，婚后也非常恩爱。言蹊上头有四个哥哥，那时候父母，包括爷爷奶奶都想要一个女孩，第一胎和第二胎是男孩后，言妈妈不死心，抱着“一定要有小棉袄”的心态生了一对双胞胎——还是男孩，万念俱灰下封肚不再生了。谁知道过了三年，竟然意外有了言蹊，简直是喜出望外。

言蹊自出生起就集万千宠爱于一身，直到她五岁那年，父母跟四哥搭乘飞机出了事故，不幸三个人都没有生还。她和三个哥哥就在爷爷奶奶的抚养下长大。

言家是音乐世家，言爷爷是歌唱家，享受国务院特殊津贴。他很早就入了党，是解放军的文职干部。言奶奶是邶城音乐学院的教授。两人结婚五十年，经历浮浮沉沉，依然鹣鲽情深。

两人退休多年，住在邶城郊外的老宅，种花养草，带带曾孙。

老人家身体还算健康，只是言奶奶记性不佳。

二楼的客厅里暖洋洋的，摆放着名贵古朴的黄花梨木长椅，青瓷白瓶里插着散发静谧幽香的黄蜡梅。

灯下影子成对。

两位老人并排坐着看电视。准确来说，是言爷爷陪着言奶奶看电视。言奶奶问一句：“这是倪大红吧？”

“对，演严嵩。”言爷爷道，“演得不错。”

言蹊抱着安之上来的时候，言奶奶已经问第三遍了。

“爷爷，奶奶。”言蹊把安之放在椅子上，拍拍她肩膀让她坐下，“这是安之。”她扫了一眼大屏幕，“啊，陈宝国呀，你们又在看这部……”

言爷爷头发灰白却精神矍铄，他笑眯眯道：“陪你奶奶看……”看上去就是很讨小孩子喜欢的老人家，他也不摆架子，直接省略掉客套的步骤，自然而然地对安之说，“吃苹果好吗？”

与此同时，言蹊在另外一边坐下，对她说：“这是我爷爷奶奶。”

安之还没来得及反应要叫什么，言爷爷那句“吃苹果好吗？”已经到了耳边，她略微局促地站在椅子上，不知道该叫人，还是该先坐下，还是该答要不要吃苹果。她像只傻掉的小兔子，局促极了。

言蹊笑起来，言爷爷也笑。

言蹊道："安之，坐下来。"

安之规规矩矩地坐着，言爷爷递给她一片苹果，她瞄瞄言蹊，见她笑着点头，就小小声道谢："谢谢……爷爷……"

她刚咬了一小口，旁边凝神的言奶奶突然反应过来，伸手在她头顶和脸颊摸了摸。言奶奶也是花白头发，慈眉善目，身上一股香香的味道，她道："哎呀，是个小女娃。"

安之还没来得及说什么，叼着一口苹果，就被抱在怀里，老人家的脸颊凑过去蹭她："哎哟，好可爱的小娃娃……"

言爷爷在一旁笑道："淑年，你吓到孩子了。"

言奶奶呵呵笑："这是小五的孩子吗？小五的孩子都这么大了吗？"

言蹊呛了呛："奶奶，不是我的孩子……"

言奶奶才不管她，摸着安之的头，笑道："你几岁啦？"

安之好不容易把嘴里的苹果吞下去。她从来到这个城市后，辗转了几个家，都没受过这么热情的欢迎。她小脸慢慢涨上一层粉色："奶奶，我六岁了……"

言蹊在旁看着她的爷爷奶奶在逗安之说话，心里叹一声：爷爷、奶奶，辈分又乱了……

过了一会儿，心姨上来。她在言家老宅待了二十年，已经如家人一般。她笑着让言家二老去休息，然后告诉言蹊，她已找到几身适合安之穿的衣服，让她带孩子去洗澡。

言蹊一看表已九点多，这个时间小孩子该睡了。可她这么小，会自己洗澡吗？对她来说心姨毕竟是陌生人，估计她不会愿意让心姨给她洗。可是言蹊微微犯难，她没给小孩子洗过澡啊……

言家老宅有四层楼，心姨和用人们住一楼。她爷爷奶奶以及大嫂和双胞胎住二楼。三楼是她和另外两个哥哥的地盘。

言蹊领着她进了自己的房间，然后去浴室放热水，把衣服给她放好。房间很大，她喜欢简单坚固的白色家具、绿色的小盆栽以及大书架。

安之好奇地打量着。

言蹊把袖子挽起来，长发束在脑后。她问：“你是自己洗澡，还是……”

“我可以自己洗。”

言蹊暗自松口气，看着小女孩自己走进了浴室。过了一会儿，她拍拍头，总觉得还是不放心，也走进去。

一进去她就“扑哧”一笑。

安之本来穿着小裙子，她自己脱到一半卡住了头，正“呜呜呜”地扯着。她耳朵被勒得疼，想叫人又不好意思。

头顶传来言蹊的轻笑：“别动，别动，我来帮你脱。”

好不容易脱了下来，安之头发乱蓬蓬的，耳朵也红红的。她嘟着嘴，小脸皱着。

言蹊忍着笑，回身把浴室的门带上，又走过来探了下浴缸的水：“要洗头发吗？”

“嗯……”两只小脚丫不好意思地摩挲着。

言蹊担心她一个人洗会着凉，就让她过来，取下花洒，跟她说：“你看，这里有两个颜色，往蓝色那边是冷水，往红色这边是热水……”她扭开来，水哗哗流出来，“用手试一下，水温合适就可以了。”她干脆坐在浴缸边沿，“我来给你洗头发。”

安之蹲下，把头伸过来。温热的水流过她的头顶，柔韧的手指轻轻摩挲她的头发，清香的味道传到鼻尖。

“烫不烫？”

安之觉得这味道有些像言蹊身上的。她眯着眼，觉得被揉得很舒服：“不烫。”

刚说完，泡沫就进眼睛了，她“啊”一声，言蹊“哎”一声叫道：“别动别动，眼睛不要睁开。”然后小心翼翼地冲去泡沫，拿毛巾擦她的眼睛。

安之脸皱成一团，她站直了，头发上的水珠一滴滴地落下来，已经有点冷了。

她“呜”一声，缩了缩身子，这下耳朵进水了。言蹊几乎是手忙脚乱地，扶着她的头，让水流出来。

“对不起，对不起……”言蹊忙说，“好点了吗？”

安之刚想说她好多了，头顶那一团没被冲走的泡沫就滑了下来……

“扑哧”两声，两人都笑了起来。

言蹊把她头发冲干净，用条毛巾把她头发包住：“舒服点了吗？”

安之的脸只剩下小小的一点，精灵可爱。她“嗯”了一声。

“好了，进来了吗？哦，等等，水都凉了。”

言蹊重新放了一缸水，转头看到安之有些腼腆地站着。

浴室里弥漫着温润的水汽，安之盯着浴缸里细腻如云朵的白色泡沫，用手指戳戳。

言蹊把换下来的衣服收拾一下，看了看心姨给她拿的衣服，觉得睡觉穿还是不太舒服。

“我去找一件给你睡觉穿的衣服，你洗完叫我。”

安之脸颊的酒窝像个小逗号一样对着她跳了跳。言蹊对她眨一下眼，走出门。安之用小手拍了拍水面，心里像吃了糖果一样。

过了一会儿，言蹊进来给她冲掉泡沫，用一条纯棉大毛巾给她裹住，然后直接把她抱起来。这时，言蹊的一绺头发垂落下来。

安之看着她，伸手把那绺头发别到她耳后。言蹊微怔，几不可见地笑了下。言蹊把孩子抱到床上，拿来一件大T恤，给安之套上。她的大T恤给安之穿在身上可以当条长裙子，特别可爱。

“我去洗澡，自己擦头发，嗯？”

安之顺从地点头，看着言蹊走进浴室。她发了一会儿呆，除了外公，还没人为了她走来走去，整天晚上都在忙着。

小五和陶陶

Chapter 8

安之拿起那条毛巾擦起头发来。

言蹊洗完澡后，头发和身体都是香香的味道，也是她身上的香味，不知道是什么花香。

安之边擦头发边看周围，床很大，白色的床笠，浅灰色的被子，深灰色的枕头，床头边有架很高的黑色探头台灯。床头的柜子上有相框。她认出其中一个是言蹊，还有三个男的。一模一样的高个子。言蹊扎着高马尾，视线落在前方，笑容灿烂，明眸善睐，被她一看，感觉全世界的花都开了。

言蹊出来后，发现安之小手抓着相框，看得异常认真仔细。

“那是我和我哥哥们。”

安之转头：“三个？”

言蹊走过来坐下，接过相框，摇头道：“我有四个哥哥，三哥四哥是双胞胎……”她顿一顿，“我五岁时，四哥和爸妈过世了。”

她刚洗完澡，穿了条睡裙，头发半湿地披在肩上，身上和她是同一个味道。长睫微敛，没有往下说了。

安之的小心脏揪了揪，突然有点无措。

“那个……香味。”安之涨红了脸才蹦出这几个字。

言蹊被她吸引了注意力：“什么？”

“洗头发的，还有……洗澡的，香味是什么花？”

“哦……是这个……”她拿来白色的瓶子，上面是浅绿色的字“Kai”，挤出一点乳液，抹开，“我们洗头发、洗澡用的都是这个牌子，栀子花。”

安之并不认识这种花，言蹊又笑笑道："是一种白色的花朵，这是我妈妈很喜欢的一个牌子，而我喜欢栀子花。"

她微微凝神，似乎想起什么往事，眼神有点缥缈。也只是一瞬，她笑着对安之说："楼下就有种的，不过现在过了花季，以后给你看。"

其实还没到言蹊睡觉的时候，她给安之吹头发时小女孩困得眼睛都睁不开了，小脑袋一点一点的，慢慢地歪向她。言蹊把她接住，摸一把她的头发，把她放好。

言蹊其实并不习惯跟人一起睡，更别说是同一个被窝了。她另外拿了一张大毛毯，将小女孩严严实实裹在里面。

本来想看点台里的视频资料，想想还是算了，亮着灯怕她睡不好。言蹊在她旁边躺下来，一手枕在脑后，肢体很放松，精神上却没有。

"我在想什么呢，把别人家的孩子就带回家了……"

"你是不是有想清楚之后要做什么？她父母是不靠谱，可是……由得你做主吗？难道你要把她带在身边吗？这怎么可能呢……"

言蹊这些天在编导岗位实习，每天都跟在导演们的后面忙得团团转。上周确定好了选题，下周就要拍摄了，编导这个岗位不仅需要上佳的文笔，良好的沟通能力，以及耐心、细心，最重要的是需要体力，因为工作强度非常大，每天工作至少十二个小时，通宵达旦是经常的事情。跟她一起实习的几个同龄人，每天晚上靠喝咖啡和红牛撑下来，还干脆就住进了台里分配的宿舍。

她都不能保证每个月的休息时间，怎么带一个孩子呢？

这怎么可能呢？

言蹊按按头，侧过去看安之。小女孩睡着了，很安静，呼吸声细细的。

言蹊一点都不了解儿童的世界，她的两个侄子又吵又熊，又爱黏人。她二哥和三哥不胜其扰，搬了出去。她倒不会讨厌，只是觉得"小孩子这种生物太麻烦了，尤其是男孩"。

她大嫂要生的是一对双胞胎女孩就好了，一定又乖又可爱，淘气一点也没有关系的。言蹊之前也这样想过，没想到现在会遇到安之。

"我没有别的地方可以去了。"

言蹊又想起这句话，那么小的一个孩子奶声奶气地说着这么沧桑的话，她需要比别的小孩子更多的呵护还有爱护。可她可能做不到……说实话，言蹊有点后悔冲动把她带回家，老实说她根本就没有想清楚后面怎么办，只是当时觉得不能由着她这么一个人回去。

每个小孩的内心都有一座属于他们的公园。也许大部分的小孩，如同她的熊孩子侄子，他们的那座公园可能是阳光、秋千、晃动的木马、摩天轮，还有父母一起陪伴着的笑声。

而安之，她内心的公园里也许有这些事物，而她只是站在外围，静静地看着别的孩子玩耍。言蹊不知道为什么会有种这种感觉，光想着就让她的心艰涩起来。她希望她带安之回家这个举动会让安之开心，又隐隐担心安之会对她有太多的盼望，因为她不愿让孩子失望。

言蹊一时间也没有更好的办法。也罢，先在家里待着吧，至少有心姨照顾，她放心多了。暂时先这样吧。

安之醒来的时候有一瞬间不知道自己在哪里……是在老家的小床上，还是在陶臻臻的住处，还是在那个冷冰冰没有人会理她的大房子里？她坐起身来，揉揉眼睛，扫了一圈周围，才恍惚想起这是“yanxi”的房间。

她摸摸盖在身上的毛毯，又看了看旁边叠好的浅灰色的被子，愣了愣，又坐在床上发了一小会儿呆，才去摸床尾给她叠好的衣服。下床，到卫生间，小心地观察了下，发现有给她的牙刷和毛巾，她心定了定。踮起脚刷牙，洗了个冷水脸，梳好头发。

她在房间里等了一小会儿，也不见有人来。不知道应该做什么，只好起来开门出去。三楼静悄悄的，她在门口站了站，回忆楼梯的方向。

言蹊刚走到三楼就看到小女孩站在那里发愣，穿着浅黄色的衣服和裤子。看见自己，她轻吐了一口气，朝自己微笑起来，有点怯生生的。

“来。”言蹊不由得把声音放轻，“肚子饿了吗？”

早餐很香，小米粥、豆浆、油条、肉包子、鸡蛋饼，还有小菜。

一楼的厨房有很长很宽的原木餐桌，大大的落地窗门，门外还可以看见很大一片绿色草地。

这是个陌生的环境，安之有点忐忑，坐在桌旁没有动。桌面上的食物有着温暖的香气，她目光略略扫过，也不主动提出要吃什么东西。

言蹊眉头不经意地蹙了蹙，松开，主动给她盛了一碗小米粥，把油条和鸡蛋饼推到她面前。

“会拿筷子吗？”

安之迟疑了一下，点头。

言蹊给她拿了一双儿童筷子，一个勺子。她小手抓起来，道谢，仿佛想起什么，问：“心姨，爷爷和奶奶……他们吃了吗？”

言蹊看看她：“嗯，他们都吃过了。我也是。”

安之默了默，小声道：“我起晚了……”

言蹊揉揉她头发：“没有，爷爷奶奶本来也不在餐厅吃，他们起得早。心姨也是。快吃，要不然肚子里的青蛙要叫了。”

安之这才放心，小口小口地吃起东西来。她吃相很乖，舀一勺粥，吹一吹，含到小嘴里，咽下去。咬一口鸡蛋饼，再吃粥。像只小兔子一样，连咀嚼的声音都很小。

而且只吃放到她眼前的食物。

这样她仿佛就很开心了，偶尔抬头，小酒窝扬一扬，对她笑。

言蹊心里一瞬间波澜起伏，不知道该怎么对她说自己今天就要回市里去工作。但还是要对她坦白。

等她吃完，她们在客厅坐着。

“安之……”她刚尝试着开口，小女孩听到她的语气就坐直了，两只眼睛巴巴地望着她，就像兔子受惊一样竖起耳朵。

言蹊抚抚她的耳侧，说：“你安心地住在这里，没有关系的，心姨和我爷爷奶奶都很欢迎你，还有过几天我侄子们就回来了，他们跟你差不多大，你们可以一起玩……”

安之抿了抿嘴，右颊边的酒窝黯然地陷进去。她问：“你不在这里吗……”

言蹊：“我在市里工作，会比较忙，不能每天晚上都回来……”

安之看着她。

言蹊：“我下个月……嗯……下下周回来。”

安之还是看着她，离得近了，看得见言蹊的皮肤很白，双眼皮，显得眼窝较深，眼形是偏狭长的，尾端自然微翘，天生的一对笑眼。

安之小肩膀矮了矮，头发细软地伏在她脸颊。她垂下眼睛，言蹊在家穿了件灰色的大卫衣，阔腿牛仔裤，安之盯着她袖口看，那里有一圈白色的压线。

突然，耳朵被暖腻的手捂住。安之被动地抬起头，言蹊的眼神温柔剔透，弯起唇角，嗓音清和："安之，我下周回来。跟你保证。"

回市里的路上，天突然暗了下来。乌云密布，似乎要下雨。言蹊心情莫名有点低落。

她离开的时候，跟心姨多聊了一会儿，请她千万多照顾一下安之。其实没什么好担心的，心姨是照顾他们兄妹几个长大的，看养小孩经验丰富。

可是安之……

那个小女孩听她说完，突然说："我想要知道你的名字怎么写……"

言蹊微微一怔，虽然不明白为什么她这么说，但是能够转移她的注意力就好。"言，语言的言；蹊，这个字比较难……"她拿来纸笔，尽量慢写给她看，"就是小路的意思。"

她的字秀气又沉静，带着大人写给小孩看的那种端正和规矩。安之细细地观摩着，把纸捏在手心。

她又问："为什么叫你小五？"

言蹊："因为我在家里排第五呀，小五是我的小名。"

安之小嘴微张，"哦"一声，墨亮的瞳仁泛起笑意。言蹊借机逗她："那你有没有小名啊？"

安之道："有的，外公叫我陶陶。"她嗓音糯软，"……只有外公这么叫我。"

几颗大点的雨滴砸到玻璃上，言蹊拉回思绪。天空飘起的密密的雨丝，入秋的第一场雨，淅淅沥沥地来了。

别人家的姑姑

Chapter 9

言蹊和所有刚进入社会的年轻人一样，对工作有着灿烂的憧憬和无尽的冲劲。电视选题确定下来后，只有一周的拍摄时间，时间紧迫，工作量又大，他们几个新人每天从早到晚，忙到焦头烂额。

很多时候，一天的拍摄结束后，凌晨还会开会分享心得，总结自己的经验和不足。言蹊跟他们相处得不错。

那些加班的夜晚，在深夜的咖啡馆，在二十四小时营业的肯德基，在路边的烧烤摊。

邯城的凌晨时分，灯火阑珊，人群密集，年轻人谈笑风生，把酒举杯，满满都是对未来的期望。而言蹊在这种时候才能稍稍放松一点，不经意间挂念安之。

那个小女孩，年幼失去至亲，以为会跟母亲一起生活，却被母亲推给父亲，受到冷漠的对待，被自己带回家。她一直没有安顿下来，像一个皮球一样，被这方推给那方，兜兜转转。被自己带回家后，自己也没能待在她身边，相当于又把她置身在一个陌生的环境里。

在她年幼的心里，会不会不理解什么叫作工作，也把言蹊当作“不想要她的人”？言蹊想，如果自己是她，大概也会这么认为。

不，她没办法站在她的立场。虽然她五岁时失去了双亲和一位哥哥，但是她那时没有太懂事，很多记忆随着时间流逝已经慢慢模糊，而且她几乎是在爷爷奶奶和哥哥们的呵护下长大的，怎么能一样呢？

心姨在电话里宽慰她：“安之很乖呢，会自己洗澡、吃饭，还敢自己一个人睡觉，跟爷爷奶奶也相处得很好。你大嫂、大胖和小胖回来了……家里又热闹起来了……倒没有一起玩，安之太文静了，有点怕生。”

但是尽管她这么说，言蹊还是不能放心。

连续加了几天的班，周日下午到周一晚上，可以休息一天。同期进电视台的女生邀请她去逛街，言蹊婉拒后，立即开车回郊区。

言爷爷爱种花，言家老宅前门有个很大的花园。言蹊到的时候是下午，最后的一点光还没消逝，大半院的菊花千姿百态，白如雪，黄如金，墨透红，美丽极了。

言蹊刚从车库过来，就从里屋跑出来一个小胖墩，唇红齿白，大呼小叫地小跑上去：“姑姑！小姑姑回来了！”

仿佛二重唱一样，又跑出来一个一模一样的小胖墩，嘴里也直叫唤：“姑姑，小姑姑！”

言蹊对这种欢迎模式驾轻就熟，她微弯下腿，双手伸出，学《西游记》的孙大圣的话：“孩儿们，俺老言回来了！”

两个小胖墩“嗷嗷”扑上去，一人瞄准言蹊的一只手臂，化作猴子一样挂上去，哈哈大笑，一只说：“姑姑，是老孙！是齐天大圣！”

另一只反驳：“我们家又不姓孙，姑姑是老言，我们是小言。”

“可是姑姑叫我们大胖和小胖……”

“你们还不是大胖和小胖！两只小猪！重死了。”

言蹊颠了颠他们两个，几天不见，感觉又重了好几斤。

“姑姑，我是言骐，弟弟是言骥！”

“对！太爷爷说我们的名字……是骏马的意思，不是猪！”

“好了，那就是言大马和言小马。”言蹊嘴上漫不经心地打击着他们，目光却朝前方凝视着。

安之本来跟在他们后面小跑出来，她虽然比言家双胞胎大一岁多，身体却至少比他们小一号，动作也没他们快。她小跑了几步，看见言蹊一手一个把他们抱住，她愣了一下，怯生生地站住了。见言蹊在看她，她才慢慢露出微笑。

言蹊的心突然被什么刺了一下。她想叫安之，可双胞胎黏住她不放，叽叽喳喳：“小姑姑，给我们的玩具呢？机器人，机器人？！”

“小姑姑，我的积木呢？”

“在车后备箱，等下给你们玩，先下来……”

双胞胎欢呼一声跳下来，言蹊正呼出一口气，两只手又分别被他们拉住，扯着往里走，言蹊只来得及往后扫一眼。

安之那小小的身影在后面慢吞吞地跟着。

“安之……”

客厅里，言家双胞胎兴致勃勃地一边拆着玩具，一边比画着。

他们的妈妈——萧雨桐，对双胞胎道：“光顾着玩，有没有跟姑姑说谢谢呀？”

双胞胎异口同声：“谢谢小姑姑！”

“下次还要。”

“下次再给我们买！”

屋子里的人都笑了。

言蹊看了看旁边的安之，见她规矩地坐着，小手叠着放在膝盖上。

她太粗心了，给大小胖的礼物是早一个月买好放在后备箱的，而她刚才急着回来，忘记给安之买东西，现在两手空空的，什么都没有给她，不知道安之心里会怎么想。

言蹊抱歉地摸摸她的细软的头发，小女孩若有所感地抬头，对她笑一笑，清澈乌亮的眼睛里有着浅浅的笑意。言蹊发现，她好像特别喜欢被摸头，虽然表现得不是很明显，但是安之每次被摸头的时候，笑起来酒窝都会特别深。

言蹊不由得多摸摸她的头顶和耳侧，感觉到小女孩轻轻地蹭了一下她手心，像只小心翼翼想要撒娇的小兔子。

言蹊觉得心又隐隐作痛。

那边的言大胖见妈妈在帮着言小胖摆积木，叫小姑姑也不理他，心有不甘，溜过来走到安之面前，拿着玩具枪指着她的脸：“砰砰砰……”

安之吓得大声尖叫，直往言蹊背后躲。言蹊搂住她，脸一沉：“言骐！”

言大胖一呆，他姑姑只会笑着叫他“言大胖”“言大马”之类的，从没有这么严肃地呵斥他，他小嘴歪一歪，一股委屈涌上心头，扯开嗓子就哇哇大哭。

萧雨桐闻声过来，她略微尴尬地看了一眼言蹊，急忙哄言大胖：“好了好了，看看你，吓到姐姐了。”

言大胖哭得更加起劲：“她不是我姐姐，小姑姑……”

言小胖见他双胞胎兄弟哭得热闹，也“哇哇”哭起来，一时间客厅里像炸了锅。

言蹊一手搂着安之，说：“我说过玩具枪不能对着别人，你不记得了？你之前跟我保证，我才买给你的。你居然还这样，以后我不会买了。”

言大胖哪里还记得他曾经许下的诺言，只听到了“以后不会再买了”，这下假哭都变成了真哭，小脸都涨得红通通。言小胖心有灵犀跟他哭起“二重唱”。

萧雨桐根本哄不过来两个孩子，她“哎”的一声，埋怨地瞧了瞧言蹊和安之：“姑姑说笑呢，好了，别哭了，你不能把枪对着姐姐，对不对？”言大胖哭得直抽，萧雨桐无奈地扭头对言蹊道：“小五，你说句话呢。”

言蹊叹口气：“好了，别哭了，姑姑再给你买。”

心姨这时候及时地走了进来：“好了好了，别哭了。喝牛奶了，来来，给你们最喜欢喝的。”

言大胖和言小胖这才抽抽噎噎地叼了吸管叽叽咕咕地吸起来。心姨递过一瓶给安之，安之接了过来。那是儿童喝的纯牛奶，大胖和小胖爱喝的牌子。安之拿在手里几秒，其实她并不爱喝纯牛奶。在乡下，她不喝牛奶，外公有时会弄了新鲜的，煮开后给她加糖。

甜滋滋的、香香的、热热的，她喜欢喝那种。

她把牛奶递给言蹊，言蹊眨了一下眼睛：“怎么了？”然后顺手帮她拆开吸管，插进去，再递还给她。

安之接过来，慢慢地吸一口。其实也还可以。

吃晚饭的时候，双胞胎又闹起来。

言家的晚饭，言爷爷言奶奶因为年纪大了，一般在二楼吃，也是怕小辈们太闹吵到他们。

言家的饭桌，每人面前有一个小盘子，大人们自己夹菜，小孩子由大人夹菜放在盘子里，尤其双胞胎正在培养拿筷子，更加不能由他们自己夹菜。所以有他们在场，吃饭的时候一定是闹哄哄的。

一下要妈妈喂，一下又要姑姑喂。

“不吃苦瓜！不吃苦瓜！”

“不要蘑菇！不要蘑菇！”

萧雨桐怒了：“必须吃蔬菜，你看姐姐多乖，都不挑食！”

“她又不是我们姐姐……”

“不是……”

言蹊蹙眉，难道每天在饭桌上都得上演这一幕？而相比，安之安安静静地捏着儿童筷子，小口小口地扒着饭。

言蹊偏头看了一眼她面前的小盘子，苦瓜也没有动。

她心神动了动：“会不会也是不喜欢吃？”

刚才的牛奶，好像也没有喝完。想到这里，安之突然把筷子伸到苦瓜那里，夹了很小一块，停顿了好几秒，才缓缓地放进嘴里。小巧秀气的鼻子皱了皱，低头塞了一口饭。言蹊明白了。

摔倒

Chapter 10

好苦……安之别扭地咽下去，她不能说她不爱吃苦瓜，也不爱喝纯牛奶。但是……她不能说，人家已经好心收留自己了。还有言蹊好像在看她，她不能让言蹊觉得自己是挑食的小孩子。

她抿抿嘴唇，正要去夹第二块的时候，她的小盘子里突然多了一双筷子，一下子把她盘里的所有苦瓜给夹走了，动作很快。

安之愣一愣，往旁边看去，言蹊面不改色地把苦瓜吃进嘴里，毫不勉强，甚至冲她眨了下眼睛。那边的言大胖和言小胖还不死心地叫着不吃苦瓜，安之展开小酒窝，偷偷地笑。

闹哄哄地吃完晚饭，回到客厅又玩耍起来。小男孩们的精力十分旺盛，嬉闹声从屋里传到屋外。

言以南进屋的时候响亮地叫一声：“我美猴王回来了！”

双胞胎见到他一前一后大叫两声，齐齐扑过去：“三叔！三叔！”

言以南假装不堪他们的重量，往后直直一倒，翻白眼：“啊！我死了……我被砸死了……”

双胞胎嘿嘿笑，一个去掀他眼皮，一个去挠他的痒痒，他突然睁眼，扮鬼脸吓人。大家一起哈哈大笑。

言蹊略无奈地笑笑，对安之道：“是我三哥。”

安之在言蹊的房间里见过的照片里就有他，他穿着简单的黑衣长裤，身材挺秀，俊眉深睫，尤其一对眼睛总是似乎含着温情的笑，唇角自然地上翘，很像言蹊。安之是这么认为的。

这时，言以南看到了安之。安之还没来得及叫人，言以南就自然地过来把她举起来放在肩上，逗她。

安之吓得全身僵硬，又不敢叫。底下双胞胎争宠似的一人抱住他一条腿，不让他走动。

场面一时闹一时笑，热闹得不行。

言蹊没好气地走过去，敲敲言以南的手臂，把安之抱过来。安之松口气，躲进她怀里，惊魂未定。

言以南似笑非笑地看她一眼，兄妹俩交换了个眼神，言以南就去闹双胞胎去了。

心姨过来说道："哎，南南，你吃过饭没有？回来给家里打个电话，我好准备你爱吃的。"

言以南掐掐言大胖的圆脸蛋，跟大嫂打了声招呼，回头道："好不容易从学校偷懒一次，没来得及，您别忙，我吃过了。"

他比言蹊大三岁，在国内一流的医科大学读研究生，学业忙得昏天暗地。但言家的孩子因为自小在爷爷奶奶身边长大，父母也都不在了，对二老孺慕情深，即使是在外市工作，繁忙抽不开身的老大言以东也坚持让妻子萧雨桐带着一对双胞胎，陪伴在老人身边；而在邶城理工大学读博的言老二言以西，在医科大学读硕士的言老三言以南，已经实习的言蹊，至少每个月都会回家一趟。

这是他们兄妹四人不用明言的规定。

言以南逗了一会儿双胞胎，便上楼看爷爷奶奶了。还没上几步台阶，他便油嘴滑舌大声道："爷爷奶奶，你们最心爱的孙子南南回来了！"双胞胎尾随他上去了。

萧雨桐走过来，她容貌姣好，十分有教养，带了点抱歉的笑容："小五，有件事必须跟你说，前两天，双胞胎和安之闹着玩，安之摔了一下……"

"摔到哪里了？"言蹊皱皱眉，低声问安之。

安之看看萧雨桐，又看看她。

萧雨桐有点尴尬道："摔到腿了……"

心姨在旁说："小五，别担心，只是摔破了皮，小孩子磕磕碰碰是常有的事情……对吧，安之？"

安之点点头，露出笑容。言蹊就不再说什么。她生性温和体贴，不说话已经是不高兴的表现了。

她抱着安之回到房间，轻声问她："怎么回事？"

安之这一周经历了很多，言蹊之外的人对她来说都是陌生人，幸好言爷爷言奶奶和心姨都是好相处有耐心的老人家。她才刚放下心，言家双胞胎和萧雨桐就回家了。

她从小没有在大家庭里待过，一直都只有她和外公。这一周心都是提着的。

有天双胞胎看见她在玩言蹊在肯德基给她买的兔子，觉得兔子打鼓的样子挺有趣，想去抢她的，安之不给，他们抢了就跑，她急了，追在后面没留意就摔了。

言蹊没听到回答，她微微有点说不出来的闷。安之要是像她双胞胎侄子也好，心里有什么都摆在脸上，可这个小女孩不一样，她很安静，什么事都藏在心里。言蹊只能站在她的角度尽量地感同身受，但是辛苦工作了一周，还有开了很长时间车的她，突然觉得有点心累。

两人沉默了一会儿，安之才说话，她的声音柔细而稚气，"摔倒了，不疼的。"

她似乎在紧张什么，小身体坐直了，可怜巴巴地瞧了一眼言蹊，也许是感受到了一点言蹊的不耐烦。

言蹊放柔了语气："给我看看伤在哪里。"

安之头微微垂低，小手动了动，拉起右边的裤子。

她白嫩的腿上，膝盖附近乌青了好大一块，破皮的地方已经结起硬硬的痂了，看得出来刚摔的时候一定流了血。

言蹊一怔，紧接着蹙紧眉头，她抬手去摸，安之瑟缩了下，言蹊抬头看她："你怎么不跟我说呢？"

安之咬了咬唇瓣，声若蚊蝇："你是……他们的姑姑嘛……"

说着，她头越垂越低，头发柔软地散落下来，遮住了她发红的眼眶。

言蹊一时间心里五味杂陈，不知道说什么好。奶白色的壁灯光倾斜而落，笼住她们的身影。

"安之……"

安之突然抬起头，说道：“已经不疼了……”她一只小手往后缩，攥住自己的衣服，像在给自己打气一样， “心奶奶给我拿药擦了……而且……萧阿姨让弟弟给我道歉了……”

她尽量让自己声音平稳，末了，还挤出了笑容。

言蹊默默地望着她的笑容，点了点头：“那就好……等下洗完澡，再擦一擦。”

“嗯！”安之答应，她拉好裤子，“我要做完作业先，才去洗澡。”

幼儿园的作业是大本的练字帖，安之个子小，言蹊的书桌对她来说太高了，她坐在地毯上，趴在茶几上写刚好。

她显然不想再继续那个话题了，言蹊起身，低声说：“你写吧，我出去会儿。”

安之冲她抿嘴笑了笑，待她走出房间后，才打开字帖，里面夹了一张纸，纸上是她稚嫩的笔迹，写的是“言”“蹊”两个字。“言”字已经写得很漂亮，“蹊”字笔画比较多，她总觉得自己写得不够好。她削好铅笔，一笔一画开始认真地写着。

“扑”的一声，铅笔削得太尖，她刚才那一笔太用力，一下子就断了。她右颊的酒窝黯然地深了下，一颗豆大的泪珠就掉了下来。她放下笔，用手抹了抹眼角，然后再继续写。

言蹊出了门就叹口气，伤脑筋啊……刚才脑子一下子急了，感觉自己当了恶人。

太敏感了，这孩子。也是，无论怎么样，都会有种寄人篱下的感觉吧。不敢说自己不喜欢吃的东西，不敢说被欺负了，因为怕没人站在她那边吧……

言蹊心里堵得厉害，她悄悄推开门，正好看见那小孩在抹眼泪。

她怔了怔，突然心间疼痛。

她犹豫了会儿，到底没推门进去，而是转向另一边，敲门。

敲了敲，里面没应。再敲。

“谁呀，我睡了……”向以南懒洋洋的声音传来。

“我。”

向以南开门让她进去。他房间里是那种年轻男人的“有规则的乱”，而他在电脑前……看影片。

言以南有趣地盯着她："小五，你不是哄你女儿去了咩？"

言蹊："……安之不是我女儿……"

言以南耸肩："我瞧你是想把她当女儿养呢……你想好了吗？你干吗揽一个小麻烦上身，到底是别人家的孩子，万一出了什么事怎么跟人交代？"

言蹊内心想，她要是不管，才会出事呢。嘴上却说："三哥，你什么时候变得这么八卦了？！"

"我还不是为了你着想，带着她这么个拖油瓶，你谈恋爱多不方便啊？"

又是小麻烦，又是拖油瓶，言蹊蹬他："不用你管！"

"好好好，你是家里的小公主，你说了算……当我没说。"

言蹊道："我有事要你帮忙。"

"请公主殿下吩咐！"

言蹊被他逗得一笑："你最近能不能抽个时间去我那房子看一下，我记得门不太好，要换一下，还要换锁，还有燃气公司那边可能要补交一下费用……"

"啊？！这个事啊……行吧，我抽空帮你弄好，怎么，你不是住电视台给你分的宿舍吗？"

"嗯，暂时而已。"

心里有个想法，朦胧还未成型。

陶陶，不哭了

Chapter 11

言蹊回到房间的时候，安之已经洗好澡了，她仍旧穿着言蹊的旧 T 恤。

“擦药了吗？我看看。”言蹊查看她的膝盖。

“嗯……”

“还疼不疼？”

“不疼了……”

言蹊摸摸她的头：“以后可以告诉我。”

安之视线低垂，言蹊手伸过去揽住她小小的身子。

安之乖巧地说声：“哦。”

言蹊转移话题道：“来，给我看看你的作业。幼儿园在学什么？”

“这周我们学声母还有十以内的加法。”

言蹊翻开她的作：“这些对你都很简单，对不对？”她猜想，因为她还没遇到过幼儿园的小朋友就会写元素周期表的。还有她知道安之的外公是教师。

“嗯。”安之小幅度地昂昂头。

“我会背所有的声母和韵母，我会背乘法口诀，还有两位数的加减法，还会写元素周期表！因为呢，我外公是教化学的……”

安之本来小脸晶亮地说着，后来说到她的外公，她就慢慢地小声起来。

“我好想他。”

有一瞬间，言蹊真的以为她要哭了，然而安之只是呆呆地坐着，半晌才露出点苦笑：“我知道他不会回来了……”

言蹊沉默。她原先想安之是不是开启了自我保护机制，对于外公的去世，母亲的抛弃，父亲的冷落，她都一直默默承受着。同龄的孩子，如同她的侄子们，一言不合就哭得震天响。可见真正的委屈反而是说不出口的。可那是成年人，甚至活了很长时间的人必须有的感慨，而不是一个才六岁的孩子。

但是这种倾诉是好的，哪怕只有一点点。言蹊听着。

“我那天要是早点……叫人来就好了……”安之小嘴瘪了瘪，眼眶红了起来。

原来还有这种想法吗？可怜的孩子。言蹊把她抱过来，让她伏在自己的怀里。小小的安之将脸偎在她的肩膀，低声抽噎着，鼻子泛红，连哭都这么压抑。

言蹊搂着她，斟酌着用词：“人的命运很多时候很难控制在自己的手里，有很多不得已的事情会发生，这不是你的错。安之，你可以一直待在这里的。”

“好了，乖……”言蹊摸摸她的背，转移她的注意力，“这是什么？”

安之揉着眼睛，一边抽泣一边说：“练习写字的字帖。太爷爷给我的。”

“嗯。”

言蹊笑了笑，这本字帖她再熟悉不过，是她爷爷自己编的。八开大小，讲义、字帖、配图都是言爷爷一笔一画写出来的。言爷爷写得一手好楷书，笔锋遒劲，气韵不凡。

先教他们学会握笔，了解字的结构，笔的用法。一本用来临摹，一本大白纸用来练习。临完他老人家的字，就对字的结构了解得差不多了，再临别的字帖。等到他们能握紧笔了，这么练好几年，他们的爷爷就不太管了，喜欢学书法的继续跟他学，不喜欢的就不学，但是字都能写得很工整。

“我和哥哥们小时候也是这么开始写字的。你看太爷爷很喜欢你，是吧？安之是讨人喜欢的孩子。”

言蹊把她拢在怀里，低声地跟她说着话，嗓音温软，像晴天空中的一抹云。安之仰着头看她，不知不觉就忘记了哭泣。

言蹊翻了另外一本，她“咦”了一声，轻笑。安之往上面一看，就是那张练习她名字的纸。她赧然道：“我还不太会写……”

“没有呢，写得很好，来，我再写给你看。”

她没有松开手臂，而是把安之拢在怀里，坐到地毯上，拿起她的铅笔，给她写字。写完她的“蹊”字，又写了安之的名字“陶安之”。

“蹊”字她依旧写得很端正，清秀，笔画干净简洁。

而“陶安之”这三个字依旧素雅精致，略略随性，显得有些行云流水的意味。而“之”字最后的一捺微微拖长，却点到即止，既克制又潇洒。

“安之，你有一个好名字。”

安之把脸贴紧了她，她很留恋言蹊的怀抱。她知道言蹊与她非亲非故，已经待她很好很好。言蹊并不是她的妈妈，也不是旁的需要对她负责任的什么人。她是别人的姑姑，她是大人，她需要去工作，她工作很忙。她不能再贪心了，也不能要求太多。

她只是特别喜欢这样被言蹊抱着。一秒，再多一秒。安之合上了眼睛，她那绵软青嫩的睫毛慢慢地被一层水雾覆盖。

屋子里一片宁静，言蹊也没有说话。她其实是不太喜欢小孩子的，家里的熊孩子双胞胎没有办法，血缘摆在那里。她不知道自己做的事情对不对，把安之放在家里面，整天看着她大嫂疼爱着双胞胎，安之的心里一定会很难受吧。

先前竟然没有想到这一点，只是想着同龄孩子会好相处一点，没想过让安之受委屈。受了委屈，所以想起外公了吧？也是，除了外公，她还有想谁呢。她是双胞胎的姑姑，所以安之都不敢期待自己能站在她那边。

言蹊的心陡然酸涩起来。手在小女孩的后背抚了抚，能感觉她很喜欢这种亲近的方式。

言蹊不太记得自己这个年纪的时候是什么样了，她五岁那年，父母和最小的一个哥哥意外去世，爷爷奶奶仿佛一夜间头发就白了。她还看到了哥哥们痛哭不止的样子，但是她那时不太懂，而且他们把她护得很好，很平顺地度过了童年，一直以为父母和小哥哥都在外地。

待到她少年时期，懂事了，才意识到自己失去了至亲，那时的钻心痛楚现在想起来还隐隐生痛。

言蹊垂下睫毛，遮住了眼底的光影，手却像有意识一样继续抚了抚小安之的背。

“睡着了吗？”她低头问。

小孩子的睫毛颤了颤，没睁开来，似乎真的睡着了。

“那睡吧。”

安之其实没有睡着，被言蹊那么一问，她不太想睁开眼睛，索性装作自己睡着了，想知道言蹊会怎么做。

女人把安之抱了起来，她手臂柔软，动作轻盈。把安之放到床上，拿毯子将她密实裹好。

脸颊痒痒的，有头发丝落在脸上。安之想忍着，但她能感觉到言蹊那细柔的手指掠过来拂开发丝。然后……手指顿了顿，指节轻轻地在她睫毛上拭了一下。言蹊把灯关掉，拧开了旁边的高台灯，然后把台灯帽往外移开了点。

安之悄悄地睁开眼，橘色的灯光勾勒出言蹊高挑的身影。

顾虑到安之在睡觉，言蹊的动作也都轻轻的，拿好睡衣，进入浴室。

过了一会儿，安之有点迷糊的时候，床上轻轻地一压，然后是熟悉的香味，应该是言蹊躺了下来。她看了一会儿手机，便放下了。

安之又偷偷地张开眼，言蹊躺在另外一个被窝，她的头靠在外边，头发长长地披散在枕头上，露出了小巧莹润的耳垂。

安之的小手从她的被子里伸出来，摸到言蹊被子，握住一个角，这才满意地放心睡着。

安之以为她会睡得很熟，一觉到天亮，但是没有。迷迷糊糊之间，她好像又看到白色的丧服，飘到半空的纸钱，落在地上。小小的她，茫然地跟着大人的脚步……

有人跟她说话，周围的人只是哭着……还有那个木箱子，外公就在里面……离她越来越远……呼啸的风声，飞速而过的树木，安之瞄了一眼坐在她旁边的男人……她想要跟他说话，但是不知道跟他说什么。他好像不喜欢她叫他“爸爸”。

“你也看到了，你妈不要你，她只顾着她自己……我不会不管你的……你先在这里待着吧……”

车子开走，就剩下她一个人站着。

还有那些陌生的人，他们不喜欢她，他们在笑她。

“这小孩子，真不讨人喜欢啊，都不说话，也不笑……”

“不给她吃的也不哭，不去接她也不哭，没见过连撒娇都不会的小孩啊……”

“没错，还得在这里待多久？要不要认祖归宗啊……”

“怎么可能，姓陶呢，又不是姓陈，听说要送走她……”

“早点送走吧，要我们多养一个小孩，又不加工资……”

安之在梦里哭了出来，她先是忍着，但是忍不住，越哭越大声。她是在做梦，没关系，她可以尽情地哭，不用再忍着了。

耳边传来轻柔的嗓音：“安之，安之，别哭了……”

她小手不停地擦泪，越擦越多。说话的人没有办法，把毯子掀开，将人抱了过去。

“陶陶，好了，不哭了。”

安之感觉被抱到柔软温香的怀里，是栀子花的香味。那人一直哄着她：“陶陶，不要哭了，乖……”她沉溺在无边的温柔下才慢慢地抽噎着睡着了。

“姨姨”“小五”

Chapter 12

次日午后，言蹊准备回市里，言以南不想开车，准备蹭她的车。

两人走到车库，安之从后面小跑着追上来，言以南落后一步，所以瞧见了，他笑：“你女儿来送你了。”

“怎么了？”言蹊蹲下来问她。

安之一早醒来发现她独自躺在言蹊的被窝里，还以为她自己睡着的时候乱动了，不过言蹊没说什么。

言蹊随意地绑着头发，一张素脸，露出了白皙秀长的脖子，唇角暗含着笑意。

言以南从车子里探出一个头：“哎，安之小朋友，你是不是来送我的呀？”

“嗯？”安之腼腆地犹豫了一下，“三舅舅……”早上言以南逗了安之一会儿，硬是要让他叫她舅舅，她现在终于叫了出来。

“啊，果然是比男孩子要可爱啊！”言以南笑道。

言蹊瞪了言以南一眼，低声问她：“怎么了？”

“你什么时候回来？”安之问。

“这个我还真说不好。”言蹊叹道，她沉思了两秒，“我把我电话给你好不好？你能不能记住？”

安之点点小脑袋。

“137*****，”言蹊问道，“不拿纸笔能记住吗？”

安之又点点头，她天生对数字比较敏感。十一位数字，大多数人可能3+3+3+2地记住，她是3+4+4地记，她记外公的电话号码就是这么记的。

她重复地把号码念出来，言蹊摸摸她的头，称赞她后说：“有事记得打电话给我。”

“什么事都可以，家里每一层楼都有座机的，嗯？”言蹊认真地看着她。

安之再点点头，脸颊如粉嫩的苹果，眼神童稚，神情不舍。

言蹊想着再跟她轻松地说几句话，就浅浅笑道：“你现在叫我爷爷奶奶太爷爷和太奶奶了，叫我三哥三舅舅了，那你应该叫我什么呀？”

安之不好意思地捏捏自己的小手，小嘴糯糯道：“姨……姨？”

“姨姨”这个称呼由小女孩奶声叫出来还挺萌的，尤其安之这孩子，叫她大嫂“萧阿姨”，而叫她作“姨姨”，证明自己在她心里比别人要亲近得多。但言蹊像所有二十出头的女孩子一样，其实还不习惯被人叫作阿姨，但是叫她姐姐辈分也不对呀。

她挠挠头发，笑道：“你还是叫我名字吧。”

小安之眨眨眼睛，望着她，突然酒窝一深：“小五？”

言蹊一怔，眼角笑意一绽，伸手捏她脸颊：“没大没小。”

安之酒窝一掀，甜甜地笑了。

车子开动的时候，从后视镜可以看到小小的安之的身影，她挥着小手。言以南在车后座舒舒服服地坐着，放松姿态闲闲地说：“没想到你这么喜欢孩子呀？”

车上缓缓地放着张雨生的一首老歌《一天到晚游泳的鱼》。

“一天到晚游泳的鱼啊不停游，一天到晚想你的人啊爱不停休……”

言蹊的视线注视着前方，她轻声道：“哎，我也不知道……”

过了一会儿，言蹊问他：“对了，我房子附近是不是有个小学？”

言以南耸耸肩。“我哪里知道，爸爸买这个房子时我还小嘛。不过好像是想要你在这附近上学才买的，后来不是……所以我们回老宅住了。”

言蹊点头。要做的事情太多了，她现在缺的就是时间，只能慢慢来。

夜晚，安之独自在房间整理她的东西。她的小书包，她的相册，里面有和外公一起拍的很多照片。她的钱包，打开来，里面有一些零钱，是她用来搭公交车的。

她在幼儿园大班，班上的小朋友都还不认得钱。幸好外公从小带她上菜市场，小时候不多话的安之就看着外公买菜给钱换钱，不知不觉就学会了认钱。在那个房子生活的一个月里，她那个不着调的“爸爸”，只出现过一次，待了半个小时，跟她说了几句话，后来塞给她十张红色的钱币。在幼儿园的时候，安之托门口的保安爷爷给她换了零钱。

安之把剩下的钱整理一下，然后数一数。她突然停下来，小手摸过几张青色的、棕色的、银色的、紫色的纸币，那是言蹊给她的。

言蹊说：“你认得这些吗？”然后一张张告诉她，并教她几是几。她们甚至还玩起买东西的游戏，比如：“我想要买一瓶水，一瓶水是三元钱，那么给五元的话，要找多少呢？给十元钱呢？”

其实安之早就会了。言蹊说：“来，给你这些，想要买什么你可以去买，或者请同学们吃东西都可以。”

安之偷偷笑，言蹊根本不知道幼儿园的其他小朋友是不会带钱的。言蹊甚至都不知道安之已经懂得换钱，还贴心地给了她许多零钱。安之本来不愿意拿，言蹊笑着跟她说：“那等你长大再还给我好了。”

长大，那得等到什么时候啊？

言蹊说：“嗯……等你跟我差不多高的时候。”

安之好沮丧，那得等到什么时候啊？在她视线里，言蹊好高的，比她见到的很多大人都要高。身高真的不是自己的长项，连言大胖言小胖都比她高，所以他们才不愿意叫她“姐姐”，还说她是小矮子。

他们还是小胖子呢！安之嘟嘟嘴，她捧起言蹊给她买的兔子玩具，拉一下，咚咚咚，敲起鼓。

安之酒窝抿得深深的，开心极了。她想了想，打开房门。言家老宅的每一层楼都有一个大客厅，沙发边上有电话。安之探出头听一下客厅的动静，确定没其他人的时候，她小跑过去，趴到柔软的沙发扶手上，她一个数字一个数字按，然后握着听筒，听一小会儿“嘟嘟声”，接着就听到言蹊轻柔的嗓音：“心姨？”

安之鼓鼓嘴：“……是我。”

对方停顿一瞬，嗓音了含了几分笑意：“陶陶？”

安之脸颊上的酒窝跳了跳。

“怎么了？”

安之打电话之前并没有想好为什么要跟她打电话，所以言蹊呆了呆后，只能着急找一句话：“你，你什么时候回来？”

“啊。”言蹊那边的背景有一些杂音，好像有几个人在跟她说话，“陶陶……我这周可能没法回家了……”

“哦……”安之小小的手指绞着电话线。

“幼儿园有什么有趣的事情吗？”

安之刚好想到一件事，说：“我们老师昨天让我们带一条鱼去幼儿园观察，心奶奶给我一条小金鱼，然后我们有个同学把他妈妈准备煮晚餐的鲫鱼带过来了！”

“什么？哈哈……”言蹊笑出声。

安之想着言蹊笑起来的样子，唇角微弯，那对笑眼盛满了盈澈的笑意。

等到她开始读文言文的时候，偶然读到唐代段成式《酉阳杂俎•支诺皋下》的一句话“时春季夜间，风清月朗”，就想起来她这个时候的笑。

“你怎么知道是鲫鱼呢？”言蹊笑得好不容易停下来，微微喘气的声音就在耳边。

“嗯，我知道，外公以前经常带我去钓鱼！我认得鲫鱼、草鱼，还有那种小小的像泥鳅一样的鱼……还有像大条泥鳅一样的鱼……”

“噗……”言蹊又笑起来，她没有说“小小的像泥鳅一样的鱼”或者“像大条泥鳅一样的鱼”，其实并不是鱼的真正名字。她微叹一句：“陶陶真聪明呀……”

安之乐得脚丫晃了晃：“今天老师讲故事了，可是那个故事我听过了……”

“哦，什么故事？”言蹊那边的背景有点吵，她似乎走了几步，然后安静一点。

“嗯……就是有个小女孩，她遇到一只会说话的兔子，然后掉进了一个洞……”

“哦，这个故事呀，那老师有没有跟你讲还有第二个故事，她穿进了一个大镜子里面去了？”

“真的吗？！老师没有讲！”

言蹊又笑：“那我下次给你讲好不好？”

安之眼睛刚高兴地弯了弯，又嘟起嘴失望道：“可是你这个星期又不回来……”

“啊，对不起。”言蹊哄她道，“我下周一定争取回家好不好？”

安之捧着电话筒小脑袋用力地点啊点：“嗯嗯嗯嗯！”

言蹊轻笑道：“你有没有什么想吃的？我买回家去。”

安之不好意思说。

电话那边有人叫言蹊的名字，她应了一声，轻声问她：“陶陶？”

安之有点恍惚，好像上次做噩梦后，言蹊就叫起了她的小名。

安之戳戳电话线，小声道：“想要吃桃子……”

“想吃桃子是吧？好的，下周给你买。”言蹊笑着说，“时间太晚了，你应该去睡觉了。”

安之已经心满意足，她乖巧道：“好的。”

“嗯，盖好被子，最近晚间会降温。”

“好的。”

“挂电话了哦。”

“嗯。”

安之放下电话，言蹊说得没有错，晚间是已经冷很多了，她的小脚丫都冰冰的。她飞快地跑回房间，钻进被窝里，摸了摸小兔子，满满都是对下周的期待。

风波

Chapter 13

一场冷雨过后，气温大幅下降，乌云蔽日。

言家老宅谁都没想到会突然起变故。

起因是言蹊买了一箱水蜜桃回来。心姨切了好几个，让几个小孩子在餐厅里吃，言蹊和心姨在旁边的客厅里聊天。

猛然间餐厅传来一阵小孩子的大声惊叫，言蹊她们进餐厅一看，言大胖一边哭一边抓挠着身上，胖嘟嘟的小脸一下子肿了起来，安之和言小胖吓得在旁都呆住了。

言蹊一看不好，把大胖抱住：“心姨，大胖看来是过敏了，家里有没有抗过敏药开瑞坦？”

心姨急忙取了一片过来：“可是能吃吗？”

“掰半片，磨碎，加在温水里，先喝下去，再送医院。”

言小胖也忍不住在旁边哭起来，安之也是惊恐地看着。

心姨忙来忙去按照言蹊说的做，也没空去管他们。

外出回来的萧雨桐听见哭声奔进厨房，一见这场面惊得魂飞魄散：“怎么回事？怎么了？”

言蹊哄着言大胖喝药，对她言简意赅地说：“过敏了。”

萧雨桐扫了一眼桌子，看到几瓣吃剩的桃子，她皱眉道：“这个季节吃什么桃子！大胖小胖都没有爱吃桃子的习惯啊……”

她目光冷肃地盯了盯安之，眼神里都是责备。

安之一怔，身体不易觉察地抖了一下。

言蹊在旁道："大嫂，你抱住大胖，我来开车，赶紧去医院。"

萧雨桐心疼地接住哭闹不休的言大胖，捏住他的手，不让他挠。两人快速地走出客厅。

"妈妈……姑姑……"小胖追出去。

"哎……"心姨急忙追出去，抱起他，"没事没事，宝宝，不要害怕，哥哥到医院就没事了。"

安之在原地无所适从地站着，她绞着小手，眼眶红红的。桌上的几瓣水蜜桃被冷落在一旁，无人问津。

她也不知道怎么办，是不是她的错？如果她不吃水蜜桃是不是就不会发生这种事情了？

她在餐厅里坐了一会儿，又跑到客厅，不知道能做什么……感觉自己是个透明人。

当天晚上他们没回家，言蹊打了个电话说言大胖已经没什么事情了，但是萧雨桐不太放心，坚持在医院待一夜观察看看。

心姨放松下来，连呼几声阿弥陀佛。

安之一整夜都没怎么睡。第二天吃完早餐后，她回房间背起小书包，握着门把手恋恋地扫视了房间一圈，便悄悄地掩上门。

她平常吃完东西就会回房间，又不爱说话，安静得让人忽视。而且今天是周末，别墅区大门口早起的小保安正在打盹，没留意她一个小小的身影。

等到言蹊回家的时候，心姨还以为她在三楼。言蹊回房间一看，已经人走楼空，心姨送给她的衣服整整齐齐地叠着，一张上面压着纸，写着："言蹊，谢谢你，我回去了。"

字体稚嫩，只有"言蹊"两字已经初具火候，小巧端秀。

安之走了很久都见不到公交车站，她走累了，就在路边坐了下来。郊外绿树连荫，没有什么明显的标记。她只能按照记忆里的路线走，而她只认得言家老宅到幼儿园的路线，所以她必须先到幼儿园，再向别人问路。

她想回她和外公的家了，只有那里才是她真正的家。她拿起水杯喝了两口，抬头看了看天，天空那边有一大团乌云缓缓地飘过来，又一团乌云飘过来，似乎要和之前那团汇集在一起，好似要变成什么怪物一样。

安之心里有些害怕，不敢再耽误时间，继续走。又走了不知道多久，终于来了一辆公交车，她坐了上去。

言蹊会来找她吗？她会想她吗？

言蹊已经为她做了很多了，在言蹊家里，她只会给言蹊带来麻烦。

公交车的郊区站人不多，车里很空阔，她看着车窗外飞驰的树，想起了陶臻臻去接她的那个时候。她那时以为她终于能和她的“爸爸妈妈”一起生活了，她当时想她一定要嘴甜一些，要让他们喜欢她。

而现在她还是一个人，又得回去了。

没想到公交车没有直接到幼儿园，她不得不换了一辆，又走错了路，耽误了不少时间，到幼儿园门口才发现老爷爷周末没有上班。气温有点低，才下午四点，天已经黑了。安之缩了缩脖子，发现自己又累又饿。

安之一个人游荡在街头，她不知道哪里有吃的东西卖，只能跟着人群走。天黑了后，路灯一盏盏亮了起来。她走得脚酸，累极了。

终于找到一家二十四小时营业的便利店，她走进去买了一块三明治。店员给她倒了一杯热水，问她：“是不是爸爸妈妈等会儿来接你啊？”

安之挤出点笑容：“……嗯。”

她坐在高椅上，透过落地窗可以看到街面的人。天黑了，下了点小雨，路灯点亮了路面。来来往往的人，有的打着伞，有的没有，但看上去都有家可以回。

安之低头慢慢地咬着三明治。店员柜台上有电话机。她看了好几眼。

她刚转过头，就看到外面，言蹊从车里出来，离路灯几步远的地方，零零星星的雨丝飘洒下来，她的表情看上去也雾蒙蒙的。

安之愣住。

店员跟她说：“哎，是来接你的人吗？”

店员从安之进来就密切地关注她，这么小的孩子，表情忧郁无助。安之不知道怎么回答。

言蹊走得很快，她推门进来。来到安之面前，她秀眉紧蹙着，以往都是笑意的双眸也沉着安之不懂的情绪，她胸口微微起伏，似乎在压抑着什么话，但却什么都没有说，只伸手给安之，示意她握住：“走吧。”

安之愣愣地仰头望着她。

言蹊握住她的手，拉她出门，上车。

“系好安全带。”她淡声道。

安之照做了，她咬了咬唇，去偷瞄言蹊的侧脸。言蹊的侧脸看上去有点冰冷，而且上车后就没有看她。

车子开动，空中飘着密集的雨丝，车子雨刷缓慢地来回刷动，车窗上晶澈的雨点构成了好看的图案。

言蹊就快要急疯了，她甚至冲心姨发了火，孩子什么时候走的竟然都不知道。这次安之的出走也让她知道了安之平常都是独自一个人在三楼待着的。

她心急如焚，安之说她回去了，她能回去哪里？她想起在肯德基的那次，安之垂着小脑袋对她说：“我已经没有地方可以去了……”

她还有哪里可以去？除非回她和外公生活的地方。但是她一个小孩子，是不能买高铁票的。她会去哪里？言蹊脑门突突地跳，脑海不停闪过那些儿童拐卖新闻。她只能强制冷静下来，逼着自己按照安之的思路想一想，她应该只能回幼儿园言蹊沿着公交车的路线慢慢地寻找，等来到空无一人的幼儿园门口差点没崩溃。

心里后悔、着急、惊吓、恼怒、慌张，众多情绪一起涌上来，堵得她差点喘不过气。她抱着最后一丝希望沿着街边寻找。

便利店映出一个孤零零的小身影。瞧见她的那一瞬间，言蹊的心终于落下去。然而这早前的焦急惊吓都化作了愤怒，这熊孩子！

看到安之怯生生的眼神，言蹊怕吓到她，硬生生地压了下去。胃里酸沉沉的，像压着一块冰冷的秤砣。昨晚在医院待了一晚，今天又找了她差不多一天，简直身心俱疲。

言蹊倦怠地揉了揉眉心，再次感觉到心累。

一路上开车无言。

进了门，心姨扑过来，拉着安之左看右看，直道“吓死我了，没事就好没事就好”。

安之小小声说道：“对不起……”

心姨摸着她的头：“不用不用，没事就好……”

又问她冷不冷、饿不饿。

安之低声说她吃过了。

言蹊道：“心姨，你看一下她，我去吃东西。”

言蹊有点胃痛，她本身就高强度地加班加点了两周，昨晚包括今天本是她休息的时间，现在整个人在极度紧张后有点脱水。

她觉得有些不舒服，暂时没精力去理安之。她垂着眼睫，唇色略微发白，按了按肚子，举步走向了餐厅。

一碗热粥下肚，才感觉有些好转。言蹊微微抿着唇，纤长的手指按了按脑门，吁出一口气。这时才觉得心情稍定。

唉，小孩子真是令人头疼的生物啊……不懂事的是，太懂事的也是。

养小孩不是容易的事情

Chapter 14

安之惴惴不安地待在房间里，言蹊进来的时候门都没有关，反正这一层也只有她们两个人。

“你生气了吗？”安之眼里噙着两泡莹莹的水花，她连坐都不敢坐，昂着头眼巴巴地瞅着言蹊。

言蹊不说话，她认为这是一件极其严重的事情。不告而别，离家出走！得告诉她这件事是不对的。但是安之现在是惊弓之鸟，轻不得重不得，万一说重了，她再自己跑掉怎么办？

“你觉得……”

言蹊刚开口就叹了一口气，她都不知道如何开口。难道这么些天的相处，安之就不能相信她吗？如果刚才安之不够幸运的话，被车撞了，被人拐走了，如果自己没及时找到她，今晚她在哪里过夜呢？

现在想想言蹊都心有余悸。

安之很慌张，她咬着嘴唇，眼泪啪嗒啪嗒地就掉下来，小手伸开去拽言蹊衣服的一角。

言蹊搭住她的手，心底一时有些酸涩。她是不是太勉强？她当时是不是根本不应该把安之带回家里来？她根本就没有能力照顾好一个小孩子。

言蹊心底不仅酸涩，而且彷徨。她承认她当时把安之带回家是冲动了，也想过带大一个小孩子不是件简单的事情，但是事情似乎比她想象的还要更难一些。

门并没有关，言爷爷和言奶奶一前一后进来，见大的神情愣怔，小的嘤嘤哭泣，两人对视一眼，言爷爷笑道：“这是发生什么事情了？”

言奶奶上前把安之抱起来：“小安之，来，跟太奶奶说说话。”

两位老人家很有默契，言奶奶把安之抱走，言爷爷留下来，笑眯眯地看着言蹊。

“小五呀，上次见你红眼睛是什么时候了呀？”

言蹊是觉得自己眼睛刺痛，被言爷爷这么一打趣，她腼腆地偏了一下头。

“孩子都找回来了，你还哭鼻子做什么？”言爷爷坐了下来，还悠闲地跷起二郎腿。

言蹊不好意思地摸了摸鼻子，否认道：“哪里有哭鼻子……”

她犹豫了一会儿，便在言爷爷那洞悉一切的眼神中投降了。她喃喃道：“我只是不知道我的决定是不是对的……”

一时间想起了很多，例如她铁了心跟高既明分手，不管他如何挽回；她放弃保研，选择了工作；还有她把安之带了回来，又没有好好地照顾她。

言爷爷说：“你还记不记得你高一那年，喜欢上了摄影，经常旷课，跑到乡村、郊外，跑到一切可以拍照的地方去，功课都不管……老师至少有五次通知我和你奶奶去开家长会。你的成绩从入学的年级前三，掉到了年级前三十，前五十，前一百。当时谁劝你都不听，你的哥哥们、我和你奶奶，你全部都不听我们的。你当时怎么说呢？你说你既然做了这个决定，就会承担这个决定带来的一切后果。”

想到往事，言蹊笑起来，她敲敲头：“可是学期末三校统考，班主任给我下了最后通牒，说我再旷课下去，期末考试后肯定被踢出重点班，还不如她现在就踢掉我……结果我考前一个星期疯狂熬通宵，好不容易才能在重点班待下去。行尸走肉了一周啊！这个代价可真够大的……”

言蹊懂她爷爷的意思，她微微蹙眉道：“可是这和那件事情没得比吧？”

言爷爷看着她：“可你也不是十四五岁了呀。”

“我明白您的意思，您想要告诉我，既然做了决定，就要负担起这个决定后面的责任。”

言蹊神情困惑：“可我不知道怎么带孩子……爷爷……我觉得这几周来我已经尽力了，可还是出现了这种意外……我还怕自己以后遇到更多的困难，会不耐烦，会泄气，那样会更加伤害到安之……爷爷……您在带我们的时候，有没有过这种担心呢……”

“养小孩从来不是件容易的事情，而且比你想象的还要困难。一个人长大后是个什么样的人，跟他生活的环境是分不开的。你安排好一切，规划好一切，以为他会按照你所希望的方向成长，而很多时候，总是事与愿违。

“我和你奶奶对你爸爸自小严格，你爸爸有很高的音乐天分，我跟你奶奶一心期盼着他能走音乐这条路，结果他倒好，选择了建筑工程……我们花了很长时间才说服自己，孩子有孩子的想法，我们只能做到尊重。这还不止，等到你爸大三的时候，他突然跑回家跟我们说要跟你妈妈结婚！”

“当时大学里还不准学生结婚，我们也不是反对你爸妈自由恋爱，只是觉得他们还太小了点，还不能够组建家庭。结果没过多久，你爸就说你妈妈的肚子里有了你大哥……把我气得够呛！差点要跟他断绝父子关系！我这张老脸啊……”

言爷爷摇头。

言蹊还是第一次听到父母的“伟大事迹”，她听得有趣，不禁笑出声。

“那您和奶奶带我们的时候就要容易多了吧？”

“容易什么！”言爷爷斥道，“你大哥小学就爱跟人打架，不爱念书。初中也不知道怎么了，说严重不满中国的应试教育，有一次居然带领班上大部分同学交白卷……把他那个刚毕业工作的班主任给气哭了……你二哥，初二那年学了物理的电学，就爱折腾家里的电器，把家里能拆的都拆了。拆完了就要拆插座，把你奶奶吓得哟，每天晚上睡觉都要关总闸，就是怕他趁大家睡着了乱来。

“你三哥，九岁还是十岁的时候，也不知道哪根筋不对，决定要当一个女孩子，喜欢穿裙子，我和你奶奶忧心啊……”

“哈？不是吧，还有这回事？”

言爷爷叹息道：“后来我和你奶奶才发现他只是觉得好玩，并不是有什么不健康的爱好，或者是另一种心理性别，我们差点就准备接受他是个女孩子了……”

言蹊笑得眼泪都出来了：“我三哥真是……真是画风清奇……”她笑着喘气，对言爷爷撒娇道，“爷爷，是不是我最乖？”

“你？”言爷爷斜眼看她，“你最皮，我的那些花草大部分是遭了你的毒手啊，要骂你你就假哭装可怜，最不让人省心的就是你！”

言蹊掩住脸，仍在笑。

“当然了，你要是觉得压力太大，可以把安之送回去……言爷爷观察着言蹊的表情变化。

言蹊神情微微一顿。

言爷爷继续说：“毕竟她跟你没有血缘关系是不是？你并没有责任……”

“但如果你坚持你的决定，那就坚持下去吧，没有人能够说那是对的还是错的，你也不可能完全准备好，我们只能走一步，再往前走一步，也许会有意想不到的目的地，也许旅途会有很多美丽的风景。”

言蹊笑：“爷爷，您也太鸡汤了吧！”

言爷爷笑她：“那你不哭鼻子了吧？”

言蹊不好意思地咳了咳。

“我们去看看你奶奶和安之……”言爷爷走在前面说道，“你呀，你比安之要大一些，你应该控制好自己的情绪，要不然孩子会更加不安的……”

二楼那里，言奶奶搂着安之哄道：“没有的，不关你的事，你想想要是大胖在外面吃了桃子岂不是更糟糕？”

安之在她怀里抽抽搭搭地哭着。

“下次不能就这么跑出去了，知道吗？大人们多担心呀！好了好了，别哭了，哭成小花猫了哦。”

言奶奶抱她到钢琴那里：“上次不是教了你唱《小星星》吗？还记得吗？来跟奶奶弹琴，哆哆梭梭拉拉梭……

“哎，很好，跟奶奶一起弹……一闪一闪亮晶晶……”

安之被吸引了注意力，慢慢就不哭了，小手跟着言奶奶一起按着钢琴键。

“好，很好，真聪明。”言奶奶笑眯眯地夸她。

回头见言爷爷和言蹊站在那里看她们，言奶奶乐呵呵道：“老头子，你看小五弹得真好。”

言爷爷知道她记忆又混乱了，就说：“这可不是小五，这是安之。”

言蹊也说道：“奶奶，我在这里呢……言奶奶愣了愣，摸了一下安之的脸蛋，恍然大悟道：“瞧我这记性，这是小五的女儿……”

言爷爷叹笑道：“好了好了，你也该休息了，来……”

“其他事情让孩子们自己解决。”

言爷爷走过去牵住言奶奶的手，两人慢悠悠地休息去了。

安之从椅子上下来，昂头看着言蹊，眼睛水汪汪的，含着一丝小心翼翼的神情。不知何时，窗外的雨淅淅沥沥地又下起来，且有越下越大的趋势。

言蹊突然轻声问安之：“饿了吗？”

安之愣愣的。

“我刚才都没吃饱，你也只是吃了一点而已，我们去厨房看看有什么吃的吧……”

言蹊拉住她的手，安之像只小小的兔子般点了下小脑袋：“嗯。”

雨夜的饺子

Chapter 15

“小五没有问题吧？”言奶奶入睡前有些担心地问。

言爷爷轻笑道：“我们不是说好不管孩子们的事情？”

“那怎么一样，小五还是小孩呢，又是女孩子……”

“那怎么不一样啊，你忘记咱家孩子们的外号是什么？‘言家四霸’啊，小五可是其中一霸……”

言奶奶笑起来。

“反正孩子们的事情我是不管了，就算是错误也得由他们自己去犯，哈哈哈哈……”

厨房的灯光在夜里显得清寂。言蹊在冰箱里拿出饺子。

“喜欢吃饺子吗？”她只要忙着，就把头发绑起来。这次扎的丸子头。她眨眼想了想：“哦，可能你们那边不怎么吃饺子吧。”

“嗯，我在这里吃过……”

“心姨特别会包饺子，我最喜欢吃三鲜的。”言蹊对她眯眼笑笑，“我们吃这个好不好？”

“三鲜是什么？”

“嗯，三鲜有很多种，会有虾仁、冬笋、木耳、猪肉、韭菜，等等，主要是挑其中三样，很好吃的哦。”

“你会做吗？”

“啊……”言蹊笑容有些尴尬，对她弯了弯眼睛，“我只会吃，还会煮……”

言蹊找到一口奶白色的珐琅锅，装水，开火。

转身对安之说："想看怎么煮饺子吗？"

安之点点头，她确实好奇。可是，她个子实在太小了，踮脚都看不到。

言蹊瞥见她的动作，没有掩饰自己的笑。安之脸颊酒窝羞赧地跳了跳。

言蹊拉过一张凳子，放在一个可以看清楚锅里的情况又不会被溅到的距离。言蹊把她抱起来，让她站在椅子上，还不忘记嘱咐她："记住了，你一个人是不能这样靠近炉灶的。"

"嗯。"安之欣喜地点头。

"安之，"言蹊盯着她笑，"你真的六岁了吗？！感觉不太像啊……"

安之：……

嘲笑了小孩子身高的言蹊笑着。水开了，她把饺子放进去。

"你看……水开后把饺子放进去，等饺子浮上来，浇小半碗凉水，重复这个过程两到三次，就可以吃了！"

"水开？"

"哦，就是水面冒泡泡的时候那就是水开了。对了，你平常不能自己一个人烧水的，懂吗？"言蹊再一次强调。

言蹊揭开锅盖，水汽弥漫，饺子像小小的云朵，一小捧一小捧的，可爱极了。

安之轻轻地"哇"一声。她又去看言蹊，水汽氤氲下，言蹊的侧颜像打了柔光，轮廓深邃，精致美丽。

"美丽"，安之突然懂了这个词的用法。

外公以前教她一些词，解释它们的意思，她都不太懂。造出来的句子也都是十分生涩，不解其意的。外公会笑一笑，说没关系，等你以后遇到恰当的语境就会掌握了。

言蹊把饺子捞起来，分到碗里去。

安之从椅子上下来，然后把椅子推回餐桌，再乖乖地坐着。

"来，小心烫。"言蹊坐在她的旁边，给她筷子，叮嘱她。

厨房的玻璃门被雨水打湿，隐隐传来点风声扑打的声音。这样的夜里，一碗热腾腾的饺子，让人心生温暖和安慰。

言蹊是真的饿了，她最爱吃的三鲜饺子，这次的馅是冬菇、木耳、虾仁和猪肉末。这也是心姨最常做的。

冬菇滑嫩，木耳爽脆，虾仁鲜美，还有猪肉末的肉香。她蘸着醋，一连吃了好几个。虽然吃得快，但是动作还是优美的。等她吃了几个后偏头去看安之，才发现她略苦着脸，正十分辛苦地夹饺子。

言蹊“扑哧”一笑，刚出锅的饺子又肥大又滑溜溜，可安之拿的是儿童筷，技术又不够娴熟，所以一个都还没能吃着。

言蹊另外取了一双筷子，伸到她碗里，稳稳地夹起来，递到她小嘴边：“啊……张嘴。”

安之不好意思地红了一下脸，因为自己笨拙的样子。

言蹊笑道：“没关系的，来，咬一口，小心烫。先吹一吹。”

安之用小嘴吹了吹，再小咬一口。吹弹可破的面皮以及丰富的馅料，一起在口腔里散开来。她眼睛亮晶晶的，又就着言蹊的筷子，咬了一大口。

言蹊莫名有种在喂宠物的感觉。她眨眨眼，突然起了捉弄安之的心思，把剩下那一小块，放进装了陈醋的小碟子蘸了蘸，再送到安之嘴边。

安之不疑有他，张嘴“嗷”地一起吞下。咀嚼了两下，她“呜”的一声，小脸完全皱起来，几乎要皱成个小汤包。言蹊没忍住笑，那一对笑眼映着灯光，格外璀璨。

安之好不容易把饺子吞下去，她看着言蹊，小嘴噘起来，无声地谴责着。言蹊勉强抿住笑，正经地又夹起一个喂她。安之警惕地盯着饺子。

“没蘸醋，吃吧。”言蹊忍俊不禁。

安之这才放心地咬一口，等到她想要咬第二口的时候，言蹊突然把筷子移开，她咬了个空。言蹊清脆的笑声再次响起来。安之气得鼓起苹果般的脸颊。

吃完了饺子，言蹊去洗餐具。安之站在玻璃门处看外面的雨。雨势变弱，滴滴答答打在屋檐，玻璃门上，室外寒冷，内屋温和。反差带来了有檐庇护的安全感。

安之想，这是个难忘的夜晚。

“难忘。”这个词记住了，会用了。她酒窝漾开。

“安之，过来。”言蹊在她身后叫她。

安之走到她面前。

“坐这里，我有话要跟你说。”

安之敏感地觉察到她语气中的严肃，她不禁紧张地捏住衣服，神情也有些小心翼翼起来。

言蹊摸摸她的头，看进她的眼睛："我在市里有套房子，是我父母留给我的，你愿意跟我到那边住吗？"

安之睁大眼睛，心跳加快。

"不过不是现在，那边的房子很久没住人了，可能有需要检修的地方，所以需要花一点时间。"

安之愣愣地问她："一起？就我们吗？"

"对，就我们两个。我本来是想都安排好，再跟你说的。我一直比较忙，也抽不出时间来。"

言蹊顿了顿。

安之突然低垂下头："对不起……我不该随便乱跑。给你惹麻烦……"

言蹊眸光柔和下来，轻声纠正她的用法："不会麻烦到我。"

她把安之抱过来坐在她膝盖上："只是我有点伤心啊，安之……感觉你都不相信我。"

伤心？安之惊慌起来，这个词在她年少的心里是非常非常严重的字眼。

"我，我……不是……"她慌忙想要解释。

"你看，你摔倒了也不告诉我，你心里难过也不告诉我，还偷偷地离家出走。你说，我会不会觉得伤心？"

安之眼眶湿润了，几欲哭泣。

"安之，我觉得我们两个能认识是缘分，我想让你在我身边长大，等你长大，等你有自己的生活、事业和家庭。你不用觉得麻烦我，也不用不好意思。我有工作，还有积蓄，养你不是问题，也可以先借你。我跟你爸爸打过电话了，他愿意负担你的生活，所以这些你都不用担心。"

言蹊一边跟安之低语着，一边抚摸着她的头发。言蹊顿生感触，在她心里，她对早逝的父母并没有太大的印象，她的童年少年都是在爷爷奶奶抚养下度过的。作为小孩子，她并不清楚原来爷爷奶奶也有过这么大的压力。

她只记得他们对她很好，比对哥哥们要温柔得多，虽然犯错也会受罚，但大部分时候总是宠着她。她记得小时候，爷爷奶奶跟她出门也会背着她、抱着她、哄着她。二老的观念是要对小孩子多些身体抚触，这能让孩子有安全感。摸头、拍肩尤为常见。

她需要对安之更细心、更有耐心一点，她能做到吗？她会尽力做到的。

安之在她的掌心软腻的温度下恍惚，言家的太爷爷、太奶奶，包括心奶奶都很爱摸小孩子的头发。言蹊也是从他们身上学到的吧，她真是一个很好很好的人。安之泪眼婆娑，抿紧了唇。

“嗯？我说这些你听得懂吗？”

安之点点头，眼泪“啪嗒”掉了下来。

言蹊低眸看她：“那我需要你跟我保证，你再也不会像今天这样，一个人跑那么远的地方。”

安之又点点头。

“好，我相信你。无论大人还是小孩，我最不喜欢不守承诺的人，就是说话不算数的人。那么说话就要算数，知道吗？”

安之大力点点头。她吸了下鼻子，伸出自己的小指头。

言蹊笑起来，也伸出小指跟她一勾。

“有什么要问我的吗？”

“那个房子离你工作的地方远吗？”

言蹊微笑，真是贴心的孩子。

初雪

Chapter 16

“不远，我可以每天都回去。不过，跟你的幼儿园不太顺路。”

安之犹豫地开口：“我不喜欢幼儿园……”

言蹊问她：“怎么了？”

安之道：“太简单了。”

噗，这个回答让言蹊笑出声。她搂住安之：“我知道，幼儿园对你来说，真的太容易了……”

言蹊甚至觉得她上小学二三年级都可以。

“但是呢，上学不只是为了学知识，你要学的是在一个集体如何跟人相处，就是交朋友啊。”

安之露出疑问的表情，可是她的同学都是动不动就哭的小朋友，还有 1 加 1 掰手指都要算半天，东南西北都不会写，一到十的汉字会写的也没几个。都两周了，声母韵母还有好几个背不出来。

老师们教的东西她也早就会了。读本老师也都挑简单的讲，要是讲的过程有小朋友哭了，她就停下来哄，然后一节课就过去了。她只能自己看，不懂的字就查字典。可是幼儿园连字典都没有，她只能每天把不懂的字抄下来，去太爷爷的书房借字典查。

这就是集体生活吗？好无趣的样子。

“安之有没有交到朋友啊？”

安之撇撇嘴：“没有，他们好幼稚。”

幼稚，我的同学们好幼稚。造句成功，这个词也懂了。

言蹊笑，感觉被她萌到了。

“我知道了，那过完年我们就读小学好不好？这事还不能着急，你的户口不在这里，可能有些手续要办，这事情交给我。”

安之眼睛又重新亮起来。

“还有你年纪其实也不够，”言蹊沉思起来，先前没注意，她仔细算一下，“安之，你其实还没有六岁，要过完年才六岁的。”

安之“啊”一声，满脸震惊。

“你们那里可能算的是虚岁，唉，这个年龄怎么算，我也没搞明白。但是一般来说六周岁才可以上小学一年级，按照你家的算法，也就是七岁。”

安之还沉浸在“我怎么突然缩小了一岁，难道我还要在幼儿园待两年吗”的震惊中。

“还有……你得多吃饭，要快快长高才行……”

又被取笑身高！安之不开心，默默鼓起脸。

言蹊过来揉揉她的头发：“好了，不早了，安之，上楼睡吧。”

安之跟在她的身旁，突然她揪住言蹊的衣角。

“怎么了？”言蹊低头看她。

安之的苹果肌红嘟嘟的，嘴唇动了动，似乎要说什么。

“嗯？说嘛。”言蹊用眼神鼓励着她。

“……你怎么不叫我陶陶了？”小女孩睁着一双水灵灵的圆乎乎的眼睛，揪着她衣服的动作，像某种求抚摸的小动物。

她的小脸还有先前哭泣残留的痕迹，她的嘴角刚刚也笑过。小孩子真是奇怪的动物，很轻易就因为外界的反应轻易地流露出情绪，又很容易地哭了又笑，笑了又哭。就连安之这么内敛安静的孩子，也会在她面前露出这样一面。

言蹊自问她很少被小孩子萌到，但是看到她这样，心柔软成一团。

那天晚上，安之一直在哭，眼泪从她闭着的眼帘源源不断地滚落出来，她哭到抽噎，几乎喘不过气。言蹊根本不知道怎么办，只能把她抱过来。

想起她说外公叫她“陶陶”，言蹊才这么叫她，小小的安之伏在言蹊的胸前，哭得像只小奶猫，在言蹊的劝慰下才揪着言蹊的衣服睡着。也是这个小心翼翼的动作，言蹊觉得对安之来讲，已经很难得很难得了。她蹲下来，笑着问她：“你喜欢我叫你‘陶陶’吗？”

言蹊见面前的小女孩被她一逗，小包子一样的脸颊立刻有些飞粉，酒窝泛开，一副“我很喜欢”却羞于表达的样子。

言蹊径自笑着点头道：“那我以后就叫你陶陶吧。”

安之的小脸一下子就笑开来。

言蹊拉起她的手甩了甩，学着她说话：“太晚了，走，我们得去睡觉觉了。”

刚说完，言蹊的心抖了一下，觉得有点羞耻。安之盯着被牵着的手，手被牵着轻甩的感觉，好开心。

言蹊觑她一眼：“但是你不能叫我小五。”安之眨眨眼，抿着酒窝一笑。

可能是经过了言蹊的保证，安之慢慢地没有那么害怕和忐忑了。也开始试着和双胞胎一起玩，不再一个人躲在三楼，双胞胎也终于习惯了她，会抓着她一起看《哆啦A梦》，一起捉迷藏。

虽然言蹊并没有明确说什么时候搬出去，但是小安之对她是无条件地相信。日子就在这期待里很快地过去了。

邶城已经正式进入了冬天，安之出生的地方并没有下过雪，她也从未见过。听大人们讲，邶城的冬天经常会下雪。心奶奶告诉她，通常一夜睡醒，外面都是白茫茫的一片，地面也会蒙上一层厚厚的松软的雪。

“雪”，安之查了字典，雪跟雨一样是一种自然现象。她很好奇，暗暗地期待着邶城今年的，也是她人生中的初雪。

那天正好周末，下午的时候，大家吃完了饭，小孩子在一楼大厅里玩耍。外面的空气寒冷瑟瑟，天空略暗，冷风呼啸。突然，有细细如盐粒的雪点在空中飞舞，飘落下来。

眼尖的言小胖率先发现，他指着天空欢呼道：“啊！下雪啦！”

随即言大胖也高兴地叫出来：“下雪啦！要下大一点，才可以堆雪人！”

安之好奇地趴在玻璃门上，仰着头，眼睛眨也不眨地看。雪越来越大，安之看着那小小的雪点变成一片片的羽毛飘扬下来，轻盈地落在地上。

她小嘴“哇”地张开，看得出神。有人走近，轻揉了一下她的头发。安之白软的脸颊挨着言蹊的掌心，言蹊向她微笑：“不可以看太久，眼睛会痛。”

双胞胎在旁扯住言蹊，说要出去。安之也眼巴巴地望着她，等着她点头。言蹊摇摇头：“不行，太冷了会着凉。”

她见几个小孩露出失望的表情，安抚道："等明早，雪如果停了，我们就去堆雪人怎么样？"

双胞胎欢呼着跳跃起来，安之也绽开酒窝笑弯眼睛。她回头又去看雪，小手贴在玻璃门上，很想去摸一摸。

双胞胎因为之前见过雪，得到保证就不闹了，去玩别的，只有安之隔了一会儿就悄悄跑到门边去看雪。直到快睡觉的时候，她在三楼的房间里还趴在窗户上聚精会神地看雪。

言蹊在铺床，整栋房子虽说都有暖气，但她怕被子太冷，拿了一床比较厚的毛毯垫着，又换了一床厚棉被。一回头，看到安之这样，她笑了笑，走到她身后。窗外的暖橘色的灯下，洁白的鹅毛大雪飘飞，纷纷扬扬，静谧无声如时光。

言蹊看了一会儿，才对安之说："好了，我们该睡觉了。"

安之穿着厚厚的睡衣，脚上还穿着言蹊给她买的毛线袜，她一双小短腿晃了晃，溜下飘窗，说："明天早上雪会停吗？"

言蹊暗笑，果然在惦记出去玩。

"应该会停的。"

安之爬上床，小腿盘起来，抓了抓她的小脚丫："真的吗？"

言蹊走过去，帮她把脚上的袜子调整好，袜子脚趾处各印了一只兔子，安之很喜欢。

"对的，现在赶紧睡觉了。"

新被窝里干燥温暖，轻茸茸的，没有香味。安之钻进去，只觉得被子宽大柔软，好像云朵。

"睡里面。"言蹊也躺了进去。她之前确实是不喜欢跟人一个被窝，现在也不喜欢。安之虽然白天没有表现，但有时晚上睡着的时候会做噩梦，会无声地流泪，有时她自己甚至都不知道。

言蹊并不能每周都回来，所以一想到她独自睡着的那些夜晚，有时也会这样，言蹊心里就难受得很，即使她让心姨夜间过来看安之，也不能百分百放心。

好在安之睡着并不会乱动，所以跟她睡一个被窝也可以接受。据她观察，这几周安之已经很少在梦中哭泣了。

言蹊留了一小盏夜视灯后，便躺下合着双眼。旁边的小女孩身体微微动了动。

言蹊侧头看她，见安之一双乌亮的眼睛正闪动着："为什么雪会没有声音，可是下雨有呢？"

言蹊一愣，这个怎么解释好呢？

"你看，因为雨是液体，就是可以流动的，所以啊落在玻璃上啊，地上啊，树叶上啊，会有震动，就会有声音。如果是大雨的话，声音就更大了。"

言蹊其实也不知道她的答案对不对，这应该属于物理现象吧？完了，她二哥又不在……老天，她一个文科生……太难为她了。

但是安之眨眨眼睛，满脸认真和崇拜地盯着她看，言蹊只能硬着头皮往下讲："而雪本来是没有声音的，它又不会流动……呃……但是踩在上面就会有声音，明天你可以试试看……"

言蹊感觉自己智商十分"捉急"，勉强镇定地说完。暗道，幸亏安之还小，不会问：那雨为什么会用"淅淅沥沥""滴滴答答""哗啦啦"来形容，雪能一样用这些词来形容吗？不行，那可以用什么呢？为什么呢？

等等，说不定她明天见了雪就会这么问了……言蹊突然觉得……可能养小孩比她想象的"要难一点"，还要更难一点。

雪仗

Chapter 17

安之甚至都舍不得睡着，即使她都有些犯困了，还在锲而不舍地问问题。

“那……踩雪好玩吗？”

言蹊瞧她撑着快要压下去的眼皮，软嫩的睫毛还在顽强抵抗着。

“好玩，快点睡吧，”言蹊拍拍她，“我可听说啊，小孩子不按时睡觉会长不高的。”

“呜呜，我不要长不高……”

言蹊暗笑了下，抚了抚她细软的头发，安之迷蒙地蹭蹭她的手心。

“摸摸头……”她糯糯地呢喃着。

言蹊眸光潋滟柔和，她动作缓慢地揉揉言蹊的头发。安之小鼻子动了动，饱鼓的脸颊挨着枕头，终于睡着了。

言蹊托着腮望着她，轻戳了下她的脸颊。是有胖了一点，也高了一点点。

不过，双胞胎比她高得多。嗯，双胞胎最近跟她关系不错，经常要拉着她一起玩，安之总是鼓着一张苹果脸，表情好像在说：“为什么他们这么幼稚还长得比我高，所以长得比我高我就要跟他们一起玩吗？”

噗，言蹊眼睛弯了弯，竟然从安之那个表情“脑补”出这么多内容。

安之最近是开心了一点，偶尔也会说出自己的想法了，还会对自己小小地撒娇一下。

言蹊微叹，瞧着她的睡颜。

就这样在我身边长大吧，陶陶，不要记得那些不开心的事情了。

冬天早晨很冷，大家都赖了一会儿床。安之用温水刷完牙，接过言蹊给她的温烫的毛巾，擦了擦脸，润湿的水汽在脸上十分的舒服。

安之洗完，便小跑到门口，等着言蹊。早上雪果然已经停了，要赶紧下楼，吃完饭就可以去玩了。

“等等，过来擦擦脸。”

言蹊在安之两边脸颊点了两点乳霜，安之伸出小手抹了抹。

言蹊又挤出手霜，抹她的手。还是心姨提醒言蹊，安之没在这么冷的天气待过，怕她会长冻疮。言蹊买了套儿童用的乳霜和护手霜，是牛奶味道的，早晚让她擦抹，安之非常喜欢。

她自己擦完，还不忘问言蹊：“你呢？”

言蹊笑：“好的，我也擦。”

吃完早饭，孩子们裹得厚厚的，戴着帽子和手套，压抑着跃跃欲试的兴奋表情。

大人们这才发话了：“可以去外面玩半个小时。”

门一开，双胞胎便欢呼着跑了出去。

不同于双胞胎外放的兴奋，安之好奇又新奇地走到院子里。离开了房屋里的暖气，扑面而来的，呼吸着的都是寒冷的甚至是凛冽的空气。

满眼银白，安之觉得脸有点僵僵的，她低头，小靴子动了动，踩了踩。

那雪白的东西，有点像盐。很多很多的盐巴……又像白色的棉花糖？

安之努力地想着怎么来形容。

她用力地踩了踩，发出“咯吱咯吱”的声音，好好玩。她笑起来，转头去找言蹊。

言蹊不知道什么时候跟在安之后面，她好像根本不怕冷，就穿了黑色的高领厚毛衣、长裤、长靴。头发散着，黑漆似的双眸有涟漪的笑意，正看着安之。

天边的乌云散开了，一丝阳光爬了出来，微微炫目。

“小姑姑，小姑姑……接招！”言大胖捏了个雪球，朝言蹊扔过去。言蹊眼睛眨都没眨一下，长腿往旁一退，稳稳地躲过了。

“啊，再来！弟弟，你也来！”言大胖招呼着言小胖，捏着小雪球朝她扔。

安之愣愣地看着，言蹊笑着说：“好啊，真大胆，居然敢打姑姑？！”她腿长，身材高挑，左躲右闪，雪球没有打中她，反而把双胞胎累得气喘吁吁的。

安之正瞧着，没防到一个雪球飞过来，她被砸个正着，没站稳，扑通一声跌坐在雪地上。言小胖哈哈大笑，言大胖看到终于中了目标，又团了一个朝她扔过来。

安之还没反应过来，小脸又被打中，她“呜呜”地捂住脸，有雪粒渗进她的脖子。言大胖正得意地哈哈笑，不料兜脸被一个雪球打中，他“啊”一声，小胖在那边也“啊”一下被打中了。

言蹊来到安之面前，替她拍掉雪，拉起她：“没事没事，你也打他们。”

双胞胎被打中也不恼，只哈哈笑：“来，来吧，不怕你。”

安之气气地抓了一把雪，学他们捏成团，丢过去。但她力气小，雪团刚滑在空中，就尴尬地后劲不足栽到她脚边。

哈哈哈哈哈……双胞胎抱着肚子大笑。言蹊也忍不住想笑。

安之本来小脸就冻得红扑扑的，这下囧得更红了。言蹊笑着打岔，抓一团雪扔向他们，双胞胎大呼小叫地闪开。几人一起玩，言蹊把安之护在身后，安之也露出笑靥，拽着言蹊的衣角，躲着双胞胎的偷袭。

笑声与叫声连连。言蹊突然“哎”的一声，身上中了一团，随即往后倒下去。

双胞胎一蒙，以为自己闯祸了。

安之吓得“呜”地趴下来，凑过去摸言蹊的脸。只见她纤长的睫毛密合着，脸上还沾着细细的雪花。安之小嘴刚一瘪想哭，言蹊张开眼睛冲她眨了眨，安之溜圆的眼珠转了转，把呜咽吞回去，捏住一团雪，就趴着她身边。

双胞胎等了一会儿，见言蹊还不起来，急得跑过来。

“姑姑，姑姑！”两只小肉球颠颠地跑过来，刚靠近，安之和言蹊不约而同起来，扔了一大团雪，还十分默契地一人打一个。

“哈哈！”安之终于笑起来。

双胞胎扑到言蹊身上撒娇，言蹊单手搂住他们两个，另一只手拢过安之。安之把脸埋进言蹊的怀里。她留了半边怀抱给自己。

接着他们一起堆了一个雪人。安之并没有堆过，根本帮不上忙，就看着他们姑侄三人忙来忙去，不多时一个雪人就在眼前。

石头做眼睛，红萝卜做鼻子，树枝做手臂和小嘴巴。大胖甚至把自己的围巾解下来给雪人围上，小胖找到自己的帽子给它戴上。

言蹊让他们三个小孩围着雪人站着，给他们拍了几张照片。三张小脸都冻得红红的，齐齐地对着她的镜头露出牙齿。

言蹊拍了几张，又让他们去玩一会儿。言家大小胖愉快地在雪地里翻滚打闹起来。

言蹊拿着相机，对着安之拍。安之穿着棉衣和小靴子，头顶的帽子上有颗大毛线球。小脸只有一点点，冻出两团粉晕。

她站在雪人旁边，仰头看了一会儿，又蹲下，抓了点雪往雪人身上拍了拍。然后解下一只手套，小手试探地摸了一下雪。似乎被冰了一下，她缩回去，又很好奇，就将两只手套都脱下来，捧了一小捧。

言蹊在镜头外微笑，抓拍了好几张，然后叫了一声："陶陶。"安之听到声音，往她这边看过来。言蹊快速捕捉到一张，然后招呼她走过来，让她戴好手套。

"不能这样，等下容易着凉。"可能还会长冻疮。

言蹊捏了一个小雪团，又找到两片叶子，嵌入两边，看起来就像一只雪兔一样。

"来，给你。"

"哇……"安之睁大眼睛。

"好了，太冷了，我们进去，等下要扫雪了。"言蹊把言大小胖叫过来，让他们进屋。

"可是……它会化掉的。"安之捧着言蹊给她的"小雪兔"，恋恋不舍。

啊，言蹊倒是没想到这个问题。

"那把它放在外面吧，好不好？"

安之摸摸它，不舍地点头，把它放在雪人旁边，一步一回头。

言蹊拉着她，见她这模样心都要融化了。言蹊蹲下来，对她说："以后还会有的，只要下雪就可以玩，好不好？"

安之刚对她甜甜地笑了下，然后感到鼻子痒痒，随即打了个大喷嚏。言蹊二话不说抱起她："赶紧进去，别感冒了。"

过年 Chapter 18

年关将至的时候，言家大哥言以东从外地赶了回来，在家待了一会儿，见到了安之。

他长得比较严肃，脸型略方，面庞深邃，剑眉大眼。他为人不苟言笑，不怒自威，连双胞胎都不太敢跟他撒娇。他若有所思地看了会儿安之，看得安之心里打起了小鼓。

她在心姨的提醒下，弱弱地叫了一声：“大舅舅……”这话一出，严肃的言老大眼睛略眯了眯，露出一个笑。

安之发现，言蹊的哥哥笑起来都很好看，眉目间跟她很像。言家大哥笑完后并没有多说什么，摸了一下安之的头顶。安之眨眨眼，连爱摸头这点都很像，很言家人。

言老大在家待了一会儿后，就驱车进市里见言蹊。

言蹊见到他还有点意外：“大哥？”

言老大跟言蹊相差十岁，因为父母不在了，爷爷奶奶也年迈，他便自觉扮起了家里的大家长角色。他退伍后才考入大学，之后考取了公务员，在邻市的基层直属机关工作了几年，成绩斐然，三十岁出头已经是处级干部。

身高接近一米九，是兄妹几人中最高大最正经的一个，对言蹊这个妹妹百依百顺，典型的妹控。

他听说言蹊养了一个小孩子，便把小女孩的家世背景查了一遍，觉得完全可以把小安之的监护权要到手。只要他妹妹答应，他马上就派人处理。

言蹊听他这么说都呆住了：“大哥，安之是个小孩，并不是个娃娃……”

言家老大表示并没有什么区别。

言蹊无奈地劝道："不用了，这样子挺好的，我已经跟她爸爸打好招呼了，她成年之前就待在我身边好了。"

言老大多少有点不解，但是他也不多问，他想到言家老三跟他说的，又问道："那就在家里就好了，为什么要搬出去？你一个人哪里照顾得了她，你还要上班。是不是因为你大嫂？其实你大嫂不难相处，她就是带孩子太辛苦了……"

言蹊并没有直说，安之并不是很适应在言家老宅生活。她说："这我明白，不是这个问题，反正我在台里的宿舍也住不惯，就和她住在我的房子那边就好了。不过是需要一个人来帮忙，否则我一个人怕是不行，大哥，我需要你的帮忙。"

言家老大二话不说就答应："没问题，你说说你的要求，我帮你找人。"

"要女性，有带孩子的经验，年纪不能太小，四十到五十吧，最好认得字，要会说普通话，口音不要太重，有耐心和爱心……性格比较温和点。对了，还要会做饭，在这里起码要待几年吧，周围环境比较熟悉一些，方便接送孩子的。"

言老大："……"

自己夸下的海口，没办法，他只能点头答应了。

言蹊露出笑脸，道谢。

言老大沉思了一会儿，试探地问道："你和那个姓高的，真的断了？"

言蹊笑容一敛。

言老大立刻说："我也不是干涉你，就老三在我面前说的……"

对不住了，先让老三背锅。

言蹊淡淡道："你们还有什么问题，一起问了，这都大半年前的事情了，一个一个轮着在我面前八卦，有意思吗？"

言老大干咳一声："哥哥们也是关心你，那姓高的也没什么好的，断了就断了，我还看不上他。我家小五这么优秀，要什么男人没有啊……"

言蹊觑了他一眼："你该不是也有什么青年才俊要介绍给我吧？"

被说中的言老大安静了。

言蹊闲闲地说："我最后说一遍，我暂时没有谈恋爱的心思，你们别操心了。”

言老大：“……知道了……大哥记住了。你放心，大哥帮你找到合适的人。”

言蹊默默地又觑他一眼：“还有我工作的事情，你也不要插手啊，我自己能行。”

言老大面不改色地点头：“当然了。”

不同于在安之面前的温柔包容，也不同于在同事面前的得体礼貌，在家人面前，尤其是大她许多且值得依赖的哥哥面前，言蹊露出了点二十出头年轻人的迷茫。

她说：“大哥，老实说，我都不知道我的选择是对是错，但是，这是我目前想要的。”

努力工作，好好照顾安之。

言老大拍了拍她肩膀：“不用想这些，哥哥们支持你。”

言蹊抿唇一笑，她觉得自己还是不够成熟，所以有时还是会想向哥哥们撒娇示弱。这大概就是融洽的家庭关系给她的助力。可是小小的安之，却没有这样的幸运。所以，她也想成为安之能够依赖示弱的人。

过了腊八后，年就越来越近了。幼儿园早已不用上学，双胞胎的早教班也放假了。几个小孩子便跟着大人们准备年货，买新衣。小年一过，言蹊终于歇假回家，读博的言老二和读硕士的言老三先她几天回来，等她放假，言家终于人齐了。

言老二言以西是兄妹四人中唯一一位戴眼镜的，沉默寡言，文弱清雅，在邶城理工做着理论物理的研究。

他通常一天也说不了三句话，也不爱跟小孩玩耍，每天会花一些时间待在言奶奶身边，也不说话，就陪着她看看电视，或者听她老人家弹弹琴。其余时间都在房间里，安静得几乎没有存在感。

言大胖会黏着言老三言以南，或者言蹊，但是很少黏着言以西，除非他带他们变有趣的“小魔术”。

那天，他拿了个熟鸡蛋，还拿了个窄口的玻璃瓶，对着几个孩子做了个动作，示意他能把鸡蛋装进这个小瓶子里去。

几个孩子被他哄得一愣一愣的。

只见他默默地剥掉蛋壳，将纸片撕成长条状，然后把纸条点燃并快速扔进瓶子里，等火一熄灭，立刻将鸡蛋扣到瓶口，手移开。

鸡蛋果然进去了！孩子们“嗷嗷嗷”地叫，不约而同以崇拜震惊的眼神看着他。

然后言大胖和言小胖让他多变几个“魔术”的时候，他又不说话了，也不解说一下方才的魔术是怎么回事。言家双胞胎无趣地离开。

言以西淡勾了下唇，收拾完东西，正想离开的时候，才发现旁边的小安之瞪着一双乌润的眼睛瞧着他。

言以西微微一愣，跟她互相瞪视好几秒，他终于开口:“你想知道为什么？”

安之眼睛一亮，大力地点头。

言以西迟疑了下：“可是我跟你解释了你也不懂。”

安之小脑袋歪了歪，疑惑地眨眨眼睛。

言以西又安静了几秒，对她说：“你想试一下吗？”

安之酒窝扬起来，大力地点点头。

等言蹊回来后，便惊异地发现，她那个从小学霸高冷寡言的二哥，居然很有耐心地给安之讲着什么叫压强与压力。

除夕之夜，言家老宅餐厅里的桌子坐满了人。一大桌子热气腾腾的美味菜肴，有活跃气氛的言以南和闹腾的双胞胎在，大家欢声笑语，吵吵闹闹地吃着团圆饭。

大人们说着话，喝着酒。小孩子们喝着果汁。安之坐在言蹊的旁边，好奇地盯着言蹊面前的红酒。

“小孩子不能喝。”言蹊转头揉了一下她头发，夹给她一筷子牛肉。

安之乖乖地吃着，以前过年也是她和外公两个人，她第一次和这么多人吃年夜饭，过除夕。她看着言蹊的笑颜，想着遇到她真好。

吃完饭，还有压岁钱领，安之跟言家双胞胎一样，从每一位大人那儿领到了红包。整整六个，她手都捧不过来。她脸红红的，小声地道谢后，在大家的调笑，她把红包都交给了言蹊。言蹊笑着说：“好的，我帮你收着。”

之后一家人聚在二楼的客厅陪着言爷爷言奶奶看春晚，吃着零食。像所有的家庭一样，只要有大人在场，小孩子就会被叫出来表演。言家双胞胎很有表演天赋，一点都没有羞耻心地比画着跳完了《两只老虎》的舞蹈，得到许多夸奖后要拉着安之一起跳。

安之嘟着嘴，一张小脸像个红透了的包子，躲在言蹊的怀里就是不出来。言蹊抚着她的脸颊，笑着替她说话。

烟花

Chapter 19

考虑到老人年纪大了，小孩子也需要早点睡，所以没到零点就吃饺子了。十点钟的时候，大家吃完饺子，言爷爷和言奶奶就率先回房休息了；言老大夫妇领着双胞胎也回了；言以西默默地回了房间；言以南塞了几个饺子就出门会友去了，对他来说，夜晚才刚开始，市里才是热闹的地方。

言蹊打开手机，收到了很多同事、朋友的问候短信，她挑着回了一些。

突然，一个熟悉的名字跃入视线。

新年快乐，祝好。想念你。

高既明

可能是过了一会儿还没有见到她的回复，那边就打了电话。

言蹊看着屏幕上的名字，最终还是没有接起来。见心姨陪着安之，她就动身朝楼下走去。

外面冰冷的空气一下子侵入了鼻口，言蹊呼出了一口热气。郴城十几年前就禁止放鞭炮和烟花，但在春节期间，非市区还是允许放的。

过了十点，美丽灿烂的烟花在她头顶绽放，言蹊并未在意，她只是想出来走一走。

高既明出国的这段时间并没有放弃和她联系，他甚至找了一切可以联系她的方式。他说：“为什么你不能再给我们一次机会？为什么你要那么狠心？为什么你就这么不信任我？你怎么知道我们不能异地呢？”

也许是她太苛刻了，也许她没有想象中的那么爱他。言蹊胸口微涨，突然有了抽烟的冲动。她抿了唇，绕着院子踱步，抱着肩，锁着眉。

她做不到放下一切跟他出国。但即使做了决定，仍旧会彷徨与犹疑。断绝了后续，可无法否定曾经。

言蹊独自怔了片刻，凉风拂面，夜色在烟火中绚烂，心情阑珊。她抱着肩膀，瑟缩了下。回身，发现安之的小身影扒着门，正静静地看着她。

安之穿着给她新买的粉色羽绒服，苹果脸胖嘟嘟的，纯真而不谙世事的双眸凝望着言蹊。不知道站在背后陪了她多久。

言蹊突然明白了，为什么有些人会认为小孩子是非常治愈的生物。

“你为什么不穿外套呀？”

安之被言蹊整个抱在怀里，坐在门口。安之被她搂得紧紧的，坐在她膝上，好像被她当作了取暖工具。而且安之敏感地感受到言蹊好像有点不开心，为什么会不开心呢？过年不是都要开开心心的吗？

“嗯……”言蹊把头埋在安之的帽子后面，发出一点鼻音，并没有回答她的问题。

安之转身都没法转，甚至觉得有点喘不过气来。

足足有好几秒，言蹊才松开她一些，懒懒道：“陶陶，唱首歌给姨姨听。”

安之脸一僵。

“不要……”她小声道。

言蹊逗她：“又没有其他人，就姨姨在。”

安之鼓着脸，不是说不要叫她姨姨嘛！现在又说自己是了。

“来，乖嘛，唱一个……”言蹊伸进她的帽子挠挠她的耳朵。

她的手很冰，安之忍住没有躲开她的碰触。安之扭扭捏捏道：“那你不准笑我……”

言蹊低笑道：“好，不笑。”

安之隔了一会儿，鼓起莫大的勇气才开始唱：“新年好呀，新年好呀，祝福大家新年好……”她声音糯软，唱了一遍又转成英语，“We are singing. We are dancing. Happy New Year to you all.”

这是一首简单的儿歌，安之的嗓音稚嫩治愈，唱完，她右颊那个小巧的酒窝害羞地动了动。

言蹊微笑着听她唱完，赞许地摸她的头，然后又说："我听说幼儿园也有教舞蹈的……"

安之头摇得像拨浪鼓："不跳不跳……"言蹊大笑出声。

"你有什么新年愿望吗，陶陶？"

"有啊，"小安之只惦记着一件事，"要长高！长得很高很高……"

"好好好。"言蹊突然想起什么，"对了，我手续都办好了，也打好招呼了，那边房子附近的小学是师大附小，学校不错，你可以直接读一年级了。不过，安之，我有件事情要跟你商量一下，我工作比较忙，可能没有办法每天接你放学，让你一个人回家我不放心，所以会请一位阿姨接你放学，还有做饭。我晚上下班会比较忙，阿姨会陪着你。"

言蹊顿了顿："或者我让阿姨送你到这边来，我下班再过来接你回去？嗯？你觉得呢？"她晃了晃安之。

她大哥和三哥都问她的安排，言蹊说要问问安之的看法。他们哈哈大笑，说问小孩子做什么，他们哪里懂，你直接拿主意就好了。但是言蹊觉得她必须要知道安之的想法，也许她还不太懂，但是她至少要问一问，她想让安之觉得有参与其中的感觉。

安之认真思索了一下，侧过小脑袋对她说："不用回这里，我一个人可以在家。"

言蹊坚持道："不行，必须有阿姨看着你，你不能一个人在家。"

安之微微噘起嘴："我会乖的。"

言蹊微笑："我知道。"

远处天边的烟花陆陆续续绽放，绚烂和沉寂交替。言蹊的眸光柔软："我知道陶陶会乖，但是有个人在家陪着你我会安心点。"

"还有……"她神情带了点尴尬，看上去有点孩子气，"我不会做饭……总不能让你吃外卖。"

安之低头想了想，才点头。

言蹊刮了一下她的脸蛋，继续说道："我有时可能还会加班，要你一个人在家，哎……"

她声音微微低下去："不知道这样子好不好呢……你要是不喜欢，我们随时可以搬回来。嗯？这样好不好？"

安之的小脑袋一时之间仿佛卡住，又飞速地运转。她意识到言蹊在跟她交谈，不是命令式的，而是在问她意见。言蹊真的很关心自己。为什么呢？

为什么会对自己这么好？安之愣愣地望着她，不知道为什么突然想哭。

“怎么了？”言蹊见她表情有点不对。

安之垂下头。

“不喜欢搬出去吗？还是什么？陶陶？”言蹊去摸她的脸。

安之突然转过身搂住她的脖子，小脸埋进她的颈窝。言蹊愣了愣，这孩子面皮薄，有时她想撒娇只会揪着自己的衣服眼巴巴地，或者是在自己抱她时脸红红地埋在自己怀里，几乎不敢主动抱自己。

言蹊的心柔绵绵的。

“怎么了？”

“都听你的。”安之细声细气的。

言蹊笑：“好的。”

“如果到时不喜欢，就告诉我，知道吗？”言蹊轻声说。

“嗯。”埋在她颈窝的小脑袋动了动。

言蹊心情轻松了一些，总算是确定下来了。

天际传来“咚咚咻咻”的巨响，吸引了她们两个的注意力。抬头看去，一朵璀璨的烟花在空中绽开，令人惊叹。

言蹊收回视线，随即看到了安之专注欣喜的眼神，她笑：“要放烟花吗？”

安之眼神亮了下：“可以吗？”

言蹊说：“太爷爷这几年不让我们放烟花了，因为太奶奶晚上睡眠不太好，不过呢……”言蹊凑近她悄悄说：“车库里还有几个烟花，我们走远点去放。”

言蹊回屋穿了件厚外套，拉着安之跑到院子外。

言蹊让安之去点，安之不太敢。言蹊鼓励着她，点了之后迅速拉着她跑开好几米，安之咯咯笑。

引信烧完，“砰砰”两声，安之仰头见到有两点星亮的东西飞速地升到空中。

她耳朵被柔润的手掌捂住。漆黑的夜幕下，那片烟花大而明亮，她们两个就像被笼罩住一样。安之“唔哇”一声，目眩神迷。她在言蹊的怀里仰起头看她：“你的新年愿望是什么呀？”

言蹊神情一恍惚，接着笑道："嗯……希望陶陶长高高，这算不算？"

安之不好意思地抿一下唇，也笑。

言蹊低头刮刮她的脸蛋，突然说："陶陶，往后……我们会在一起过很多的年。"

许多年后的安之，最终长到言蹊耳际高度的安之，一直记得言蹊的这句话，记得在这年，言蹊跟她许诺，会跟她住在一起。言蹊给了她一个家。

庙会

Chapter 20

年初五的时候，柳依依登门拜访。她一头前长后短齐顺的挑红头发，单眼皮，微微眯着眼看人的样子像只妩媚的波斯猫。

她踩着高跟鞋进门，丢下一大堆礼物，然后盯着安之看了半天，之后对言蹊说：“这就是你的女儿啊？”她抓过安之，戳戳她的脸，捏捏她的手臂，“真可爱，像娃娃一样，咦，是真人……”

言蹊小小地翻个白眼：“应该叫阿姨！”

“叫阿姨把我叫老了，不行。叫姐姐。”

安之还没反应过来，脸又被摸又被揉的，这么自来熟的举动把她弄蒙了，她可怜巴巴地求助似的望向言蹊。

“好了，放开她啦。”言蹊把安之拉过来，没好气地对柳依依说，“没轻没重的。”

“大过年的，不是来跟你拜个年嘛？！”

“都初五了，再说了，我又不是不知道你来我家到底是做什么！”

柳依依眉开眼笑，顺势扫了一眼周围：“你二哥呢？”

“他回学校了。”

“怎么可能？不是过了元宵才回校吗？我早上发信息问你，你还说他在呢。”柳依依花容失色。

“那会儿在啊，可是他吃完午饭就出去了，应该是回学校了。”言蹊同情又略带幸灾乐祸地看着她。

柳依依是她从小到大的好友，大她两岁，苦恋她二哥言以西多年，一直未能修成正果。没办法，他们画风太不和谐了。

言蹊不太理解柳依依为啥会喜欢言以西，言以西为人冷淡，除了学术之外一切都不在乎，也没什么爱好，一天也说不了几句话，除非提到他的专业。相貌清俊，身材高瘦，经常穿的就是白色，永远中规中矩，寡淡如清水。柳依依在情窦初开时不知为何就钟情上这朵“高岭之花”，但是明恋暗恋都没成功。

柳依依失意出国留学，在国外恋爱几次，工作好几年，以为自己已经免疫了。谁知道回国，在言家再次看到言以西，她又栽进去了，像少女时期一样。她甚至辞了国外的工作，回国内定居。

但是，言以西那个榆木疙瘩却还不开窍。柳依依甚至让言蹊、言以南去打探言以西喜欢什么样的女生，他们两个都表示，没见他交过女朋友。

“也许……我二哥对人类不感兴趣吧。”言蹊说。

柳依依表示：“如果他有一天喜欢上我了，是不是会对我念那句诗？就海子的那句‘今夜，我不关心人类，我只想你’。”

言蹊：“好了，我二哥不在家，如果你要见他的话，还是去他学校吧。”

依依呵呵笑：“没有，没有，我今天是专门来看你的。你快上班了吧？”

“年初八。”

“听说你要搬出去住？”

“对呀。”

柳依依看一眼安之，若有所思。

言蹊：“我要去市区买东西，你要不要一起来？还是你要去学校？”

柳依依道：“来来来，正好我们很久没聊天了。”

“安之要去上小学了，我带她去买一些文具。”

“我们两个去就行了，带小孩子去干吗？”柳依依明媚的脸上都是不解。

柳依依与言家走得勤，虽然没能追上言以西，但是与言家的人关系都特别好，特别是与年龄相仿的言以南和言蹊。

她像大部分二十岁出头的年轻人一样，小孩子可爱的话可以逗一逗，所以并不理解为什么言蹊要把这么麻烦的事情背上身，而且言蹊也不是特别喜欢小孩子的人啊。

不过她是女生，心要细些。她猜想是不是言蹊跟高既明分手后，决定养一个孩子来转移一下注意力？这也说不通啊，通常来说，失恋不是应该尽早开始下一段恋情吗？何况言蹊的条件那么好啊，娘家有钱有权，她自己有相貌又有才华，读书时候追她的人就没有停过。

柳依依想不明白，自己也因为言以西的事情很烦心，想找她聊聊，所以带一个小孩子不方便。但言蹊坚持，柳依依疑惑不解，也只能答应。

买完文具，时间还早，她们决定去逛庙会。正值春节期间，人山人海，熙熙攘攘，欢声笑语。

安之没见过庙会，觉得什么都很新鲜。言蹊牢牢地牵着她的手，一边走一边跟她说话。

在抖空竹的人群前，言蹊把安之举起来，托她在手臂上，之后给她买了蝴蝶的手扎风筝、拨浪鼓、挂着金银元宝的风车……

可怜的柳依依跟在她的后面，被当作拿东西的了。

捏糖人的摊子旁围着很多小孩子，老艺人将糖揪下一团，揉成圆球，灵活的手指在滚烫的糖球上运转，拉到一定的细度时，猛然弹断糖丝，含着细如管的糖丝口，鼓起腮帮子，一下子就吹成了薄皮中空的焦糖色球状。

周围的小孩发出一声声惊呼。

只见老艺人面不改色，一双布满褶皱的手却十分灵活，慢慢地把这球状的糖捏成了一只胖嘟嘟的小猪，这时他从口中取下来，把那截糖丝掰断，剩下一点点用手卷一下，刚好变成了小猪的小卷尾巴。

“哇哇哇！！！”周围的小孩子拍着双手，纷纷叫道，“我也要我也要……”

“要老虎！”“要孙悟空！”“要只大公鸡！”“要奥特曼！”

安之看得根本不想走，言蹊明白，笑着对她说：“让老爷爷给你捏一只兔子怎么样？”

柳依依踩着一双十厘米的高跟鞋，大冬天的走得香汗淋漓，没好气地说：“我也要一只！”

夜幕四合，凉风萧瑟。灯火初上，小吃摊的香气传了过来，柳依依开始吃起东西，这才觉得活了过来。沿街开始吃炸糕、驴打滚、艾窝窝、姜丝排叉……

觉得都是甜的，就又买了煎饼果子。一整个煎饼果子太大了，安之吃不完，言蹊分开一半，让她捧着纸袋吃。安之刚咬了一口，烫到嘴，吹了吹，又咬了一大口，青色的蔬菜、红色的火腿、焦黄的薄脆，还有充满蛋香的饼皮，好看又好吃，安之吃得眼睛弯弯的，嘴边都是酱汁。

言蹊蹲下来，拿纸巾给她擦嘴，眼神温柔。

柳依依在旁翻了一个白眼，这个小孩真的不是她的私生女吗？

逛了大半天也累了，安之都走不动了，言蹊把她背了起来。本来已经吃不下东西了，可是看到糖葫芦，她难得主动趴到言蹊耳边说："要这个……"

"你还吃得下啊，小安之？"柳依依笑她。

安之这天都没怎么跟她说过话，有点怕生，还以为柳依依在说她"贪吃"，难为情地躲了一下。

言蹊扫了一眼周围拿着冰糖葫芦的小孩，笑着说："好的，给我们陶陶买。"

我们陶陶？安之愣了愣，有好长时间没有人这么叫过她了。

那一大串圆溜溜的大山楂披着微黄色的糖衣，像一个个精心打扮的小红灯笼，惹人喜爱。安之捏着木签，移到言蹊的唇边。

言蹊背着她，没预料她有这招，眨了一下眼说："要给我吃吗？"

安之右颊的酒窝隐约："第一颗给你吃。"

"唔……"言蹊咬住一颗，她脸颊轻动，"好吃。剩下的你吃吧。"

安之伏在言蹊的肩上，小心地让自己的鞋子不要踢到她。咬着糖葫芦，看着周围的风景，听着两个大人说话。

"你觉得你二哥今晚会回家吗？"

"如果他回家你是不是今晚准备在我家过夜了？"

"嗯，晚上可以见到他，明早也可以见到他。"

"你真是没救了……"

回去的车上，安之挨着言蹊坐在后座，昏昏欲睡。柳依依开着车，窗外灯火连绵，忽明忽暗。

柳依依叹着气说："我这辈子估计要吊死在言以西这棵树上了……"

"你可以不用啊……"

"我不行，这就是我不理解你为什么能跟高既明分手，我在想你根本就不爱他……"

安之没听懂，她困得很，她知道言蹊的手在托着她的头，她什么都可以不用操心，以后可以慢慢长大，她放心地在言蹊的怀里睡着了。

小学的第一天

Chapter 21

初五一过，很快就到了开学的第一天。

言蹊以往都住在电视台分的公寓，她经常加班，睡得晚，所以早上也起得晚。

言以东给她请的阿姨是中午才来上班的，所以早上是她送安之，中午和下午放学由阿姨接送。

今天是安之到师大附小上学的第一天，言蹊定了闹钟，醒来时安之已经穿好校服，洗漱好在一楼等着她了。

言蹊的房子是三层复式的小别墅，在小区里独门独栋，还有个小院子。

一楼是大客厅、厨房和餐厅，以及一间大客房。

二楼楼梯蜿蜒而上，客厅双面嵌墙的定做书柜，密密麻麻都是书，甚至有架小梯子，这是一个开放式书房。桦木地板上铺着地毯，各种抱枕坐垫。一架台式电脑位于一角，另一面是落地窗大阳台。

两间卧室正对门，一间卫生间。

三楼有另外的客房，还有露天的阳台。

这栋小别墅由言家爸爸亲自设计和监督装修的。房子的地理位置很好，小区里安全系数很高。小学离家很近，走路才十五分钟。半个小时的路程内还有两所中学，里面环境清幽，绿化覆盖率高。离大型的商业购物区也不远。本来打算言蹊上小学的时候，他们举家搬过来。后来不幸出了意外，言家的孩子们就回到老宅生活，这房子也就闲置了。

言家父母买的时候就打算把这房子作为唯一的女儿的妆奁，在言蹊十八岁的时候，言爷爷做主过户给了言蹊。

“啊，对不起！”言蹊跑下来，她还在扣衬衫上的纽扣。她早上的血糖一向比较低，跑得急，一时没有缓过来，有点晕眩。她扶住桌子，不露声色地从兜里掏出一颗糖含着，对看着她的安之说：“我们出去吃早餐吧？”

昨晚居然忘记准备早餐了，言蹊心里浮出几丝内疚。

小区楼下有家包子铺，言蹊买了几个蛋黄包子和红豆包子，两杯手磨豆浆。

安之咬着包子吃得挺满足。她穿了蓝白相间的校服，齐肩的短发梳得顺滑，背着新买的书包。

“明天我们吃别的……”言蹊盘算着今后要早起准备点早餐，可能要再把闹钟定早一点，以前在老宅她都不用想着这些问题。早餐除了包子、豆浆、油条、粥，还有什么……

言蹊像所有二十岁出头刚工作的年轻人一样，早上为了多睡一会儿根本不会去考虑早餐的问题。她正暗自苦恼着，感觉衣服被揪了下，侧头看到安之指着她手腕上的表：“要迟到了。”

言蹊一看，惊了，把包子一咬，急忙开车往师大附小奔去。安之坐在副座，看着叼着包子一脸凝重神情的言蹊，抿嘴偷笑。理论上来说，从言蹊的房子走到附小只需要十五分钟，但是开车比走路还慢，还有个十字路口超长的红绿灯。

等言蹊到附小的门口时，已经是七点五十了，早读的时间已经过了。在门口等着她的是安之的班主任。安之是直接插班到一年级下学期，她的班主任特意在门口接她，准备带她去班级。谁知道这个家长这么不靠谱，让班主任在校门口等了二十分钟。

三月春寒料峭，虽然天气放晴，阳光和煦，但是班主任的脸僵硬得像块冬天的石头。言蹊多少年没跟老师打交道了，这个班主任是市级高级教师，年年都被评为优秀班主任，站在门口，脊梁挺直，一身“传道授业”的光辉格外耀眼。言蹊见到她都禁不住紧张，她点头赔笑道歉。

班主任四十岁不到，看到扎着马尾、青春靓丽如同新发柳枝的言蹊，还真发不出火来，何况旁边还有个如瓷娃娃般白嫩可爱的安之。

“好了，这位家长，把孩子给我吧，记得中午放学来接她。”

言蹊脆声道：“好的。”她蹲下来，摸着安之的小肩膀，“要乖乖的，中午刘奶奶来接你，我会打家里的电话，然后你有事也给我打电话，中午吃了什么跟我讲……”又转头对班主任说：“老师，请你多照顾我家安之，她还小，刚进学校，跟同学们也不熟，请你多关照一下，座位方面……”

言蹊这才明白为何她们台里的有些领导在工作上雷厉风行虎虎生威，在自家孩子的老师面前秒变成温顺的小猫。

班主任嘴角抽了抽，这位小朋友的关系了得，校长还专门打了招呼，入学摸底考试，语、数、英三科都满分，几位一年级班主任都争着要她，要不然她一大早在门口吃凉风干吗？！

她面上不露声色，点头道：“我知道了。”

言蹊摸摸安之的头：“要听话啊。”

安之点点小脑袋笑：“嗯！”

“中午要看到刘奶奶才能走，不能随便跟陌生人说话知道吗？”

“嗯！”

班主任内心想的是：不就是上个学嘛，都是小学了，又不是第一天离开家，至于这样……

嘴上却道：“这位家长，我要带陶同学进去了，第一节课快响铃了。”

言蹊这才停止絮叨，看着安之跟着班主任一步一步地走进学校。

师大附小是所老学校，门口有两棵老杏树，树冠茂盛，春意混冬貌，小扇子般的叶子在晨风中浮动。

言蹊眸中神色略深，初见时安之被母亲抛弃后，跟在她父亲背后的那个哀伤的小身影突然掠过她的脑海。

言蹊的眼睫轻轻颤动，她静心凝视着安之的背影。她穿着合身的校服，还是只有一点点大，发色乌黑，小步伐迈得轻快，那个新买的书包上有睡美人的图案，因为她最近在看童话故事，很喜欢睡美人公主。

言蹊的唇角扬起一点笑意。这时，好像心有灵犀，安之扭过头来看她，咧开小嘴对她笑，然后挥挥手。

言蹊唇边的笑意加深，也轻轻地对她挥了下手。

心一阵酸软。唉，又是个陌生的环境，不知道她能不能适应呢。

言蹊待安之走进教学楼里才想起去看时间，一看，差点没跳起来，于是急急忙忙地去开车。

完了完了，这下真迟到了。

一整个上午，言蹊心里都是七上八下，无法集中精神。

安之对上学还是蛮期待的，以前的寒暑假，退休的外公会办一个小小的补习班，木制的大桌子和板凳。

她坐在旁边的小椅子上，看那些哥哥姐姐听课和起立回答问题。

因为家里只有外公和她，所以外公必须一边上课一边看着她。她是听不懂的，有时她困了就在椅子上睡着了。有时无聊她就跑去外面自己玩一会儿，再跑回来。

外公的那些学生对她很好，哥哥姐姐们休息的时候会陪她玩，教她念诗、算术。

在她心里，课堂是很有趣的地方，会讲很多她不懂但是很厉害的知识。她不喜欢幼儿园那样简单的课堂，现在终于可以进学校了，安之有些兴奋。

她个子小，只好坐在第一排。春节刚过，班上的小学生们还沉浸在过年的气氛里，纷纷讨论压岁钱和礼物之类的话题。只有安之把自己的课本拿出来，一本本放好，开始削铅笔。安之的手摇卷笔刀是栋粉色的小房子，还画着兔子图案。

她的同桌是个小男生，看见她的卷笔刀，自来熟地把自己的拿出来给她看："你看，我的是车子形状的，是不是很酷？"

安之捧场地笑笑："嗯！"

小男生很开心，看了安之好几眼，还想跟她多说几句，上课铃就响了。这节是数学课。数学老师是应届毕业生，扎着马尾，戴着眼镜，眼神略微青涩，但是对付一年级的小孩子已经绰绰有余。

这节课准备讲的是二十以内的退位减法。"寓教于乐，时时刻刻要记得。"年轻的数学老师每次上课前都要告诉自己这四字真理。

"上学期老师教小朋友们唱了一首《凑十歌》，大家还记得吗？分别讲了我们的五对好朋友，1 和 9，2 和 8，3 和 7，4 和 6，5 和 5，对吧？大家一起来跟着老师复习唱一下这首歌好吗。"

"好！！！"

"1919 好朋友，2828 手拉手，3737 真亲密，4646 一起走，55 凑成一双手！"

"那我们知道好朋友凑在一起是 10，对吧，假如 2 走了，那么还剩下谁呀？

对！剩下 8 了，因为它们是一对好朋友，那我们可以写成减法，10-2=8。”

“对！！！”

“那老师来考考各位小朋友，10-5= ？ 10-3= ？ ”

已经会三位数乘除的安之眨眨眼，她没有预料到这种情况。

小学的第二天

Chapter 22

年轻的数学老师好不容易热完场，从 10 说到 20，从加法的概念过渡到减法："我们知道 10+1=11, 10+7=17，那么反过来，11-1=10，17-7=10，那么 17-3=？很好，有很多小朋友已经在数了，先不着急，我们先来看黑板……"

11-9= 11-8= 11-7= 11-6= 11-5= 11-4= 11-3= 11-2=

12-9= 12-8= 12-7= 12-6= 12-5= 12-4= 12-3= 12-2=

13-9= 13-8= 13-7= 13-6= 13-5= 13-4= 13-3= 13-2=

……

18-9= 18-8= 18-7= 18-6= 18-5= 18-4= 18-3= 18-2=

她先让学生们做题，班上大部分的学生都仰着小脑袋，比画着手指，只有最前面的那个小女孩皱着脸，貌似一脸的不甘愿。

数学老师瞄了一眼花名册，认出这是今天刚来的学生。

她念头一动，便点名了："我们请陶安之小朋友来解一下黑板上的题目好不好？"

安之站起身来，她脆生生道："老师，其实这里有个口诀，'减九加一，减八加二，减七加三，减六加四，减五加五'。减九加一，指的是一个数减去 9，将这个数的个位加上 1，就是它们的差。比如第一行的 11-9，1+1=2，那么 11-9=2。所以第一行的答案是 2，3，4，5，6，7，8，9；第二行的答案是 3，4，5，6，7，8，9，10；第三行的答案是 4，5，6，7，8，9，10，11；第四行是……"

整间教室都愣住了，只有安之不慌不忙的声音，那一个个数字从她嘴中说出来，像一个个小珠子，清脆柔滑地弹在空中。

同学们都惊呆了。

数学老师：……

数学老师内心在流泪：节奏被打断了，本来是打算让学生们做出题，然后她再引导学生总结出规律，编出口诀，再让他们做题练习，现在该从哪个阶段开始？

就好像一个精心准备的谜底，被一个聪明的人毫不费劲地说了出来，让人挫败。

数学老师定睛仔细瞧了瞧安之，软嘟嘟的脸颊，站得笔直笔直的，很认真的样子，回答完眨着一双黑葡萄似的眼睛望着她。

好像在对她说："老师，我说的不对吗？为什么你不表扬我？"

数学老师咳了一声，艰涩道："陶安之小朋友回答正确，非常好！请坐下。"

陶安之小朋友被表扬了也没露出多兴奋的表情，十分镇定地接受了全班小朋友目光的洗礼，坐了下来，小手放好，一副理所应当的样子。

刚毕业不久在讲课上需要得到更多反应的数学老师微微僵了一下，叹气。

安之的小男生同桌朝她露出崇拜的表情：你好厉害啊……

安之内心说：很简单啊！而且她很费解，为什么要用这个口诀呢，不是看一眼就知道答案吗？

语文课上，班主任说："同学们，学习新课之前，我们先来猜一个字谜。'三人同日见'，猜一个字。"

"有的学生猜出来：'春字'。"

老师："很好，同学们都知道啊，是春天的'春'字。谁能说一说有关春天的词语、句子，什么都可以，只要能让你联想到春天。"

学生 A："春暖花开。"

学生 B："春眠不觉晓。"

安之："春天池塘里的小鱼和小虾，从水底游到水上，探头探脑地，想要人跟它们一起玩耍。还有池塘边的柳枝，睡醒了来凑热闹。然后天空下起小雨来，春雨像小孩子一样，小脚丫哗啦啦，跳进了池塘里……"

安之正在兴致勃勃地说着，突然发现周围的同学都在盯着她看，讲台上的老师也是。

安之一脸疑问：我说太多了吗？

英语课，安之站起来练习对话："I can see a frog. It's cute. It's green. What can you see, Joe？"

她发音奶声奶气的，却是十分标准的英式，同桌的小男生 Joe 一下子呆住没反应过来："I, I can… I can see… Ahh…"

"a bird…"安之小声提醒他。

"a bird."小男生 Joe 涨红脸。

"What colour is it？"安之提问。

"Ahh… Ahh…"

"Yellow…"安之又小小声提醒他。

这个对话就这么磕磕绊绊地读完了。

讲台上的英语老师推推眼镜，托腮道："Interesting…"

下午四点半的时候，言蹊已经来到校门口了。这个点校门口都是接孩子的家长们。没想到自己会是其中一员，她心情起起伏伏，也不知道安之今天在学校适应不适应。中午打电话回家里的时候，也没法了解太多，要给安之留点午睡的时间。

师大附小对学生的管理比较严，特别是三年级以下的，放学必须在校门口先按班级排好队，待老师点好人数，再走人。

一年级的小朋友很好认，反正是最小号的。言蹊目光一扫，找到了一年级三班的牌子，然后在众多小号的孩子里一眼看到一个更小号的——站在最前面的安之。

安之看到在人群里冲她招手的言蹊，她眼睛一亮！

"陶安之，那是你姐姐吗？好漂亮！"后边的同学问她。

"嗯，对呀！"安之绽开小酒窝，有点小得意。

班主任点好人数，才说："好了！可以走了，小……"

小心两个字还没说完整，这群小学生像撒开翅膀飞的小鸽子扑腾扑腾扎向校门口。

安之咚咚咚地小跑过来，小包子脸粉粉的。她今天领到了红领巾，红领巾系在她胸口，飞扬着，看上去可爱极了。

"姨姨！"她奔过来，脆声叫她。言蹊突然一点都不排斥这个称呼了，还觉得挺萌的。

她蹲下来，手搭在她肩膀：“饿不饿？”

“不饿。”安之摇摇头，开心地问，“你下班了吗？”

“先过来接你，你今天第一天上学，我想来接你放学，等下还得去工作。”言蹊牵着她的手走。

“今天在学校怎么样？和同学们认识了吗？”

“嗯！”

在课堂上狠狠地虐了一把她的同班同学，给语、数、英三科老师都留下深刻印象都很镇定的安之，突然腼腼腆腆地，用她的小手扯扯言蹊的衣角，眼睛闪闪发亮，像夏夜的萤火虫：“老师们问我的题，我都会！而且我都答对了！”

言蹊看着她一脸求表扬的萌态，忍不住笑，揉揉她的头，夸道：“真棒！我就知道陶陶没有问题，太棒了！”

安之不好意思地弯弯眼，走了几步后才发觉：“咦，车车呢？”

言蹊笑道：“在家里，我们走路回家，来认一下路。”

安之乖巧地点头：“好的！”

言蹊牵着她的手来到那个大十字路口等红灯，告诉她：“这里要看好了，我们的家是往左边的，后面就要到商场那边去了，知道吗？”

安之仰头看她，抿嘴笑，酒窝都是顽皮的笑意。

“哦，你知道了，是吧？”言蹊想，当然了，她自己一个人都可以从郊区跑到市区的幼儿园，还试图离家出走。

“没有啦，我记得一点点，中午刘奶奶带我回家的时候……”安之踢着小步子，她穿着崭新的小白鞋，走得并不太快，言蹊配合着她。

“哦，你喜欢刘奶奶吗？”

刘奶奶也不过才五十多岁，是她大哥言以东司机的妈妈，人很慈祥爱笑，年轻时是工人，下岗后就去考了月嫂证，在家政公司工作，做得一手好菜。准备在邶城攒点钱帮儿子付首付，言家给她的工资丰厚，何况又是儿子老板的家人。言蹊见过她几次，印象挺不错。不过最重要的还是安之必须喜欢她。

“嗯，刘奶奶做的菜很好吃，就是……她叫我宝宝……”安之有些难为情。

言蹊笑：“这怎么了，陶陶就是宝宝啊……”

“好肉麻……”安之不好意思地用小手捂一下脸。

三月的天气春意渐浓，下午四点多的光景天还正亮，这个时候，是学校学生放学的专属时间段。她们过了十字路口，路过了一家花店、一家宠物店、一家二十四小时便利店。一路走来，安之的步伐轻快，仰头不时看看言蹊，跟着她记着路旁的建筑物标志。

高高的不知名的树伸开枝杈，像双手一样，拥抱着晴空。晴空蓝蓝的，清澈好看。

安之的视线从天空移向言蹊，莹白的脸颊轮廓，高扎的马尾，杏黄的长风衣，黑色的阔腿高腰裤，白色的衬衫扎在里面。化了淡妆，耳边的珍珠长吊坠随着她的走动轻轻闪动。

安之又低头看了看她的鞋，灰色的麂皮高跟鞋，泛着一点点浅紫色。

“怎么啦？累了？要我背你吗？”言蹊觉察到她的目光，低头微笑着问她。

安之对这个提议好心动，但是她掂掂书包，又看了看她的风衣，摇摇头：“我能走。”

“好的，快到了啊，到家肚子饿就可以吃饭了，刘奶奶都做好了。”

“嗯！”

到了小区门口，言蹊专门跟保安打了招呼，让安之给他说几句话，说这是我家孩子。

“记住了吗？回家的路上会经过那些店。”

“嗯！为什么要跟保安叔叔聊天啊？”

“哦，就是以后如果有什么事情，你一个人进出的话，他会记得你呀，嗯，但是……你要注意保护自己哦，他要是跟你说太多的话，或者有些奇怪的动作，就不要理他。”

安之听不太明白，但仍点点头。言蹊叹口气，觉得自己也没说明白，她揉揉安之的头发：“当然了，最好不要一个人进出。”

顿了顿，她又说：“我不会让你一个人的。”

举高高

Chapter 23

“孩子需要小心对待，需要亲吻、拥抱、关注、鼓励。需要确认的爱与安全。被剥夺这些，心里不免暗藏坑洞。”

这是安妮宝贝散文中的一句话。安之来到言蹊身边后言蹊经常会想到这句话。很多时候言蹊都觉得她做得不够好，很多事情没解释明白，怕解释太清楚了太让小孩害怕，但是不说又不好。养小孩对她来说仍是件压力极大的事情，可能一直会是。还好安之乖，她那对又圆又亮的眼睛看着言蹊的时候，言蹊就感觉自己那颗不安忐忑的心被抚慰了。

回到家，刘奶奶对着她们笑。她是个慈祥、淳朴、爱笑的老太太，果然一开口就叫安之：“宝宝回来了？累不累？”伸手想要帮她拿书包。

安之腼腆地一笑，冲言蹊递了个“你看吧，是不是有点肉麻”的小眼神。

言蹊“扑哧”一笑，对刘奶奶说：“没事，阿姨，你让她自己来。”

晚饭吃的是芝士玉子烧、蒜蓉菜心、烧鱼，还有莲藕排骨汤。

刘奶奶果然很会做饭，而且还在网上学了一些小孩子会喜欢的菜。安之就很喜欢吃这玉子烧。而言蹊觉得菜清淡可口，荤素搭配合适，也吃得很满意。

言蹊陪着安之吃完晚饭后就得回台里。她已经通过实习期，但是仍属于谁都可以使唤的新员工。台里的同事一开始只当她是家境殷实的本地人，相貌出色，出入开的是好车，还以为她是来混个编制岗位的，但后来见她为人大方得体，勤劳好学，也生出了结交的心，同事关系还算融洽。

她仍旧是编导岗位，有时也要兼职摄影工作，甚至忙起来要和同事出去拉赞助应酬，自然又是加班加点。

言蹊出门仍是嘱咐安之："我回台里一趟，你在家写作业，写完可以看一集《哆啦A梦》。"

"我作业都在学校写完了，我练字和预习好了。"

"嗯，那好。"言蹊又转而拜托刘奶奶陪着她。

老人呵呵笑着让她放心。

其实也没什么不放心的，只是言蹊就是觉得内疚，她出门时还蹲下来对安之说道："我大概八点多一点回来，你自己洗完澡困了先睡，不用等我的。"

安之露出甜甜的酒窝，点头，对她说："那你开车车要小心哦。"

"好的。"言蹊翘起唇角。安之不同于她大哥家的双胞胎，可能是因为长在南方的小镇，说话声音细细柔柔的，还爱用叠字。

"那我出门了？"言蹊拿好车钥匙，安之已经对她挥着小手。

言蹊之前看到一项研究，说职业女性生完孩子去上班，百分之九十都会对孩子有内疚感。

她之前还不理解，孩子虽然重要，但是事业不是更重要？今天她总算明白了，简直内疚到出不了门，工作时还无法集中精神。

八点半，她准时回到家。一楼的灯明亮，还有安之的轻笑声。

进门，路过客厅，进餐厅。一股香浓的牛奶味道，穿着娃娃裙睡衣的安之看到她兴奋道："姨姨，你看奶奶做了牛轧糖！"

她们已经把糖果包好了糖纸，刘奶奶还细心地用透明的小袋子包好，袋子上面还有蝴蝶结。安之正在帮忙。

刘奶奶笑着说："做点糖果让宝宝明天带到学校给同学们吃。"

言蹊："……挺好的。"

得了吧，她白担心了，这小孩适应得挺好的。

她说："您快回吧，我已经回来了。"

"欸，好的，宝宝明天见。"

"明天见，奶奶，路上小心。"之前还在说"叫宝宝肉麻"的安之现在已经习惯了这个称呼。

刘奶奶摸摸她的头，又说了几句话，这才出门回家了。

感情挺好的呀……言蹊腹诽。她倒水喝了一口，坐在桌子旁，看着包装精致的牛轧糖果，安之把其他散的正一颗颗放在盘子里。

屋里开着暖气，言蹊脱了外套，长腿伸了伸，觉得今天有点累了。

突然，小安之走过来，一颗糖放在了言蹊手心里。

“我不吃。”言蹊摇摇头，她语气有点惫懒。

“明天早上吃。”

言蹊心神一动，看了眼安之：“你早上发现了？”

“嗯，”安之细柔的眉毛皱了皱，“你早上会晕，我问了奶奶，她说吃点糖就没事了。”

言蹊默了几秒，拿过那颗糖，纤长的手指剥开糖纸，含在嘴里。

然后顺手把安之抱上膝盖。

牛轧糖里有花生，奶香浓郁，花生脆香。安之身上也有相同的气息。

“你帮奶奶做了糖是吧？”

“嗯，对呀，我帮忙搅拌了，好好玩。”小安之整个伏在她的怀里，也像一块软绵的牛轧糖。

“嗯……挺好吃的，但是……”

“我知道啦，我不能吃太多糖，晚上也不能吃，吃了要刷牙。”

言蹊的话都让安之说了，她也就不说了，笑了笑。

安之在她怀里，圆乎乎的眼睛闪啊闪地望着她：“你今天累了吧？”

言蹊笑眼微眯，一身的疲惫在安之的童语中舒缓了，她放松下来，垂头蹭蹭安之的发顶：“嗯……有点累了。”

想起了除夕夜她们在一起看烟火，那时言蹊把她当作取暖的娃娃抱着，现在安之乖乖地坐在她的膝盖上，也让自己被当作娃娃抱着。

“今天在学校怎么样？比幼儿园好吧？”

“嗯！”说到学校安之就正经起来，虽然比她想象中的要简单很多，这是她今天把所有课本都翻了一遍后得出来的结论。语文书上的字她大部分都认得，数学不值一提，英语也不难。

她外公虽然不教文科，但是从她很小的时候就给她听一些英语儿歌。在言家老宅的时候，在英国生活过一段时间的萧雨桐教双胞胎发音时也会带上她。

可是……她突然噘了噘嘴，垂着头。

“今天做课间操的时候……”

“哦？你不会没关系的。”

安之摇摇头：“不是，我同桌说会教我，体育老师也说会教我，就是……”

她咬了咬唇，嘟哝道：“我好像是最矮的一个……全校……最矮的……”她语气别提多哀怨了。

言蹊脑补了下小学生做操时小小的安之愣在当场的画面。言蹊抿唇憋笑，但是一双眼眸里潋滟的笑意都要溢出来了。安之不乐意地鼓起双颊，羞恼地盯着她。

“咳，嗯……”言蹊清清嗓子，收起笑意，正色起来，把她放下，起身找了支马克笔。

走出餐厅，来到玄关的门旁，让安之站好，她比着安之的身高在墙上画了一笔，拿尺子一量。

安之紧张地盯着她，言蹊看了眼尺子的数字。不说话，掏出手机百度了年龄身高体重对照表。安之像只紧张得竖起耳朵的小兔子一样。

言蹊查到六岁那一栏，六岁女孩的标准身高是一百一十六厘米，偏矮是一百一十二厘米，矮小是一百零七点六厘米，而安之还不到一百零五厘米。

言蹊默默沉思：确实……有点矮啊……

安之见她迟迟不说话，哪里还有什么不明白的，“呜呜呜”地眼眶就红了起来。

“哎……”言蹊搂住她哄，“没关系没关系的，我们生日还没到，其实还没有六岁，很快陶陶就会长高了……”

“真的吗？”安之抽抽噎噎道。

“嗯嗯，真的，难道你还不信我吗？我们不是才许了新年愿望吗？会实现的。我六岁时也跟你差不多高的……”言蹊眼睛都不眨地说着谎话。

“来，现在你看我。”言蹊站到墙边，拿马克笔在自己头顶也画了一道，“现在这么高了……”

安之的眼睛从她自己的那笔，直直仰着头看到言蹊的那笔。她鼻子红红的，楚楚可怜地问：“真的吗？”

“真的。”言蹊回想一下陶臻臻和陈慕齐的身高，想着安之以后也不会矮，向她点头保证。

安之低头想了想，又瞧了瞧墙上那两道几乎可以说是天壤之别的笔画。真的有办法长那么高吗？那样高是什么感觉呢？

安之小矮子仰着脖子看着墙上的线，又扭头看看言蹊。言蹊笑了一声，走过来，把她举起来，举到她自己头顶，还转了一圈。

“呜哇呜哇……”安之被举起来，又晕又怕又觉得好玩。

“晕晕……怕怕！”

“呜哇呜哇……”

言蹊把她抱在怀里哈哈笑，安之也咯咯笑起来。言蹊有一对笑起来特别美的眼睛，安之有个笑起来特别可爱的酒窝。言蹊与她额头碰额头地对视笑，眼里有最温柔明亮的人间烟火。

小学日常

Chapter 24

对安之来说，她的小学阶段最难的事情，从来就不是课本上的知识和与同学们的相处，而是她龟速上升的身高，阻挡了她跳级的脚步。

刚开始在一年级阶段因为对环境的陌生，还有她个性比较乖顺，再因为外公也是老师，对老师有股自然而然的尊重，她还能在课堂听讲。后来实在是听不下去了，因为在前排，又不能睡觉，她觉得无聊，就开始练字，临摹字帖。想要像言蹊一样，能写很好看的字。

毕竟是小孩子，练字有时也觉得枯燥，就开始偷摸看绘本。言蹊二楼那两面嵌墙的书架，她专门分了一部分出来，放了很多适合安之看的故事书和绘本，中文英文的都有，她站起来刚好就可以拿到。

小安之也很机灵，她不会在语文课上看，因为是班主任老师的课。语文课她最多就练练字。也不会在英语课上看，因为英语老师会讲故事，会教他们唱儿歌，还会让他们练习对话。

所以她多数情况下都在数学课上看，这样就很明目张胆了。刚开始还会偷偷遮着看，除了数学老师让做题，或者帮助一下虎头虎脑的同桌外，安之都偷摸着看她的绘本，有时一个不小心就入了神。

讲台那个居高临下的位置，学生们在下面的一举一动其实都被老师们看在眼里。刚毕业不久的数学老师有着一腔新鲜出炉的教学热情和一些情绪，忍了第一次、第二次、第三次实在忍无可忍了，没收了安之的绘本，并把她叫办公室去。

这下全班同学哗然。

要知道，开学一个月后，安之已经变成了一•三班所谓的“别人家的孩子”。什么科目都很厉害，长得又那么白那么可爱，虽然矮了点，但她超厉害的，问她什么题目都会。穿的衣服也很好看。学校有一天便服日，她穿着黄色毛衣搭浅蓝色吊带裤，外搭深蓝牛仔外套，外套的口袋上有兔耳朵的图案，可爱到好多女学生围着她问衣服哪里买的。

她还经常会带烤好的饼干和蛋挞来学校分给大家吃，她还有超漂亮的家长。班上的每个人都想跟她做朋友。因为她是新来的，年纪还比班上大部分学生要小，所以班主任老师没让她当班干部。

可是，她被叫去了办公室！听说还要请家长来办公室！办公室这个地方，除了班干部，被叫进去的就是要挨批评的。一•三班那些胆子大的同学跟在老师的屁股后面，在门边、窗边探头探脑地看着。

一年级办公室的老师们各据一张办公桌，上面都是高高的作业本之类。课间休息，数学老师绷着一张脸进来，安之在她后面慢吞吞挪动着小脚。

一•三班班主任见到安之进来，眉毛挑了挑：“怎么回事，杨老师？”

杨老师已经说话了：“上课时间不好好听课，看课外书！不止一次了！”

后面桌子的英语老师眼睛扫过来瞄了一眼。班主任没有说话，毕竟是数学老师叫进来的，该她来处理，自己就先观看。

“陶安之，你是怎么回事？是不是不打算学了？要是这样我让你家长来接你回去！”杨老师把手上的《格林童话》绘本往桌上一丢。

“老师！”安之急急说，“你不要找我姨姨，她工作很忙的！”

“那你告诉杨老师，你为什么不听课？”班主任老师说。

安之噘噘嘴，小脚在地上点啊点，做完几个小动作后，她终于说：“可是……我都会了呀……”

她满脸无辜，甚至带了点小委屈。

“你都会？”数学老师惊讶，“你都会什么呀？”她以为陶安之就是比较聪明，反应快而已。

没想到这孩子开始掰着手指说起来：“会三位数乘除两位数，列竖式，小数加减法，还有四则运算……”

“……”

数学老师将信将疑的，按照她说的，这些都是小学四年级的内容了。她起身找了一张卷子给安之，“你先把这张卷子做了。”

“可是下节课是体育课……”可以去操场玩，不用一直在教室学着她都懂的知识。

数学老师把眼睛一瞪，安之闭上嘴，可还是有点不乐意的样子。

这时，班主任不得不打圆场：“好了，就把卷子做一下，做完就去上体育课。”

安之想了想，拿过卷子，好奇地瞄了瞄。

“不会做就算了，但是不能跟老师撒谎，还有要乖乖听课。”

“我没有撒谎。”

“那就坐这里把卷子写了。”

安之惦记着去操场，拿过卷子趴到桌子上，握起铅笔开始“唰唰”地写起来，甚至都不需要草稿纸。半个小时后，她写完了。

“老师，我可以去上体育课了吗？”

安之溜下椅子，说着眼巴巴地看着数学老师桌子上的《格林童话》，数学老师看着她全部做得满满的数学卷子，欲言又止。

数学老师说等她上完体育课再还给她，等她出去后，数学老师还有点难以置信，指着卷子上的题目对班主任老师道：“你看到没有，三位数的乘除她可以口算出来，还有这道题，她会用简便运算……而且会算面积了……”

班主任老师道：“很聪明！语文其实也一样，认得的字很多，表达能力很好。”

那边的英语老师走过来，看了看卷子，说了一句：“Interesting...

安之玩了一会儿，又被叫回来，她小跑到办公室：“老师，您要还我书了吗？”

数学老师拿了一本小学奥数给她：“以后上课你可以不听讲，可以做这本书上的题，不懂的可以来问老师，但是布置的作业都要完成，好吗？”

安之玩得气喘吁吁，额发微湿，她接过书，甜甜地对数学老师说：“谢谢老师。”

太好了，终于可以不用听加减法了，哈哈哈！

数学老师看着她小酒窝几乎是得意地深陷着，都不知道该说什么好。

这小孩还绽开更大的笑容："老师，那您能把我童话书还给我了吗？"

"还有，老师，能不能不把这件事告诉我姨姨呢？"她小手捧着，对着杨老师做出了"拜托拜托"的可怜巴巴的表情。

杨老师："……"

杨老师是没有告诉言蹊，可是班主任老师告诉言蹊了。晚上言蹊和她在二楼看书，屋里温暖极了，安之趴在靠枕上翻着书，小腿跷着晃啊晃。

言蹊试探着问她："今天学校发生什么有趣的事情了吗？"

安之的眼睛转了转："没有呀。"

言蹊暗笑：学会撒谎了啊……

这是好事，她很高兴安之越来越活泼了，今天刘奶奶也告诉她，安之在体育课上玩得很开心，出了一身汗。

她也不揭穿她："哦，这样子呀……"

"坐起来，不能趴着，"言蹊拍拍她，见她又在看童话书，"这书这么好看啊？"

安之坐起来，凑到她面前，很认真道："我发现一个问题！"

嗯？言蹊看着她。

"白雪公主是王子救的，睡美人是王子救的，长发公主是王子救的，为什么都是王子救的？王子他不忙吗？"

"嗯？"言蹊眼角有些许笑意，她看着安之，"那不是王子救的，还能是谁救的吗？"

"公主可以救公主呀！为什么一定要王子救呀！"安之一脸认真道，小手几乎都要挥舞起来。

言蹊被她一本正经的样子逗坏了，她眨眨浓睫毛微微沉思："你这个观点很有趣呀！"

安之觉得自己被表扬了，更加兴奋，她趴到言蹊膝盖上，酒窝甜蜜："是不是！是不是！"

噗！言蹊翘起唇角。所有孩子善意的、纯真的、好奇的思想都应该被鼓励。童话故事能够让孩子看到并且感受到真善美，这就够了。

她也不想告诉安之，这一个个的童话最初的版本是那么残酷黑暗。

"难道不可以吗？"安之伏在她的膝盖上，杏圆的眼睛眨巴眨巴的。

言蹊想着这个问题还是等她长大后自己去发现吧，再说这也没什么不对的。

所以她点点头，可以的，公主当然可以救公主。

安之被肯定后很开心，她把小脑袋钻进言蹊的怀里，蹭了两下。言蹊笑了起来，现在撒娇都这么自然了，她便自然而然地摸摸安之的头。

到睡觉的时间，安之在言蹊的床上帮忙整理着枕头。

言蹊本来给安之准备了房间，按照小孩子喜欢的装扮，一米二的床、大衣柜、书桌、小书架，还给她买了很多毛绒公仔。言蹊本来要培养安之独自睡觉的习惯的。

“我不能跟你一起睡吗？”当时小安之可怜巴巴地看着她，言蹊的那句“陶陶以后自己一个人睡觉”就完全说不出口了，她想起了安之在睡梦中哭泣的样子，就暂时打消了让她一个人睡的念头。

天气还太冷了，等到夏天再说吧。言蹊想。

言蹊洗完澡，把头发吹干，梳了梳，还是熟悉的栀子花香味。然后取了书上床。

床铺温暖软弹，为了哄安之入睡，言蹊临睡前会读一些温馨的读本，最近读的是泰戈尔的《吉檀迦利》。

“在这困倦的夜里，让我服帖地把自己交给睡眠，把信赖托付给你。让我不去勉强我萎靡的精神，来准备一个对你敷衍的礼拜。是你拉上夜幕盖上白日的倦眼，使这眼神醒觉的清新喜悦中，更新了起来。”

言蹊的声音温柔且很有耐心，她的声音无疑是很适合朗诵和讲故事的，尾音轻而脆，且带了舒缓的节奏。读了中文后她会读英文，她的英语也很好，牛津腔，很有一些优雅气质。

安之很多时候对读的内容似懂非懂，她只感到一种呵护，温柔的无穷无尽的呵护，像被当作小公主一样。睡在言蹊的身边，就远离了噩梦和不安。

八岁的时候，安之还没长到一百一十五厘米，还是偏矮小。班主任想了很久，还是决定不让安之跳级。她对言蹊说：“安之虽然特别聪明，成绩也很好，但是要考虑孩子的心理发展特点，自理能力，还有最重要的是与同龄人的交往，如果跳级了，与比自己大的同学沟通不了，反而会影响孩子的身心发展……”

言蹊想了很久，也去征询了言爷爷和言奶奶的意见，决定还是不让安之跳级。安之虽然对已经学会的知识不感兴趣，但对学校生活还是不排斥的。

让她最难过的还是自己的身高，眼看着班上要好的同学一个个往上蹿，就她一个人没怎么长高。每天她上学言蹊上班，有时言蹊会去接她放学，开家长会。刘奶奶笑着说她们感情比母女还好，一切都很合拍，言蹊很宠她，安之又乖。

除了吃东西的口味偶尔会有诡异的碰撞。

言蹊："番茄炒蛋为什么是甜的？"

安之："本来就是甜的呀，刘奶奶说要放盐，我说要放糖，甜甜的，好吃。"

言蹊："番茄炒蛋放糖，简直是黑暗料理。"

安之虽然不知道什么叫作"黑暗料理"，但是她知道这不是在说番茄炒蛋加糖的好话，她鼓起脸："我一直吃的就是甜的，就要放糖！就要放糖！"

言蹊："你卖萌也是没有用的，其他菜我不管，番茄炒蛋是咸的！这是原则问题！"

安之："嗷！嗷！嗷！糖糖糖！"

刘奶奶在一旁腰都快笑弯了。

她们周末回言家老宅住，有时言蹊会带她出去玩，或者是跟柳依依出去，或者是跟言以南出去。

"春有百花秋有月，夏有凉风冬有雪。若无闲事挂心头，便是人间好时节[①]。"四季倥偬且充实美好，一下子就过去了。

到了安之三年级，安之身高才一百二十厘米，比她小一岁的双胞胎，因为基因实在太优秀了，已经有一百三十五厘米。虽然身高上去了，依然很熊，总指着她笑："一年只长五厘米的小矮子。"安之气得不想理他们。

言蹊在电视台工作三年，能力卓越。邶视青年部栏目要出一个以大学生为主要观众群体的栏目，每期邀请一些国内的人文学者和青年才俊同台，对学术界的一些新锐思想，对社会民生的热点和重要事件进行交流和论辩。

言蹊的方案被采纳了，领导见她形象好，口才优秀，就让她主持这个栏目。言蹊身兼主持和编导两个职位，更加忙得不可开交，有时回家也要加班。

注①：取自宋代慧开禅师《无门关》。

这种情况下，言蹊怕影响安之的睡眠，就不再同意安之跟她一起睡了。

从九岁开始，安之就开始一个人睡一间房间，而且言蹊也极少有时间给她读睡前故事了。

言蹊是那么忙，回家的时间越来越晚，总是夜深露重的时候，她才回来。因为这事，她还特别给刘奶奶涨了工资。打电话回来的时候，她那边的背景声音也经常是嘈杂的。

回到家的时候，言蹊的脸色总是苍白和疲倦的，她会跟安之说说话，让安之不用等她。但是安之不听，因为每天都只能见她这么一次。言蹊若有所觉，那之后她就尽量早点回来，甚至把一些工作带回家里来做。

言蹊踩着高跟鞋回家，脱下外套。她喜欢穿灰色外套，偶尔会穿深蓝色。刘奶奶会把她的外套送去干洗，安之会做的事情，就是往她的外套里塞各种糖果。言蹊一直有低血糖的毛病，本身也爱吃糖，有时忙起来吃饭也会不定时，所以安之从跟她住在一起开始，任务就是确保言蹊的兜里、车里都有糖果。

很多个晚上，言蹊会在客厅办公、查资料、安之就捧着自己的书本在旁边看。言蹊为了了解小学生在学什么，从一年级到六年级的各科课本她都买了一套放在家里。安之从二年级就开始看高年级的书。

言蹊偶尔会读主持人的脚本，安之就在一旁静静地听着。安之只想待在她身边久一点，然而有时撑不住就睡着了。

言蹊会把她抱回房间，替她盖好被子，然后把房间门留一道缝。安之直到很多年后才知道，原来只要言蹊在家的晚上，她都会在自己睡着的时候，过来看看她，确定她真的熟睡后才放心。

周末，安之要不就和刘奶奶待在一起，要不就回言家老宅。即使回老宅，言蹊也是匆匆跟言爷爷和言奶奶待一会儿，把安之留在老宅，就回台里了。

“小五也太忙了，身体怎么吃得消啊？”心姨担心，说话的时候她在厨房包饺子，调了言蹊最爱吃的三鲜馅。

“年轻人，忙事业是应该的。”言家大嫂萧雨桐在旁帮忙。

“我可能就是老古董了，还是希望小五能找到个对她好的人，成家才是最主要的。”心姨一边说着话，一边手起饺子落，两不耽误。

安之一不小心，捏破了饺子皮，馅漏了。她手忙脚乱地补救。

萧雨桐道："小五才二十四，不用着急啦，事业要紧。"

"哪里能不用着急，我听南南讲，她从大学毕业后就没有处对象了，别人追她，她都没同意过。这样下去哪里行？"

"这不是缘分没到吗？哎，安之，这饺子你……噗，可以了，不漏就行。"

安之讪讪地放下手中那瘪瘪的严重营养不良的饺子。

"小安之，你姨姨有男朋友还是没有？"心姨问她。

"男朋友……"安之愣愣地重复。

"心姨，安之哪里懂这种事。"萧雨桐笑着。心姨也笑："也对，我是急糊涂了。"

安之问道："男朋友是什么？"

两个大人哈哈笑："小安之也好奇这个呀，也对，现在的小孩子你不用跟他们说，就懂了，电视啊，电脑里信息太多了。"

萧雨桐跟安之说："男朋友就是会对你好的人，以后还会变成丈夫，嗯，就像我跟你大舅舅一样。"

萧雨桐这两年越发觉得双胞胎太折磨人，就越发觉得安之乖巧可爱，也很乐意带安之，她细心地跟安之解释着。

安之愣愣地听完。萧雨桐看着她，笑着补充道："安之，你不用担心，即使你姨姨结婚了，你也可以待在这里的，你是这家里的一分子了。"

"是的是的。"心姨也道。

安之小嘴张了张，像要说什么，又不知道说什么，半晌，露出个笑容。

两个大人的对话还在继续。

"说真的，心姨，我倒是觉得女性不能那么早步入婚姻，属于自己的自由时光就那么几年，一旦结婚，很快就有了孩子，有了孩子就没有自己的生活了。像我，生了双胞胎头几年，一直产后抑郁……我现在就是丧偶式育儿！所以我是不建议小五那么早结婚的……"

"哎，结婚可以先不着急，可以先处对象呀……"

大人们做的饺子，雪白的面皮上捏出了精致的褶子，像一锭元宝，可爱极了。言蹊应该会很喜欢的。安之看着看着，发起了呆。

晚上，她独自看书，房间灯光明亮，夜已经很深了。安之已经很久没有失眠了。

窗外，路灯的光很清冷。她第一次觉得大人的世界很遥远，言蹊在她面前是很温柔体贴的大人模样，而也许在她看不见的地方，她也会有自己的生活，那似乎是自己不太懂的世界。

她们住的房间玄关的墙上，两道身高的笔画相隔很远，她们之间也是，隔着很长很长的时光。

小学的最后阶段

Chapter 25

四年级下学期期中的时候，安之自己主动跟班主任老师说想要参加这届的小升初考试。带了她四年的数学老师也支持她这个决定，并表示小灶不用再开下去了，已经开始讲初中的知识点了。班主任老师沉思了一会儿，答应了安之会跟她家长交流一下，再做决定。

安之点点头，忽然，她对班主任老师说：“老师，我有点不舒服，想回家可以吗？”

上午上课期间校园内没有什么人，偶尔会有读书声从某个教室传来。安之背着书包，从校门口走出来。

班主任老师应该会给言蹊打电话吧，虽然她知道安之的家离学校不远。

安之微微低着头，蜜糖似的双颊没有什么笑意，她的头发已经长得可以梳成马尾了。她踢着小步子慢慢往家里赶。

刘奶奶的儿子生了孩子，她必须去照顾，所以她现在就下午放学来接安之，替安之做完晚饭就回去了。言蹊本来想找另外一个人来替她，但一直没有找到合适的。安之也不喜欢别的人，幸好她这几年一直跟着刘奶奶学做吃的，所以不用担心吃饭问题。

言蹊那个节目很成功，电视台还外包请了宣传公司在网上推广，引起了一时的热议，所以很快有了第二季。

言蹊的节目是在晚上九点半，这个时间段是言蹊给安之规定的睡觉时间，所以安之没办法看电视台直播，她只看过一两次。

言蹊相貌出众，举止落落大方，嗓音清冽玲珑，非常能镇住场子。安之觉得电视上的言蹊既熟悉又有点陌生，说不上来的感觉，很骄傲、开心，却也有隐隐的惆怅。

是的，惆怅。言蹊依旧很忙，安之懂事地没有去吵她，只是，安之不开心。

班上的同学是这样说的：“我爸爸工作忙不带我去玩，我就哭，哭到他带我去玩才行！实在不行也要给我买东西！”

“对，我也是！要不就考试时留空白不写！反正老师会告诉我妈！看她给不给我涨零花钱！”

“反正他们都会顺着我就是了！我才不怕挨打，挨打我老妈比我还疼呢！我就是不写作业！”

她的同学们，对付家长好像都很有一套啊。安之并不确定自己可不可以这样。可是言蹊在物质上一直对她很大方，衣服、零花钱都给她，基本要什么买什么，有些她自己都没考虑到的，言蹊都会给她买。言蹊嫌弃商场的童装丑，让柳依依这个时尚编辑给安之买大牌设计师的童装，所以从小安之的衣服都是全年级最好看的。三年级时参加小学生英语朗诵比赛，安之穿了件香藕紫色的纱裙，黑色玛丽珍童鞋，在一群穿着大红大绿的参赛学生里美得像个公主。

言蹊在底下拿着相机全程给她拍了下来。她虽然忙，但是安之重要的场合她一个都没落下，总是会出现。

四月的邶城柳絮伴风，绿杨荫里。阳光明媚，晴空方好。安之并没有朝家的方向走，在十字路口，她拐向了另一边。

那边有个花园，花园中心是个喷水池。池中有一座女性雕像，雕像裙摆边的水中养了不少睡莲。柳絮杨花飘摇，飞落在莲叶上。

安之在长木椅上坐了一会儿才醒觉，出来一会儿还没回家，说不定言蹊的电话早打到家里了。她急匆匆跑回家。果不其然，才进门就接到了电话。

“陶陶，你哪里不舒服吗？老师说你回来了。”言蹊的声音隐隐有些焦急。

“我……”安之嗫嚅道，“我没不舒服，我就是……”

“嗯？”

“……我不想上学。”

言蹊在那边沉默。

安之突然忐忑起来，言蹊她是不是生气了？

“我知道了。老师给我打电话的时候是三点，我三点半打电话回家没人听，这一个小时你去哪里了？”

安之：“……”

言蹊在那边听不到她回答，再次沉默。

过了几秒，她才说：“我等会儿回来，今天刘奶奶孙子不舒服不能过来了，晚饭……”

“晚饭我来做，我去买菜……”安之忙道。

言蹊打断她：“不用，你乖乖在家里，我买回来。”

安之被她突然而来的略带严肃的口气噎到，嗫嚅地不敢往下说了，电流声刺耳。言蹊似乎在那边微叹一声：“挂电话，在家里等我。”

安之抿了抿唇。

“陶陶……”言蹊声音柔了一点，“听话，我回家再说。”

挂完电话后，安之抓抓头发，揉揉脸，不知道怎么办才好。完了完了，好像言蹊真的生气了。她想起六岁那年她想回老家那次，言蹊又焦急又生气的样子。她有点懊恼，绞着手指。但还好还好，她后面好像又没那么生气？她们打电话，言蹊都不会主动挂她的电话。

一个小时后，言蹊回到家，她停车的时候就在对自己说要冷静。她在想安之的叛逆期是不是开始了，刚才打了好几个电话都没人接，言蹊又想起那次满世界焦急找她的心情。

边走边想最近的事情。一定有什么导火索，她还只是个小孩子，一定又有什么事情让她不安了。进家之前言蹊快速地整理好了心情。安之在一楼等着她。

“吃饭吧，给你买了你爱吃的可乐饼。”

安之微微愣神地看着她。

“先吃吧，凉了就不好吃了。便利店刚炸的。”

新鲜出炉的可乐饼，里面的馅是鸡肉泥，炸得金黄酥脆，配着塔塔酱，十分好吃。言蹊还买了皮蛋瘦肉粥，就着刘奶奶腌制的酱菜，两个人吃得饱饱的。

“先吃饱，再谈话。”

这是言家爷爷说的话。每回他们兄妹四人犯了错，她爷爷不会不让他们吃饭，反而是吃饱了后再解决问题。

“过来……”言蹊招手让安之过去。安之走到她面前。

“你们老师跟我说了，你要参加小升初考试是吗？”思来想去，言蹊还是决定不说她谎称身体不舒服逃课的事情了。

“嗯……”

“我已经同意了。放心去考吧。”

“……我要是考不上呢？”安之突然说。

言蹊笑了笑：“那就继续读五年级，不过……”她摸了下安之的头发，小安之的头发已经过了肩膀，乌亮柔顺地披在背后。她开始抽条了，四肢柔韧细软，眼睛更加圆润，看人的时候柔怯纯真。

“我相信你肯定可以的。”

安之在她的触摸下微低着头，她小小声说：“你……怎么知道我可以？你都多久没看我功课了。”

言蹊一怔，接着露出了然的神色，她伸手把安之拢过来，还是老动作，抱上膝盖坐着：“对不起，我太忙了……”

安之用脑袋抵着她的肩膀，糯声道：“对不起，我不应该逃课。”

言蹊一笑：“可以逃课。”

咦？安之抬头。

“可以逃课的。”言蹊眨眨眼，“谁当学生不逃课啊，就是……”言蹊微微正色道，“你要告诉我，我很担心呢……不能像上次那样，一个人走掉。”

安之的眼眸浸透了一层水雾，她点点头。

言蹊顺着她的头发，喃喃道：“嗯……现在我确实太忙了，怎么办呢？”她微微蹙起眉，似乎在苦恼地思索着找出一个解决的方案。

安之细细地看着言蹊，心如同被什么尖尖的东西刺了一下，她揪住言蹊的衣袖道：“没有关系的，我上了初中后功课会更多，我也会忙起来的。”

你有自己的生活，像萧阿姨说的，大人总要忙自己的工作，要有自己的事业，而且电视里的言蹊真的很美。

言蹊看着安之，用眼光安抚着她。安之蹭蹭她的头顶，没有说话。

“你不开心……”言蹊道。

“那是因为……”安之顿了顿，“我怎么还没长高啊？我真的能跟你一样高吗？大胖和小胖还叫我小矮子。”

言蹊轻笑出声："别理他们，我现在都不愿意抱他们，重死了。"当然双胞胎现在更熊了，七八岁简直狗都嫌弃。

"我倒希望你不要那么快长高，我还想多抱你几年呢，陶陶。"她的声音在静谧温暖的房间里，很温柔。蓦地，安之微微睁大眼眸，她的额头被一瓣柔嫩的花蕊碰了碰，又仿佛是一朵雪花，轻轻地落于她的肌肤。

初长成（上）

Chapter 25

盛夏，马路边梧桐树郁郁葱葱地蔓延在道路两侧，斑斓油亮的光块从繁茂的树叶间撒落在路面上。

一辆橘色的山地自行车，小巧的脚踏板被一双小白鞋踩着。视线往上，是雪嫩纤细的脚踝，脚踝上是丹宁蓝的九分牛仔裤。

有风袭来，乌黑的长发飞扬起来，在阳光下像打了柔光一样。几缕发丝被风推了过来，黏在少女洁白的脸颊和微笑而起的酒窝边。

安之微微眯起眼，仰头感受了下风吹过脸颊的温度。看了看湛蓝湛蓝的天空和薄纱似的白云。

风又过来，把她的灰色T恤吹鼓起来，凉凉的，十分舒服。

暑假真好呀。日子的时针飞快，初一也过去了。

小学四年级下学期那年的六月上旬，她参加了全市的小升初考试，果然像言蹊说的，毫无压力地过了。她在参考的学生里年纪不是最小的，成绩却是最好的。数学和英语满分，语文扣了一分，市里前十名，被离家半个小时路程的师大附中抢先录取了。

安之最开心的不是这个，她小升初过后的那个暑假，身高突然飞快增长，从原来的一百三十厘米到现在的一百五十厘米，就仿佛一夜醒来，自己所及的视线范围扩大了很多倍。

已经勉强到言蹊肩膀了，如果她不穿高跟鞋的话。开心！兴奋！激动！Happy，excited，awesome！

安之试着半起身，加快速度，猛地骑几下，车子像要飞起来一样。安之松开一边手把，开心地咧开嘴。

“骑车的时候要小心。”

这车子是前些天言蹊买给她的，刚到的时候安之超开心的，明明是新车，她拿着棉布擦拭半天，在车上贴她喜欢的贴纸，还小声说：“从今以后你就是我车车了哦。”

言蹊在旁边忍笑地看着，看来长高不少的她，还是把一切车子都叫“车车”。

安之想起言蹊的嘱咐，把松开的手收回来。上了初中感觉还不错，有了自己的车子，还有……安之摸了下口袋，言蹊本来想给她买手机的，安之说要言蹊旧的就可以了。所以言蹊把她的旧的苹果手机给了安之。安之骑着车子到了商场。

酒店咖啡厅外，靠落地窗的位置。安之站在那里静了静。

大概是初一上学期，陈慕齐来见她，并解释她小学的几年为什么没来，说他到日本去了，刚回来不久。此后他们断断续续见过几次面，每次也没什么好聊的，要不给她钱，要不就请她吃东西，吃完再塞钱给她。

这次好像有点不一样。

安之在外面看见了，陈慕齐旁边还有一位女性，两人不时地勾着耳朵说话，模样亲密。安之走了进去。咖啡馆环境清幽，穿着礼服的女生在弹着李斯特的《爱之梦》，抒情性极强。

陈慕齐向安之招手。

“喝什么？”

“果汁。”

安之坐下来才看清楚旁边的女子的样貌。陈慕齐快到三十岁的年纪，旁边的女子看上去比他大好几岁，妆容成熟精致。陈慕齐还是休闲打扮，甚至有点不修边幅。他这几年有了一点名气，画作在市场上有不少人垂青。他本人似乎也多了点自信和底气。而这女子一身紧身上衣，高腰裙，身上香水味道浓郁。

从安之坐下来，就不露痕迹地观察安之。

“哦，这是徐阿姨，我女朋友。”

“哎，明明是未婚妻好吗！这是安之吧？你好。”女人娇嗔，手指轻划了划陈慕齐的手臂。

“哈，对对。”

“本来我可以是‘大姐姐’的，现在不得不变成‘阿姨’了，都怪你。”女人继续娇嗔，拿手指在他手臂上画圈圈。

“哈哈哈！”陈慕齐一点都没觉得有什么，只是笑。

安之喝了一口端上来的果汁。她才不会叫大姐姐还有阿姨，不稀罕。

她有自己的姨姨，像大姐姐一样的，比这人漂亮一百倍，不，一百万倍。

“是这样的，我和你徐阿姨打算去旅游结婚。你徐阿姨一直说要见见你，所以叫你出来。你今晚跟我们一起吃饭吧？”

“嗯，安之，可以由你自己决定哦。想吃什么？必胜客比萨好吗？”

“你不是肠胃不好吗？吃比萨不好消化，换别的吧。”

这位徐阿姨笑起来，眼角有妆容都盖不住的笑纹：“你呀……”她这次拿手指去戳陈慕齐的脸，“就是可爱，但是我们听安之的吧。”

还故意把声音压低一点，却又能让安之可以听到：“现在十几岁的小孩可讲个性了，最不习惯大人事事都替他们安排好了的。”

陈慕齐眼里都是爱意：“是咧，你就是体贴人。”

安之觉得这家店的果汁简直要把人后槽牙都酸倒了。

幸亏这时手机响了，她拿起来说要去外面接，刚转身就听见那位徐阿姨说：“你看吧，才多大就已经有手机了……”

安之撇撇嘴，走到僻静处。

电话里是言蹊。“陶陶，你在哪里？”

安之告诉她后，小声抱怨道：“还让我晚饭跟他们一起吃……”

言蹊道：“别理他们，你随便找个借口溜吧。”

“嗯……”安之发出一声叹息，早知道不来就是了。她对陈慕齐一点兴趣都没有好吗！很显然他在热恋。难道这就是大人谈恋爱的样子吗？

言蹊在那边轻柔道：“晚饭想吃什么？”

安之翘起嘴唇，撒娇道：“姨姨，晚饭我想要吃比萨。”

挂完电话，安之笑脸一秒收起来，摆出一张所谓的“少年人讲个性”的面孔回到座位，硬邦邦地说：“不吃饭了，我要回家。”

徐阿姨似乎巴不得安之这么说，陈慕齐本来还想跟安之说什么，也被她给岔开了。

离去的时候，两个人也仿佛连体婴一样黏糊。

安之在后面看着陈慕齐，初见他那幕他与陶臻臻吵得不可开交的样子至今还历历在目。也许是她长大了吧，她现在也不去想太多不可能的事情了。她也能感觉得出来，陈慕齐还是不太适应“父亲”这个角色，跟她单独相处时多少还会有些不自在。也许这个比他大、比他成熟的女人，才是适合他的吧？

风撩起她的头发，安之心里泛起些许酸涩。她原地站了一会儿，长出一口气。

比萨店里弥漫着浓郁的奶香和香浓的肉汁气味，店里面积大，虽然顾客众多，但不算嘈杂。言蹊点了两个套餐。

柳依依在旁边道：“我要吃榴莲的！”

“我和陶陶都不吃榴莲，给你点个小尺寸的。”

“榴莲多好吃啊，你和陶陶干吗不吃！”柳依依不以为意，放下购物袋。她平常叫安之都是“小安之”，一时顺口，跟着言蹊叫了一句“陶陶”。言蹊秀眉几不可见地皱了下，没说什么。柳依依这个人，越不让她说肯定越要说。

比萨上来的时候，安之快步跑进来，额发湿润，雪白剔透的小脸粉粉的，小巧的鼻子有一点点汗芽。

“慢一点。”言蹊说了一句，把冰可乐推给她。安之吸了一大口，朝她露出个大大的笑脸。

“这天气实在太热了。”柳依依瞄了一眼外面那金灿灿的太阳，觉得空调房实在太舒服了。

“嗯，还好啦。”少女安之觉得还好，骑车有风，还挺开心的。

“不要忘记补擦防晒。”言蹊说道。

“知道啦。”安之冲她甜甜笑，跑过去洗手。

柳依依抓起一块比萨咬一口，满口的芝士，她含糊道：“你真的好像她吗……”

言蹊瞧她一眼：“吃东西还要说话……”

安之最爱吃这家的夏威夷手工比萨、马苏里拉芝士、菠萝火腿和杏仁片，为了口感考虑，这店里的芝士都是手刨的。言蹊也很喜欢，柳依依则专注她的榴莲比萨。

安之最近食量大增，言蹊特意点了两个，她不过吃了半边，就和柳依依在一旁说着话。安之一块接着一块吃，鼓着脸颊，像只吃得很开心的兔子。最后两个大人都停下来了，看着她的吃相。

“怎么了啦？”安之还舔舔手指，表情怪无辜的。

“小安之，你再这么吃，要变成小胖子的！你姨姨刚给你买了裙子，你要穿不进去了！”柳依依吓她。

“才不会，我不像你，我吃了长不胖！”安之拿起最后一块，冲她吐舌头，还“嗷呜”一大口，拉长芝士，吃给她看。

柳依依：“……”

言蹊轻笑起来。

初长成（下）

Chapter 26

柳依依倒也不会跟安之计较，她另外有烦心事：“我老妈天天给我打电话，说要让我去相亲，这越洋电话不贵的吗？！我去相了，可那都是一些什么歪瓜裂枣？哎，你有没有发觉，现在好男人简直是绝种了，稍微有那么一点本事，尾巴就翘上天了！月薪一万在邶城也就温饱以上吧？把他得意得跟月薪一百万一样！我怕我把工资卡拿出来他要吓昏过去！还有，穷也就算了，好歹注重一下保养啊，才过三十就大腹便便！简直没药救了！”

柳依依这话匣子打开就没完没了，言蹊见她越说越不像话，递给她一个眼色。

柳依依没收敛：“这有什么，安之都十二岁了。现在小学生都懂得不少了。是不是安之？”

言蹊闻言看向安之。安之正在玩手机，冷不防被这么一问，没反应过来。“啊？”

“啊什么啊？你告诉我们，有没有欣赏的男孩子啊？”

“啊？”安之傻眼。

“按道理来说，你同学都比你大吧，我们安之这么漂亮，肯定有很多人欣赏。”

安之不知道怎么回答这个问题。

“她还小呢，你不要跟她说这些。”

“嗯，是还小，不过这些要说了，免得小安之傻傻的。什么都不懂，就知道读书，哼，变得跟言以西一样。”

柳依依的日常话题就是吐槽男人，吐槽工作，吐槽别人的打扮，无论怎么发散话题，最终一定会回到言以西身上。

“你知道吗，我每次去相亲都会把时间地点发给言以西，就期待他出现，像电影《大话西游》一样，我的梦中情人会驾着七彩祥云来救我。可是每一次那信息都跟石沉大海一样，他最多就发一个‘哦’！哦个屁哇！他就多写几个字会怎样啊！

“我真是，真是……”柳依依本来义愤填膺地说着，突然哽住，她那画着精致眼线的眼睛一下子红了起来。

言蹊伸手按住她的肩膀，无声地安慰她。

安之有点蒙，她从未见过柳依依这样子，她那么个性张扬，美得灿烂夺目的人，第一次露出这么脆弱的表情。安之又去瞧言蹊，她微垂着长睫，似乎懂得柳依依难过的原因，而且多年老友间的默契，她并未出声劝柳依依，只是默默地倾听陪伴。

安之觉得柳阿姨一定是很喜欢很喜欢言二舅舅，但是喜欢不应该是件开心的事情吗？刚才的陈慕齐跟那徐阿姨，恨不得黏在一起。虽然很辣眼睛，但是感觉他们挺开心的？可是，在柳阿姨这里却不一样。所谓的“恋爱”到底有几副面孔呢？

黄昏时分，整个天空都是温暖的橘色，边缘烧卷起紫色。

言蹊开着柳依依的奥迪敞篷车在道路前方不紧不慢地行驶着，凉风习习，这是夏季里一天最舒服的时刻。言蹊身上着一件无袖的雪纺，她秀窄白皙的手臂稳当当地搭在方向盘上，时不时从后视镜里瞄一眼在后面骑着车的安之。

言蹊微笑，即使长高了还是个小孩子，给自己的车子贴贴纸，每天骑完还要擦拭。从很小的时候就可以看出安之很长情，那时给她买的小兔子玩具还摆在她的床头柜上。喜欢一个东西，她就真的会很喜欢很喜欢的，会用欣喜纯粹的眼神看着它们，酒窝深深的。

“真不敢相信啊，她现在是个大孩子了！”柳依依也从另一边的后视镜看着安之。

“嗯，她读初一的时候，突然就长起来了。你知道她小时候，经常害怕自己长不高而哭鼻子，”言蹊眸光含笑，“哎……她那时小小一只，超级可爱，抱起来像一团云一样。然而这团云是有温度的，她有手手脚脚，捏起来也软软的，还会钩住你，揪住你不放……”

言蹊的长发烫了微卷，在夏季夜风的吹拂中，卷起了一缕。她微微晃了晃头，仍旧笑，语气有掩饰不住的温：“有时候也很黏人，我让她一个人睡觉的时候，有好几晚，我半夜醒来，发现她爬上我的床边揪着被子就这么睡着了，我只得又把她抱过去。她现在都长这么大了，估计我现在抱不动她了，哎……”

柳依依：“你……言蹊……你就是个萝莉控吧？”

常年混迹晋江的柳依依心思转啊转，指着她：“现在萝莉长大了，长成小少女了，所以魔力都消失了？言小五！”

言蹊简直要被她绕晕了：“你在胡说八道什么！别拿陶陶开玩笑！”

“哎呀，陶陶，陶陶，你心里只有陶陶！”

柳依依肆无忌惮的笑声撒了一路。

安之在后面听不到她们在说什么，不过也微笑起来，柳阿姨看来已经没事了啊……

柳依依好不容易笑完，摸摸眼角：“矜持！我的眼霜可是要几千块呢！”

言蹊默默觑她一眼。

“哎，小安之亲爸吧，虽然混账，但好歹有给她生活费吧？”

言蹊点头：“嗯，我都帮她存起来了。等她再大一点，开个户，办张卡给她。”

“啥？这么说她这些年都是你养她啊？”

言蹊没否认：“花不了什么钱。”

“哪里不费钱？”柳依依虽然赚得多，但她因为工作关系，经常米兰纽约伦敦轮着飞，参加各大时装周，是个不折不扣的购物狂，所以基本每个月剩不下多少钱。别的不说，就安之穿的，大部分是言蹊托她买的，柳依依看见好看的，手机拍照给言蹊，言蹊觉得好就让她买了。单单这项开支就不少了，还有请保姆，吃的、用的，还有其他琐碎的。

光想想，柳依依就觉得言蹊是真“豪”！

“欸，小安之的亲妈呢？她有没有跟安之联系，她知道安之在你这里吗？”

“不知道她知不知道，反正没跟我联系，她一出国原先的号码就打不通了，安之到我身边的时候，我有打听过她的联系方式，可是那些老同学没有一个人知道的。”

柳依依惊叹："这个女人是真的心狠啊！人家说母女连心，我虽然觉得我老母亲烦透了，但是一个月不给她打电话就觉得少了点什么。啧啧，这陶臻臻的心，估计就是铁做的。"

言蹊有一瞬间没有说话，放慢了车速，看着后视镜中的安之。

"也许是怕自己心软吧，只要一联系就有心软的可能，那么之前所有的努力就都功亏一篑了。"言蹊淡淡道。

柳依依斜睄她一眼："哦……"

言蹊显然不愿意再继续这个话题了，她再放慢速度，等安之追上来，对她说："赶紧上车。"

"可我还想骑……"

"那我就不等你了哦……"

"……好吧……"安之噘噘嘴。

"把车子放在你柳阿姨后座就可以了……"

"嘿……我车子刚洗过好吗！"

盛夏（上）

Chapter 28

炎热如火的夏季，安之在外头骑了几天车，没及时补防晒，还是被晒伤了，只得乖乖地在家里宅着。

言蹊弹了下她的脑门，给她脸上涂一层冰凉过的芦荟膏，再三叮嘱她要做好防晒，要是出门，得擦高系数的防晒霜，还得补擦。

安之这个年纪懂得爱美了，频频点头。

待言蹊出门后，安之做了会儿作业，觉得没啥意思，就奔下楼到厨房去做甜点。

刘奶奶在她家的几年，尤其是她小学阶段，老人跟小孩其实也没啥共同的话题，但是会给她说各种好吃的菜，有时也做给她看，包括甜点。久而久之，安之也学会了不少，有几道做得像模像样的。

今天做个芒果班戟好了，言蹊她最喜欢吃芒果。先准备三个鸡蛋，新鲜的大个儿芒果，融化黄油二十克，淡奶油二百克，牛奶二百五十克，低筋面粉五十克，白砂糖三十克，糖粉十二克。

安之做甜品喜欢用量筒、量杯，她把所有的食品用料都备好，先用一个鸡蛋加入糖粉搅拌均匀，倒入牛奶，筛入面粉搅拌均匀，再把融化好的黄油加入前面搅拌好的蛋奶糊里，拌好筛取蛋液，再冷藏半个小时。在等待的过程中把芒果削皮切成块。

不粘的平底锅开小火，倒入适量的蛋奶糊，摊成薄薄的一层原型，待它凝固即可取出。淡奶油加入白砂糖打发，在摊好的蛋皮上加一层奶油，放入芒果块，再加一层淡奶油。叠成个小正方形，收口朝下，这样就大功告成了。

安之记得她第一次做的时候，蛋皮没有摊好，粗粗糙糙，薄厚不均，最后还破了。言蹊没有嫌弃，全部都吃光了。

安之做完把班戟冷藏，又闲下来了。她去照镜子看看自己脸上晒红的皮肤好点了没有。

长高真是件新奇的事情，以往她要踮起脚尖才能照到浴室的镜子，现在都不用了。镜子里，她的眼睛是深邃澄澈的，眼珠子特别黑，如点漆一般；小巧秀气的鼻子，粉嫩的唇瓣，安之往上一翘，便露出了自己右颊边的酒窝。

好熟悉，又有点陌生。原来这就是别人眼中的自己吗？这张脸，有没有一点像她的亲生父母？

陈慕齐是在她刚上初一的时候来见她的。当时他打言蹊的电话安之就在言蹊身边，她看不出言蹊的表情，只是安静地听了一会儿，之后言蹊淡淡说："我不做主，要听她的意见。不，她不跟你说话。我要先问问她，她愿意才行。"说着她就挂了电话。

言蹊转过头来跟她说："是陈慕齐，你爸爸，他说要跟你见面，你要去吗？"

陈慕齐，安之才知道她的爸爸叫这个名字。她问："为什么要见我？"

"……没有说，听说你小升初考得很好。"

安之垂头不语。

言蹊似乎在打量她的表情，过了一会儿，才慢吞吞道："如果他让你搬过去跟他住……"

安之猛地抬头，脱口而出："我不去！我不要！"

言蹊神情一缓，安慰她："好好好，不去。"

"我不要去跟他见面了！"安之咬着唇，"没什么好见的！"

"没关系，去见见他，毕竟他是你监护人。不喜欢就少见好了。"

"那你送我去。"安之看着她，"还要去接我回来。"

言蹊当时的语气仿佛还在耳边，她安抚着自己，说："好的，陶陶。没事的，陶陶。"

见了面，才知道陈慕齐根本没有要接她回去的意思。他也就是刚从日本回来，突然想起还有安之这个女儿，随意地过问几句。

安之现在回想以前的日子，如果不是言蹊，她也许永远都在陈家那栋冰冷没有人气的房子里度过，即使是侥幸活到现在的年纪，陈慕齐和那个徐阿姨结婚，她还是个尴尬的存在。没有人会关心她长不长高，没有人会关心她学业好不好，适不适合跳级，没有人会关心她的死活。

“你长得……”陈慕齐端详着她的脸，“挺像陶臻臻的。”

这么多年，他提起陶臻臻语气仍不太好。安之想，这两个人怎么回事呢？他们没有任何感情基础就生她出来吗？言蹊买过一些生理书给她看，她知道生命是怎么出现的。

陈慕齐说：“你一定好奇我和陶臻臻，你妈妈是怎么回事，你现在大了，我也可以讲了。那时她刚大一吧，你妈妈上大一的时候还小，我呢一直想考邶城美院，因为上那所学校是很有面子的一件事。但是我真不适应应试教育那套，考不上自然很想感受一下大学校园的氛围……”他停了一下，接着说，“大学里也有很多漂亮妹子，那段时间我刚好很想画人，我就这样跟你妈妈认识了，聊过几次天，她生日那天晚上我给她庆祝……我们都没有想到会有了你，是意外。”

安之有些呆呆地站在镜子旁，反应过来的时候，水龙头的水给她开得“哗哗”响。

她关上水龙头，走出来，扑到客厅的沙发上。不难过是假的，这几年在言蹊身边，她慢慢变得开朗，变得淘气，跟她撒娇。可是陈慕齐的话时时在耳边提醒她，她是个意外，是不被期待出生的。他嫌弃她，她妈妈陶臻臻也嫌弃她，从来不联系她，安之甚至都不知道陶臻臻在哪里。

她知道自己成绩好到可以跳级吗？她知道自己已经一米五了吗？她知道自己现在长得像她吗？她不知道，陈慕齐知道，但是他也不愿意要自己。她的父母像丢掉一个大包袱一样，从此他们生活得一帆风顺。是的，她是个大包袱，没有人要的大包袱。

很奇怪，当时听到的时候，她心里钝沉沉的，并没有多大的反应。她一直以为她没事，她一直以为她不再期待了。甚至好几天她都开开心心地摆弄自行车，甚至那天见到陈慕齐和那个徐阿姨，她也没什么太大的反应，直到今天宅在家里。

安之捂住眼睛，眼泪还是止不住。她小的时候想，等她大了也许就不会那么伤心了，不再羡慕别的小孩了，但是她只需要再长大一点，那样想起来就不会再难过了吧？

安之也不知道怎么回事，眼泪一掉就没法停止。

甚至家里的客机响了她都没去接，接着她手机也响了起来，应该是言蹊。暑假只要安之在家，言蹊都会打电话过来，有时通话时间只是一两分钟，也就是问问她吃东西没有，或者是在做什么，要不要买东西回来。

安之狼狈地抹了一下脸，深深吸了好几口气，觉得应该听不太出来哭腔了，才接电话。

“陶陶，吃西瓜吗？我买回去。”

“嗯。”

“今天在家干什么？有没有偷偷跑出去？”

“没有啦……”

“做作业？”

作业都做完了，今天新学期的课本也看了一半了，但是安之怕言蹊听出来自己哭了，就含糊几声。

“好的，那我买回去啦。”

“嗯！”

挂了电话，安之又痛痛快快地掉了几滴眼泪，收拾好心情，去洗脸。半个小时后，言蹊回来。安之接过她手上用透明袋子装着的切好的西瓜。言蹊换好鞋进来，她眼里有浓厚的倦意，脚步有点虚浮。

“怎么了？”安之注意到。

“没什么，可能有点中暑。给我倒杯水。”言蹊脑子有些昏沉。

安之小跑进厨房，倒了一杯凉白开。

言蹊接过后喝了半杯，发现安之正忧心地望着她，问：“要去看医生吗？我去打电话给三舅舅。”

言蹊浅笑一下：“他是整容外科，哪里需要打电话给他？我不要紧，上楼去睡一下。晚饭等会儿吃。”

她轻拍了下安之的头顶，就上楼去了。

安之抱起她的包，眼巴巴地跟在她后面。

“真的不要紧吗？”

言蹊的房间是主卧，比安之的要大一些，跟老宅的房间装饰得差不多，白色调，以简单为主。夏季荫蔽凉爽，冬天有地暖。她拉上窗帘，点好蜡烛。

2023

Taoli buyan

January 1月

SUN	MON	TUE	WED	THU	FRI	SAT
1	2	3	4	5	6	7
8	9	10	11	12	13	14
15	16	17	18	19	20	21
22	23	24	25	26	27	28
29	30	31				

February 2月

SUN	MON	TUE	WED	THU	FRI	SAT
			1	2	3	4
5	6	7	8	9	10	11
12	13	14	15	16	17	18
19	20	21	22	23	24	25
26	27	28				

March 3月

SUN	MON	TUE	WED	THU	FRI	SAT
			1	2	3	4
5	6	7	8	9	10	11
12	13	14	15	16	17	18
19	20	21	22	23	24	25
26	27	28	29	30	31	

April 4月

SUN	MON	TUE	WED	THU	FRI	SAT
						1
2	3	4	5	6	7	8
9	10	11	12	13	14	15
16	17	18	19	20	21	22
23	24	25	26	27	28	29
30						

桃李不言
天空安静·绘

2023

Taoli buyan

May 5月

SUN	MON	TUE	WED	THU	FRI	SAT
	1	2	3	4	5	6
7	8	9	10	11	12	13
14	15	16	17	18	19	20
21	22	23	24	25	26	27
28	29	30	31			

June 6月

SUN	MON	TUE	WED	THU	FRI	SAT
				1	2	3
4	5	6	7	8	9	10
11	12	13	14	15	16	17
18	19	20	21	22	23	24
25	26	27	28	29	30	

July 7月

SUN	MON	TUE	WED	THU	FRI	SAT
						1
2	3	4	5	6	7	8
9	10	11	12	13	14	15
16	17	18	19	20	21	22
23	24	25	26	27	28	29
30	31					

August 8月

SUN	MON	TUE	WED	THU	FRI	SAT
		1	2	3	4	5
6	7	8	9	10	11	12
13	14	15	16	17	18	19
20	21	22	23	24	25	26
27	28	29	30	31		

桃李不言
天空安静 · 绘

2023

Taoli buyan

September 9月

SUN	MON	TUE	WED	THU	FRI	SAT
					1	2
3	4	5	6	7	8	9
10	11	12	13	14	15	16
17	18	19	20	21	22	23
24	25	26	27	28	29	30

October 10月

SUN	MON	TUE	WED	THU	FRI	SAT
1	2	3	4	5	6	7
8	9	10	11	12	13	14
15	16	17	18	19	20	21
22	23	24	25	26	27	28
29	30	31				

November 11月

SUN	MON	TUE	WED	THU	FRI	SAT
			1	2	3	4
5	6	7	8	9	10	11
12	13	14	15	16	17	18
19	20	21	22	23	24	25
26	27	28	29	30		

December 12月

SUN	MON	TUE	WED	THU	FRI	SAT
					1	2
3	4	5	6	7	8	9
10	11	12	13	14	15	16
17	18	19	20	21	22	23
24	25	26	27	28	29	30
31						

桃李不言
点意画 · 绘

新番外：这样就很好

接到陶臻臻电话的时候，安之恍神了好一会才镇定下来，只是不知道说什么。那边似乎猜到她的心情，先一步开口了：“安之。”

语气平稳，温和，却含混，似乎有些倦意。

“嗯，是我，您，有事吗？”

“安之。”陶臻臻说，“你能否回国一趟来看看我？”

她没细说，只是说见面再说。

她们有彼此的电话号码，除了逢年过节的问好微信之外，已经多年没联系，彼此都知道对方过得不错就够了，这突如其来的电话多少让安之有点不安。

正好她有假期，就与言蹊一块回了国。

上一次见她，还是安之出国前，那已经是十年前的事情了。

陶臻臻仍住在邶城，安之到的时候只有她一人在家，听她说孩子去上辅导班，老公出差。她的住处干净整洁，不算宽敞，地段很好，可见她这些年的生活质量相当不错。

只是她看上去有些消瘦和憔悴，面容也透出一些病弱的苍白。

陶臻臻似看出她的猜测，微微一笑：“前些日子做了个不大不小的手术。”

她顿了顿，问道：“喝什么？”

安之：“白水就好。”

“天气热，给你拿点冰的？”

“好的，谢谢。”

安之默默地喝了一口水，又看看陶臻臻，还是开口问了：“是什么手术？”

“之前查出来长了子宫肌瘤，做了个手术，现在没大碍了。”陶臻臻说得挺轻描淡写，又转而问她，“你呢？过得怎么样？”

安之摸不准她的意思，她没在做手术前联系自己，反而在术后恢复了还专门打电话给她，现在又问她这种问题。

“我挺好的。”安之简而概之地说道。

陶臻臻知道她在美国工作，这么多年她也没问过呀。

安之不太明白，于是张口问清楚：“您找我是有什么事情吗？您直说好了。”

陶臻臻垂眸静了一会，再开口：“我有时会想，如果当年我把你一起带走出国读书，那会是什么样子的……”

她语气幽远，隔着时光，眼眸也恍惚起来：“想得多了，就会做这样的梦，不过自从你出国了，加上小志也需要我，我就很少分神去想这个问题，可是最近又开始了……”

陶臻臻说不下去了，抬头对上了安之的眼睛。

她的眼睛十分清澈无瑕，面上也看不出什么情绪，陶臻臻内心感慨，她那从来没有费过心培养的女儿已经成长成了沉稳体贴的大人了。

安之看向她，温声说：“其实过去的事情已经没法改变，我现在也过得很好，您不需要再有任何愧疚的情绪。”

“我相信时光倒回，您的选择还是一样的。”安之平稳的一句如同石头扔进湖水里，震得陶臻臻眼眸发颤，嘴角也抽动了下，她扯了扯嘴角，苦笑了几声，才说：“也是，现在还说这些显得我太矫情了，我就是……”她略略哽咽了下，“在鬼门关里走了一趟就……”

安之抿了抿唇，看着她，心还是软了，语气也更温柔了一点：“我明白您的意思，我现在真的过得挺好的，我都过了三十了呢，不是小孩子了。”

“您放心，放宽心，好好养身体要紧。”

陶臻臻眼圈更红了，她想说什么，却哽住了，转过脸去抹了几下眼泪。

安之欲言又止，陶臻臻扭过头来，又笑了笑：“人年纪大了，就容易感伤，哎……”

其实陶臻臻比言蹊也就大一点而已，在安之的心里，言蹊还很年轻，陶臻臻自然也是不老的。

她没明说，也不在她面前主动提起言蹊，露出了一个安抚的理解的笑。

陶臻臻顿了顿，慢慢问道：“以后有什么打算？”

“打算？”安之眨了眨眼，“也不是都在美国生活，每年都会回国待上一段时间的……”

“嗯……”陶臻臻点点头。

陶臻臻望着她，嘴唇嗫嚅，也没再往下说了。

安之又坐了一会儿，才起身告辞。

陶臻臻站起来，跟在她的身侧，不停地看向安之的侧脸，几次想张口，又迟疑地吞了下去。

“那我走了？不用送了。”安之到门口转过身来，轻浅地对她笑。

陶臻臻一抿唇，眼睛垂了下来：“嗯。”

安之默默地看着她，伸手过去，默默地握一握她的手。“好好保重身体，我再来看您。”

陶臻臻抬起脸来，望着安之的背影，眼眶红了。

安之从电梯出来，走过蝉声不断、一动都不动的树影，等走出小区门口，她的衬衫后背已经被汗润湿了一大片。

“呼……”她站在树影之下透出一口气，觉得有些心浮气躁的。赶紧掏出手机来准备叫车，刚刚一动，听见了一声不大不小的喇叭声。

她寻声望去，立刻展颜笑起来，酒窝深深地露起来。

车窗放了下来，言蹊的脸微微探出来，朝她招手，阳光落在她的笑颜上，明亮得有些晃眼，又似一股清泉注入了安之的心中，将她心中的躁意一驱而散。她笑着快步跑过去，打开副驾驶的车门，坐了进去。

“回家？”

“嗯。”

桃李不言小物分享

梁阿渣 / 绘

“不要紧的。”言蹊轻声道，她模样困倦，嗓音也有点哑，动作懒懒的。

“我去给你再倒杯水。”

安之转身“咚咚咚”往下跑，倒了一杯凉白开。她上楼发现言蹊已经睡着了。

安之轻手轻脚走进来，把水放在床头柜上，实在不放心，伸手探探言蹊的额头。睡醒应该没事了吧？床沿不高，安之干脆坐在地板上。言蹊的眼下有浅浅的青影，双眼皮褶皱很深，睡得很熟。

安之把自己的手放在她的头顶，像小时候她哄自己睡觉一般。

盛夏（中）

Chapter 29

言蹊在昏昏沉沉中，似乎回到了大学时光。

大学校园的梧桐树边、湖边，那个高大英俊的身影。大雨的伞下，他凑过来吻她的侧脸，对着她笑起来。

也是一个夏天的周末，她看完爷爷奶奶回学校，本来想给他一个惊喜，在男生宿舍旁边的大槐树下，她握着两杯冰冻的柠檬茶，看到高既明和另外一个女生面对面站着。

女生明眸皓齿，秀发披肩。是中文系的系花。

“师兄，请你接受我，我知道你有女朋友，但是……只愿君心似我心，定不负相思意。”

后面记不太清楚了，她只记得高既明没有明确拒绝她，那晚的柠檬茶冰冻入心。她知道高既明是真的喜欢她，但她觉得不够。在没追到她的时候，他有炽热的热情，她是他渴望攻克的堡垒，是他期待破解的程序。在他们在一起时，他渐渐没有了最初的感觉。

征服，大概是雄性生物写在基因里的本能，尤其是高既明如此天生的才华横溢，一路顺风顺水，几乎没有遇到坎坷，他想要的想有的，只要稍微努力，就会得到。所以得到后他就会有一种理所当然后的疲倦和乏味。

当他决定出国，言蹊跟他说分手后，又激发了他重新追回她的欲望。而言蹊却早已做了决定。她其实给过他机会，那天晚上的意外撞见她没有提，她等着他跟她说，但是他没有。

言蹊在半梦半醒间蹙紧了眉。刚分开的那段时间很痛苦，辗转反侧难以入睡，幸好后来陶陶来到了她身边。

她眼皮沉重，梦中有了意识，知道自己想到了高既明。为什么还会想起他？大概是她周围的好事之人还在惦记着他们，想方设法给她讲他最新的消息，说高既明已经订婚了，未婚妻似乎是他同事，在硅谷，某一天上班，她向他求婚。同事们把准备好的鲜花红酒拿出来，大家笑举着酒杯祝贺。

言蹊不知不觉把被子卷起来，窝着睡得格外辛苦，想要醒来却醒不过来。好不容易睁开眼睛，只觉得口干舌燥。

她刚想起身找水喝，目光所及，就看到床头柜有一杯水，她拿过来喝了大半杯。夏天的时候，将水烧开、放凉。是他们爷爷奶奶让他们养成的习惯。安之也养成了这个习惯。

言蹊按了按额角，大脑还有点恍惚。她起身下楼。

“陶陶？”

客厅亮着灯，厨房有响声。言蹊神情一缓，应该是在做饭。说来惭愧，现在刘奶奶偶尔买菜做好过来，其余时间要不言蹊买回来，要不就是安之做的。

这小孩，做菜上手很快，看得出是真喜欢。而言蹊就厚着脸皮吃现成的，吃完洗碗。

明明自己才是年长那个呢。她趿着拖鞋，走到餐厅就闻到一股香糯的粥香。

饭桌上放着一个小砂锅，旁边凉着两碗粥，还有一碟凉拌黄瓜。

安之头发扎成个小丸子，光洁的额头有毛茸茸的碎发，正在切牛肉。这牛肉是昨天她和安之一起卤的，是刘奶奶给的食谱。

买了整块的牛腱子肉。第一步就是要把血水焯干净。“要不然会有杂味，不够香。”安之说。整块牛腱子下锅，注满水，放入小葱、料酒、姜片。“全程开盖保持沸腾。”安之边做边念菜谱。

言蹊被她的认真劲逗得笑起来。

“大火煮开后转中火。不要笑！”安之对着言蹊鼓起脸，“要严肃！”

言蹊憋住笑：“好好好！我来。”她取了一双长筷子，拨了拨那块牛腱子肉。她们足足等了一个多小时，中间不时添水，直到筷子插入牛肉后，不再有血水煮出，这才算焯水成功。

关掉火，言蹊把牛肉捞出以冷水冲洗干净。捞出葱结和姜片，把这锅牛肉汤过滤一下。

“这牛肉汤等会儿还要用的。”

“好的，知道啦。”

言蹊把焯水的汤锅洗干净，滤完的牛肉汤倒回锅内。

“好了，你说，我来做。”

“牛肉，红茶包，卤料包，冰糖。”

“好了。”

“先倒一百毫升的老抽，再加入一百毫升生抽，搅匀。”

“一百毫升？那是多少？”

“先倒在量杯那里。”

“刘奶奶怎么写这么具体的数字，是不是你硬让她说一个数字？”

“……她说倒一些，一些我怎么知道是多少啦！”

“……噗。”言蹊笑着摇摇头。

“不要笑！要严肃！”

大火煮开后盖上锅盖转小火，再煮一个半小时入味。安之全程守在餐厅里玩手机。设了三个闹钟，半个小时响一次，提醒一次。牛肉好了后，用保鲜袋装好，放冰箱冷藏一晚。

现在把牛肉拿出来切了。安之边切边小小地吞咽着口水，没忍住，她拿起一片塞到嘴里。“唔，好吃！”她眯眼，“真好吃！”

安之喜欢吃牛肉胜过猪肉，她喜欢吃凉拌牛肉、卤牛肉，还有西红柿牛腩之类的。

言蹊微笑开口：“好吃吗？”

“你醒啦？我们吃饭吧。”安之对她说。

粥是小米绿豆粥，菜是凉拌黄瓜和卤牛肉。

“我还做了芒果班戟哦。”安之笑着对她说。

凉拌汁是安之自己调的，生蒜头爆香，加入生抽、麻油、辣椒酱，用锅滚一滚，再往上洒满芝麻和香菜末，浇上凉拌汁，放凉就可以了。

言蹊和安之除了在番茄炒蛋这道菜加糖还是加盐达不成共识外，在其他吃的方面都没有冲突。

言蹊很喜欢吃安之做的凉拌菜，并称之为“陶陶牌凉拌菜”。

粥很香，卤牛肉确实很好吃，凉拌黄瓜也很清新爽口。言蹊喝了两大碗粥，觉得自己终于从混乱的梦境还有昏沉的头痛中被解救出来了。

吃完饭，言蹊让安之上楼去玩，自己留下来洗碗、清扫厨房、拖地，还去看了看院子里的植物。

突然，楼上传来安之惊恐的声音：“姨姨！姨姨！”

言蹊急急地进屋，安之已经“咚咚咚”从楼上跑下来，小脸苍白，惊慌失措的。

“怎么了，怎么了？”

安之一把扑进她怀里：“呜，好可怕！”

前几天言大胖神神秘秘地给了她一本书，说是悬疑破案的，恐怖又刺激。安之也没当回事，刚才本来想闲着也是闲着，就拿出来看，结果吓得头皮都要炸了，下文也不敢看了，把书一扔就奔下楼。

“好好好，不怕，我先看看到底是什么内容！”言蹊捡起被扔在地上的书，这书连个像样的封面都没有，标注的作者也没听说过。她翻开第一页浏览起来。

安之紧张兮兮地瞪着那书，脑海里那幅插画挥之不去，似乎下一秒就要从书里跳出来。

安之“呜”的一声像只受惊过度的小兔子，言蹊把她揽过来，安之顺势把头埋在她小腹上，才觉得没那么害怕了。安之听到言蹊翻页的速度很快，随即猛地停了下来，然后就把书合上。

“这书哪里来的？”

“大胖给我的。”

言蹊淡声道：“难看死了！什么乱七八糟的！以后不要看这些。侦探小说我这里有，就在左边的书架，阿加莎的，我有一套。要是觉得外国人名难记，可以先看几本古龙的。”

言蹊略蹙着眉问安之：“你看到哪里了？”

“就，就那个头那里，刚开始，好可怕！”

言蹊暗松口气：“不要看了。”她揉揉安之的头发。

“嗯！”安之过了一会儿，抬头问她，“那到底是谁杀了那个儿媳妇啊？”

言蹊：“这都是用烂的老梗了，一点都不新鲜。而且这书文笔奇差，细节错漏百出，气氛也没渲染好！不用看了，你去书架拿我跟你说的那几本看！”

安之看看她，又看看被她嫌弃地推到好远的书：“哦……”

言蹊趁她去书架找书的时候，拿起那本书下楼，走出院子，面无表情地走到附近的垃圾回收箱，一扔。然后拿出手机，打给她大嫂。

岂有此理，居然拿这种书给陶陶看。现在的小孩子成熟得早，有时身体还没完全发育，思想就歪了。虽然这是青春的必经路，言蹊倒不是觉得不能看这类书籍，只是也要好好选择，没有美感、粗制滥造也就算了，里面的行为很多都带有浓重的侮辱女性的色彩。

不能容忍把这种书带给陶陶看这种行为，这个状她告定了。

盛夏（下）

Chapter 30

由于看了那本恐怖的小说，那天晚上安之翻来覆去睡不着，躲在被子里，她的精神高度紧张。在被窝里似乎都能听到一些声音，她翻个身，蜷缩起脚，敛声屏气。

过了好一会儿，她才慢慢揭开一个被角，偷偷地瞥一眼。角落什么东西都没有。

“呼……”安之长出一口气，“闭上眼睛！等下一眨眼就天亮了，就没事了。”

忍啊忍啊，实在受不了了啊，她头皮发麻，身体都出冷汗了。安之掀开被子，她穿着棉质的睡裙，踮着脚尖，溜到言蹊的房间，推门进去。房间里还有淡淡的草木松香。

房间亮着一盏小小的壁灯。安之把门带上，爬上床，挨着言蹊睡。

她其实很认床，而且一直跟言蹊一起睡，即使在言家老宅的那一年，言蹊回来的时间不多，但只要在言蹊的房间，安之就能睡得很好，也不会做噩梦。

九岁开始自己睡特别不习惯，就总是趁半夜跑到言蹊的房间，只有揪着言蹊的被角，她才能安心入睡，虽然隔天醒来又在自己的小床上了。这样重复过好几次，她才慢慢习惯自己一个人睡。

安之怀念起她小时候，小手小脚的，正好可以窝在言蹊怀里，被言蹊搂抱着睡。现在就只能挨着言蹊了，安之把头靠近她纤柔的肩膀，闭上眼睛。

好了，不怕了。

忽然，感觉言蹊动了动，她本来平躺着的，现在侧了过来，脸对着安之，还是熟睡着。言蹊呼吸细微均匀，安之眨眨眼，她小时候只觉得言蹊的怀抱特别舒服，很有安全感。可她现在不是小孩子了，也不能继续再钻到言蹊怀里去睡觉了，而且言蹊也不像之前那样经常抱着她了。

会不会她再大一点，言蹊就再也不会抱她了，也抱不动了？

安之惆怅极了，长太快了也不好。她惆怅着，一时也忘记了几个小时前看的书的内容。轻轻蹭蹭言蹊的肩膀。她睡在床沿边，为了不吵醒言蹊也不动，一小半身子还露在外面。没多久，她身体好像僵了，安之透出一口气，悄悄地往里蹭近了一点，一不小心，腿踢到了言蹊的腿。

安之：……叮！坏了！

果不其然，安之感觉到言蹊似乎略起身看了看她，“咦”了一声，低声轻笑道：“什么时候过来的……”

她嗓音含有浓浓的睡意，与以往的清脆不一样，有点沙哑磁性。

安之装作睡熟的样子，心里却打起了鼓，言蹊不会又要把她抱回去吧？她是装睡让言蹊抱呢，还是现在就跟言蹊说她要睡这边……但言蹊没有，她往后退了退，安之觉得腰部被她拢了一下，往里一带，身体就完全睡在了软软的床垫上。

腰间盖上薄凉的被子，是言蹊把自己的夏被分了一角给她。

安之一动都不动，甚至连落在她脸颊弄得痒痒的发丝都不去动，她觉得言蹊在看她，不用睁开眼睛就可以想象出言蹊的目光，那对笑盈盈的眼睛会温柔地凝望着她，像如水的月光，拂过湖面。

安之觉得自己心跳没来由地又开始加速，是因为安静的夜里一切感觉都容易被放大，还是之前她看那恐怖推理书的后遗症？她分辨不清楚。

脸颊被指尖碰了碰，言蹊帮她撩开发丝，又在她身上拍了拍，像小时候哄她睡觉一样。

小小的窸窣声后，言蹊重新躺回去了。她这是默许自己晚上跟她睡了？安之欣喜，下意识地微笑。言蹊没有那么快睡着，这个微笑就暴露安之刚才在装睡。言蹊也轻轻地笑了一下。

安之脸颊微臊。正要说什么的时候，言蹊摸摸她的脸颊：“快睡吧……你不睡又要长不高了……”

安之想起往事，更加不好意思地嘟囔道：“我已经比之前高很多了！”

“嗯，对……”言蹊的声音仿佛有点说不出的意味，一瞬过后又是含笑，“可还是没有我高！”

“……一定会的！会比你高！”

言蹊又笑了笑，轻轻拧她脸颊一下，还是肉肉的婴儿肥。她没有再继续这个话题。

“睡了……嗯……”言蹊很自然地去摸她的头顶，声音渐渐轻弱下去，“我明天得上班，新节目要开始了……”

安之不禁有几分懊恼，她自己明天可以赖床，可是言蹊今天不舒服，明天还得上班。她立刻乖乖地不再说话。

言蹊很快睡着了，她仍然面向安之侧睡着，离得很近，她精致秀气的五官轮廓在微光下，像一幅静美的油画。

安之迷迷糊糊地，依偎着言蹊睡着了。

安之幼年里有一段时间经常会在梦中惊醒，言蹊带她去看过医生，说有点神经衰弱。因为年纪太小，医生没有开药，嘱咐大人必须给孩子营造出一个安心顺逸的环境。所以言蹊很长一段时间都跟她同被窝睡。等到她九岁那年，因为工作关系，言蹊常常很晚才回。言蹊发现安之经常强撑着不睡等她回来，这才狠下心又培养她独立正常作息的习惯。

虽然习惯后来也养成了，但这不妨碍小安之偶尔会偷摸着爬上她的床睡，但每次熟睡后都会被抱回去。像这样……在一起睡着的好像很久没有了。安之心满意足，什么恐怖书引起的诡异画面都不见了。

半梦半醒之间，她觉得有点凉意，耳边听到了雨滴声。小区的绿化非常好，所以她听到雨落在叶面的滴答滴答声，夏夜的雨。

安之裸在裙子外面的手臂冰凉凉的，她本能地朝温暖的地方拱一拱。言蹊就这样又被安之拱醒了，她睁眼，摸摸安之手臂，然后拉高被子，把安之裹好。她探起身，瞧了眼半拉着窗帘的外面，天蒙蒙亮，雨意清凉。估摸着时间还早，又躺回去了。

安之这一觉睡得很沉，言蹊起来的时候她有所察觉，就是睁不开眼睛，还扯着言蹊的衣服不让言蹊走。言蹊拍拍她，然后她才搂着被子继续睡。

言蹊吃完早餐，回房间换衣服。化妆时，安之打了个哈欠坐起来，去上了个洗手间，又继续趴回去了。

雨不但没有停，还有点越来越大的趋势。言蹊看了眼天气预报，走过去跟安之说：“你今天去那边吧。我让王叔来接你。”

“啊？为什么？”安之又打了个哈欠，含糊不清道。

“今天雨会很大，晚点会有雷暴。你一个人在家我不放心。”

“嗯……我可以等你回来……嗯？雷暴？”安之顿时竖起耳朵，“那你不要开车了！”

“没事，如果雨太大，我就不回来了，今天在台里那边睡了。”

“啊，哦……好吧。”安之有点不乐意地噘噘嘴。

“好了，再睡一会儿就要起来了啊。”

言蹊站起来，她今天穿了条蓝灰色的素棉长裙，没有图案，只在腰间微微褶皱勾勒出些许腰身，戴了对长珍珠耳环。她拿出两双高跟鞋。一双米色平底绑带，一双是银灰色粗跟，鞋后跟镶嵌着一对珍珠。“哪双好看？”

窗外帘雨潺潺，斯人美如画。安之呆了半天，才指了指米色那双。反正她高，比例好，腿长。言蹊果然穿了那双，再叮嘱她几句，才出门。

短信

Chapter 31

言蹊其实是个不喜欢小孩子的人，这点言家人都知道，她亲近的闺蜜柳依依也知道。言家大小胖那是血缘关系，只能接受。她也就是偶尔逗一逗，宠一宠，嫌弃太闹腾。之前家里养过猫和狗，她也没怎么主动亲近过，可爱是可爱，但是没法交流，嫌弃它们不会说话。

她对待动物和小孩有大人基本的耐心和宽容，并不代表她喜欢他们。

一开始头脑发热带了安之在身边生活，老实说她也没想过能坚持多少年，但架不住安之又乖又懂事又聪明。乖就是不吵，不多话。哭也就是因为一些萌到言蹊的话题，例如“我为什么长不高，为什么还不高，会不会是不会高了”，不懂的问题也会问，但是言蹊回答得不清不楚，她也不会刨根问底。

懂事就不用说了，会自己洗澡、洗头发、穿衣打扮，不用她操心。还会主动关心她，下班回家给她拿包、拿拖鞋。兜里车里会有安之留的糖果，更别说安之从三年级开始学做饭了。

聪明，对，太聪明了。言蹊的一位前辈同事有个儿子，比安之还大两岁，从他上学时，言蹊就听到她同事不停地抱怨：“我的孩子为什么会这么蠢，天啊，减法借位怎么都学不会！”也会因为孩子迟到影响工作，焦头烂额，“啊，昨晚背诵一篇课文，怎么都背不下来……”

言蹊从来没有遇到这个问题，她家安之的作业从来都是在学校做完了，她有时回来得早，还会发现安之在看高年级的书。小小的身影在台灯下有一种认真严肃的萌态，小脚丫还踢啊踢的，太可爱了。

如果小孩子都像安之这样，那就好了呀。

言蹊最近有点惆怅，安之长得太快了，之前的她小小肉肉的，抱在怀里是个小团子。现在十二岁了，即将进入青春期，确实是不能当成小孩子了……

柳依依还对她说："你要准备好对她进行青春期教育啊，卫生常识啊，生理发育这些啊……"

"这个我知道呀，我很早就跟她说了，家里还有书。"

柳依依摇头道："这不是最重要的青春期教育啊，是早恋啊，你别一副吃惊的模样。小安之的同学都比她大吧？她那么可爱，那些青春期的小崽子没注意到她才奇怪呢！"

言蹊叹口气，她也很忧心，青春期会很"中二"吗？会很叛逆吗？

言蹊以手支颐，趴在办公室的窗户看了一会儿雨。才下午，天色就黑得厉害，密密匝匝的大雨铺天盖地的，倒是去了不少暑气。

手机里安之发来短信："今晚还要加班吗？"

她回："对的。要开会。"

安之："雨很大，你不要开车了。"

言蹊笑一笑，回复："好的，那你今晚在那边睡吧。"

安之过了一会儿才回她："好的吧……"

言蹊从这个省略号都可以看出她有点小抱怨。

她弯弯眼："我明天去接你。"

她等了等，安之没有回。同事周姐叫她："小言啊！"

言蹊把手机放一边，周姐在实习期带过她一段时间，比她大几岁，长得娴静端庄。周姐笑着问她："跟男朋友发短信呢？"

言蹊呛了一下："没有没有。"

顿了顿，她说："是家里的孩子。"

周姐在记忆里搜索了下，恍然："噢，是小安之。"

来过电视台几次，跟周姐碰过面。

"今年上几年级了？"

"新学期就初二了。"言蹊是带点骄傲的口吻说的。

周姐惊讶："这是跳级了？"

言蹊笑："嗯。"

周姐称赞了几句。她看看言蹊，决定多嘴几句："那也好，这下你也可以考虑下个人问题了。”

言蹊：“……啊……嗯。”

言蹊从来都没有避讳安之的问题，有过一段时间，会有人介绍相亲的，当众表达好感的，都会被她以“孩子太小”的借口搪塞过去了。久而久之，就会有“安之是她私生女”的八卦传来传去。她乐得清净，没去澄清。

但她条件实在太好，娘家又有背景，也就才消停了一段时间，身边的狂蜂浪蝶又多了起来。也有赞助商送跑车送别墅的，她有一次忍不住冷眼怼回去：“这些我都不缺！”再一次消停了一段时间。最近又开始不安静了，言蹊想，大概是她快二十七岁了吧，已经变成“大龄女青年”了。她家人不着急，身边的人倒替她着急起来。

连平常不多话，讲分寸的周姐都催了。

“唉，我也知道，这事太讨你们年轻人心烦了！呵呵，但我认识一个不错的人。”

嗯……又是这个开头。言蹊内心叹一声，表面倒是像在认真听着。手机轻轻叮一声。她眉毛动了动。

“也不是要你相亲，哈哈，我没跟人约好，他原来是隔壁新闻频道的导演，你听过他吗？姓廖。”

言蹊：“廖导？”

“对，之前当制作人，去年开始导演和制作了档节目，收视率很棒，年轻有为呢！比你大三四岁，长得也仪表堂堂，人品嘛，这个周姐跟你打包票。台里有不少小姑娘都很喜欢他。”

言蹊对这个人有些印象，刚来台里，就听说在新闻频道有个才子制作人，很多主持人的观点台词都是他写的，编剧很多时候都要向他取经。然而言蹊没留意，这世界上有才的人多了去了。真正引起她注意的是，听说他在大学时有位情投意合的女朋友，两人从高中相恋到大学，打算毕业就结婚的。毕业前夕，一次事故，他女友不幸地去世了。从此，他就单身至今。听说过有女孩子主动追求他，他都是道谢感激，再礼貌回绝。

言蹊斟酌着回答：“嗯。我知道他。”

周姐拍拍她的手：“我有可靠消息，上头领导把他调来咱们综艺频道了，负责制作和导演。”

言蹊意外：“真的？”

“等会儿开会时也就知道了。小言啊，小廖真的不错，你不妨多观察观察他。如果有缘分……”

待周姐走了，言蹊想了想，还是决定听过就算了。她拿起手机，安之发了图片，是一盘饺子，她叼了一个在嘴里，冲她眨眼。然后是语音消息：“是你的最爱哦。”

言蹊不禁扑哧一笑。她回：“看起来很好吃。”

安之回：“比我做的好吃。我还得问问心奶奶看看有什么要改进的地方。”

言蹊心里发软，安之从去年就开始学自己擀面做饺子，会给她做三鲜馅的。

言蹊：“没有，你做的也很好吃。”

安之给她发了个“亲亲”的表情。

然后是：“么么哒。”

言蹊就看到满屏幕落下好几个“亲亲”的小表情。

社交软件里的安之更加活泼，一点没有小时候那种沉默不语、默默流泪的样子了。她是真的在自己身边长成个小大人了，懂事的、贴心的、漂亮的、可爱的、有酒窝的。

言蹊不自觉地抿嘴笑起来，心无法再柔软了。

邶城电视台的办公楼去年刚换了新址。言蹊那一组人在开着会，准备一场文娱晚会的制作。这几年，言蹊陆陆续续主持了好几场隆重的，却不是很重要的文娱晚会，大概流程都比较熟悉了。

新办公楼大部分会议厅里是透明的几何图案玻璃门和窗，但是门外看不太真切。

言蹊开完会，正在去往休息区的路上。安之信息过来了：“你吃饭了吗？都七点了。”

“嗯，准备去吃。”

“这么晚？食堂还有东西吃吗？”

“有的，一直到八点呢。”

言蹊边走边看手机，还没走到电梯就撞上人了，手机没拿稳，“咚”的一声落地。

“哎！”言蹊反应快，先对方一步捡起自己的手机。

“哎，不好意思，不好意思。”对方声音清润醇厚，然后看到言蹊手上套着粉色角落生物手机壳的手机，愣了愣。

言蹊看着钢化膜上的一只小白熊的头顶裂开来了：……

抬头看了眼对方，也是一愣。

没记错的话，是周姐口中的那个廖导吧？

对方清秀的脸架着一副黑框眼镜，身材高她一点，正朝她露出不好意思的笑容：“太对不起了，手机没摔坏吧？”

气质很好，长得有点像某个日剧男生，笑起来有点腼腆的样子，有一对深深的酒窝。

言蹊不禁一怔。

电话（上）

Chapter 32

傍晚时分，雨变得有些可怕了，倾城如注。天仿佛被撕开一个大伤口，一条条闪电就像嵌在伤口旁边可怖的血丝。

幸好没有停电。安之在电视上看到很多道路交通不顺，大水积压，有不少车子被淹，很多人放弃小轿车转乘地铁。警察在大雨中艰难地救援着。听说还有井盖被顶了上来，有人被水卷了进去，性命攸关。

场景十分骇人。安之十分庆幸言蹊没有开车回来。心姨不放心，分别去打电话给言家兄弟。安之自告奋勇，说她给言蹊打电话。心姨在这边吩咐几句，就走开了。

安之问言蹊到宿舍了没有。她似乎在走路，回答："还没，家里雨大吗？"

安之刚想说话，就听到外面雷声轰鸣。

"先不打电话了，等不打雷了，我再和你打。"

"别呀！再说几句话嘛！雷也不大，"安之边往楼上爬，边撒娇道，"家里只有心奶奶，太爷爷和太奶奶去寺里避暑去了，都没人跟我说话！心奶奶说大胖和小胖今天早上被萧阿姨押着不知道去哪里了。"

言蹊"咦"了一声，然后就轻轻地笑了笑："他们参加夏令营去了。"

"什么夏令营？"

"军训夏令营。"

"啊？怎么突然要去？那他们是像在军队训练一样？全封闭式的？"

"有点像，去的邶城郊外的军事训练基地。不能玩手机，父母不能探视，作息有规定。早起训练，不能赖床，晚上统一熄灯。"

“啊！他们两个肯定受不了！”

“他们年纪还小，夏令营而已，也不会真的很严格，十天就回来了。”

安之纳闷：“为什么你这么清楚？”

言蹊默了几秒。

“咦？嗯？”安之歪歪头。

言蹊突然“扑哧”一笑，还没出声回答，天边就一个炸雷。安之“啊”的一声。

“我等下再打给你。”

安之总觉得那声笑饱含深意，该不会是言蹊出的主意吧？每一次言家大小胖欺负她，言蹊总会替她出头。可这次他们两个最近没做什么事呀，就那本书而已。

她打电话过去：“那个，是不是你让大小胖去夏令营的呀？”

言蹊没否认：“对的。”

“为什么呀？”

言蹊好像开了扬声器，声音比较远而空旷，她在房间里走来走去，应该在收拾东西，还有哗哗的雨声。

“你今天做了什么？中午就到了？”

“嗯，是呀。我搬花去了，还好心奶奶昨天把重的那几盆都让大胖和小胖搬了。”

言蹊笑着说：“你小胳膊小腿的，只能搬小的了。”

“说得你力气很大一样！”

“比你大多了！”言蹊笑。

“……”

言蹊笑着接着说：“我和哥哥们从上初中开始就要去这些夏令营啊，运动班啊，军训班的都有，因为要提高身体素质。”

“……所有人，包括二舅舅和三舅舅吗？”安之无法想象文弱书生型言以西和非常爱保养的言以南也去。

“嗯，因为我和二哥、三哥他们从小身体比较弱，爷爷要我们选择一个运动爱好，最好能持之以恒。他们一个选择了长跑，一个选择了室内瑜伽。当然了，现在早就没坚持了。”

“哦，那你呢？”

“我选择了拳击！”言蹊在那边笑，“很意外吧？”

安之内心：我知道你喜欢摄影，还以为你偏文艺那范的，你现在告诉我，你之前练过拳击？

言蹊：“我初中到高中，练过六年。为了体力，也一直长跑。大学里就没练了，长跑的习惯倒保持下来了。工作后就没时间了。”

你这一股浓浓的怀念的口吻是怎么回事！

安之：……

“我记得有很多照片啊，在我十三岁到十八岁那本。”

她把手机放一边，去翻言蹊的相册。言蹊从小时候的照片到现在，满满的好几本。安之也有，到了言蹊身边，言蹊经常会给她拍照，安之也有厚厚的两本。

“没有呀，没找到。”

“哦，可能被爷爷奶奶拿走了，他们有时会拿我和哥哥们的照片看。你去二楼找一找。”

安之噔噔噔跑下楼，找了一圈没找到。该不会被二老带去寺里了吧？她又跑回客厅，终于在二楼桌几的底层找到。

好几本，言以西和言以南，还有言蹊的都有。安之粗略看了下，都是十三岁到十八岁这个年龄段。应该是言爷爷和言奶奶想要给他们兄妹做个同年龄段合集。

安之把合集本还有言蹊的那本一抱，噔噔噔跑回房间。

“找到了吗？”

“嗯！还有二舅舅和三舅舅的。”

安之停了一两秒，先打开那本合集，才发现还有言以东的。他的年纪比言蹊他们要大好几岁。从照片上看得出来，不苟言笑的剑眉星目的少年，皮肤黑一些，穿着空手道的道服。腰间带子的颜色从白色到黄色，再到红色。

安之告诉了言蹊。

言蹊有点惊讶，赞叹道：“不愧是大哥，比较像样，二哥和三哥就……尤其三哥……真是一言难尽！”

安之翻过几页就扑哧笑起来。清秀白净的言以西，戴着一副眼镜，面无表情地抓着乒乓球拍，面无表情地拿着乒乓球，面无表情地托着乒乓球。

然后就是穿着花里胡哨的瑜伽服的言以南，他那时头发还挺长，绑在后面，在瑜伽垫上舒展着身姿：拉腿、压腿、下腰、蹲坐跷起腿……身段之柔软妖娆，动作之轻盈标准，混在一群女生之间，毫无违和感。

安之笑得眼泪都要出来了。

言蹊："二哥他说乒乓球对场地的要求不严格，在实验室也可以打，所以就选了这个，这还能理解。而三哥说选瑜伽是为了避免晒黑，还可以塑形体……"

言蹊："那些照片都是我拍的，我差点没叫他三姐……咳咳咳。这么说你三舅舅不好，扑哧……"

言蹊想起爷爷说言以西八九岁时很迷穿裙子，青春期也特别爱保养，大学和研究生期间明明各科成绩实践分都很好，就是要选整容外科，除了一些必要的外伤手术，大部分就是整容的手术，而且多是女患者。那些女患者没有一个不把他当作男闺密的。这么多症状，都不太像直男。柳依依就跟她八卦过。不过这么八卦自己的哥哥不好，尤其是当着小孩子的面。

安之笑得眉眼弯弯："三舅舅不是在交女朋友吗？" 安之也没觉得有什么，她把几本都铺开，趴在地板上，手机开着扬声器。

在合集那本再翻开一页，立刻"哇"一声，是言蹊她练拳击的照片。高瘦的少女，穿着白色T恤，衣角绑起来，露出一小截洁白无瑕的肌肤，手上的拳击套挥舞定格着，好像有破空的气势。

安之看得愣住了。照片只有一张，可能是言爷爷和言奶奶还没来得及选其他张进去。安之翻开言蹊那本相册。很多很多张，高马尾，丸子头，紧身背心或者是短T恤，额发润湿，脖颈有晶莹的汗光。光芒万丈，夺人视线。好帅！她居然还有这么一面？

安之看过言蹊在荧幕上的样子，落落大方，秀气素雅，浅笑倩然。她在生活中捉弄言大小胖的调皮狡猾劲儿，在哄自己时很有耐心很温柔地笑起来的模样。而此时，相册里言蹊帅气的模样，她却第一次见，真是惊喜。

窗外的雷声似乎静了，只有哗哗大雨，偶尔还有几条不死心的闪电试图卷土重来。

安之翻看了好久言蹊的照片。

手机也一直连通着，言蹊在那边忙她的，似乎开了电脑，时而又走动一下。

安之去过她那边的宿舍，比较老的小区，倒也安静。一人一间，差不多三十平方米。在邶城市中心这个地段的房子，也要好几百万了。

言蹊自从跟安之一起住后，就挺少回这边了。

“瞧这个雨势，我明天估计还不能回去。”言蹊说。

安之停下动作，想到刚才从电视看到的画面，还有些后怕。

她点头：“嗯，那你就在那边吧，我这几天待在这里好了。”

言蹊笑：“乖……今晚自己在三楼可以吗？要不要让心奶奶过来陪你睡？”

安之摇摇头：“不用了。我自己可以。”

“哎，好乖哦……”

安之内心：这种哄小孩的语气是要怎么样，我又不是小孩子了！

一时想不到要说什么，安之只好沉默了，略感羞耻地沉默了。

过了一会儿，安之问她：“你会把我送去这种夏令营吗，或者健身班之类的？”

言蹊含着笑意的声音传来，没有一刻的迟疑：“当然不会。”

电话（中）

Chapter 33

“你不是有在骑自行车？这样锻炼就可以了我觉得，等以后你自己喜欢再去学吧。”言蹊补充道。

“好的。”安之对这个并没有意见，“你以后还会去练拳击吗？”

“现在没什么时间了。”

“嗯……我觉得你很帅很酷。”安之说着还有点不好意思，下意识捂了下脸。

言蹊声音里笑意曼延。她说道：“比二舅舅和三舅舅要酷吧？”

“嗯！！”安之大力点头。她现在明白了，言蹊为什么能一手一个提起双胞胎了。

言蹊：“对了，你重新给我买片钢化膜吧，我今天把手机磕了，裂了一道。”

“哈？！我才刚给你买的！”安之道，“严重吗！”

“……倒也不严重，就白熊？是白熊吧？头裂了……”

安之最近很迷角落生物。这是日本 SAN-X 株式会社设计出来的几个卡通动物，特点是内向，没事爱待在角落。角落生物有大量的包括绘本、玩偶、游戏等各种各样的周边。

安之买的很多公仔、文具贴纸都是角落生物的成员。言蹊却有点分不清谁跟谁。在她看来，都是一群萌萌的圆鼓鼓的小团子。

“这是谁？猪排？”

“那是炸虾尾巴，不是炸猪排。”

“有什么不一样吗？”

“很明显好吗！它头顶有虾尾巴啊！”

“哦……”

“这是企鹅还是白熊啊？”

“……那是猫！！”

“这个我知道，是饭团吧？”

“这么像要是还看不出来，那你也太……”

安之还非常“霸道”地把言蹊的手机壳给换了，钢化膜也换成配套的。

言蹊一开始心里有些接受不了：“这个……带到工作的场合是不是有点不合适啊？”

安之无辜地盯着她：“怎么不合适，你很老吗？”

言蹊：“……”

安之继续盯她，脸颊粉嫩如新鲜的苹果，嘟嘟的，然后把手机壳举到她面前：“难道它们不可爱吗？”

言蹊看了看她，又看了看手机壳，只能默默接过。

安之盯着她笑起来，酒窝深深一凹，像灌入了蜜一样。

言蹊无奈地承认：“好吧，是很可爱。”

电话里安之的声音糯软：“才买多久，就磕了，我的还好好的呢！”

言蹊弯弯眼：“是的，都是我不小心。”

是叫廖承宇吧，在电梯门口撞到她的人？

“言蹊？”他也认得她。

他开口道歉，说要赔她，言蹊笑着说不用。

两人闲聊几句，说是同事，其实也几乎没说过话，只客气地说了一下天气不太好，食堂的饭菜如何，吃了饭没有之类。言蹊先走开，感觉他仍在背后看着她。

可能是周姐事先跟她说了那番话，言蹊心底多少有点怪怪的。

“好的吧，那我多买几个。”安之的声音将她的思绪拉回来。

“好的。”

她们一直开着手机，不知不觉说了很长时间。

“我的手机快没电了，我得充一下，还要忙一会儿。”

“好吧。”安之有点恋恋不舍地再一次挂了电话。

事实上她们很少打这么长的电话。安之继续看照片，想了想，拿手机拍了好几张存起来，这才心满意足地把相册抱下楼去放回原位。

老宅太大了，原本有双胞胎在，言爷爷言奶奶在的时候，还挺热闹的。今天这么一来，反而安静得有点可怖了，心姨又在一楼。

是不是应该听言蹊的，让心奶奶今天跟她一起睡呢？安之立刻撇开这个想法。自己也不知道为什么，就是觉得她习惯一个人睡了。或者说习惯跟言蹊一起睡，只习惯跟她。

安之怔怔出神，有微妙的，模糊未成型的念头，像清晨的风抚过初开的花瓣，轻飘飘的，还没等她捕捉到，已经消散。

敲门声响起，安之过去开门。心姨给她热了一杯牛奶，还拿了保温瓶装了热水，还有红豆饼、芝士饼干等零食。心姨叮嘱了几句话，让她早点睡，就下楼去了。

安之关上门，一看手机，才八点多……长夜漫漫。幸好把家里的平板带过来了，她眯眼偷笑。她小学的时候，言蹊有规定她看电视用电脑的时间，每天不能超过一个小时。

“可我同学……”安之有次小小地抗议。像所有的小孩子一样，她有颗期待长大的心，也不愿意被说这个不可以那个不可以。

“你的同学都比你大呀，再说了十二岁之前眼睛还在发育呀，不注意很容易近视的。”

安之还在不乐意，言蹊摸摸她头说了一句“听话”，安之只能听话了。

等她上了初一，才给她配了手机，方便打电话。安之毕竟还小，对新事物非常热忱。用手机偷摸着玩游戏、看电视，暑假更是迷上了看《名侦探柯南》，所以拿了大胖给她的书。

话说早上，她本来想找回那本书还给大胖的，不知道为什么，没有找到。有点奇怪啊……

安之喝了牛奶。洗完澡，咬着饼干，捧着平板看《名侦探柯南》。越看越觉得恐怖，然后她爬上床缩在被子里。

发短信给言蹊：“我们视频吧？”

言蹊：“？”

言蹊：“你是不是又在看书？大胖还给了你别的书？”

安之还来不及说话，言蹊再次打电话过来。

安之抿嘴笑："你的手机充好电了？"

言蹊："我去借了个充电宝。你在做什么？"

安之："看《名侦探柯南》。有点吓人，那个凶手看不见样子，就看到眼睛……"

言蹊有点无奈道："害怕就不要看了，等下又不敢睡觉了……"她那边在放着音乐。

安之听了一下是首不熟悉的曲子。

"我不看视频又不知道做什么……没有人跟我说话，心奶奶都去睡觉了。"安之撇撇嘴，"又没带书过来，你这边的书又没有说我可以看。"本来安之没觉得有什么，说着说着好像突然莫名委屈起来。

言蹊安静了几秒钟，微叹了叹，带了些歉意道："陶陶，那我陪你看电影？"

安之翘起耳朵："电影，是那些你很喜欢的电影吗？"

"嗯，对的。"言蹊电脑里有个文档放了她喜欢的电影。安之很好奇，言蹊说等她长大才可以看。

安之振奋起来，按照言蹊的指示，找到文档，点开电影*Little Miss Sunshine*（《阳光小美女》）。

她把平板固定在床边，抓过枕头垫在背后，打开手机扬声器。

路面蓄满了水，满城灯火冷寂，雨声沙沙。她们一起看电影，虽然言蹊没有在她身边，但是也没有什么不同，一样在陪着她。

开头人物一个个上场，配乐就是刚才安之在言蹊那边听到的曲子。那个戴着硕大眼镜，有个胖肚子的小女孩出场的时候，安之笑了："好可爱。"

言蹊轻轻一笑，是挺可爱的，不过小时候的安之比她更加可爱。

影片里，舅舅坦诚向小姑娘说他爱的人不但不爱他，还爱上他的同行对手，这还不够，那个人拥有了他喜欢的人，还赢得了业界的认可，他失去了工作，也失去了爱人。

安之胸口微微起伏，浮起悲伤的感觉。言蹊一直静静的，没有发表意见。

直到那家人的爷爷对十五岁未成年的孙子用词极其粗俗，言蹊才忍不住说：“不要听这些话……”

“嗯。”安之点头，“这个爷爷好像有点差劲啊，怎么能对孙子说这些？”

言蹊不说话，安之现在这个年纪估计还不懂人是复杂的，不能用一个人表现出来的一面来判断他的为人，爱也是一样。

她只是微微笑，让安之继续看。

电话（下）

Chapter 34

安之一边看一边会内心冒起弹幕的小泡泡：言蹊没不准我吃冰激凌！嘻嘻，我们第一次见面她就给我买雪糕吃。虽然之后就不让我吃太多了。这个冰激凌很好吃的样子。

言蹊那边的心理活动则是：这里爸爸的话才是对的吧，小孩子是不能吃太多高热量的东西，啊，那时候我真是不靠谱。

“咦，我一直好奇，这是咖啡味和巧克力的冰激凌？”

两人心里的小剧场各自上映，都没说出来。过了这幕，言蹊说：“很经典的一幕来了。”

车子手动挡坏了，他们一家人在修车店老板的建议下，爸爸在前面开着车，其余人在后面推，爷爷跳上车，接着小女孩、妈妈，还有舅舅落在后面气喘吁吁地追赶，而哥哥在他后面推了他一把，全家人终于全部都跳上车，一个都不落下。

安之情不自禁地“咯咯”笑，言蹊听到她笑也露出笑容。

“Olive，你是全世界最美的女孩子，不光是因为你有脑子，有个性，也因为你美，从里到外都美。”屏幕里爷爷在劝哭泣不安的小孙女。因为她担心明天的选美比赛，担心她不够漂亮，担心她会失败从而让爸爸失望。

“你知道什么叫失败吗？真正失败的人，就是那种特别害怕不能成功，怕到连试都不敢试的人。”

安之听着听着，眼里聚起泪水，一颗颗滚落。等到爷爷第二天没有再醒来的时候，她抽泣起来，脸颊满是泪水。

电话那边言蹊的呼吸声轻微，没说什么话，静静的。

中间有很多情节，比如他们一家人不忍心丢下爷爷；比如本来就不能挂挡的车子喇叭又坏了，又遇上了警察；还有哥哥突然才知道他是红绿色盲，没有办法当飞行员——他们一家人一路上吵架、和解、争吵，继续开车去比赛……电影播到最后选美比赛的才艺大比拼，小女孩穿着一身西装戴着魔术帽出来的时候，配着异常欢快的音乐，言蹊就笑出声："看了多少次，还是觉得这幕太欢乐了。"爸爸和小女孩一起跳起来，接着舅舅、哥哥、妈妈也上舞台一起跳起舞来。

一家人跳得欢乐，观众傻眼，也有欢呼鼓掌的。最后一幕，他们赶着回家，爸爸依旧在前面推着车，小女孩这次没有让爷爷先跳上去接着她了，她自己奋力跑着，自己跳上车……

他们一家人就这样开着破得不成样子的车，回家了。

安之一直在掉眼泪。电影结束，屏幕上的歌曲还在继续。

言蹊过了一会儿才开口问她："这电影好看吗？"

"嗯！"安之点点头，"我喜欢那个推车的画面，喜欢他们最后一起跳舞，还有爷爷。他对孙女很好。"

"嗯，这是一部好电影，是部好作品。你以后长大一点再看，会看出不同的东西来。再大一点，又会有不同。让你在不同的年纪阶段都会有共鸣的作品，才是一部好作品。"

"嗯，其实小孩子的眼里是最纯真的，她也许不明白，只是纯粹在享受舞蹈，她一直在练习，在努力，就是想让爷爷看到而已。"

"嗯……"言蹊静静地听着。

"那你觉得爷爷过世之后，他们为什么还要去比赛呢？毕竟爷爷去世是不开心的事情……"

"因为……这是小女孩的梦想啊，爷爷一直在帮助她，他那么支持她，一定想看到她完成啊……"安之心胀胀的，喃喃道，"也许活着的人不能太牵挂死者了，活着的人努力地活着，那些爱着自己的人才能安心地离开吧？"

言蹊闻言一愣。她手边的杯子还有半杯牛奶，指腹触碰杯壁，温温的。她半转过头，窗外雨声沙沙如蚕嚼桑叶。她慢慢勾起一点笑，低声道："嗯。"

"我喜欢哥哥暴走那一段。妹妹去劝他，她什么都没有说，拍拍他肩膀，靠着他，哥哥就想通了。哥哥是个妹控。”安之抽噎着。

言蹊点头：“我也喜欢那一幕。”

安之吸了吸鼻子：“感觉挺像你的。”

言蹊觉得有趣：“哦？”

“你也有哥哥啊，还有好多个，感觉看到了小时候的你劝舅舅他们……”

“嗯……”

“咳咳……”

言蹊耳朵蓦然发热，脑子里闪过好多小时候的画面——

言爷爷：“小五，你是不是又摘了我的牡丹花！”

言蹊：“不是我！是二哥！！”

在客厅里被心姨押着吃东西，还在看书的言以西一脸蒙。

言蹊：“是大哥！”

言爷爷：“你大哥当兵去了，你还记得吧！”

言蹊：“嘿嘿嘿……”

长大一点的画面——

言蹊：“我今天不去上课了，你要是敢告诉爷爷……”她秀白的手握成拳头，言以南吓得瑟瑟发抖，含着眼泪拼命摇头。

这些回想起来可一点都不像电影里那样“妹妹护着哥哥”的样子，而且应该说她欺负哥哥们的黑历史很多。言蹊脸颊一点红晕浮过：“那个……可能跟电影有些轻微的出入……咳咳咳咳咳……”

嗯，要保持大人的样子，要有身为姨姨的尊严，不能让安之知道她的黑历史。

“嗯，我就知道，姨姨肯定是那样子的！”安之笑着说，软软的嗓音里都是对她的崇拜。

言蹊纤白的手掌捂住脸：“呃……嗯……”

拜托，换个话题吧！

“我很喜欢这个家庭，吵吵闹闹，虽然他们都有自己的问题，但是觉得好温馨。他们真心爱着彼此，都不会嫌弃彼此……”安之的声音顿了顿，“姨姨的家里也一样，太爷爷、太奶奶、大舅舅、二舅舅、三舅舅、萧阿姨，啊，应该叫大舅妈，大胖、小胖……”

言蹊的心猛地抽了抽，果然还是会有冲击吗？看到这种家庭片，会联想到自己的吗？言蹊叹气，她就是担心这个，但是她希望安之能够真的把痛苦化成自身的力量。

“还有柳阿姨，都是很好的人！”

“陶陶……如果你愿意，也可以当成自己的家。”

安之抬手擦擦湿漉漉的眼睛。

有一瞬间的沉默。

“电影里还有很多很好的地方，我都说不上来……”

“嗯，等你以后多看就会有自己的看法了。”

“你不告诉我吗？”

言蹊轻笑道：“每个人对同一个事物的观点都不一样，发现和感悟是很有意思的过程，我不想剥夺你的乐趣。”

“嗯……”安之心想我也不介意。

“刚才想起外公了吗？”言蹊还是决定问问。

安之说：“我想他，但是不会像以前那么难过了，也许有一天我就不会难过了吧？”

言蹊没有回答，因为她知道这个痛楚不会消失，也许会淡忘，但是永不会消失，它会根植于你的血液，随着你的呼吸而呼吸。有时会很坏心眼儿地跑出来刺痛你、提醒你，它的存在。

“不必刻意去遗忘。难过会是一种怀念。”言蹊最终这么回答。

不想让安之继续沉溺在这悲伤里，她说：“好了，太晚了，睡觉吧。不要想其他的了。”

安之听话去洗漱，擦脸，把灯关掉，剩下一盏淡淡的壁灯，再爬上床。

“你也睡了吗？”

“嗯，我也准备睡了，关灯了。”

安之抱住另外一个枕头，把兔子抱枕也拢在身边。

“雨还是没有停呢……”

“窗户关了吗？等下估计还会打雷。”

“关好了……”

“不要害怕，陶陶。”

“嗯……不怕。”

不是全部的黑暗，还有些许手机的亮光。她们的声音却有意识地低下来，比窗外的雨要温柔很多，喃喃细语。

“好啦，快睡吧。我等你睡了再挂电话。”

安之非常喜欢言蹊说“好啦”，很温柔，而且常把手伸过来摸自己的头。

安之悄悄睡好，闭上眼睛。

杨蒙蒙

Chapter 35

即使再不愿意，暑假也很快就过去了。烈日、自行车、冷饮、甜品、电影、暴雨。安之的记忆中的这个暑假都是这些。但是新学期就可以看到杨蒙蒙同学了，也挺期待的。

杨蒙蒙是安之第一个朋友。

初中生活依旧没有安之想象中的有趣。初一的功课在她眼里也极其简单。月考、期中考、期末考都是毫无变动的年级第一，从未被超越，最多被并列。

安之在学校一直没交到朋友，她幼儿园、小学阶段觉得她的同班同学都很幼稚。现在到了初中，同学都比她大，没那么幼稚了，但是好像总有一层隔阂一样。

初中的女生们会几个凑在一起叽叽喳喳，什么衣服好看，谁今天擦了粉底，哪个男生好看之类。一个个小团体姹紫嫣红，百花齐放的，但从没有人邀请安之加入。

安之心里觉得她们挺无聊的，她的穿衣审美标准因为受到言蹊、柳依依这两人的影响，已经比同辈人高出一大截，别的女生还在追求蕾丝小碎花的时候，她已经懂得“less is more”“不管潮流，适合自己最重要”的金科玉律。而保养狂魔兼整容外科医生言以南挂在嘴边的一句话则是：“美人美在骨，美在神韵，美在气质，美在眼神。这些都不是手术和简单的彩妆就能人造出来的。”

但虽然不感兴趣，安之有时也会羡慕一下这些小团体成员。刚上初一的时候，她有点不适应，有段时间独来独往，除了上课就是写作业，放学，回家。

杨蒙蒙是初一下学期从外省转过来的，被班主任安排成安之的同桌。一开始安之以为她非常内向，她们同桌两个多星期都没说过话。直到有一次，安之在课间偷偷摸出手机给言蹊发短信，转过头就看到杨蒙蒙那厚厚的镜片闪过一层格外热忱的光。

安之想，她该不会要向老师告状吧？

杨蒙蒙盯着手机：“能不能让我玩一下？”

学校不让带手机，但仍旧抵挡不住学生们偷摸玩手机的欲望。安之当时觉得如果不给杨蒙蒙的话，估计手机就要被她火热的眼神盯得着火。

杨蒙蒙拿了她的手机玩了一会儿，然后她们就熟了起来。

杨蒙蒙外表很文静，梳着两个小辫子，戴着厚厚的眼镜，是个宅女。她瘦小的身躯里有着对二次元世界炙热的热情。她聊的话题是安之没有听过的，还跟安之介绍了个神奇的网站——晋江。

杨蒙蒙的成绩不错，她转学过来的第一次月考，就在班里拿了第三，年级第九。据她说，她父母对她的成绩要求特别严格，要是掉了名次，就没钱充值看文，而且还不能玩手机。

她看上去就是那种很乖很文静的女生，可是说起这些事情来神采奕奕。

安之觉得她很有趣，像发现了新大陆一样好奇地倾听，这无疑满足了杨蒙蒙同学的科普欲望，恨不得把她一下子拽入宅女圈。

杨蒙蒙同学有个善于收集信息的强大技能，在她坐到安之身边成为安之的同桌的第二天，她就知道了她的同桌是个高冷学霸小美女。为什么特别强调“小”呢，因为她的同桌比他们要小好几岁。

特别高冷，还是种不明显的高冷，她虽然也笑脸对人，但从不参与女生的小团体。问她题目她也会仔仔细细地跟你讲，但你能从她眼神中感受到一种对你智商的蔑视。

但是不令人讨厌，一是确实是学霸，二是长得又美又可爱，尤其还有很深的酒窝，一讲话就会出现。很多同学为了看她的酒窝，会顶着被她蔑视智商的压力去问她题目。

冷萌冷萌的，在男生心里还是他们的小班花。

女生虽然不承认她是班花，居然也不讨厌不排挤她。

杨蒙蒙总结：这个小同桌不得了！

她们熟悉了之后，大多数情况下是杨蒙蒙在说话，安之在听。杨蒙蒙觉得她的小同桌一点都不高冷，一双小鹿似的大眼睛这么眨巴眨巴地看着她，简直萌死了。而且杨蒙蒙也特别喜欢她的家长。杨蒙蒙见过好几次言蹊。第一次是在有个周五放学时候，她跟安之正聊着天走到校门口，安之本来在跟她说着话，突然瞄到什么人，眼神一下子亮晶晶起来。

杨蒙蒙随着她的目光看去，是个高挑的女人，长卷发、墨镜、白色丝质衬衫，搭配麻纱九分阔腿裤，腿又长又直。豆沙色的唇瓣含着一丝笑意，朝着她们招手。

她领着她们去吃鳗鱼饭和抹茶冰激凌。

杨蒙蒙本来以为这是她小同桌的妈妈，心想也太年轻漂亮了。等她摘下眼镜后，发觉更加年轻美丽，根本不像是生过她小同桌这么大孩子的女人。看上去还有点面善，仿佛在什么地方见过。小同桌对她也没有什么很明显的称呼，好像叫了句“姨姨”，但是杨蒙蒙自己有阿姨，感觉也不像这个相处模式。尤其是当小同桌很自然地挖了一勺冰激凌喂给她的时候，对方也很自然地吃了。

杨蒙蒙美食当前，放弃八卦。当女人微笑叫她：“蒙蒙是吧？谢谢你照顾陶陶了。”

声音真好听啊，笑起来真好看啊，气质真好呀！啊，这位大姐姐真招人喜欢啊……尽管内心已经在咆哮了，杨蒙蒙还是控制着露出文静腼腆的笑容：“您别客气，我和安安是好朋友！”

这位大姐姐带她们吃完饭，就回去工作了，走的时候还拿钱让她们去逛街。还给她的父母打了电话，说明了情况，并且从家里叫了司机等她们逛完来接她们。多好的家长啊！杨蒙蒙感动得泪流满面。羡慕嫉妒恨！

“我好羡慕你啊！！我爸妈每个月给我的钱只有那么一点点啊！我买完晋江币，买完零食就没有了啊！你知道我手机还是我老爸的，而且他们都不准我拿，我每天写完作业才能玩。你的手机真好看，手机壳也超多款式的！啊，我也想要水果手机，你阿姨对你也太好了吧？天啊，简直把你当小公主宠！而且你家也太有钱了吧，还有司机！”

杨蒙蒙见她小同桌先是低头一笑，似乎因为她说的话有些羞赧。很快又眼神微黯下来，连颊边的酒窝都没有了活力。

“其实……”

安之这时才发现原来她也是在期待和羡慕着她的同学们。羡慕他们有完整的家庭，有这样那样和父母相处的小烦恼。她内心深处本来有个巨大的伤口，因为有言蹊在，所以渐渐缩成了一个不易觉察的自卑的小角落。

她会有一种与同龄人倾诉的渴望，分享小零食和小秘密的愿望。当同龄人说起他们的家长，他们仰仗崇拜的人的时候，她也想加入。想要跟他们炫耀言蹊，想要全世界的人都知道言蹊有多棒有多好。她不是没有做过这样的尝试。有一次她试着开口，对方发出疑问：“安之，你的爸爸妈妈呢？为什么一直没有见到你的爸爸妈妈？”

她突然就不知道怎么开口了。

人与人之间可能真的讲究缘分，安之觉得她可以跟杨蒙蒙成为好朋友，于是她对杨蒙蒙说了。她的外公，她的身世，她的爸爸妈妈。她说得磕磕绊绊，中间还有很长的停顿。

这是她深埋在心里的无法改变的事实，犹如童话故事里描述的巨大可怖的怪兽，被掩藏在厚重的大门里。年少的安之，无力一人对抗，又不敢把它公之于众。她努力艰涩地诉说，已经让感情澎湃善于脑补的杨蒙蒙惊讶和心疼。没有想到她的高冷学霸小同桌居然有这样的身世。

家庭幸福美满仍嫌弃双亲管太多的杨蒙蒙无法想象。她搂着安之泪眼汪汪，连街也不逛了。

“呜呜呜，安安，安安……”

司机王叔来接她们的时候，两个小姑娘上了后座，互相搂着泪眼蒙眬。

说起言蹊的时候，安之就顺畅很多了。她翘着唇角，酒窝娇俏。这六年来的每一天都值得好好诉说，跟人分享。

时近晚上七八点的下班时间，灯光如海。两个少女凑在一起低声细语交流着心事。王叔心知这个年龄阶段是最好的、最应该无忧无虑成长的时光，他微微笑，放慢了车速，无意去打扰。

聊天

Chapter 36

如果说初一的时候学生还有点小学时遗留下来的“唯师命是从”的战战兢兢，经过了一年对初中生活的摸索，对老师们脾气的试探，对同辈学生的了解，初二的时候大部分学生就直接把自己划到“老油条”那一拨了。

安之所在的重点班情况要好一些，课是不好逃的，毕竟成绩很重要。其他事情也是显而易见的。除了枯燥的功课，学生们对学校的八卦新闻充满热忱。

杨蒙蒙这个宅女则是经常跟安之“八卦”起了班里的同学。

“你觉得是一班的 XXX 帅呢，还是我们班的陈魏帅？”

安之愣住，脑海里回想了一下这两个人长什么样子，却没有帅不帅的印象，男生的话，言家的舅舅们都很帅，还有言大胖和言小胖也长得不错。言家的基因很强大啊。

杨蒙蒙不满道：“哎？你发什么呆？有没有听我说话？”

她们正在上体育课，安之和杨蒙蒙在教学楼一角偷懒。穿着校服，坐在楼梯上。远处有打篮球的男生。

安之笑笑，并没有接话。

杨蒙蒙也不恼，把头倚过来，靠上安之的肩膀。

一个篮球“咚咚咚”砸向这边，然后滚到她们腿边。班里的两个男生跑了过来，风一吹，一股浓重的汗味也飘了过来。

安之皱皱眉，把脚边的球踢了过去，其中一个男生捡起来，递给后面那个。他看了看她们两个，把目光留在安之脸上，拿肩膀蹭蹭脸上的汗，笑着问：“要喝水吗？”

杨蒙蒙率先答道：“不用了，我们不渴。”

男生看着安之，像在等待她的回答。安之摇一下头。

“那要过来一起玩吗？”

杨蒙蒙瞥一眼安之，神情藏了一点笑：“不要，我们要聊天。”

后面也有人在催他，他对着安之笑了笑，这才走了。

“陈魏想和你一起玩。”等他走远了，杨蒙蒙笑着推推她。

安之没表示，杨蒙蒙觉得她的小同桌是真高冷。陈魏高大帅气，皮肤是健康的小麦色，他是班里的体育委员，也是校篮球队的。校服穿在他身上跟穿在模特身上一样。就是成绩吊车尾，可能这点入不了学霸安之的眼睛，甚至话都不愿意跟人多说一句。

陈魏过了一会儿拿着两瓶可乐又过来了：“请你们喝。”

杨蒙蒙瞄瞄安之，安之轻轻摇头。

杨蒙蒙说：“陈魏，我们不喝，你拿回去吧。”

“别这样啦，给个面子。对了，杨蒙蒙同学，我能和陶安之同学说几句话吗？”

“有什么话不能当着我的面说啊？”杨蒙蒙打趣道。

陈魏不好意思地搔搔后脑勺。等了一会儿，也没见杨蒙蒙走开。他暗中鼓了一口气，把视线转向安之。少年心里其实没有像他表面那样云淡风轻，尤其他对上安之的脸后瞬间就忘记要说什么，满脑子都是“啊，她的眼睛好大！啊，她不笑的时候酒窝也在呢……啊，她什么时候能对我笑一笑啊！”

“陶同学……能把你手机号码告诉我吗？陶同学，你名字真好听……”在腹中打了无数遍的草稿，也不知道先说哪一句，最后憋了半天说不出一句。

杨蒙蒙强力忍住笑，安之不解地看着他。

可怜的陈魏同学急囧囧地冒出一句：“陶同学，我，我……我能向你请教题目吗？”

杨蒙蒙实在忍不住了，哈哈哈笑起来：“陈魏，你也太搞笑了吧！你是想请教什么题目啊？我怎么记得你好像没有一科及格的？教你教得过来吗？”

陈魏：“……”

陈魏一张俊脸活生生错位成一个“囧”字，尴尬得汗一颗颗滚落，晒得发红的脸感觉更红了一些。

安之也忍俊不禁，轻轻地“扑哧”一声。陈魏本来还想冲着杨蒙蒙说句辩解的话，看到安之笑了，他突然怔住，脸更加涨红起来。然后他就真的不知道怎么办了，也不知道怎么下台，下意识转过身，僵硬着身子一步一步挪走。

杨蒙蒙还没笑完，她站起来，捉弄的心起来了，拿手做扩音喇叭状：“少年，安安你就别想了，你觉得班长怎么样啊？”

陈魏本来就僵的身体硬生生一抖，在原地顿了一会儿，才挪动步子十分艰难地走了。

杨蒙蒙在他背后笑弯了腰。

“好尿啊！”她坐回来。

她冲安之挤挤眼：“你怎么想？”

安之摇头：“没感觉，没想过。”

“呵呵呵呵……你是不是欣赏学霸型的？”杨蒙蒙笑着问。

“我都不欣赏。”安之说。

“好吧……”杨蒙蒙同学终于泄气。

她把头重新靠回安之的肩膀：“把手机给我玩。”

安之掏出手机解了锁递给她。

“你流量够吗？我想在你手机里下载晋江的APP。”

“够的吧？我都没怎么用。”

“是的，你手机好像就是用来给言姐姐打电话发短信的。”杨蒙蒙拿过来，手指点啊点。

自从安之给她讲了之前的一些事后，杨蒙蒙已经彻底沦为言蹊的“脑残粉”，认出了言蹊是邶城电视台的主持人后，崇拜之情更是溢于言表，言姐姐长言姐姐短的不离口。

安之心情有点复杂，姨姨招自己好朋友的喜欢，她觉得骄傲又开心。但杨蒙蒙经常把言蹊挂在嘴上，还要了言蹊的电话，安之心里总担心她这样会不会打扰言蹊。

“下好了。那我看小说了？”杨蒙蒙最近在追晋江很有名的大神的新作，每天都在急巴巴地等着小说更新。

安之忍不住问：“这到底是什么文啊？”

“呜呜呜，前面虐死我了！来，给你看看文案。”

反正也闲着，安之不经心地一扫：“少年魏谦，带着妹妹艰难地生活，还捡到了死皮赖脸缠上他的流浪小孩……”

安之再次仔仔细细地阅读了文案，问：“他们在一起生活了很长时间吗？”

杨蒙蒙还以为她终于来了兴趣，解释道：“对啊，这个故事超好看呢，过程艰辛，结局温馨感人！”

校园突然静了下来，打球男生的嘈杂叫喝声也远了。安之叫杨蒙蒙：“蒙蒙……”

“嗯？怎么了？”

“没啥，下课了，我们走吧。”

青春期

Chapter 37

“女孩子的青春期比男孩子要早，一般是从十岁到十二岁开始。特点是情绪容易波动，善变，叛逆，表现在想脱离家庭，更多想要与同伴一起交流活动，结交兴趣相投的朋友，注意自己的形象，尝试与异性交往，交往过程中心理变得复杂。”

言蹊下班回家的路上，脑子里闪过看过的心理书上的文字。安之无疑已经到了这个年纪。她最近又高了几厘米，昨天额头冒了个小痘痘，还很不高兴。

言蹊无声地微笑。夕阳染红了天边的云朵，湛蓝的天幕布满晚霞，是一个十分美丽的空镜头。

安之是到青春期了，她不再是那个会哭鼻子的小兔子了。言蹊是什么时候接受这个事实的呢，是从她意识到安之已经开始发育了，应该给她买适合她这个阶段穿的小背心的时候。

是的，言蹊意识到安之是真正到了敏感复杂的青春期，工作中的前辈们都向她科普过青春期的小孩子有多可怕，需要多么谨慎地对待。她也是从这个阶段过来的，言蹊觉得她必须打起精神来应对。

今天她本来要去接安之，但是安之发短信说已经在回家的路上了。

绿灯，言蹊把敞篷打开，微仰起脸，风撩起她的发丝。言蹊唇角翘起来。按照这个速度，或许会在路上遇到呢。

果然，到家前的一条路，看到了骑着橘色自行车的少女，她微弯着背，梳着丸子头，雪白的短袖校服被风吹鼓起来。

言蹊微笑，正要追上去响喇叭逗一下她，眼角余光瞥到另外有辆自行车在她后边，是个男生，不远不近地跟着她，穿着一样的校服。言蹊略略眯眼，什么情况？言蹊猛一踩油门，车速飙上去，刚想按喇叭，只见男生一蹬踏板，追上去，似乎要跟安之说话。很显然是安之认识的。

言蹊把车轻巧地逼近，不露声色地观察着。安之偏过头说了句什么，然后就扭头一副不想理他的样子。男生搔搔头，放慢了一点速度，仍旧在后面跟着。

言蹊单手撑着方向盘若有所思，轻笑了声。她再上前，按喇叭，略略逼近男生，男生不得不往旁边移开点。他扭头瞪了瞪言蹊，对上一张似笑非笑的脸。他一愣。言蹊瞟了瞟他。安之这时听到响声也好奇地回头看，看到已经开到她旁边的言蹊。她扬起酒窝："你今天回来这么早？"

言蹊笑着对她点头："要不要比比谁先到家？"

安之："哈？太不公平了吧……"一边说着一边脚下使劲，快速骑着，甚至率先拐弯。

言蹊再瞟一眼后面发愣看着她们聊天的男生，一踩油门，也拐过弯。到了小区门口，安之转头对她笑："我先进去了。"

言蹊看着她刷卡进门，一点也不关心在她们旁边停下车的男生。看上去关系也不是很好啊……言蹊暗道。她下车，走到那男生面前。

"你叫什么名字？为什么跟着安之？"

男生结结巴巴道："姐，姐姐，啊不，阿姨，我叫陈魏，是陶安之同个班的……我……不是跟着她，我想送她回家。"

陈魏刚才认出了言蹊，在家长会上远远见了一次，听说是陶安之的阿姨，没想到面对面看着如此年轻漂亮。她穿着高跟鞋，身高几乎跟他一样，虽然和颜悦色，但是感觉气势逼人。

言蹊："陈魏？"

声音如玉珠落盘一样，好听极了。

陈魏紧张得不行，没有想到第一次送女同学回家就遇上了家长。他简直想掏出自己的心肺来证明他并不是个坏人："是的……姐，阿姨，我爸爸姓陈，妈妈姓魏，所以我叫陈魏。"

言蹊轻轻笑了笑，点头道："谢谢你送安之回来，不早了，回家吧。"说完，她回到车里，发动车子离开。陈魏望着车子开进车库的方向，重重地吐出一口气。

晚上吃完饭后，安之正在房间做作业，言蹊过来了。她凝视了好几秒安之那专注认真的小脸，敲敲门。安之抬头。

“出去走一走？”她笑着问。

夜晚时分，小区里散步的人不少。有带着孩子的一家人，有拉着宠物在遛弯的，还有一些小孩子在跑来跑去地玩耍。安之拿着她的小红鼠钥匙（是个小硅胶形状的小老鼠，可以把钥匙都放在里面），跟在言蹊的身边。

路边的树都系着星星灯，静谧地发着光。她们两个在树下慢慢踱步。

“今天的男生，陈魏？你跟他关系怎么样？”

陈魏？安之就知道言蹊肯定要问这个。她淡淡道：“没什么呀，他就是我同班同学。”

言蹊道：“可是他说送你回家呢……”

安之孩子气地噘噘嘴：“我又没让他送，他硬是要跟着我。”

自从上次体育课后，陈魏经常在课间捧着题目过来，煞有其事的。安之跟他讲的时候发现他根本没在听，就会对着她发呆。今天还跟在她背后，说要送她回家，有点烦。

言蹊轻笑出声，安之侧过头去看她。一到家言蹊就卸了妆，换了条宽松的长裙子，戴了文艺的圆镜框。她伸手拨了拨被风扰乱的头发。

安之转头，低眉敛目道：“现在刘奶奶不来接我，你也不来接我……”

言蹊停住脚步。

安之抿住唇不出声，径自向前走几步，不去理她。

刘奶奶仍然会过来给她们做晚饭，安之的中学离小区走路要大半个小时，公交车兜来兜去也要二十分钟，最方便的就是骑着自行车上学，或者由家长送。

言蹊下班时间赶不上，所以交代安之回家前后都要她给发信息。安之其实也不觉得有什么，毕竟很多同学也都这样骑车上学和放学，这条路也很安全，同校的也有不少人住这小区。

但她此时此刻，就是觉得有点小委屈。

“陶陶……”言蹊从后面追上来，她含着歉意道，“对不起……”

安之说出口就觉得自己有点无理取闹，但是言蹊一说对不起，她又脱口而出：“我知道啦……你工作忙……”

言蹊言语一滞，看着安之鼓着小脸蛋，向前跑了几步。

“唉……”

安之不知道她背后的言蹊是什么表情，她沮丧地皱着脸，觉得自己真是别扭死了，无理取闹。言蹊虽然忙，但从未错过她从小学到初中的家长会、学校的活动及她参加的所有竞赛。她到现在的所有开销，都是言蹊一个人在负担。甚至刘奶奶都说言蹊给她的工资可以比得上邶城的大部分白领了。

而安之到最近才了解到，言蹊在电视台的工作，虽然是有编制，也分了房子，但是前三年的工资甚至还不够付给刘奶奶的，更别说其他的开销了。

要不是她有存款，言大嫂又善于投资，且愿意拉她一把，她们根本不可能生活得这么好。

安之想着自己是不是太不感恩了，太不懂事了，现在还对她这么无理取闹。她长长的睫毛覆盖住自己的大眼睛，酒窝黯然地深陷着，站在原地不动。言蹊从后面轻拥住她，摸上她的头：“陶陶……”

安之几乎就要哭了，转身埋向她怀里，闷声闷气道：“对不起……我发脾气了……”

言蹊想：果然青春期的孩子情绪就是说变就变啊，自己本来是要跟她说点敏感的恋爱问题的，现在反而要稳定她的情绪。

她轻声安慰道：“没什么……好了，我们回去吧？回去再说？”

安之从她怀里看到周围已经有人在看她了，她害臊起来，从言蹊怀里出来，小声道：“嗯……”

安之再次觉得沮丧的情绪堵在她胃里，让她难受极了。她郁郁寡欢地看着周围的人，一个个的家庭，似乎再糟糕的情绪都会在一个稳定的血缘关系里得到缓解。

她已经在言蹊的关怀下长这么大了，她关心自己，是因为她在幸福家庭成长的经历给她带来的慈悲温柔之心。如果有一天她不能控制好情绪，会不会言蹊就不耐烦了，就不会管她了？

她应该再乖一点才是，可是有时候她也不明白那么多负面难懂的情绪是从哪里来的。

盼望长大的心情是什么

Chapter 38

言蹊不是很确定她和安之的谈话为何会陷入僵局。而安之从小就不是很愿意透露她的内心想法，即使再难过，也只会一个人躲着偷偷哭。只有等她很有耐心地问了，安之才会小心翼翼透露一点，真让人心疼。

言蹊原本以为安之现在是青春期了，本来很担心她没有同龄朋友，所以杨蒙蒙的出现让言蹊松了一口气，而且也知道她们相处得很好。这个时期应该会不喜欢大人干涉太多吧？但从她刚才的话来推测……

言蹊又是心软又是好笑，看来还是个小孩子，喜欢黏着自己。

“新学期怎么样？”

她们在餐厅，相对而坐，喝着自制的青柠金橘蜂蜜水，言蹊问她。

安之咬着吸管：“还好吧，下下周有英语演讲竞赛。”

“嗯？要参加吗？”

安之点头，要的。一等奖还有五百块，她想要这笔钱，有她的用处。

言蹊赞许地盯着她看，眼睛里有掩饰不住的笑意：“还生气吗？”

安之僵硬地摇摇头。

言蹊想了想说道：“我不是干涉你交朋友……”

安之看着她道：“我没有要跟陈魏交朋友，是他缠着我。”

言蹊这才露出几分正色：“那我告诉你们班主任？或者我找他的家长聊一下？”

安之不语，半晌道：“那倒不用了……”

在言蹊的观念里，青春期对异性有懵懵懂懂的感情萌芽是很正常的，强力遏制反而会适得其反。言蹊希望安之能开朗活泼地成长。

这么想着，她微笑道：“其实你多交几个朋友也好，男生毕竟跟女生不太一样，会有不一样的视角，如果能玩得来的话……”

“玩不来，我不想当他朋友！”安之硬邦邦地说道。

言蹊一滞，愣了两秒，“扑哧”笑出来。

安之气鼓鼓：“别家大人都不允许男女生走得太近，就你，就你……原来你是这种大人！！！”

言蹊被她的样子逗笑，摆摆手：“没有没有，我不是这种大人……噗，我只是想让你多交几个朋友而已……”

安之鼓着脸瞅着她。她不太适应这种对话，但是言蹊对着她笑的样子又很好看。

言蹊站起身来，坐到她旁边：“我刚才跟他说了几句话，看上去不是个坏学生……你觉得他人怎么样？”

安之不喜欢她们讨论的这个话题，也不喜欢言蹊对这个话题的兴趣。

“他笨，成绩不好……”

言蹊差点又笑出声，听着她嫌弃的语气，跟她幼儿园小学嫌弃功课简单，嫌弃同学们幼稚几乎一模一样。

“可是杨蒙蒙觉得他长得帅啊，还是校篮球队的，挺棒的。你不觉得吗？”

安之：“不觉得。”

言蹊完全是抱着想要了解她心里的态度在问，“那陶陶欣赏的是不是成绩比较好的，学霸型的？”

安之：“……”

言蹊看着安之把脸都皱成一团，明显在抗拒这个话题。她举手作罢：“好好好，我不问了，不八卦。”

安之低着头，肢体语言仍旧是低落的表达。言蹊想了想，摸摸她的肩膀：“好啦，你要不喜欢姨姨问这些，我以后就不问了好不好？其实……我还没做好我家陶陶变成少女的心理准备，但是你这么可爱，我想，我要早点有心理准备才行。”

她靠近安之，说着话。

言蹊说她可爱，可这是大人称赞小孩子的。安之的心情一下子晴转多云，低头咬了咬吸管，喝柠檬水。

言蹊不易觉察地弯弯眼：“对了，我这个月暂时没有什么很急的工作，可以提早下班，那我去接你放学如何？”

安之猛地抬头：“真的？”

“真的呀。早上应该也来得及送你去上学，你不用自己骑车去。”

“啊！嗯！嗯！”安之点头，笑容大大地扬了起来。

言蹊内心有些唏嘘：珍惜此刻吧，言蹊，她现在还黏着你，刚刚步入青春期，还不太会叛逆，还需要你。凝视着她开心起来的笑颜，言蹊也开心地翘起唇角。没忍住，伸手过去掐她的脸蛋。滑滑嫩嫩的，弹弹的，手感真好，说实话，安之虽然高了不少，现在是个少女了，可爱度却没有减少呢。

尽快适应这个转变吧，言蹊。身为大人的言蹊在内心第N次地告诉自己。她站起身来，准备结束今天的对话。

“姨姨，喜欢是什么心情呢？”

言蹊好笑地看着她：“你不是说不喜欢陈魏？你不知道什么叫喜欢吗？”

“我知道我不喜欢他，但我不知道什么样子才算是喜欢。”安之苦恼的样子就像在面对一道她解不出来的题目一样。

言蹊重新坐回去：“那不喜欢的表现是什么？”

“不期待见到他，不喜欢跟他说话，有点烦……”安之孩子气地噘着嘴。

可怜的陈魏同学，言蹊默默在心里说。

“那反过来就是喜欢了呀。”她笑说。

“可是，可是……”安之困惑地想要表达，“我跟杨蒙蒙也会这样……我们经常在一起聊天说话，待在一起啊……”

“还需要多一点别的东西……”安之侧过头去看言蹊，说这话的时候好像触发了记忆一样，言蹊眼睛望着别处。两人的距离本来就近，安之似乎能感觉到言蹊此时思绪的波动。

“什么东西？”安之追问。

言蹊把眼神收回来，那一瞬间似乎也把自己从回忆里抽出来。她笑了笑：“这应该由你自己去发现呀。”

“啊？告诉我嘛！”

言蹊轻掐她的脸蛋：“不能给你剧透。你现在知道自己不喜欢什么就好，等你再大一点也许就会明白了。”

安之由着她掐脸蛋，不满地嘟囔道："每次都说等我长大就明白，万一，我不明白呢？"

言蹊摇头笑道："不会，人类也许不明白爱是怎么回事，但绝对会知道自己喜不喜欢，因为那是撒不了谎的。"

言蹊的语调淡淡的，却有点安之听不懂的意味在里面。安之看着她卸了口红，却依旧红润的唇，微微垂下的睫毛翘而卷。

安之鬼使神差地问道："那姨姨，你有喜欢的人吗？"

周围很安静，言蹊怔了怔。

然后她才说："有……"

安之瞪大眼睛，心跳不明所以地加快。

言蹊轻轻道："有过。"

言蹊仿佛不愿意多谈，安之抿抿嘴，不确定自己能不能再继续问下去。但是她真的很好奇。

言蹊挑挑眉："你还想问什么？"

安之有些不好意思，无意识地搅动了喝完后只剩下冰块的杯子。

"姨姨喜欢的是什么样的人呢？"她小声地问，低下了头。心跳仍没有慢下来，感到自己从未如此紧张，令人费解的紧张。

她以为言蹊不会回答。

"我喜欢真诚而温柔的人。"

言蹊是真的不适应跟安之讨论这样的话题，尤其要说起她内心的感情世界。但她总是拒绝不了安之，所以思索一会儿，给了她这样的答案。

她确实喜欢真诚而温柔的人，而红尘浮躁不安，这样的灵魂却少之又少。似乎年少激情过去，再也没遇到让她可以驻足的人。

言蹊上楼后，安之在厨房洗着杯子，透明的水从她手指间流泻下去，她看着窗外，小区灯火阑珊。

盼望长大的心难以压制。

生日

Chapter 39

九月初的时候，春夏时装周陆续开幕。柳依依忙得不可开交，在纽约和米兰两地飞来飞去，看秀，参加派对，采购，与相熟的合作商交流开会，策划一个小众品牌的广告版面。每年的一、二月和九、十月这四个月是她最忙的时候，她也很适应这种节奏，不但没有疲态，反而越忙越精神奕奕，美得像怒放的玫瑰。

最令她开心的事是言以西会给她发信息了，去年见面她在他手机里下载了微信应用程序，早中晚三餐不落地给他发语音、文字留言。估计是不胜她扰，偶尔也会回“早上好”“吃过”“谢谢”。

惜字如金，但是柳依依已经很满足了，要是他能接受她给他买的衣服就好了。经常是老三样的衬衫、西裤、平底鞋，冷淡得很。唉……柳依依忙里偷闲，捧着手机翻着相册里言以西的照片。

手机振了振，新的消息进来了。柳依依没想到会是安之，她笑道：“哟，小安之，想你柳阿姨了啊！”

言蹊二十七岁的生日刚好在周五，她照旧回老宅陪爷爷奶奶一天，心姨特意给言蹊做了一小碗长寿面，在她吃的空隙还在旁边嘀咕：“健健康康平平安安的，工作不要太辛苦。又大一岁了，也该带个男朋友回来了。”

言蹊不好拂逆老人的好意，只是无奈地抬头看了她一眼，笑一笑，没有作声。

心姨还在说：“你们这一个个小的，太不省心了啊……你大哥两个小孩都十几岁了，你们呢……连个对象的影子都没。”

言以西依旧面无表情地坐着，只要他不感兴趣的话题就别想入他的耳朵。柳依依瞄着他的侧脸，觉得这块榆木疙瘩今天也特别好看，根本也没在意心姨在说什么。只有在旁边蹭吃的言以南边吃边举手：“心姨，我我我，我有女朋友！”他掏出手机点开微信，“给你看我女朋友的朋友圈，这个是新分到我们科的小护士，肤白貌美……”

心姨没好气地拍他：“你还说呢，你还说呢，上次那个才处多久，你这又交新朋友了？你能不能靠谱一点，别祸害人家好姑娘了！”

几个孩子被心姨轮着说了一遍，他们都有自己的应对方法，沉默、微笑、岔开话题。言家的孩子有个优点就是，即使内心与长辈想法不合，表面一定是尊重的，而且会听完“教训”。

等到安之进门的时候，心姨马上就停止了，迎上去跟安之说话。他们几个不约而同地松了一口气，幸好有个更小的可以挡一挡。

一群人围在饭桌，陪着言爷爷言奶奶简单地吃了饭。言爷爷和言奶奶比较实在，生日礼物就直接包红包。两个哥哥也是，微信发红包，几乎没有一点新意。只有柳依依，送了一套 Lamer 套装，还有 Tom Ford 的口红。言蹊并不在意这些，家人能一起吃饭对她来讲比什么都重要。

柳依依在他们吃完饭聊天的时候，扯了安之去外面，递给她一个精致的小盒子。“你要的东西。”

安之欣喜地接过：“谢谢柳阿姨，我今天也拿到竞赛的奖金了，给你。”说着，她从兜里取出几张红色的钱币，递给她。

柳依依无奈地收下：“都说跟阿姨不用客气了……你这个倔强的小宝宝。我还可以给她买其他配饰的。”

“你已经帮我拿了内部价了，我希望给姨姨的礼物是凭借我自己的努力赚来的。”

安之揭开盒子，细细看：“柳阿姨，你说姨姨会喜欢这个吗？这个应该不是纯金吧，不知道会不会生锈？”

“这个牌子多是纯银打底，然后是不同的金属镀层，跟纯金不一样，但是也不会生锈啦，放心。”

“嗯，我其实看他家的戒指、耳环还有项链都很好看，其实都很想买啊，感觉姨姨戴上都会很好看。就是太贵了……”

柳依依好奇地问她：“你零花钱应该不少吧？可以买啊……”

安之有点腼腆地笑笑：“那都是姨姨给我的……我想用自己赚的钱给她买。”

柳依依一时没弄明白这有什么区别：“……好乖哦，那你进去给她吧。”

安之脸颊突然莫名红起来：“等，等下吧。”

柳依依看着她像个害羞的动物一样钻回客厅，若有所思……

心姨这几年越发唠叨，好不容易他们几兄妹都在，更加抑制不住体内的洪荒之力。过不了一会儿，言以南和言蹊就撑不住了，各自找了个借口，拉着安之开溜。

言以南上了驾驶座，言蹊拉着安之坐到后座去。柳依依大着胆子拽着言以西在说话，他们笑呵呵在看。

“跟我们一起去玩吗？”

“我回学校。”

“你现在还回学校？”

“有个数据今天一定要检算好。”

“……好吧。”

不解风情的言以西扭头就向他的车走去。

“我明天去学校找你啊！行不行啊，不行就后天！以西！！”

言以西头都没有回：“……后天吧。”

柳依依盯着他的背影，短发柔软，笔直挺拔，穿着较为贴身的衬衫，勾勒出倒三角的轮廓，好看极了。

言蹊忍不住探出头来：“你来不来，不来我们走了。”

柳依依这才上车：“去哪里？”

言以南说：“到小五那里去吧，中途我们买些烧烤吧，刚才我都没怎么吃。”

在言蹊家二楼，把买来的食物摊开来。安之在厨房做薄荷柠檬水。言以南打开电脑选了个综艺节目，打开投影后，先吃起来。

柳依依跟言以西打了一个五分钟的电话，几乎只有她一个人在说。眼睛看着安之切青柠檬的背影，柳依依笑眯眯地对停好车走进来的言蹊道：“真是个勤快的好孩子，适合当媳妇儿。”

言蹊提着一塑料袋的易拉罐啤酒，对着柳依依道：“别光站着，去帮忙拿杯子。”

“真的嘛！又贤惠又可爱，这不是很适合当媳妇儿吗？言蹊，让言大胖还是小胖娶了安之呗，肥水不流外人田……”柳依依拿着杯子爬楼梯，嘴巴却不停地说着。

言蹊：“你这越说越离谱了……说了不要拿陶陶开玩笑。”

柳依依：“好啦好啦，不说就是了……”

安之端着一壶薄荷柠檬水在后面站着，敛下睫毛，觉得心里怪怪的。

食物的香气扑鼻，海鲜鲜美，肉类辛辣刺激，蔬菜可口，冰镇过的啤酒和薄荷柠檬水更让人畅快。

安之吃不了太辣的，只能吃特意给她点的微辣的鸡翅、烤馒头、烤蘑菇。大人们喝啤酒，她喝柠檬水。综艺吵吵闹闹，他们就坐在地毯上，开着空调，聊着天。

安之很开心，酒窝一直凹着。他们的话题不会多避讳着她，偶尔也会说一些段子，多数是由言以南和柳依依在说，偶尔言蹊会把话题岔开去。

“小安之……”柳依依叫她，打趣的口吻，“你的礼物什么时候给你家姨姨啊？”

“这么可爱，是什么礼物？”言以南问。

“嘘……我不能说。要不然就不惊喜了！”

“咦，什么什么！拿出来看！”

安之心想着等大家吃完，这两个人都回家的时候才拿给言蹊的，突然被拎出来说，一下子不知道怎么办才好。尤其瞧见言蹊带点惊喜地笑着看着她，更加羞赧得不行。

言蹊看出安之有点不自在，她正要开口说什么，突然电话铃响了。她看了下来电显示，有几分疑惑。楼上太吵，她就到楼下去接。安之的目光追随着她，收回来就看见柳依依若有所思地望着自己。

礼物

Chapter 40

“廖导？”言蹊是在楼梯拐角处接的电话，有些诧异。

“言蹊，生日快乐。”电话那边男人的声音低沉温和。

“谢谢……”

“我猜你一定有疑问，你的电话号码是周姐给我的，你的生日是我打听来的。”

周姐……言蹊内心了然，周姐既然会跟她说廖承宇的个人情况，自然也会把她的情况告诉他。

廖承宇在那边不急不缓地说着话。他们在单位是偶尔有碰过面，在食堂有一两次凑在一起短暂地吃过饭。

言蹊对他印象挺不错，不多话，个性也不浮躁。喜欢看书，见过他在休息区捧着一本余华的《活着》看得入神，聚精会神的。嘴巴会抿一抿，酒窝有几分孩子气，倒像还在校园里的大男孩，反而不太像社会人。

“是这样……”言蹊点头。

“如果没有不方便的话，我能请你吃饭吗？”

如果没有周姐的那番话，言蹊肯定大大方方答应，毕竟中国人的人情社会离不开你来我往的饭局。可是现在她倒是不会多想，她就怕人家多想。她在犹豫，感觉廖承宇这个人挺好的，也许是能聊得来的朋友。但更近一层她却暂时没有这个想法，不确定这顿饭能不能去吃。

廖承宇似乎知道她的为难，他笑道：“是这样，我妈妈最近要过来看我，我也想带她去吃一下地道的邶城菜，但是我对吃的实在是没有什么心得，能不能请你帮个忙？”

虽然这话有几分水分，但至少言蹊轻松了下来，她笑着说：“没问题。”

“那好，我定个时间，然后给你看看合不合适。”

言蹊没意见：“好的。”

挂了电话，她顿了顿，终于还是把他的号码存到了电话簿。

回到二楼，发现安之闭着眼睛半躺着，脖子歪在一边。

“她睡着了？”言蹊把安之搂了过去。再看了看面前这两个不着调的人，言以南只顾吃，一大半心思还在综艺上；柳依依更加离谱，她托着下巴，唉声叹气道：“伤心……现在妹子也不愿意给我抱一下。”看着乖乖靠在言蹊怀里的安之，“你还会认人呀，小安之……”

“大概是你身上的香水味太浓了吧！”言以南扔出一句。

“我根本不涂浓香，你懂啥！这是娇兰限量的铃兰香，每年都有一只。”

“嗯哼。不适合你！”

安之朦朦胧胧中知道言蹊在搂着她，她听见言蹊对他们说：“走走走！都叫车回家去！别在我家吵！”

然后是一阵“嗡嗡嗡”声，旁边人站起来的声响，收东西的声音。言蹊放开她，似乎是要一起收拾。安之顺势趴在地毯上睡，言蹊的手似乎还摸了摸她的头。然后是下楼梯的声音。柳依依嘟囔：“言以南，烧烤几乎都是你吃的。”

言以南打了个哈哈：“来来来，小嫂子，把垃圾都给我。”

“……啊！你叫我啥！！啊啊啊啊！”

“花痴！”

言蹊出声：“别吵别吵。”确定他们都叫了车，“趁早回去吧……”

“哈哈，好好好，生日快乐！”

“生日快乐，宝贝！”柳依依趁言蹊手里拿着杯子和瓶子，没法反抗，搂过她就亲。

言蹊躲闪不及，被亲了一口，无奈道：“你们赶紧出去等车。”说着就进厨房洗东西去了。

言以南和柳依依走到玄关处，换鞋出门。柳依依盯着墙上标着身高的马克笔痕迹。从下往上，写着“六岁、七岁……十二岁”。一开始下面几横间隔很短，十一岁那笔远远甩出十二岁那笔一大段距离。最上面那横，柳依依比了比，应该是言蹊的身高。

还挺温馨的，处处是她们生活过的痕迹。

言蹊洗完东西，看着他们两个上车走了后，关了门。再上楼去，安之还趴在地毯上睡着，言蹊走到她身边的时候，她刚好翻了个身。

言蹊去卫生间拧了毛巾，给她擦脸。

安之迷糊中想拉住她的手，眼前的画面是重叠模糊的，抓了个空。她迷糊着想要对焦。言蹊轻笑一声，蹲下来，把她搂到怀里。自从她身高飞快增长后，言蹊就没抱她了，不知道还能不能抱得动。

安之很乖巧地把头靠着她的肩膀，言蹊比了比，感觉直着把她抱起来已经不行了。

“来，这样……”言蹊略笨拙地把手伸到她的肩背处，另一只手穿过她的膝盖弯，想横着把她抱起来。这个姿势的话，安之应该……

“抱住我脖子……”

安之听着话照做，把手勾向她，言蹊微微用力，一下子把她抱了起来。

言蹊笑着自语道：“咦，我宝刀未老嘛！力气还是在的……”

安之昏昏入睡，感觉像飘在半空，又像在一个熟悉的、很安全的怀抱里，清香、温暖。她不知不觉搂紧了言蹊的脖子，很安心。

“姨姨……”安之呢喃道。

言蹊回神，把她抱到房间，放到床上。安之碰到床就翻身去抓公仔抱，一个小盒子掉了出来。

言蹊捡起来，小盒子在她指尖的摩挲下，打开来。是一枚金色细手环，半边的，连着一挑细如蚕丝的手链。纤细的，大方而秀雅。

这应该是安之给她买的礼物。言蹊试着戴了下，她手腕纤细雪白，戴上去十分合适好看，而且很搭她的气质。言蹊不由自主地翘起唇角。礼物是心意，没有人能够抗拒惊喜。惊喜这种东西，如果来自你没有预料到的人的话，你会感到意外而欣喜；如果来自你熟悉得不能再熟悉的人的话，则更加多了一份温暖。

微信里是柳依依的几条语音：

“哦，这可是小安之花光了从小学到初中竞赛得来的奖金呢，八百块大洋，谁知道这小孩攒了多久……我本来没想要她的钱的，她倔起来简直九匹马都拉不动……

“这小孩的品位不错，肯定是受我影响啦啦啦，我居然也有种养大了女儿的感觉，唔，好贴心，冬天的小棉袄，夏天的小风扇，我以后跟言以西也要生一个女儿。

“我也觉得挺好看的，你戴肯定好看。哎呀，我好嫉妒。言以西要是在我生日时候能想到我就好了……”

柳依依哗啦啦的三大条语音，还是什么话题都能扯到言以西。

言蹊没有回信息，她唇边的笑意荡漾开来，不记得自己多久没这么开心过了。她凝视着睡得很甜的安之一会儿，帮她留好壁灯，轻轻掩上门出来。

这个时候的言蹊并不知道，安之多么希望能在清醒的时候看到她收礼物时欣喜的样子。她在把安之捡回去的这几年来，把她养在身边，只是希望她能健康快乐地成长，对她完全没有其他要求，没有想过能收获到意想不到的温暖的惊喜。这个时候的言蹊，她不知道，安之给予她的，永远都在她的想象之上。

想念

Chapter 41

对少年人来说，初中这个阶段根本不用忧虑长大或者是其他的更不愉快的事情，永远的天蓝云白、风凉花香、沉重的书包、厚厚的作业，还有懵懂的小情思。

多年后安之回想起这个时刻，有那么一瞬间很想时间就停止在她初二这个阶段，不要再继续流动下去。初二的她，有好朋友杨蒙蒙在身边，与陈慕齐达到一定程度上的和解，而且这一年是言蹊最空闲的时候，周末或者小长假，她会带安之出去玩，有时带上杨蒙蒙一起。而且作为最“通情达理”的家长，还会帮她们请假，让她们没有后顾之忧。

言蹊无疑是个很好的共游对象，东西都会帮她们准备好；查好攻略，轻装上阵；资金充足，只要看中的就会给她们买，非常大方，更别说会把她们拍得比美图秀秀还美。

杨蒙蒙已经完全被言蹊收服，变成她的小迷妹。

这应该是安之十二年来最开心的一段时间。生活平稳而精彩，学业对她来说完全没有难度，有朋友有言蹊在她身边，一切都在似懂非懂的萌芽状态，也不用急着去明白什么东西，就这样开开心心地度过了一年。

初三一开始，全级老师紧锣密鼓进行备考工作。对安之来说，她早就学完了课本上的知识，令她有些兴奋的是，这学期终于开始学化学了。

化学，外公教的科目。想起他给她编过的元素周期表的顺口溜。也许大部分的同学的目标只是考高中而已，安之不是，她要进有邶城最好的化学专业的大学，也是国内一流的理工学校——邶城理工。

她小时候听外公讲，他那个年代没有机会深造，只读了个大专，之后分配到了他们镇上的中学教书。虽然能养家糊口，但是内心多少有些遗憾。安之想替外公完成他的梦想，所以即使她早就会了教科书上的内容，她依然给自己制订周计划，按照课程表，做主科的习题册和试卷，进行自己第一轮的基础知识点全方位复习，其他时间花在化学这科的拓展知识上。每周忙得极为充实，干劲十足。

言蹊在她二十七岁的这年迎来了她事业的转折点，为了响应国家文化和旅游部的号召，邶城电视台科教文化频道和综艺频道准备联合推出一系列的科教文化节目，弘扬中国古代的诗词、成语、汉字文化。上级领导非常重视，为了达到寓教于乐、老少咸宜、全民参与的节目目的，将节目交给了年轻有干劲的制作团队。

而廖承宇就是其中的导演之一，他向总导演提议用年轻的形象优秀的女主持人。经制作团队的商议，决定采用双女主持制度，言蹊就是其中一位。

这无疑是难得的事业机遇，而且节目是在黄金档播出。因为是大学生参与竞赛的节目，前期需要大量的准备工作，从台前幕后到主持人，从与赞助商的合作，到各大高校的协调申请批准，以及评委老师的邀请，中间环节纷杂众多，每一环都很重要，每一环都不能放松。

言蹊便搬到了电视台的公寓住，把安之送到了老宅。碰巧安之初三了，饮食方面也要特别注意。

萧雨桐在春天的时候怀孕了，言家上下很期待这个孩子的到来。言以东把熊孩子双胞胎送进了全封闭式的军事化管理学校，心姨每天惦记着给萧雨桐养胎，连同安之一起照顾。

全家上下都喜气洋洋的，就盼望能生个女孩。

“也不知道老言家是怎么了，四代同堂就小五一个女娃娃，希望这是个女宝宝。”心姨念叨着。

萧雨桐感觉良好：“特别乖，也不闹孕吐，一定是个女宝宝。”

怀孕的萧雨桐整个人都充满母性的光辉，人也特别慈悲温柔，她笑着说：“不是只有小五一个，安之也是我们言家的女娃娃。”

心姨喜不自禁：“好好好，再来一个凑成仨。”

安之从未这么近距离地感受一个孕妇在她周围。萧雨桐的身孕已经五六个月，腹部圆乎乎的，像一个球一样。萧雨桐每天会在老宅的花园里散步，跟腹中的胎儿说话，会念书给他听。她含着微笑，对周围的一切事物都很温柔，不动气不发火。

安之有次赶上她胎动，感觉到那里明显有个力道踢了踢她的手心。原来生命是如此神奇，这个还未出生的婴儿，被所有的人放在心上呵护，是那么被人期待着。安之不禁想，在十三年前，自己还在陶臻臻肚子里的时候，陶臻臻有没有一刻这么爱抚着她，有没有因为她的每次胎动而惊喜过，有没有一刻期待过她的来临。

想得再多又能如何呢？安之木然了。在老宅并没有人注意到她的心理活动，因为离杨蒙蒙的家远，她父母不同意让她过来。言蹊也忙得没有时间顾及安之。

她又大了一岁，在言蹊之外的其他人面前，总是特别乖巧。

安之初三第一学期几乎全都住在老宅，由司机王叔接送。言以西每个月回来一到两次，看爷爷奶奶，给安之开小灶。很多时候她都是一个人。吃饭，睡觉，写作业，上网。每天唯一可以期待的就是和言蹊打电话的时间。

周末言蹊有时会回来有时不会。白天还好，到了晚上，老宅特别安静。安之一个人在三楼的房间里做功课，每天固定给言蹊打电话。有时她晚上也要开会，回来时累得声线都是沙哑低沉的。

但是安之总是需要听到她的声音，跟她聊一些琐事，小到班里的同学开小差被老师抓住，大到萧阿姨的肚子开始一点点变大。

或者是言以南又跟他第N任女朋友分手了，或者是言以西好像跟柳阿姨开始约会了，她跟杨蒙蒙在放学后的操场背《出师表》。

安之跟言蹊讲第一次做化学实验，是在下午的最后一节课，制取氧气。安之当着实验小组长，领着组员成功用五种方式成功制取了氧气。她发现自己从心底热爱化学。做完实验，洗干净实验器具，认真地写书面报告。那天，同班同学都走光了，她走到实验室门口时，侧头，晚霞正巧静谧地铺满了整间实验室。

有一种骄傲的华光。安之被震撼到了。她觉得自己有很多话要跟言蹊说，喜怒哀乐，细碎烦琐的，总想跟她分享。但是终究是在电话里，而言蹊明显是强撑着在听她说话。

渐渐地，就不会说那么多了。渐渐地，安之会刻意地压制自己，不打电话给她，即使有，也是短短几句，挂电话让她去休息。

“过一段时间我就不忙了，乖，陶陶。”言蹊这么说。

安之就是这个时候看网络小说的。她心事颇为沉重，在夜里也很难入眠，即使是睡在言蹊的床上。而这张床上，因为她久不回来，只有晒过后太阳的味道。即使安之用了一模一样的香氛洗发水和沐浴露，都没有言蹊在她身边的感觉。

她想起小时候，言蹊为了哄她睡觉，几乎读遍了所有的童话小说，还有泰戈尔的诗集。

夜深难眠，她干脆看书做功课。偶尔脖颈酸了，抬头，只有院里的灯在静静地陪着她。

节目

Chapter 42

十一月上旬，萧雨桐在医院顺利生下一个六斤多重的男婴，孩子很健康，被护士抱去喂奶后，她还没完全恢复体力就靠在床头擦泪。

言家的其他人虽说也有些失望，但新生儿出生还是很值得庆祝的事情。毕竟按心姨的口头禅："那几个小的别说生孩子，结婚对象都不知道在哪儿呢！"

心姨温和劝她："不能哭不能哭，你坐月子呢！也好也好，将来儿子给你娶媳妇，也算是女儿了。"

"那怎么一样呢，娶了媳妇忘了娘，是亘古不变的真理。"

言以东杵在一旁，笨嘴笨舌不知道如何安慰妻子。他们都以为是女孩，所有的婴儿用品都买的适合女宝宝的了，连新的婴儿房墙壁都刷了温柔的粉色。

他刚也想说一句"男娃也挺好……"萧雨桐一个怨怼的眼神飞过来："都怪你！"

几个小的看着他们的大哥吃瘪，闷声偷笑。

言以东："……"算了，不说话了。

大哥都不说话，几个小的也不知道说什么，各自找借口准备回去。

"你安心在这儿住几天，然后我们转月子中心，我先回去拿宝宝的衣服……"

萧雨桐一脸生无可恋的表情："也不用拿什么新的了，拿大胖小胖小时候穿过的就可以了……"

在言家，女娃比男娃矜贵多了，安之后来知道这事，也有点忍俊不禁。

邶城新筹划的文化节目系列在国庆期间开播。打头的是一个诗词节目——《诗词大会》。赛制创新，计分累加制度，并邀请高校的教授和文化界名人作为评委。

播出三期后，收视率还可以，但在网络上一点水花也没有。上级领导虽然说点头认可了，但是团队精心准备了两个多月，难免有些泄气。

邶城不比水城和江城两大做综艺的电视台，他们善于吸取韩国和欧美的经验，买版权，炒梗，请人气明星，所以每次收视率都红红火火破纪录。

而这次节目是原创的，赛制没问题，参赛选手也是各行各业热爱文化的人，台前幕后，每一个环节都没有问题，而且还在黄金档，可网络上没有啥水花，就是火不起来。

这个情况在一次偶然的机会出现了转机。

某天，在微博上出现了一条长微博："哇！邶视这个节目有意思，双御姐主持，姐姐们好飒。"

跟言蹊一起主持的是比她早进台两年的林薇，跟她身高差不多，原来在儿童频道。林薇不是专业出身，几经波折，好不容易调进了综艺频道。长相美艳，声音软媚，第一期节目她穿一身红色旗袍，身材凹凸有致，明明是淡妆，却宜嗔宜喜。而言蹊穿白色两件式的改良旗袍，盘扣精致，裙面一株墨荷，光站在那里，就是在水一方的伊人。

长微博的封面就是她们并立，一红一白，对着镜头微笑。正文里截了她们不少的图。节目流程是根据赛制的，两人轮流负责、唱题、对答案、请评委老师解答。偶尔也会有小互动，开着早就设计好的玩笑。但是经动图截出来，外表出色的两人，一妩媚，一清灵，一对眸，一起笑，默契十足。

这条微博上午十一点发出来，到下午五点转发量还寥寥，可是晚上七点多的时候，一个大V转发了，另外几个大V也陆续转发了，引起了大家的注意，有些喜欢"女团"的妹子发现了，立刻转发量成倍增长。

出人意料的，当周网络有了不少的点击量，收视率也小幅度上涨。本来节目制作又优良，年轻人多数来了兴趣，都是应试教育下成长起来根正苗红的青少年，谁不会背几句古诗词？加上这几年多多少少对"外来"的综艺节目有了抵触心理，就更加欣赏这个节目。

竞赛类的综艺有个好处，一旦你投入了，特别是与其中参赛者一起答题一起比赛的时候，会有种身临其境的参与感。网上刮起来一阵"自来水"的风暴。后来节目越来越红火，口碑也很高。团队这才真正松了一口气，觉得壮志已酬。

原来这个宣发的主意来自廖承宇，他有相熟的朋友在搞自媒体运营，多是帮明星搞一些宣传，非常熟悉这些炒作方式。只是以往那视宣传都太过正式、严谨。廖承宇这次也是另辟蹊径，没想到结果很惊喜。总导演给予了肯定，一方面加强了平日那种官方的宣传。另外一方面在网络上就冲着年轻人的萌点来，有意无意地卖萌。

言蹊是什么时候知道她有点火了呢？那天她从商场出来，几个女孩子一直在偷摸看她，后来忍不住上前："言蹊小姐姐，能给我们签名吗？"

言蹊疑惑，小姐姐？

柳依依在电话里笑："恭喜你呀，小五，你变成了'综艺圈'新晋的女神。"

言蹊："什么意思？"

她在微博上搜，先是蒙，再是摇头笑，问廖承宇："这样真的好吗？"

廖承宇笑着说："这只是一种宣传的方式。"

言蹊心底多少有点不舒服，她在微博还发现了似乎有人在写同人文，有种愈演愈烈的趋势，那些再正常不过的节目互动，在别人的眼里居然是这样的解读？

而且事实上，她与另一位主持人林薇的关系也一般，属于点头之交，也就说说天气、聊聊衣服的关系而已，想到网上的评论，言蹊觉得有些尴尬。

而与言蹊不同，林薇似乎十分享受这种状况，她甚至实名认证了自己的微博。有一天还放上一张自拍：在化妆间，她在镜头里眨眼吐舌笑，后面有个角落是言蹊在化妆。

还学了某对明星的话："我们。"

一天之间，转发过五万，底下好多留言："官方盖戳，小姐姐真棒！""啊啊啊啊！"除了小众圈在萌，其他大V属于看热闹调侃状。

言蹊忍住不快，装作不知道。

林薇在私底下跟她说："哎，言蹊，你别误会啊……"

言蹊看了她一眼，淡淡说："我没误会。"

林薇拿出化妆镜查看自己的妆容，笑道："话说，我觉得你这么漂亮的女生，至今还是单身，有点不可思议。"

言蹊神情带了一点冷意。从跟她搭档的时候，老好人周姐就悄悄地告诉她，林薇在台里的人缘很诡异，在异性和同性面前完全是不同样子。她本来不是专业出身，据说不知走了什么门路才进来，一开始都在打杂，后来嘴巴甜，认了一个师父，人家把她当妹妹看，手把手带着，还帮她纠正发音，练口条。结果她恩将仇报，居然跟人家的老公不清不楚。

也不知道使了什么手段，使那对夫妻闹得不可开交几乎决裂，她却像一朵“小白花”哭喊自己委屈，说明明是师父的老公追求她，她碍于师父的情面不敢揭穿不敢答应。先发制人，弄得事情云里雾里各执一词。后来她倒是没事，只是带她的师父心灰意冷，离婚辞职了。

周姐并不是爱嚼舌根的人，因为跟言蹊关系好，才提醒了她几句。但是言蹊从她的话语猜测，事情可能远比她说的更精彩。

有了周姐打的预防针，言蹊便留了个心眼。林薇是个八面玲珑的人，长得美，知道自己美，还善于利用自己的美，人没到远远就会听到她的笑声，跟团队里的男同事关系都好。

团队的女同事看不过去，偷偷告诉言蹊：“也不知道怎么了，导播切她的镜头太多了，有些明明是应该给你的。”

言蹊这个也可以忍，就是没有办法听她这么阴阳怪气的话，她回道：“没什么不可思议的，因为真的不关你的事。”说完，她转身走人。

言蹊

Chapter 43

言蹊这些年来，除了工作就是在照料安之，没有多少娱乐时间，与同事们走得不远不近。一般台里出游或者聚餐，十次有九次她都不会参加的，久而久之就有了点闲言碎语。

而且她家世好，开好车，住好房，别人辛辛苦苦几辈子都不可能获得的，她一出生就有了。她这样保持君子之交的状态落在别人眼里，反而是“白富美不屑于与平民百姓合群”“大小姐哪里懂得人间疾苦”“人家追求的是诗和远方，我们仅仅是苟且就用尽力气了”，加上有心人的推波助澜，很多不好听的话就这样传来传去。

言蹊有点被动，也不屑去辩解。她从小就懂，有些事你越较劲别人越来劲，只要不触犯她的底线，她一般懒得在意。

这种来自同性的恶意、来自周围人的敌意，她经历过数次，不是没有吃过苦头的。

双亲去世时言蹊还小，不懂那就是永别了，一心以为爸爸妈妈只是出远门了，总会再回来的。而家里人宠得很，她的童年真是无忧无虑。上了学，慢慢懂事了，知道她的家长会永远不会出现爸爸妈妈，一开始是爷爷，后来是大哥。

言蹊有一个阶段内心恐慌、自卑，任何她的童年趣事，涉及父母，却是一件事都想不起来了，只能从哥哥们、爷爷奶奶口中得知一二，自己再发挥想象力拼凑。

初中阶段，青春期的她渴望有人可以倾诉。哥哥们毕竟是异性，何况大哥那时去当兵，二哥不关心人类，三哥太关心他自己，爷爷奶奶年纪大了，她找不到懂她的人。那个时候，她特别渴望有要好的同龄朋友，可惜那时柳依依已经出国读书去了。

言蹊当时几乎是笨拙地在交朋友，因为长在一个几乎都是男性的家庭，她觉得同性温柔可爱，应该要好好对待，于是请女生们吃东西、玩耍，也会送小礼物给她们，几近讨好。一开始成效不错，一起玩的有好几个女生。渐渐地，言蹊也不知道哪里出了问题，大家若有若无地孤立了她，她慌乱又惶恐，不知道自己做错了什么。

无意间听到了她们在背后说她："家里有钱了不起啊！对我们施以小恩小惠就想收买我们，显得她多平易近人？"

"你看男生的焦点都在她身上，穿那么漂亮是故意的吗？还拒绝XX的告白，你看她那个得意的样子！"

"她爱买单就买单咯，我倒是无所谓，反正人傻钱多的不是我。唉，我们可不要做得太明显，她要装可怜就有更多男生心疼她了……"

她们在背后说着她，当面却仍笑盈盈跟她打招呼，亲切地上来挽她的手臂。那天言蹊躲在女生厕所里压着嗓子痛哭。

那段时间言蹊过得极其痛苦，又不愿意让爷爷奶奶操心，于是去学了拳击。也是那段时间她开始疯狂地看书，就这么度过了一个砸破——怀疑——建立——再砸破——再自我建立的心理修复时期。

然而也只是修复而已，后来她自己有所感觉，这段经历对她影响很大，导致她在很长一段时间不会与人交往，害怕一旦深交，就会发现身边的人表里不一。而且她内心潜藏着一股戾气和不甘，甚至产生了厌学情绪。

她在初三的时候成绩急速下降，中考时勉强用了点心，成绩低空飞过，考入重点高中。高一时状态还是不行，这个时候她意外爱上了摄影，甚至任性地逃了很多课去写生、学摄影、拍照。

世界有那么多美丽的风景，也有很多美丽的人，不必为了一些路边的障碍物感到遗憾，甚至怀疑自己。

并不是只有初中，一路走过来，直到现在在电视台第七年了，她经历得多了，也自然锻炼出一套对抗方法。但是没有想到会在工作的时候遇上，还是以这种方式。言蹊期盼着这个节目快点结束，网络上的热度只是一时，很快就会被新的热点取代，她应该不需要担忧。

可是出乎她意料的是，由于林薇在微博经常跟人互动，言辞中和蔼可亲，偶尔也和小粉丝互动，粉丝对她爱得紧。

有粉丝在评论留言：“林小姐姐，老实说，私底下你跟另外一个小姐姐感情好吗？”

林薇回：“唉……（配了 doge 脸的图片）”

这就足够让人浮想联翩了。

甚至有人说：“我们也不是要求人家暴露私生活什么的，只是觉得某位小姐姐也太清高了吧……”

网友的力量是巨大的，不一会儿就扒出了言蹊生活的细节。节目火了后也会有她的路透和街拍，粉丝就惊呼：“这么年轻就开保时捷？怎么在邶视能开得起这么好的车？”

“你看她穿的，这件风衣少说有两三千吧？”

“该不会是什么不光彩的身份吧？”

再深一步翻查，才发觉这是她的家世好，更加酸葡萄的语气就来了：“这么清高，原来是白富美啊……”

“这就难怪了，白富美的人生多孤芳自赏一枝独秀啊，怪不得不跟我们林小姐姐互动……”

“是的，哎，女人何苦为难女人呢，可以想象这两人工作的时候，我林小姐姐肯定受了不少委屈……”

林薇貌似手滑地点赞了那条“女人为难女人”的评论。

柳依依打电话给言蹊：“你的这位同事啊真不简单啊！会玩呵呵呵呵……”

言蹊最近都不怎么上网，听到这话就说：“这是个笑话吗？不好笑……”

“讲真，我太熟悉她这套了，大家都是千年的狐狸，玩的什么聊斋一眼就看来了……你要不要我出手啊，我玩死她。”

言蹊一开始很郁闷，但是听了这话反而笑出来：“什么千年的狐狸，你跟她不一样。”

柳依依和林薇都属于外表艳丽的长相，柳依依也特别会跟人打趣交往，八面玲珑的那款，善于利用自身的特点，但她眼里不会有过多的情绪，界限明显，本身其实是个见过繁华实际纯粹的人。

柳依依："看你这么被人欺负，我很生气。小安之都愁死了，又不敢去吵你。已经问了我好几遍怎么办怎么办了……"

言蹊心里一暖，说道："她都初三了，我要没收她的手机。你不知道，我现在要是有一点反应，她就更来劲了。她特别擅长这套，我没有事的。再说节目还没结束，还是要顾全点大局。"

柳依依翻翻白眼："清者自清？行吧，暂且先看看吧，让她多蹦蹦。"

说来也巧，最后一期节目播出后，网络有大神发文《谁才是真正的综艺神仙姐？来来来，大家一起火眼金睛地来看一看！》

"我们先抛开这个问题，就今晚的总决赛，你们难道还看不出来哪位是真正的'女人为难女人'吗？

"当天晚上的总决赛，三名总决赛选手进行车轮战，决出最后两名定胜负。而其中一位选手是一位文弱的大一女生，因为扛不住现场巨大的压力，脸色苍白，当场崩溃大哭。因为是直播，所以各方反应都很清楚且明显，当时正好是林薇主持的环节，她象征性地劝慰了几句，因为被时间拖长她的流程滞后，很明显地露出了不耐烦的表情，甚至还口快冒出一句'年轻人的得胜心太强不是好事'。"

"演播厅当时已经有些哗然了，言蹊及时救场，她走过去低声地劝慰选手，甚至拿出纸巾给她，笑着说'年轻人总是踌躇满志，尽力做到最好，这样的热情和好奇心就足以让人感动。来，让我们给这位可爱的小姑娘一些掌声，鼓励鼓励她'。"

"这位女生最终缓过来，虽然没有夺冠，可是她在电视最后的画面是哭着红红的眼睛还有绽开骄傲的微笑。"

"从以往的很多期我们也可以发现，明显的这两位主持人的水平就不在一个层次上，抛开急智救场这主持能力，文化水平上言蹊也甩另外一位几条街啊。从她的开场白，随时能接上评委老师的典故，随口就能说出诗词来，相比另外一位只会'好''很棒''加油哦'……我都要掉大牙了好吗！"

"我们来看言蹊被黑的这几条。第一，人家生来就是白富美，有什么错啊，错在会投胎？再说你们见了白富美在工作场面为难另一位了吗？没见面哪来的那么多感慨，搞得跟真的一样。换个角度想，你们在微博上这么用力黑她，见到她辩解了吗？发微博了吗？手滑点赞了吗？到底谁在'身为女性为难女性’？黑她的很多都是女生粉丝吧？可笑了，你们做的难道不是同一件事？”

“第二，你们难道没发现，言蹊在看女性选手的时候眼神超级温柔吗？轮到她主持的环节，虽然不明显，但她对女生选手总是会宽容些，会鼓励她们，答错了会微笑说没关系还有机会，答对了会赞赏。眼神专注，笑容温柔，苏死好吗？！（我也就舔了好几十遍吧）”

“再说另外一位，碰到条件好的男选手，恨不能把人家祖宗十八代打听出来。哎，人家都已婚了，你在邶视这样全家老少观看的黄金档问人家夫妻关系和不和睦，那眼神……你们去看回放，要是性别调转，你们准会说骚扰了！”

“一个人的眼神是撒不了谎的，你们去看回放，说得不对算我输！”

“我跟我爸爸妈妈爷爷奶奶看的！他们这些大人，谁在作妖一眼就能看出来，不信你们问你们爸妈，看他们喜欢哪一位！”

“最后，我要说，我是直女，看这个节目我都要被言蹊小姐姐迷倒了好吗？（写到这里我已经控制不住我记几我也要叫小姐姐了）啊啊啊啊！言姐姐，求嫁啊！她超美的好吗？腹有诗书气自华的那种，温柔御姐的那种！”

“这才是真——正——的神仙小姐姐！”

网战

Chapter 44

柳依依看着这篇长微博全程吱吱笑，她转发：“对呀，我们白富美整天忙着一枝独秀呢，真没空管戏精小白莲花！谁耐烦为难你？来，我柳依依就这么光明正大地说了，不服来辩。”

她笑，再转发：“有这个空在网上暗戳戳地点赞，阴阳怪气的，你说你有这个空，你怎么不去背几句诗呢，好歹是我们邶视的主持人！”

再加一条：“搞那么多幺蛾子我们都懂，不就是想红吗！送你四个大字——吃相难看！”

柳依依是时尚芭莎的编辑，坐拥几百万粉丝。她平常微博都是杂志封面或者是杂志版面内容，要不就是自己的穿搭和妆容，很少发表什么个人意见，这次破天荒发了三条。粉丝顺着过去摸清楚了事情的来龙去脉。

一片“哈哈哈哈哈”的转发：“打脸 +doge 脸”“吃相难看！”

而原先大发言论酸葡萄黑言蹊的那帮人反倒什么都不敢说了。其实很多人就是没有自己的立场，找存在感而已。

连林薇也没有发微博。

这个事发展到现在，明显这对“女神组合”已经没有办法萌了，粉丝也大部分转而去关注其他热点了，或者干脆刷起了言蹊单人。

柳依依转转脑瓜子想了想，干脆吩咐手下人，把言蹊在节目穿过的衣服鞋子、配饰，甚至唇膏色号都做成几张长图，同时在微信公众号推送，就当免费给这些牌子做宣传了。

这下几乎吸引了微博所有玩彩妆或者爱漂亮的女孩子转发，还有品牌的官V纷纷点赞转发。

一群不明真相被美貌迷倒了的“吃瓜群众”，纷纷接受安利。

“这唇膏这色号真好看！”

“她有多高啊？腿真长啊，这衣服穿我身上可能就直接拖地了吧。”

“默默打开了淘宝……”

“去补节目回来，被圈粉了23333，言小姐姐，太飒了吧！”

“+1”

“+1”

“+10086，以后都不敢说自己是宇直了……”

柳依依忙过一阵，回头看着转发量，乐了，打电话给安之：“好啦，没事拉，小安之别担心了……”

安之在电话那边小心问：“真的吗？不会再有说姨姨坏话的了？那个女人呢？”

柳依依：“她再敢？小安之，我教你，知道这种对自己外貌自视甚高的人，最难受的是什么吗？就是众人忽略她，反而关注她身边的人，这比杀了她还难受呢……你也不用担心，对言小五有点信心，她根本不是这么脆弱的人。”

“……嗯。”

“你说你柳阿姨帮了你姨姨这么大的忙，你要怎么替你姨姨感谢我呀？”

安之在那边默了几秒，说：“我后天要去邶城理工找二舅舅，因为我想考理工的附高，二舅舅会带我去学校看看，柳阿姨你要来吗？”

柳依依坐直身体，说：“行啊！来来来，我后天早上去接你！！！”

“嗯……你先过来太爷爷这边，王叔送我们过去，逛完学校我们会在学校的饭堂吃饭。我们可以一起吃饭，吃完饭我会去找同学玩，让二舅舅送你回家……”

柳依依被这突然从天而降的大饼砸中脸，喜得不知道怎么办，说：“好好好！哎哟，perfect！小安之，你好可爱，我现在知道你姨姨为什么这么疼你了……”

安之在那边又安静了好几秒，半晌才小小声道：“没有啦……”

柳依依知道她肯定红了脸，哈哈笑：“那就这么说定了，到时微信联系。”

“好的！刚才的事情谢谢……”安之语气带了点调皮，“谢谢二——舅——妈”

“噗！！”正在喝水的柳依依一大口就喷到了自己的电脑屏幕上。

柳依依还在美滋滋的时候，接到了言蹊的电话：“为什么她们都叫我小姐姐？”

柳依依扑哧直笑：“你觉得‘小姐姐’是什么意思呢？”

言蹊：“这词跟‘大姐姐’是相对的？我还去百度了。”

柳依依：“哈哈哈哈！就是说你温柔可爱啊，言小五！”

言蹊：“……我是不是老了，我都不懂现在小孩子是什么思维了。”

柳依依贼笑：“你真别说，我看了那长微博，我也觉得你眼神很迷人啊……”

言蹊：“……”

她无奈地微叹口气，决定岔开这个话题：“好了，我不跟你多说了，总之，谢谢你了。”

“嗯嗯嗯！”

言蹊突然起了几分捉弄她的心思：“那我挂电话啦，二嫂！”

柳依依差点没让口水呛死，丢开手机，抚胸口，这一大一小的，真是一模一样的！

安之晚上在老宅三楼客厅做功课，杨蒙蒙终于获得父母批准，过来这边陪她。

“太好了！太好了！言姐姐总算‘洗刷冤屈了’！哼！那个女人太讨厌了！”杨蒙蒙搂着安之欢呼。

两人已经翻半天微博了。

“我听说，除了第一期的旗袍有赞助，其他衣服都是言小姐姐的私服。我查了一下，大概最便宜的就是那个手环了，八百多！”

“是那个手环嵌着手链的吧？我也喜欢那个！真好看，感觉她自己也特别喜欢，搭了好多套！”

“楼上！我也看中了那个，就是我的手腕那个宽度，呵呵呵呵，戴上手环估计会崩断吧……”

安之默默扬起酒窝。

“孩子们……”突然一句叫声。

“啊！”两人被惊得大叫。

心姨被她们突然来的大叫吓了一跳，差点没把手里的盘子抖落。

“这是做什么？”

两人惊恐地摇头。

“吃牛肉面吧。”

两人安安静静地吃着面，几乎都没有声音，可见有多小心翼翼，还大眼瞪小眼。

“咳……”安之突然呛到。

杨蒙蒙刚想笑她，“咳”的一声也呛到了。

两人一边咳一边看对方，不约而同笑起来。

“我们今晚一起睡吗？”

“给你收拾好了房间啦。”

“我还以为我们睡一起呢。”

“……嗯，我不习惯跟人一起睡……”安之低头看手机，收到了言蹊的微信：“是在学习？还是玩手机？”

“玩手机+学习。”安之唇角翘起来。

“好好学习，要不然没收你手机了。”言蹊回得很快。

安之酒窝深深地笑，手指在屏幕上划啊划的，一个“想”字刚打出来，又删掉了。她删删减减还没发出一个字，言蹊那边的微信先到了：“好好学习，二舅舅说你要考理工附高，不能大意，我这两天开完总结会议就会回家了。”

原来她也知道的。安之捏住手机，觉得心暖暖的。无意识地咬了一下唇，还是没想好回什么，就先放下。

抬头，发现杨蒙蒙正一脸犹疑地看着她。

追求者
Chapter 45

开完小组总结会，廖承宇请大家吃饭，一行七八个人来到了附近新开的一家私厨。

大家进入包厢落座，私厨店名叫“桃花渡”，装修格外素雅，环境也安静。

林薇最近有些沉闷，不比一开始的到处逢源，她感觉这几天同事都有些若即若离地疏远她。本来她跟女同事关系就一般，现在男同事好像也对她没之前那么热情了。

她说：“廖导，这店名有点意思呀。”

廖承宇笑了笑说：“这家店是一对夫妻开的，主厨擅长做中式料理，而且湘菜做得特别地道。他的妻子则做西式甜品，女士们可以点点试试。”

别人还没开口，林薇笑：“那我就不客气了，反正是廖导请客。吃什么呢？”

大家都在点菜，有人问言蹊：“小言，你吃什么？”

言蹊微笑：“你们点，我不挑食，都能吃。”

她示意自己出去打电话，廖承宇刚好坐在她的旁边，侧过视线看了看她的身影。待她打完电话进来，他侧过去跟她说：“我帮你点了一个芒果班戟。等下试试好不好吃。”

言蹊意外，他怎么知道自己喜欢吃芒果呢？

“呃……谢谢。”

廖承宇对着她笑笑，两边酒窝深邃。

林薇眼光若有若无地打量他们两个：“廖导可是真偏心小言呢，我们这边都是女士呢，就你给她点甜品。”

廖承宇顿了顿道："不是说好这顿我请客的，大家随便点。"

在点菜的空隙，一伙人开始闲聊。这个团队年纪最小的也有二十五六岁了，大家在台里的大前辈面前年轻，但是基本都到了被催婚的年纪。年轻人在一起难免诉苦。

这个开始说母胎单身，那个说空窗期，还有说想自己一个人的，无奈父母逼婚逼得受不了。

大家唉声叹气，又互相取笑。

林薇借着话头问廖承宇："廖导，你呢？大家在一起工作那么久，都没见过你女朋友。"

廖承宇抿一口酒，摇头道："我单身。"

"不是吧？"林薇惊叫，"廖导这么好的条件也单身吗？"

言蹊是真的有些饿了，上菜之后她就一直在吃。其中有一道凉拌牛肉，牛肉薄，控制在一种很嫩又可以咀嚼的硬度，调料鲜香麻，黑芝麻，青香菜，用了好几种辣椒，辣味也很有层次。好看好吃。

正好上菜的服务员在旁边，言蹊问："这道凉拌牛肉可以做微辣版的吗？"

服务员道："抱歉，这是老板特意调的酱料，您可以试试我们店的酱牛肉，没有这道辣，也很不错。"

言蹊点点头，心里盘算着找个时间带安之过来吃吃看。

林薇扫了她一眼："小言呢？"

言蹊淡淡笑："我什么？"

林薇一手托着腮，一手点点手中的杯子："我就一直好奇，像小言啦，家世这么好，长得这么漂亮，工作也不错，还能单身这么多年……"

这话她上次已经私底下问过她，言蹊没理她。这回当着众人面前问，看来是一定要让她承认什么才甘心。

言蹊放松身子，目光对准她："谈恋爱在我这里并不是必选题。"

"哦？我怎么还听说一个事啊，你孩子都很大了？我就好奇啊，你别往心里去。"林薇露出一点略微尴尬的笑容，似乎真的是自己无意间提起来的，还冒犯到了别人的隐私。

在座的几个人都安静下来了，大家或多或少觉得有点尴尬。如果是刚在一起工作的同事也就算了，可能真的觉得林薇是无心之举。这个团队的人这段时间几乎朝夕相处，大家各自什么脾气都是知道的。在座有女同事撇嘴，这种伎俩同性一眼就能看穿。

廖承宇本来想打个圆场，但他心念一动，却没有开口。

言蹊一笑，大大方方道："是，孩子是很大了。"

廖承宇暗自一愣。林薇没有料到她这样说，脸一僵。女同事看不过，笑着接口道："是小安之吧？我记得十一还是十二岁了？"

言蹊道："快十三岁了，"语气有点自豪，"已经初三了。"

"哇，对对对，我记得你说过她跳了两级，我已经很久没看到她了。"

言蹊把手机递过去，屏幕划开："现在都一米六了。"

几个同事凑过去一看，廖承宇也瞥了一眼，手机屏幕上是言蹊和一个右颊有酒窝的少女脸贴着脸对着镜头笑，两个人笑得脸粉粉的，眼睛里似有一模一样的星光在隐隐闪烁。

"好可爱啊！"

"可以点开相册看一看吗？"

言蹊笑着点头。

林薇疑惑不解地看着她："十三岁，那你不是十五岁就……"

女同事先白她一眼："是言蹊家里亲戚的孩子啊，也不知道谁在背后乱嚼舌根！过好自己日子就可以了嘛，整天唯恐天下不乱！"

林薇尴尬地笑笑，廖承宇抿了一口酒，不知为何松了一口气。

言蹊拿回手机后，女同事打趣她："小言，听说现在人开始老了都有征兆，其中一个就是用自己小孩或者猫狗做屏幕……"

"相册里都是自家小孩还有猫狗……"另外一位也笑她。

言蹊也不在意，她细细一想："好像有点道理。"然后她就笑了起来。

她笑得眼睛微微眯起，因为为了吃饭方便，她把头发松垮地绑在脑后，并且卸了妆之后的脸更加光洁，映着灯光，肤如凝脂。

说笑着，女士们的甜品都端了上来。

言蹊面前的芒果班戟垫在绿色的叶子上，切开的地方，露出黄嫩可口的芒果果肉。

言蹊叉起一块放在口中，奶油醇厚，芒果香甜。很好吃。

安之做的向来不切开，有时她调皮，会在面皮里藏了她们都不爱的榴莲进去，言蹊其实每次吃前就知道了，但是咬第一口仍旧装作吃惊，露出恼怒的表情。

安之这时酒窝里都是狡黠的笑意。

言蹊噙着笑意，继续吃。

廖承宇一直在看她，有时觉得太明显了，急忙收回视线，过会儿忍不住又瞥过去。

“好吃吗？”他觉得胸口发烫，禁不住问。

“嗯。”言蹊低头微笑。

廖承宇看着她，心绪根本不能平静。

重点班的备考如火如荼。自习课，老师在讲台上阅卷，学生们在底下答卷。杨蒙蒙苦着一张脸，盯着试卷上的字母好一会儿了，阅读真让人头疼，还有……她偷偷瞄了小同桌一眼。

那天晚上，临睡前，安之过来看看她有没有少什么东西，还绞着手指尖，低头问她：“蒙蒙，除了晋江还有别的地方有书看吗？”

“有啊……”杨蒙蒙心想在网上一搜就有了啊，为什么她要来问自己。

“我想问……有没有，有没有……算了，没什么……”安之垂着头，几不可闻道。

杨蒙蒙这才发现安之似乎有许多心事。可又不知道怎么开口安慰。

放学后，杨蒙蒙打扫卫生，安之帮她，她们已经打扫完教室了，正在摆放桌凳。

“安安……”杨蒙蒙欲言又止。

她们趴在走廊的栏杆休息了一会儿，安之侧过头看她一眼，知道她要说什么。

她垂着头，手抓着栏杆：“蒙蒙，我和别人不一样，家庭关系很复杂，你会继续跟我做朋友吗？”

“当然了！”杨蒙蒙想都不用想。

安之微微羞赧地看看她，看得出很开心。

杨蒙蒙像个大人一样在内心长出一口气，她的小同桌小时候就那么坎坷，现在这个家也不是她真正的家，她在言家老宅的时候，感到在那里的安之和跟在言姐姐身边的安之还是会有点不太一样。

她的小同桌站在那里，盯着远处的天空，似有所思的样子，有股遗世独立的孤独感。

她忽然觉得，也许她的小同桌，还会经历很多很多事情。心情更加酸涩起来。

“蒙蒙，我们一起考理工附高吧。”

“啊？啊？！”杨蒙蒙回过神来，为难道，“可，我估计考不上吧。”

“还有一百天，可以的，我帮你。”

杨蒙蒙盯着安之笃定自信的脸颊，突然也觉得自信满满，因为她的同桌比她自己还要清楚她各科的漏洞。

“好的！”杨蒙蒙凑上去抱住她，“我们考同一个学校！”

然后，做一辈子的好朋友！

远处橘红的天际，美得像一幅画。

假命题

Chapter 46

在那之后，杨蒙蒙和安之感情越发好了，杨蒙蒙学习更加努力，也不怎么上网看书了。杨蒙蒙父母大感欣慰。杨蒙蒙父母因为最近做生意十分繁忙，偶尔也会把她放在言蹊家里过夜。

成语大会的节目落幕后，言蹊有一段短暂的假期，因为老宅有新生的婴儿，言蹊把安之又接回来，同时还在家里收拾出一间客房出来给杨蒙蒙。

杨蒙蒙和安之可以讨论任何话题，就是涉及家庭的时候，她会有点小心翼翼。蒙蒙几乎都不敢提太明显的话，她还知道言蹊是真的因为安之而对她很好，给她的客房都装扮得很漂亮。

“这大概就是爱屋及乌吧……”杨蒙蒙对她说。

安之抿抿唇，对她笑。

杨蒙蒙也心有灵犀地不提了，目前，暂时以学业为主。

生活暂时就好像平静的湖面，至少安之是这么认为的，她铆足了劲想要考进理工附高这所全国前五名的高中，考进还不够，必须以优异的成绩才行。

其他的情绪她不敢去想，也不愿意去深思。

善于解题的安之第一次胆怯，把这些情绪束之高阁。也许自己再长大一点，就有能力处理这些情绪。

安之从上学开始学习就是超前的，她早就习惯一个人发现问题再解决问题，她早就习惯遇到别人不懂的问题不必着急，因为说不定慢慢就会了。

怀揣着这样的念头，安之觉得她一天一天更加坚强，不再觉得不安，甚至觉得不会再有什么能伤害到她。可是生活就是生活，往往在你猝不及防的时候扇你一巴掌。

周五，也是初中阶段最后一个周五。下周一就开始中考，周末要布置考场，学校干脆这天也提前放学，让学生早点回家休息。

“还有五天就解放了！”两个人推着自行车，喜滋滋地交谈着。

杨蒙蒙忽然“咦”了一声说：“安安，那里有个女人一直在看你。”

安之顺着她指的方向望过去。

邶城的五月已经有初夏的气息，放学早，太阳还有些晒。安之整个人像被定在那里，她呆呆地看着那个女人由远及近。

她以为自己已不记得她的长相了，但等她站在自己面前时，那张脸分明又是熟悉的。安之的心泛起一股难以言喻的酸涩。

“安安？”杨蒙蒙察觉她有些不对劲。

狐疑地打量站在她们面前的女人。很漂亮，也年轻，一身贴身的淡黄色长裙，脖颈细长优美。一双杏眼楚楚，我见犹怜。

“安之……”她开口，“能跟我谈谈吗？”

这到底是谁？

杨蒙蒙听见安之侧头缓缓跟她说：“蒙蒙，你先回家吧。”

“可是……”

她见安之脸都是白的，冲她挤出一个笑：“没事，我跟她认识的。”

杨蒙蒙不放心地盯着她们走开的背影，她手机也没有带在身上。想了想，急忙骑上车往家里赶去。

“我回来几个月了，一直在忙着新房子的装修。”

本来她想带安之去学校附近的咖啡馆，但是安之拒绝了，就近找了处阴凉的地方。自行车靠在边上。

“我想把事情都处理好了再来找你。陈慕齐跟他太太据说是去旅游去了，我也是才知道这些年你是……在言蹊身边……”

安之默不作声地听着，因为你从没打过一个电话，安之想。

不是没期待过的，后来她就麻木了。她从很小的时候就知道不能太过于期待，别人给就拿着，别人不给，不能哭。就好像她在五岁多刚到言宅的时候，吃饭时，只会夹面前的菜，不喜欢吃的东西，别人给了也要吃。

“你长得真像陈慕齐……”

安之嘴巴动了动，没有说话。她顿生一种疲倦，简直比连做语数英物化生地七科卷子还要疲倦。

陈慕齐说她长得像陶臻臻，陶臻臻说她长得像陈慕齐。这两个人，某种程度上是般配的。

安之心有点堵，不想听她再拐弯抹角："有什么事吗？如果没有，我要回家了。"

陶臻臻噎了一下，顿了顿，她抬手掠了一下头发。安之记得她以前似乎有一头乌黑亮丽的头发，如今染成了棕色。

刚才安之没注意，现在她这个动作，才发现陶臻臻指间有一枚钻戒，闪闪发亮。

"我结婚了，以后就在国内生活了。"

安之咬住唇。

"我先生是在国外长大的，我们是在工作的时候认识的。他因为工作的关系调到了邶城，所以我们在这边买了房子。他不介意我之前有孩子，但他父母可能有些意见……不过没关系，你都这么大了，也很懂事上进，他们会慢慢接受你的。"

安之咬牙，声音从齿缝挤出来："所以呢？"

"安之，搬过来跟我一起住吧，我以前……为了事业不得不……现在我有能力照顾你了……再说你也不能老在言家待着，毕竟非亲非故的……"

安之立刻站起来，整个人紧绷着，盯着她："我不用你管！"

"安之！"陶臻臻眼里闪过一抹哀色，"你怪我是应该的，是我没想到陈慕齐他那么不着调就把你扔给言蹊了。"

"你不也把我扔给他了吗？"安之眼睛通红地看着她，语气讽刺。

陶臻臻一愣，似乎没想到安之能说出这句话。在她很远的记忆里，小小个的安之只会睁着圆乎乎的眼睛，默默地看着她，很乖，不哭也不闹。而面前的少女清秀纤嫩得如同春天的柳枝，虽然稚气，但隐隐已经有了面临风雪时的韧意。

陶臻臻意识到自己需要换个方式来表达。

可安之不给她机会说话，她说："如果你只是要跟我说这些，那就不用了，我现在挺好的！"

“可你总有一天要离开言家的，言蹊总有一天会结婚的……”

安之鼓着的气一下子被这句话戳破，她明显地瞬间颓丧下去，她摇摇头，再摇头：“我说了，不用你管。”

“安之……”

陶臻臻犹豫了一下，白皙的手抚上自己的腹部：“你要当姐姐了……”

安之有三秒钟耳朵轰鸣作响，只看到陶臻臻美丽的下巴，她的神情是安之在言大嫂脸上看过的怀孕才有的母性光辉。她的嘴唇在动，几个字音陆陆续续出来：“我想，我现在能当个……好妈妈了……”

傍晚的天边燃着火烧云，暑气尚未退去，空气闷热。

等安之回过神来，才发现她已经迷路了。四周是不熟悉的高楼大厦，她停住打量，双腿发麻。猛然一惊，她忘记她的自行车了。刚才的情景已经超出了她的负荷，她不想再听陶臻臻的话，拔腿就跑。

做什么姐姐，开什么玩笑！这几年二胎政策放开，她的同学们很多本来都是独生子女，父母也多是中年人，其中也有人动了生二胎的念头。有的父母会问孩子：“爸爸妈妈给你生弟弟妹妹好不好？”也有根本不管孩子意见，直接就怀了再通知的。

“什么叫给我生弟弟妹妹？你自己想生，为什么一副为了我好的样子？”

“什么多一个孩子以后可以互相照顾，拜托，我们相差十几岁好吗？到底最后谁照顾谁？说出这话还不是要我心甘情愿地接受而已，你看，还没生出来，父母就已经偏心了。”

那几位同学抱怨的话还在耳边，当时安之只是听过而已，没想到现在回想起来还这么清晰。

受父母疼爱的孩子当然可以理直气壮地抱怨，可以直截了当地抗议。老话讲，会哭的孩子有糖吃。但老话并没有说，所有会哭的孩子都有糖吃，不被爱的，就是哭干了眼睛也无人理会。

她只能仓皇出逃。

“父母天生就是爱孩子的。”如果这话是真命题的话，那为何人人都有父母的爱，就她没有呢？如果认为这句话是个假命题，会不会好受些呢？

安之无声抽噎。

傍晚时分，附近下班的人来来往往，车辆匆匆。这附近没有学校，是个工作区，往来的都是一脸肃穆的，穿着正装的大人。安之狼狈地走走停停，看路标。手机已经没电了，连时间都不知道。

她突然有点害怕，终于忍不住哭了起来。

行色匆匆的大人们只是略奇怪地打量着她，没有人停下来对她问句怎么了。也许这才是成年人的世界，他们自身琐事缠身，无暇顾及他人。每个人在世界都是一棵孤独的树，只能孤独地成长。

安之内心惶惶，眼泪一滴滴无声地流下，好似又回到了第一次从高铁出来，她迈着小步伐紧张地跟在陶臻臻的后面。她那时小小的一个，视线里的大人都像巨人一样，车子、建筑物也像怪兽一样，她走得很吃力，不敢叫，就怕陶臻臻丢下她。

安之哭泣着费力把自己从那个画面抽离出来，提醒自己，她已经是即将上高中的人了，她已经不是那个长都长不高的小矮子了，她全部科目年级第一，她会说英语，会说几句本地话，她兜里有钱，她有朋友，有言蹊，她正在成长为一个很优秀的人。

所以，她不怕迷路了，她不需要别人迟来的照顾。

安之边抽泣边擦眼睛，终于找到回学校的路，回到原地，自行车已经不见了。

保护（上）

Chapter 47

安之急得满头大汗，找了一圈也没有找到自行车。胸口又闷又不舒服。太阳已经快下山了，空气仍是闷得密不透风。

已经不早了，该回去了。安之只能放弃，非常心疼。这是言蹊给她买的自行车。她擦了一下眼睛，哭得太厉害了，一直在抽气。

她等了一会儿公交车也没等到，就自己走路回去。

平常走路只要半个小时的路程她走了很久。幸好路是很熟悉的。走着走着，腿开始发软，像踩在棉花上面。眼前的世界开始一明一暗，安之眨了眨眼，一秒是还有阳光余晖的景色，一秒是蒙上一层青色的景色。她艰难地走着，呼吸还是喘不上来，耳鸣。突然眼前一暗一明变成满幕白花花的雪点。

安之感觉自己是中暑了，咬着牙，强撑着不晕过去。她想加快步伐往家里走，但脚底软绵绵的，胸闷欲吐，视线一闪一闪。好不容易摸着走进小区，走到了言蹊的别墅。

她扶住大门，抖着手摸出家里的门卡，这时她已经全身脱力。刚想叫人，几声连续的声音，是言蹊的，仿佛在对旁人讲，听着很焦急："我再出去找一圈，依依你去报警吧，刘姨你在家里等着……"

然后声音顿住了。

她刚想说她回来了。

"小安之……"柳阿姨的叫声。

安之扒住门才不至于滑下去，蓦地，她手臂被牵住，熟悉的气息近身，柔软的怀抱把她环住，先是轻轻地，后来用力，让她把身体全部的重量都靠过去。

“姨姨……”安之眼眶刺痛起来。

“车，车丢了……”

“陶陶……”

“哎呀，快把孩子抱进来，她脸色都青了……这是中暑了……”

“言蹊……你抱得动吗？要不要我……噢，你力气真大……”

安之视线全都黑过去，仅来得及听到这几句话。

柳依依也有些吓坏了，她陪着言蹊找了安之一个多小时，怎么都联系不上。学校附近找了一圈，好在安之自己回来了。一回来脸白如纸，还没怎么说话就昏了过去。现在躺在客厅的沙发里，喂了大半杯盐水，刘奶奶拿了扇子轻轻给她扇风。

“没事，没事，让她睡一会儿……可怜的孩子……”

柳依依看着她哭得红肿的眼睛，心里也不好受。刚巧她和言蹊说着要带安之去吃饭，给她考前鼓鼓劲。在去学校的路上，言蹊就接到了安之同学的电话。

言蹊一听脸色就变了。接着安之的手机打不通，学校也没找到人，言蹊开着车，把周围都转了一遍，还吃了罚单。

交警开完罚单刚说一句：“咦，你不是那位……”

言蹊面无表情地丢下两个字“幸会”，就开走了。

柳依依看了一眼言蹊，她敛着目光，一瞬不瞬地注视着安之。她走过去，对刘奶奶说：“我把她抱到房间，比较好睡一点。”

柳依依跟在言蹊后面，嘴里叨叨地说：“慢点慢点……让她先睡，我厨房里熬着粥，等下给她喝一点……”

随后，柳依依在楼下等着，言蹊冷着一张脸走下来了，对她说：“跟我走一趟。”

“去哪里？”

“去找陶臻臻。”

“咦？”

还没等她反应过来，她已坐进车里，言蹊又把车“嗖嗖”地开起来。柳依依检查了好几次安全带，手扣着上方：“等等……慢点慢点，交警……”

半个小时后，在一处小区楼下，柳依依扶着车门，差点没吐出来。这女人，把一个小时的路程当成半个小时开。

“你怎么知道……她住在这里？”柳依依好不容易喘完，拿出小镜子整理自己有点失色的花容。

“她告诉过我，我只是不知道她住在哪一栋而已。”言蹊拿出手机拨打，对还想追问的柳依依做了个等一等的姿势。

“陶臻臻，是我，我在楼下，是你下来，还是我上去？”

柳依依瞪大眼睛，说话这么不客气？

等等，柳依依偷瞄言蹊，她纤长的睫羽敛着，面容平静，但是柳依依总觉得她在生气。说句实话，柳依依从未见过言蹊生气，一次都没有，她个性温和，不是老好人，是那种修整过棱角的柔和，不触及她的底线，她一般不会发火。不过话说回来，她没见过她发火，现在这个气氛有点惊悚。

“你早就知道她回国了？那……”

“我本来想让陶臻臻等陶陶中考完后才去找她，所以我没有告诉陶陶……这些天我都让王叔去接送她，没有想到她们学校今天提前放学了……”言蹊的发丝散在风里，她伸手别了下，目光瞧向一处。

柳依依顺着她的目光看着走来的女人。这就是小安之的亲生母亲，那个让她那么难过的人。果然是个美人，只见她纤纤袅娜地走过来。

“言蹊？”陶臻臻走到面前，扫了一眼柳依依，微蹙着眉头。

“长话短说，我不同意你以后再见陶陶了。”言蹊冷着一张脸说。

陶臻臻眉头蹙得更紧，盯了言蹊一眼，透一口气道：“言蹊，我谢谢你这么多年照顾她，但是以后……”

言蹊打断她：“你不用谢，我不是看在你的份儿上，我是因为陶陶。”

这才两句话，就已经火光四射。柳依依默默倒退一步，抱起手臂。

陶臻臻略垂下头，唇边有点苦笑，低声念了念“陶陶……”，她抬头道：“这是我爸给安之取的小名……看来，你们感情很好。”

言蹊淡淡道：“她跟我在一起七年多了。”

陶臻臻叹口气：“我今天只是去看看她，我当然希望她能跟我住在一起，让我弥补她。”

“弥补？好，那我问你，你把她接过来，她跟你住在一起？你跟你先生商量过了吗？你现在的房子有没有她独立的房间？你还有几个月另外一个孩子就出生了，陶陶怎么办？你要怎么保证你不会冷落她？你是不是想把她送寄宿？你知道她要考哪个高中，你知道她想考哪个大学？这些问题，你现在答得出，我才同意考虑要不要让陶陶跟你住。”

陶臻臻眉头跳了跳，估计被这一串问题弄得有点窝火，她语气也有点冲起来：“言蹊，她是我女儿，凭什么要你同意？”

“哦？”言蹊勾起唇角，“原来你还知道？”

柳依依暗透一口气，气氛好紧张啊！但有点意外的带感，这是什么诡异的感觉……

“万一她愿意跟我呢？”陶臻臻盯着她。

言蹊丝毫不犹豫：“那我也不同意。”

“你凭什么？”

“就凭她在我身边的七年，她现在还是听我的，她要是不听……我可以去告你。”

陶臻臻眉心又剧烈跳了跳。

“吱……”柳依依牙咬酸了。

“你要知道你跟陈慕齐并没有结婚，而陶陶姓陶，严格说来你才是第一监护人。这么多年你完全消失不见，甚至电话都没有一个。而陈慕齐，有一点你就比不上，他有给陶陶这十三年的抚养费，而我可以算她的养母，我虽然不太懂法律，但找好律师的话，我有百分之九十的把握可以告你遗弃罪。

“就算万一告不成功，以你现在的情况，法院不一定能让你继续当陶陶的监护人，会让陈慕齐当，而陈慕齐这些年已经跟我有了默契，就是我和他之间，他放心让我来照顾陶陶。所以陶陶一定会在我身边。所以，陶臻臻，同学一场，我现在正式跟你说，你离陶陶远一点，我不准你再见她。”

保护（下）

Chapter 48

在回程的路上，柳依依一直拿眼角觑着言蹊。

“言小五，我以前都没发现你这么会吵架！我还以为，你叫我跟你一起是要我帮忙吵架呢……”

言蹊开着车，瞥她一眼：“不，我是怕我会打人，带着你是想让你阻止我来着。”

柳依依：“……呵呵呵，你以为我不知道你练过拳击啊，我可不敢。不是，我怎么不知道你这么霸道啊？瞧瞧你刚才，那个陶臻臻被你说得哑口无言的……”

“你现在知道了吧，我是我家最霸道的一个，哥哥们都怕我。”

柳依依见她眼睛又有了笑意，顿了顿才问道：“你刚才是说真的，如果她不退步，你真的会告她？”

言蹊抿了抿唇，摇头道：“不，我是唬她的，看在陶陶的份上，我也不会告她。以我对陶臻臻的了解，她总是会选择对她利益最大化的方式来处理问题，如果打官司，她知道她赢面不大，而且很可能还会影响到她目前平稳的生活，她不敢的。”

言蹊略勾了勾唇，带了点嘲讽的意味：“她要真跟我撕开脸面，愿意跟我打官司，我还觉得她是真的在乎陶陶。”

柳依依想了想，不由得微叹一口气：“这种女人我见多了，之前生活不如意，现在好了衣锦还乡，恨不能向全世界展示。我看她根本不是真的在乎小安之，是因为回邶城了，怕熟人太多，知道她抛弃女儿……

“她刚才根本不敢回答你的问题，不敢说要怎么安排小安之，我估计她认为小安之大了，也不需要怎么管了，就像你说的，丢到寄宿学校，一周见一次……

“岂有此理，越说我越来气……”

“不过，你不要跟陶陶提起今晚的事，我不想她知道陶臻臻是这个态度。”言蹊的视线停在前面的路况，眼底的光隐隐约约的，柔软坚韧。

“啊？那……你怎么跟她说？”

“我会跟她说我不想让她离开我，不同意她去陶臻臻那里。”

柳依依牙齿又酸起来。

“假如她以后怨你呢？”

“那就让她怨我吧。我会做好心理准备的。”言蹊静默了一会儿，最终说。

“其实言蹊……你不觉得你对小安之太在乎了吗？”柳依依沉思，还是开口了。

“嗯？什么意思？”言蹊疑惑。

“你看，你这些年什么时候有过自己的生活？有过个人娱乐？你除了工作，就是小安之，放假就带她去玩。她现在马上上高中了，你有没有想过可以适当地给自己留一点空间了……我一直想问你，是不是因为小安之，你才单身了这么多年？”

言蹊微扬起眉：“你也这么想？”

她轻摇一下头：“上次心姨也问过我……不是的，我并没有刻意要单身，我只是觉得这个状态的我很舒服，不需要改变。

“我跟陶陶在一起，带她去玩，看着她一点点长大，这就是我现阶段的生活，我并没有觉得我因为她而舍弃掉别的东西。”

柳依依听着，并没有再多说话。她能够理解，她也单身了很多年，她喜欢言以西，但是坦白讲，她并没有对他死缠烂打，她和言蹊都属于那种尊重朋友，保持界限，并不横加干涉的人。每个人都有权力在不伤及别人的前提下，选择自己想要的生活。每个人都有自己的节奏，你可以关心，但不可以干涉。

“我知道你的意思，但你有没有想过，以她的速度，她很快就会上大学了，也很快就不需要你再这么护着她了，她有自己的人生、想法。我只是担心你以后会不习惯，会一下子适应不了这种改变。所以你是不是从现在开始就要试着一点点放手了？”

言蹊似乎从没有想过这个问题，她怔住。

车开进入灯火通明的隧道，有呼呼的风声掠过。

车内一时安静极了。

“我先送你回家吧，我懂你的意思了……”言蹊说着话，车子从隧道出来，明亮的光褪去。

这时，她的手机响起。

言蹊看了一眼，是家里的座机。按了免提。是刘奶奶打来的：“安之刚醒了一会儿，吃了东西又去睡了，我刚才去看，她发烧了……”

“啊？我马上回去。”

“我量了一下，烧到三十九度多了……”

挂上了电话，这下柳依依自觉道：“我自己打车回去。”

言蹊目送柳依依上车后，才飞快驱车往家里去。回到家，安之睡得很沉，额头全是虚汗，嘴唇发白。言蹊抱着她和刘奶奶一起到了小区外的社康。一天兜来兜去的，也没吃东西，言蹊感觉有些脱力了。

到了后，医生测了体温，当机立断挂上了药水。

言蹊让刘奶奶先回去，自己在医院等着。刘奶奶走之前交代了几句，说家里厨房还温着粥，让她回去一定要吃一点。言蹊点点头，从兜里摸出一颗糖含在嘴里，坐到安之旁边去，摸出纸巾给她擦擦汗，拨了拨她的发丝。

安之突然呢喃了一句：“姨姨……”

言蹊低声道：“我在呢。”

安之仅仅只是呢喃了几声，皱了皱眉，吸了吸鼻子，眼眶又红了起来。她在睡梦中也只是发出泣声。像她小时候一样，受了委屈也只在梦中哭泣。言蹊垂下睫毛，手伸过去，很自然地摸摸她的头顶，安抚她。

等安之醒过来的时候，才发觉她趴在言蹊背上，言蹊背着她慢慢地走着。言蹊似乎有点吃力，呼吸急促，一步一步走着，似乎还担心吵醒她，想让她睡得稳一点。

“姨姨……我下来自己走。”安之开口道，一开口，才发现自己的嗓子还是哑哑的。

“醒了？没事呢，我们快到了。”言蹊喘着气，“你别乱动，要不然咱们两个都要摔倒了。”

安之就乖乖地不动了。她瞧了瞧四周，很安静，似乎有点晚了，没有什么人。夏天的晚上夜风凉爽，还有几声不知名的虫鸣声。

安之感觉到言蹊真的很累了，衣领到脖子那块微微沁透，都是湿润的汗。

“我可以自己走，我没事了……”安之很心疼，硬是要下来。

“好啦，好了，我们快到了……还觉得不舒服吗？”

“没有，我好多了。”安之靠着她。

“我说真的，我刚才本来要抱你的，可我估计不行，走不了多远，还是护士帮我，才把你背起来的，你睡得跟小猪一样。我已经没多少力气了，别乱动……”言蹊在笑。

“陶陶……”言蹊轻笑道，“你还记得你小时候经常哭你长不高吗？”她的嗓音缓柔，就像耳际的微风。

安之脸红了红，羞赧地“嗯”了一声。

“可你说……我会长得跟你一样高……”安之小声说，“我……还没有呢。”

言蹊静了静，侧过脸，对她说：“陶陶，我想你待在我身边。我不同意陶臻臻把你带走。”

安之心猛地颤了颤。

“可以吗？”

安之咬着唇，泪盈于睫，用力地点点头：“嗯”了一声。

言蹊想到柳依依刚才说的话，她胸口起伏了下，把另外一句话隐了回去。

至少要等到……你跟我一样高才行。

回忆

Chapter 49

背着安之到家时，言蹊已经累得说不出话来，歇了一会儿才去吃了东西，安之也陪着吃了一些。

言蹊疲倦的时候声音也有点哑，但还是很温柔。她似乎在调节气氛，说她好像疏于锻炼了，之后至少要把长跑的习惯重新捡回来。又叮嘱安之喝了粥吃药。说如果平常感冒她是不想送安之去医院的，但发烧不行，尤其是过两天就中考了。还说了一些别的。

安之看着她，心想自己好像从没见过她气急败坏的样子，什么时候都是张弛有度，遇到事情非常冷静，总是在最短的时间内想出解决的方式。从小时候大胖过敏的那次安之就知道了，她会忙、会累，会感慨自己做得不够好，就是不会抱怨和责怪别人。

“车子丢了吗？我再给你买？”

她会尊重别人的意见，照顾别人的情绪。

安之摇摇头，不知道是否是童年有一段太过漂泊不稳的时间，安之对属于她的东西总有一股不小的执念，极为念旧。很多东西，要了一个就不会再贪心多一个。

“那好……先不想这个了，去睡吧。”

言蹊也不会追问安之，一贯的体贴，然后她就让安之去睡觉了。

安之躺在床上，忽然又想到言蹊她也不是没有着急的时候，她那时第一次从老宅跑掉，躲在便利店的门口。那时她年纪小，囿于自身情绪，现在回忆，言蹊那时是在焦急的。

还有她四年级那次，逃课没有准时回家时，言蹊是着急的。还有昨天，晕过去前的那个有力的怀抱，言蹊的气息确实是慌乱的。

安之在不停地回忆咀嚼中，莫名尝到了一点点甜意。

还有就是……那时候自己在苦恼自己的身高，坐在言蹊的膝盖上，言蹊劝慰她，说没那么快长高也没关系，还想再抱她几年。

言蹊填补了她需要被女性关爱长大的那份爱。

言蹊常对安之说："在我身边长大就好""待在我身边""这里就是你的家"。从未对安之有过其他要求。仿佛只要她在的地方，安之什么都不用管，不用理会，她怎么样都会护着安之，都会在安之身边。

安之翻过身，手指挠了挠枕套的花边。她的床是靠墙放的，她面对墙睡着，身体略蜷起来，摸了摸心口微甜处。手指半握，像捧住有实质形状的东西一样，放心地闭上眼睛。

果然，一夜无梦，睡得十分香甜。

醒来的时候天已经很亮了，一屋金橘色的阳光。安之揉着眼睛起床，伸了个懒腰，全身舒坦多了。应该是完全好了。她洗完脸，来到客厅。

客厅两墙书架，一墙被阳光笼着，一墙静暗。安之到去阳台。门半开着，言蹊正半弯着腰给花浇水。

她工作忙，安之也要上学，她们就选了最容易种的栀子花和茉莉。五月的时候，茉莉先开，栀子花含着青色的花苞。六月两种白色香花齐齐开放，一阳台的清香暖玉。

每年夏季的傍晚时分，二楼的客厅，凉风扑面，花香满溢，就连两墙的书都受到眷顾。

栀子花是言蹊妈妈最爱的花，安之知道言蹊对她早逝的母亲也几乎没有记忆，所以她养栀子花，甚至她的香水香氛都是栀子花这个花系的所有品种。

这种香气，是言蹊和母亲之间的私密的联系，而在她很小的时候，言蹊就告诉了安之，甚至不介意安之也用。

言蹊精神恢复得很好，她应该是刚洗过头发，那头乌黑微卷的长发披在身后，光泽明媚，还有着湿意。

她在打电话。

"不会，谢谢你打电话来……是的，我是想请假，小孩不太舒服……对，她初三了……是的，上次吃饭的时候我说过。可以吗？嗯，谢谢你。帮了我大忙了，谢谢。”

安之走过去，言蹊看到了她，对她笑了笑。

“醒了？还有不舒服吗？”言蹊放下手机，背后是微微摇曳的花朵，她对她微笑。

安之摇摇头。

“那我们去吃早饭，等下再测下体温。今天把考试的东西都准备好，准考证、2B 铅笔，多带几支中性笔，还有稿纸……”

“我都准备好了。”

“好的，我们先去吃早饭，等下给我检查一下。”

早饭是刘奶奶做的小米绿豆粥和油条，还有自己腌的酱菜。刘奶奶做完早饭，早早就去菜市场了，去准备接下来这几天的食材。

“我请了一个星期的假，考试的时候我来接送你。”言蹊对她说。

安之很惊喜，但有点担心地问：“请这么久没关系吗？”

言蹊微笑摇头：“一个朋友帮了忙，我会请他吃饭谢谢人家。”

吃完早饭，她们打扫卫生。言蹊本来不打算让安之动手，但是安之昨天睡了很久想要动一动。言蹊就让安之去客厅用吸尘器做点简单的打扫工作，她在厨房洗碗。

过了一会儿，言蹊洗完碗了，走到客厅去帮忙。走到安之身后，无意地瞥了一眼，她愣了一秒，道：“陶陶……”

“嗯。”

言蹊：“你跟我来。”

二楼的卫生间外面，言蹊在外面，门留一条缝隙，安之在里面。

“看得懂吗？包装上有说明。”

言蹊侧耳做听的姿势。

她差点忘记了，安之已经十三岁了，她长大了。

言蹊回忆自己第一次来例假时，是心姨告诉她的，那时确实有些不自在又尴尬。安之应该也是这种感觉。幸好在她小时候，她就看过不少生理健康书，言蹊也跟她讲过。她应该明白这是女孩子正常的生理现象，不会慌张和害怕吧？

“好了吗？要不要姨姨帮忙……”

"不用啦……好了。"门打开，安之脸红红地走了出来，她换了条宽松的短裤，别别扭扭地站着。

"肚子会不会不舒服？"言蹊轻声问。

安之小小声说："没有。"

"那就好，你去坐着，裤子我来帮你洗。"

安之脸更红："不用，我自己洗。"

言蹊拍一下她："身体刚好，现在不要碰冷水。"

"姨姨……"安之还是觉得不好意思。

言蹊轻笑道："跟我还客气做什么。"

等言蹊洗完安之换下的衣物，发现安之蒙蒙地坐在客厅的沙发上，似乎还未回过神来。

"怎么了？"言蹊走过去坐到她旁边。

安之低垂着头，耳朵都是粉的。

言蹊眼里涌起温暖的笑意："你长大了，以后每个月都会是这样，不要怕，这个时候不要吃冰的，要休息好。"

接着她微叹气，继续道："也是不巧，明天要考试了，没事，我们不要有太大压力，你一定可以的。"

安之小小地"嗯"了一声，脸颊的酒窝羞赧地深了一点，她突然把头靠向言蹊的肩膀。这个动作几乎就是在撒娇了，言蹊有点发愣，下意识地就伸手摸向她的头。安之的头发细软如云，手感很好。

言蹊侧脸瞧着她，红粉粉的苹果肌，稚气未脱。杏眼细眉，鼻子圆巧，笑起来微微皱起，十分可爱。安之就靠着她，也不说话，只是耳朵越来越红了。

到底在害羞什么呀？言蹊轻笑，安之顺手就捏了捏她耳朵。

"好了，我要去拖地了，你坐着，可以玩一会儿手机。"言蹊说着就起来了。

安之只好坐直起来，待言蹊下楼后，她收起腿，把仍旧发烫的脸埋到膝上。

中考
Chapter 50

六月中旬中考那几天，仲夏酷热。

刘奶奶的孙子才刚上幼儿园，所以她把安之中考这件事看得非常重，严阵以待的感觉。一清早在安之吃饭的时候，把她所有的东西都检查了一遍，叮嘱了好多句。

“要去厕所一定要跟老师说，别憋着，别紧张。哎，肚子痛不痛，我用保温瓶给你装了红糖水，温的，不烫嘴。还有还有，如果教室有空调啊，太冷要跟老师说……”

安之不太好意思地听着。

言蹊在旁边听着，觉得她能想到的没有想到的都让刘奶奶说了。

七点过一刻，刘奶奶就催着她们出门。虽然学校离得近，但是怕等会儿堵车。

到了校门口，七点四十五分，果然像刘奶奶说的，门口都站了许多家长了，不忘拉着自家的孩子进行最后的叮嘱。

天很蓝，阳光灿烂，天上的云朵像一杯杯奶油。

安之的精神不是很好，有些倦，而且昨天肚子还不痛，今天起床反而隐隐地坠痛。也有点不习惯。

言蹊瞧着她的脸色，拿出药，对她说：“以防万一，还是吃一颗。”

她昨天还是不太放心，去医院找了言以南，让他走了个后门，找院里的妇科医生开的。医生再三跟她说是进口药，没有丝毫副作用。

安之吃了，对她说：“那我进去了。”

言蹊点点头。

第一科是语文八点半到十一点，两个半小时。说实话，言蹊有点紧张，但是她想安之还不满十岁就参加小升初考试了，还考了全市第五，这次肯定没问题，就是这几天发生的事情太多了，陶臻臻回来，她发烧，还来例假……

言蹊本来放下去的心又提起来。

等到开考时，烈日已经当空，言蹊戴着墨镜，站在林荫处接电话。

是言大哥打过来的："安之今天中考吧？嗯……才十三岁就中考了……那两个臭小子留不留级还不知道呢，还是丫头好……"

言以南："哈哈哈哈，太阳那么晒，我才不出去啊……"

柳依依："你傻啊，找个凉快的地方啊！什么？我可不去……这么辛苦的事情！"

言蹊："……"

孩子在里面考试比较辛苦吧？你们不是应该关心孩子的吗？

差十五分钟十一点半的时候，安之走了出来，在众多家长的目送下，她随意回答了几个好奇的家长问题。言蹊见她神情懒懒的，有些脱力，也不问她考得怎么样，立刻开车回家。

一到家，刘奶奶上就递湿毛巾给她们擦脸，询问安之："饿了吗，累不累？"回过头看言蹊，"小言，你脸都晒红了，快休息下。"

安之转头看了一眼，确实有点发红。

过了一会儿，开始吃饭。言蹊有刘奶奶给她准备的冰冻柠檬茶，安之不能喝，眼巴巴地盯着她喝。言蹊冲她弯了弯唇，朝在厨房的刘奶奶瞥了一眼，正要把杯子移过去。

安之眨眨眼，有点害羞地想伸手过去。

"小言！"刘奶奶走过来看到了。

好了，喝不成了。

吃完饭，安之在二楼的沙发睡着了。言蹊上去的时候，电扇正悠悠地转着，见她侧躺着，脚丫子细白得透明，像只睡得很熟的小兔子。

下午考的是物理。安之刚想走进去，转身又跑过来，让言蹊去别的地方等，至少去有空调的咖啡馆。

言蹊刚想说什么，安之就鼓起脸："如果你不去，我半个小时就交卷出来。"

过了一会儿，言蹊舒舒服服地坐在咖啡馆里，纳闷地想上午怎么就那么傻的，还有那些家长也是，傻乎乎地站在门口等，明明什么忙都帮不上。

这时又接到一个电话，居然是言以西的。

“安之出来了吧？”

“二哥……你说什么呢，才半个小时。”

“足够了。”

“二哥……没有半个小时不让交卷的……这是中考。”

“哦，看在中考的份上，可以多给十分钟。”

言蹊：“……那也没办法，规定只能提前半个小时交卷。”

果然，安之到了可以交卷的点就出来找她了。她神情有点无奈，看上去又被门口的家长拉住了。言蹊没忍住问了一句：“怎么样？”

安之一脸平静：“没什么问题，我都检查好几遍了。”

言蹊：“……”

第二天中午吃饭时，安之终于偷摸喝到了一口冰冻的柠檬茶，言蹊握着杯子，控制着，就喂给了她一口。

第三天的英语科考完后，就解放了，连空气都是欢呼的气息。校门口人山人海，人声嘈杂。言蹊穿着一袭长裙，在人群里格外的耀眼。安之奔过去，言蹊含着笑意一直凝望着她。

好像她第一天入学的放学时分，言蹊也站在校门口等她。安之记得那时她好兴奋，一路小跑。可是没有跑到言蹊怀里。就在一刻，她有了一点冲动，想要扑到言蹊怀里去。

可这不是她，到了跟前还是下意识地就站住了。

“走吧，我们去吃东西。”言蹊拍拍肩膀。

她们去吃烤鱼，因为安之不能吃辣，言蹊点了蒜香味道的烤清江鱼。点了麻辣肚丝、凉粉，还有安之想了几天的冰冻柠檬茶，还有她爱吃的紫薯卷、板栗青豆卷。

安之吃得鼻尖冒汗，开心极了。言蹊见她吃得开心，自己反倒没怎么吃，一直在给她夹菜。

“给你报一个旅游团，你跟杨蒙蒙去上海怎么样？可以去那边看一看，还有迪士尼，就不用去香港了。”

“嗯……你不去吗？”

言蹊咬一口紫薯卷：“我没假期了。”

安之说：“蒙蒙可能要回老家，没时间跟我去。”

“啊，这样……”

“我在家里就好了，我终于可以看家里的小说了。”安之想着言蹊那两墙书架。

“噗，两个多月呢，不会无聊吗？”言蹊笑。

“不会啊，我可以等你回家啊……”安之几乎要摇起脚丫子来了。

言蹊微微一怔，接着扬起眉梢笑起来。安之后知后觉地脸发热。

言蹊打趣她：“你这么黏着我不行的哦。”她吃一口鱼肉。

安之垂下头，没有说话。在这期间，有人走过来跟言蹊打招呼，安之抬头一看，是一位长相清俊的男士。说话间他笑着看了一眼她，然后对言蹊说：“好巧在这里遇到了。”笑起来两个很深的酒窝。

她看言蹊，言蹊“啊”了一声对他点头：“好巧，廖导。”

“我跟朋友过来，我们已经吃完了。”这个叫作“廖导”的人后面还跟着两位男性友人。

言蹊跟他们点头，分别打完招呼。

“这是安之。”她介绍。

廖导转头对她笑笑，说了几句大人见到小孩都会说的鼓励的话语，然后跟言蹊说了几句话才走。看上去他们很熟悉。

“是工作上的同事。”言蹊是这么告诉她的。

安之对考完中考即将上高中其实没啥概念，在她看来只不过是从一个学校到另外一个学校。不过她隐隐感觉，言蹊对她没有以前那么严格了。特别她生理期后，言蹊似乎正在把她当作一个大人看，手机完全交给她，还给她一张副卡，看书看电脑也不再有明显的限制，都是由她自己把握。她九岁的时候，言蹊就让她一个人睡觉。上了初中，也很少抱她了，只会摸摸她的头。安之想到就失落。

分数出来时，安之毫不意外。五百三十八分，满分五百四。理工附高的录取分数平均是在四百九左右，反正是没问题了。安之急忙去问杨蒙蒙的分数。杨蒙蒙考得也很不错，五百零七分，应该能上。安之放心了，笑着对她说：

“我们找一天去逛街吧？”

杨蒙蒙神情凝重，沮丧地，对她说：“我不能跟你去附高了。”

杨蒙蒙的父亲这一年生意不太顺利，家中老人身体也不好，决定回老家，杨蒙蒙自然也必须回去读书。庆幸的是，她中考成绩很好，回去能进入比较好的高中读书。不过这样一来，就必须和安之分开了。

“事与愿违”，安之再一次尝到了这四个字的滋味。

暑假很快就要过去，安之到高铁站送杨蒙蒙。杨蒙蒙情绪很低落，买票过关都是她妈妈拉着她。她们时间紧，应该快点去站台找车厢才对。但是杨蒙蒙扭头看到那边孤零零目送她的安之，“哇”一声就哭了出来。

“对不起……”是她食言了。

她一哭，安之忍不住了也揉眼哭起来。两个小孩就这样隔着安检的门哇哇大哭，周围是一群不明所以的大人。杨蒙蒙的妈妈尴尬地扯着她的手臂：“哭什么呀，可以打电话，可以视频，还可以微信，又不是不能见了……”

“安安，安安……”杨蒙蒙哭得脸通红地被她妈妈扯走了。

言蹊是在离家不远的公园里的喷泉找到安之的。傍晚时分，她一个人坐在那里，低垂着头，一动不动，像极了多年前言蹊在幼儿园门口看到她的时候。

言蹊胸口发紧。一瞬间，觉得安之还是那个小小的孩子。一瞬间，又觉得也许成长就是这么残酷，也许我们珍重的所有将会一个个地离开我们。

很多时候，命运想通过“失去”这个动作来提醒我们珍惜是多么重要。也许必须早点让她知道，但言蹊又宁愿她不要知道。

言蹊坐到她身边去的时候，安之茫茫然地抬起头，眼里伤心的情绪涣散。言蹊递给她一个甜筒冰激凌，包装纸已经帮她揭掉大半了，露出紫色的香芋，撒满了巧克力。

安之愣愣地接过，言蹊抬手抚了抚她的脑袋。安之咬了一口，眼泪就落了下来。

“以前，爷爷跟我说过一句话，他说人生不如意事十之八九……”言蹊顿了顿，又说，“所以，我们只能常想一二。想着‘一二’，也许就能有勇气有信心继续生活了。”

安之眼泪噗噗掉落，半晌，她“嗯”了一声，继续咬着冰激凌吃了起来。

高中

Chapter 51

高中一入学，安之被分到了实验班，班里只有五十个人，集合了新生里所有的学霸，被平行班和重点班称为“学霸班”。中考满分五百四十分，这个班平均分在五百三十左右。安之是五百三十八分，两分扣在语文科，而她并不是第一名，第一名是一名叫许嘉尔的女生，五百三十九分。

然而许嘉尔第一天并没有来报到，不知道是何方神圣。学霸班的同学大部分都很安静，可能是因为还不熟悉，也有可能是出于对“同类”那种既想亲近又先审视的态度。

这是安之第一次对学校的学习环境有了一种舒服的感觉。

高中学校大部分是寄宿制，理工附高并没有强制要求，言蹊也不同意让她寄宿，所以让王叔每天接送。学校非常大，环境优美，旧的教学楼已经有三十年了，新的教学楼已经竣工，新旧的建筑风格互相存在，很有趣。

隔天班会，这是第一次班会，还是很重要的。

班主任庞老师是一个三十岁出头的女老师，长相亲切，面带笑意，上课铃声还没响就站在门口等他们。等众人坐得差不多的时候，第一声预备铃响，庞老师正要关上教室门的时候，还有一个人走了进来。

一教室的学霸书呆子、乖乖学生瞬间被来人震得头脑发晕，庞老师甚至怀疑自己眼睛出了问题。

发型格外拉风，一侧完全剃光，露出青色头皮，一侧头发层次分明地散下来，染成奶奶灰。在自然光的下面泛出银墨色的光泽。大家先是被发型和发色震撼到，然后定睛一看，又被样貌“暴击”。

太——太好看了！浓黑的修长的眉，一双深邃的细长的眼睛，挺直的鼻梁，粉嫩的薄唇。眉清目秀，少年意气。

等等？少年？可是皮肤细腻光滑，侧脸轮廓光滑如玉，唇色粉粉的，以及两排长而密的睫毛，女生？！

只见她走了进来，好高！粗测有一米七五？女生这么高？

"老师。"她开口叫人。

声音清澈，确实透着一股女孩子才有的细柔。

教室里一阵"嗡嗡"的议论声。

"这人谁？这样怎么进得了学校？"

"学校能让她这么染吗？"

"这是从哪个次元穿越过来的？"

庞老师让她先找座位坐下，因为座位表还没安排，大家都是随便坐的。她在教室里扫了一圈，目光落在安之身上。

她突然勾了勾唇，在众人的目光中朝安之那边走过去。长手长脚，经过安之身边，带起了一点风，在她后面的空座坐下。

"好帅啊！"有女生小声叫道。

庞老师开始讲话。这是她第一次带实验班，这个班每年都是各位老师趋之若鹜的。附高的老师带班都是三年制，从高一到高三。一旦带了这个实验班，到时分文理科也不会分到太差的，到了高三指标绝对能达到，奖金非常可观。本来这个好处是落不到庞老师头上的，可是之前有两位老师争得厉害，鹬蚌相争，渔翁得利。

庞老师此刻站在讲台，一腔教学热情几乎要喷薄而出，化作亲切和蔼笑容可掬的开场："我是庞老师，是咱们实验班的班主任，也是数学课的科任老师。好了，下面请每个同学到讲台做下自我介绍，让我们大家都熟悉一下。就从这边的同学开始好了。"

实验班的乖学生们，一个个走上去，十个有八个戴眼镜。

除了每个人开口都是"爱看书"这个十分雷同的兴趣，有的爱打王者农药，有的爱 TFBOYS，有的爱漫威，有的爱 DC，爱漫威和 DC 的两人说完别有深意地互看一眼。

轮到安之的时候，她十分简短地说了一下："我叫陶安之，陶渊明的陶。

爱看书……”

教室里发出一阵轻笑声。安之也抿嘴笑了起来，她一笑，右脸颊那个深深的酒窝就如群山环抱的小湖泊，十分甜美可爱。

班里的女孩子不少，都是细细软软的声音，她的嗓音更有一点奶声奶气的感觉，及膝的白色海军领裙子，一双红色的芭蕾鞋。

“爱化学，爱做甜点。”

说完教室里响起很响的掌声。

庞老师面带微笑：“还有谁没自我介绍啊？”

全班目光不约而同地扫向那个来自异次元的“奶奶灰”。

她懒懒地走向讲台。

“我叫许嘉尔。”

她站在讲台上，简直三百六十度无死角的帅气，发光到闪晕众人的眼睛。

清澈干净的声音，微微低沉，配合她那张脸，有种奇异的感觉，男生这个年纪多数属于变声期，她没有，整个人就像从漫画里走出来的，清秀俊俏，美得几乎像女生的少年，可她真的是女生。

多么奇妙的感觉啊……

“我爱看漫画。”

众人暗地点头，不意外。还没完，这位语不惊人死不休的同学继续说：“我还爱考第一！”

学霸班的同学们的目光像离弓之箭射向讲台上的人。这就不能忍了啊！

过了一会儿，庞老师带着一言难尽的表情上了讲台，清清喉咙，决定对刚才发生的事情视而不见。她把自己亲切的笑容露出来：“好的，那么我们来进行班委会的选举。有自荐的吗？”

教室鸦雀无声，不知道是不愿意，还是依旧沉浸在震惊中。

庞老师自有一套：“那我们按照学号来，然后大家没有意见就这么定了，我班一号……许嘉尔……呃……”庞老师抬头看了看那头“奶奶灰”的发色。

“有人反对吗？”

一片手臂的森林骤然升上来。

“呃……那二号……陶安之？”

手臂放下去了。

“好的，那我们的班长就是陶安之同学，副班是许嘉尔同学……这下大家都通过吧？好的……没问题。接下来学习委员是？”

安之说实话还在震惊中，还不及反应过来她就是班长了。

大胆、坦率、傲气。这是安之对许嘉尔的第一印象。好像没有杨蒙蒙的高中也挺有趣的。

安之内心叹口气，无比想念杨蒙蒙。

她今天也上学了，手机依旧被没收了。可能只有晚上才能跟她聊一聊。

放学时分，安之从学校出来，发语音给言蹊：“我能去找你吗？”

言蹊回她：“放学了？可以，过来一起吃饭吧。”

安之开心起来：“好的。”

言蹊：“小心车，到了告诉我，我出去接你。”

理工附高离邶视不远，只是靠近学校大门的路口总在拥堵。都是开着私家车来接孩子回家的家长。安之背着双肩包，穿过车流，像只小兔子一样蹦蹦跳跳的。

突然，刺耳的“嘟”的一声喇叭声，她吓一跳，在车子挨到她的时候，有一只手臂揪住她的背包，往旁边一拉，带到路边。

安之吓了一大跳，扭头一看，熟悉的奶奶灰发色，她见过的只有一个人。

“小心点，小班长。”那人一笑。

安之惊魂不定地站定，半是被喇叭半是被人揪住吓到的，还以为被什么巨大的怪物叼住一样。

她还得谢谢人家：“谢谢。”

她抬头看许嘉尔，好高啊，感觉比言蹊还高。

“你要去哪里？一起走啊。”

这人真自来熟。

“不用，不顺路。”安之看着车辆，绿灯亮，她就小跑地过了马路。

许嘉尔微笑地看着她，细软的头发刚过肩膀，看得出刚修剪护理过，雪白的皮肤，蜜桃似的双颊，身上有淡淡的栀子花香，走路轻巧得像只小兔子。只见她取出手机扫码，骑乘一辆共享单车走了。

许嘉尔远远地看着她，觉得这高中生活也许没她想象的那样无聊。

许嘉尔

Chapter 52

实验班的高中一开始就如火如荼，除了年级月考，实验班还会进行周测，几次频繁的考试下来，实验班的同学基本就摸清楚了彼此的实力。

众人非常沮丧地发现，“奶奶灰”副班果然有两把刷子，除了小班长能跟她争一下高低，其他人基本没办法。但是小班长每次各科总分加起来不是少她一分半分，就是跟她并列。所以第一名果然每次都是她！

实在太气人！

实验班的众人大多性子比较安静，只想当同学口中那种“低调有内涵”“真人不露相”的高冷学霸，校长老师眼里的“乖巧听话的好学生”。可是有这么一位外表气质无死角，惹人注目的同学，想低调都没办法。每周的升旗仪式，每天的课间操，都要接受来自周围怪异目光的洗礼。

开学三周了，校长、年级主任、班主任都没让她把头发染回去，这个人到底是什么来头？难道成绩好就能不遵守校规了吗！

实验班是什么样的存在呢？该是经常被老师们拿来做榜样的实验班，是令其他班同学谈起来就色变的实验班，是其他班老师用来教训他们“你们看人家实验班”的那个实验班才对！

是别人“羡慕嫉妒恨”的对象才对！是要留下“你看他们实验班成绩好还特别听话，一点都不叛逆哦”的印象才对！而不是留下“你看到实验班那个奶奶灰没？想不到他们那个书呆子班也有这么拽这么酷的人，真是刮目相看！”的印象！

我们不需要！我们不需要这个人设！拒绝！抵制！

学生们不知道，其实庞老师也非常苦恼。开学第一周她就把许嘉尔找进办公室谈话。好家伙，刚进办公室，其他老师就斜目过来。

她试着跟她说让她把头发染回黑色。许嘉尔同学露出帅气无比的笑容：“老师，这就是我的本来发色啊！”

你骗谁呢！

“老师，这发色是我的保护色啊！”

什么色？五月天的歌？

“其实我小时候一直身体不好，算命的说我在十五岁的时候要历个劫，然后呢，经高人指点我必须染这个发色才能成功渡劫……”

渡劫？你咋不说天还打雷呢！

根本是在岔开话题，庞老师叹口气挥挥手让她回教室了。决定直接上大招，打电话给她家长。许妈妈在那边笑得格外真诚：“啊，庞老师，是是是，您说得对，影响是有一点不好，但其实我们是有苦衷的，小时候嘉尔身体就不太好，算命的说她在十五岁有个坎儿。哎，你您说我们家长，涉及孩子健康的，就是不敢掉以轻心啊。这不，我们千辛万苦地拜访了一位高人，高人说她要染这个颜色才能……”洋洋洒洒说了半小时，庞老师都没法插嘴。

还有这样的家长？庞老师听得眼冒金星，只能作罢。

第二周，年级主任开例会的时候暗地点了她一句：“班主任的工作首先就必须落实学校以及各职能部门的各个阶段和突发性的工作要求……经常性抓好班级管理中的组织，协调督促……”

庞老师听得眼皮一跳一跳的，不知道是不是自己多心了。事实证明果然不是多心，会后，年级主任叫住她，笑眯眯道：“庞老师，咱们学校虽然也强调民主，但太特立独行也是不可以的，其他学生的感受我们也要考虑的。”

庞老师纠结来纠结去，灵机一动，叫来了班长陶安之，跟她说了这么一件事：“班长的职责就是要帮班主任分担事务，现在老师有个问题很困扰……”

安之眨眨眼听着，以前她当的都是学习委员，第一次担任班长，有点点紧张。到底年纪小，被糊弄了，她点头道：“好的，老师我会努力完成的。”

重新安排座位后，许嘉尔还是坐在她的后面。

见安之坐下，许嘉尔拿手指戳戳她的背：“班主任叫你干吗？”

安之侧过头，盯了她头发一眼：“你什么时候把头发染回来？每周我们班量化考核仪容仪表那项都因为你被扣分。”

许嘉尔不以为意：“那个分有什么用呢？”

安之皱起细眉：“你这么想的？可是老师会很难做的啊……”

咦？这话怎么说？老师压榨我们批评我们明明很开心很享受的样子！

“这是老师的工作啊，她要赚钱养家可能还要养小孩，大人们工作起来很忙的，可能晚上还要熬夜，白天还要操心你这个发色，可能还会被领导说……”

安之又看了一眼她头顶的那一抹“奶奶灰”，然后看见许嘉尔在盯着她看，好像她说的话很新奇一样。

她笑起来：“小班长，你才多大啊，就会站在大人的角度看问题啦……哈哈哈哈！有意思！”

安之被她笑得有点莫名其妙，仍旧认真劝她：“那你到底染不染回黑色？”

许嘉尔道：“我考虑一下。”

“哦，那好吧。”安之就转过身去了。下午课开始，她记笔记、做题、画图、整理笔记，再做题。放学铃声响，她转回去再问：“你考虑好了没有？”

许嘉尔哭笑不得：“没有。”

“那你要多久？”

“我不知道啊。”

安之郁闷地看着她，一郁闷，她的脸就鼓起来，婴儿肥还没褪去，像只小包子。

许嘉尔看着好笑，她收拾完书包站起来。

“给个具体时间，我明天才能告诉老师。”安之也站起来。

许嘉尔突然说：“这样吧，小班长，这次月考如果你考赢我，我就把头发染回黑色如何？”

她不说这个还好，安之读书这么多年，从没掉过第一的位置。开学三周多了，几次周测她都没有拿第一，单科没有，主科加一起也没有，有几科一直跟许嘉尔并列。月考的话，会进行年级排名，全部科目加在一起，安之没有百分之百的把握。这让她无比的郁闷。幸好进这学校时有心理准备，要不然还真受不了这个心理落差。

她正低头想，许嘉尔轻笑道：“怎么，小班长，你不敢吗？”

安之抬头："不行！月考要下周，等成绩出来也要时间，你这个头发又可以拖很久了……这是不是你的缓兵之计？"

许嘉尔眯眯眼："……小班长，事实是你怕考不赢我吧？"

这个人，有点讨厌啊……安之抿住唇，没忍住，瞪她一眼。

"那你有把握百分之百考赢我吗？"

许嘉尔耸耸肩："没有。"她单手把书包甩到肩上，动作帅气极了。那头奶奶灰色的头发柔顺地垂下来，她头扬了扬，露出光洁的额头，还有很深邃的目光。说实话，这个发色还挺衬她的，不是所有人染这个颜色都好看，有一瞬间，安之有点动摇。

这时，许嘉尔笑着睨她一眼："既然你都不答应跟我比，那我头发就不染咯！"

安之抿住唇，不说话，背起书包就走。

许嘉尔笑着跟在她后面："哎，哎，小班长，你生气了呀？别气嘛！"

"我要回家！我不跟你说了！"

"哈哈，小班长，你多大了，回家找妈妈吗？"

安之走出几步回头："班长就班长，为什么叫我小班长！"

"因为你……"许嘉尔垂眼看着她笑。安之以为她要说她年纪比较小的，谁知许嘉尔抬手到她头顶，然后到自己脖子一比："……好矮哦……"

安之小学里有很长一段时间担心自己长不高，现在好不容易好点了，上了初中就没人说她了。这个人！先是让她第一的名次不保，居然还嘲笑她的身高！

许嘉尔看着她的小包子脸一下子涨粉起来，杏眼气呼呼地瞪自己，连右颊的小酒窝仿佛都要红了，想要骂人的样子，但是一看就没骂过人，憋了半天，"哼"一声扭头就跑掉了。

许嘉尔在后头哈哈大笑起来，小班长似乎听到了她的笑声，气得站定几秒，再回头用力地瞪她，气鼓鼓地走了。

哎哟，萌死了。

交流

Chapter 53

《诗词大会》后，鄞视又推出了《成语大会》，这次没有让林薇和言蹊搭档，而是让言蹊独挑大梁。节目播出后有口皆碑，言蹊也越来越有名气，认出她的人越来越多。每周日播出，周六录影，周一到周五的时间比较自由。她又捡回了长跑的习惯，而且每周有三个小时的健身时间。

晚上回到家，安之做作业，言蹊去夜跑。根本没有办法晨跑，因为楼下的大叔大妈会把她拉住问各种各样的问题，还会给她做媒。

天下起了小雨，落在言蹊的脸上，她喘口气，稍微放慢速度。

因为工作的关系，最近跟廖承宇有越来越多的接触。午间吃饭偶尔会碰到，开会时也会，有时比较晚了，他会给她买红豆面包和牛奶作夜宵，用牛皮纸包好，放在她的桌子上。最近加了微信，偶尔给她发下好笑的新闻和笑话，还有一些有趣的话题。如果开会她晚归，会发短信询问她到家没有，甚至还会转一些高中孩子的相关事情给她看。

不过分，却恰到好处的关心，再迟钝的人都能感受到他的心意。言蹊不讨厌这种方式，但……她眼底有光掠过。

静跑中，雨点轻飘飘地落在言蹊的发中，她呼出一口气，想起上个月她二十八岁生日，柳依依因为要飞米兰，提前给她过生日时，和她的对话：“唉，没有找到爱情之前，女人也是会寂寞……”柳依依幽幽叹气，“新来的小男生助理，清秀得可以掐出水来，可是啊只能看……”

言蹊清咳一声：“你跟我二哥怎么样了？”

柳依依抿唇得意地笑几下：“我摸到他手了！啊！已经看到了革命胜利的

曙光了！”接着她一脸正经地说，“言小五，老实说你这么多年就不寂寞吗？”

雨点越来越大，砸到脸上开始有重量了。言蹊喘一口气，掉头往家里跑。进了小区，她加快速度，耳朵听到了雨点落在叶子上的声音。到了家门口，院子亮了一盏小灯，在细雨中发出微光。

言蹊进屋，说了一句“我回来了”。锁门，去餐厅喝水。

上到二楼时，在房间里的安之听到声音叫了一声：“姨姨？”

“嗯，回啦。”

言蹊进房间冲了凉回来，去楼下拿了罐啤酒，点开纪录片坐在沙发上看了起来。

很多时候，她在家放松，会看一些情景美剧和纪录片，有时候放着，有时候也会真的看入眼，有时候只需要有些声音。

她看下时间，快九点了，安之怎么还没做完作业？这不像她。

“陶陶？”

安之走了出来：“哎。”

“作业很多？”

“没有，我都做完了，一不小心做多了题目。”安之揉揉眼睛，坐到沙发上去。

“累了吧？”安之入学后，言蹊都还没怎么关注过，只知道她当了班长，因为她上学后，学业就一直不用她操心。可现在是高中了。言蹊带了点歉意问道：“学校一切都还好吗？”

安之点点头，脚蜷缩上去，嘟了嘟嘴。

“怎么了？”

“班级有个厉害的同学……我很久没有拿第一名了。”安之闷闷道。

“嗯……这样啊……”言蹊在脑海里思索，是有一些孩子，初中名列前茅，到了高中反而成绩平平。

“已经月考了吗？”言蹊算了算时间，应该还没有才对。

“还没有，不过我们班会周测，那个人要不就跟我同样的分，要不就多我一分……”安之闷着声音，没发觉自己嘴巴翘得可以挂东西了。

言蹊内心想那还好，很正常啊。但转念一想，陶陶也是读书时就没掉过第一名，现在这样，肯定有心理落差吧。

言蹊读书时属于平时不爱用功，关键时刻抱抱佛脚，努力后成绩中等偏上型，不是很懂学霸的心理。但看着安之低垂着眼睫，嘟着嘴，郁闷的小包子萌态，她想感同身受，但是很想笑怎么办呢？

“嗯，这样啊……”言蹊稍微拉长声音，试图把笑意压下去。

安之郁闷，她本来想一股脑地把许嘉尔这个人说给言蹊听，这个女生很特别，但是有时真让人生气，一点都不配合班主任老师的工作，还夺她的第一名。

但是安之又有点小小的疑惑，染头发也是她的自由，第一名也是她凭本事拿的，好像也由不得她说什么。那她心里怎么有些不爽呢？对了，这人嘲笑她的身高！这点就不能忍了啊！一米七五了不起啊，我已经一米六了好吗！我之前更矮……但她又不能说我在小学是全校最矮的呢，简直是自爆自己的短处！

好郁闷！

“这个第一名很厉害啊，你们可以互相学习，说不定还能成为朋友。”言蹊笑道。自从杨蒙蒙回老家读书店，安之低落了很长一段时间，她是真心希望安之能有同龄的玩伴。同辈的相处和交流，这点言蹊觉得自己是给不了她的。

安之撇撇嘴，一副不是很愿意的表情。

“怎么啦？”

“她就坐在我后面，人又自大，平常没事就爱戳我，让我跟她说话，我不理她她就挠我痒。别人都叫我班长，就她叫我小班长，还笑我矮。”

言蹊眯了眯眼，不露声色问：“是男生还是女生？”

“女生。”安之说完，沉默。虽然许嘉尔第一眼都会被看成男生，但是定睛一看会发现是很俊很俊的女生，特立独行，特别潇洒坦率。

安之没见过这样的女生。尤其她刚来时的自我介绍，虽然大家过后都没觉得有什么，但是敢在大庭广众下当着老师的面说出自己的想法，其实在他们同班同学看来是一件非常酷非常帅的事情。其他班也有耳闻，大家好像没有当过一回事，反倒是课间会有许多女生来围观许嘉尔，然后会发出“好帅！果然好帅！真的好帅”的花痴声音。

言蹊暗地里松口气，心想女生还好。

安之已经上高中了，快十四岁了，虽然说恋爱不分早晚，但言蹊还是觉得她太小，不太放心。初中还好，虽然有小男生尾随她，给她示好之类，但言蹊知道安之在学校里总是会跟杨蒙蒙在一起。后来杨蒙蒙成了她的小间谍，所以言蹊有一切尽在掌握中的自信感。

言蹊试探地问："听上去是个挺有性格的女孩子，嗯，能成为朋友吗？要不要请她出来吃饭？"

安之皱眉："不要。我不喜欢她。"

言蹊扑哧一笑："因为第一名是她不是你吗？"

安之噎住，是因为这个，还有总觉得许嘉尔老是笑她，她觉得很郁闷又不知道怎么反驳。她气闷地噘起嘴："她染了头发，老师让她染回来她不答应，我是班长嘛，自然要劝她，可她说我月考考赢了她，她就染回来。"

"嗯，有意思。那你答应了吗？你怕考输她吗？"言蹊逗她。

"姨姨！"安之气鼓鼓地叫她，一脸"你怎么也这样"的表情。

言蹊不但不收敛，反而笑起来。她刚洗完澡，素面朝天，肌肤都在发着光，眼睫很长很黑，细细的，像是用黑色蜡笔一根根画出来的一样。安之看着有点发愣，她小时候就觉得姨姨很好看，越长大越发现姨姨越来越好看。以前因为不认识那么多词，只会用好看来形容她，她现在读高中了，按道理说词汇会更加丰富才是，可是一瞬间浮现脑海的还是"她真好看"。

可是，以前她自己失落的时候，特别是小时候，言蹊都会把她搂在怀里安慰，最近越来越少了，除了她生病的时候。安之无比失落。安之目光掠过去，言蹊笑着，屏幕上放着纪录片，她在等着安之。

心事

Chapter 54

安之看到言蹊手中的饮料，还有大屏幕上的纪录片，她记得言蹊已经看过了，怎么重复看呢？安之歪歪脑袋，言蹊有心事。可能是因为工作，也可能是因为其他的？但是言蹊没有表现出来，她也不会跟自己说，而是放下自己的事情，来关心她……

安之心里被另外一层怅惘填满。她想当小孩子，因为当小孩子才能肆无忌惮地跟言蹊撒娇，跟言蹊亲近。可是她又想很快当大人，起码要能当言蹊眼里的大人，也许这样起码能让言蹊跟她说一些心里话。在很小的时候，安之觉得自己眼睛里的言蹊很高、很美，她懂好多自己不懂的事情，安之很多时候必须仰着头跟她说话，或者听她说话，感觉离得很远很远。当言蹊带她回家的时候，当言蹊第一次抱起她的时候，当言蹊每次弯下腰跟她说话的时候，那种很远的距离瞬间会被拉得很近。

安之从很小的时候就很会观察别人的情绪，尤其是大人的。从记事起，她就意识到她与别的小孩不同，别家小孩家里热热闹闹，而她只有外公。她家吃饭时只有两双筷子，不像邻居家桌子都坐满了，而且似乎村里的很多人家都是一样的。常听别人说：“外公很辛苦，退休了还要四处走动让人帮忙给他介绍学生，因为他的退休金不够两个人的开销，因为孙女以后要读书……”

大人很辛苦，她能做到的就是乖乖的，不要问那些他们回答不上来的话。她一直很安静，不多话，只有让她觉得很熟悉很有安全感的人，她才会慢慢地袒露自己。在言蹊身边的这些年，她习惯了被言蹊照顾，习惯了当小孩子，习惯了偶尔闹闹脾气和撒撒娇，她很少去主动关心言蹊。

言蹊会累，会疲惫，会不开心，工作也很忙，但她很少会让安之知道。安之的心突然酸起来。也许在很多个她不知道的夜晚，言蹊也这样，一个人独自坐着，看纪录片，孤独地寂寞地想着自己的心事。

“怎么啦？好了，我不笑你就是。你觉得很难考赢她，对方也是一样的。陶陶，这不像你，你应该是一直嘲笑别人成绩太差的那个才对。”言蹊以为安之还在为刚才的话郁闷，笑着说。

“嗯……”安之心不在焉地应了一句，反应过来，有点不好意思地呐呐道，“我大概遭报应了吧……”

言蹊微直起身，手指在她额头轻弹了下：“说什么呢！”安之不好意思地笑笑：“那个许嘉尔理科跟我差不多，数学、化学、物理我们经常打成平手，就是文科，她英语比我好，有时我语文比她考得好……”

一边说一边留意言蹊的反应，她本来在喝着啤酒的，没料到安之的动作，一手急忙把啤酒挪开怕洒到安之头上，一手条件反射地护住她的头，头脑里几乎来不及反应，就被安之塞入了许多信息，她只来得及“嗯……”的一声。

安之偷偷翘起唇角：“所以啊，我只能在文科上下功夫，理科也不能粗心，否则就一点胜算都没有了。”

“嗯……许嘉尔？这名字取得不错。”言蹊说，她低头看着安之，“你们现在的英语卷子是不是都是阅读了？”

“嗯。语文也是。”

“嗯？我高中都是十几年前的事情，不太记得了。”言蹊的手慢慢地抚着安之的头发，想了一下试卷，没能想起来。

“就是……”安之掰起手指，“第一部分是现代文阅读，分为论述性阅读、文学类文本阅读和实用类文本阅读；第二部分是古代诗词阅读，”她换一只手数，“分为文言文阅读、古代诗歌阅读和名篇名句默写；然后第三部分是语言文字运用，一般考成语的正确运用……”

安之念着念着，发现两只手都数完了，她抓过言蹊的手，接着数：“病句选择，表达得体选择题，还有语言表述题，有两道题，然后就是作文……”刚好数完言蹊的一只手。

刚才数得起劲，把语文题目全都在脑海里过了一遍，等安之数完，发现言蹊的指甲油是豆沙色的，有一两个边缘已经花了，但美感不减。

安之以前都没这么近距离看过她的手，要比自己的大一些，手指纤秀细长，手背秀窄，手腕细瘦。安之发起了呆。

言蹊眨眨眼，揉揉安之的头发。

继续刚才的话题：“那你看过这位许嘉尔同学的试卷没有？”

“嗯？”安之像只在窝里翘起耳朵好奇的兔子，睁大眼睛看着她。

“你应该看看她的试卷，找清楚她的失分处，知己知彼，才能百战百胜。”

“嗯……”安之皱起眉，开始思考。

“不用着急，先看看这次月考。”

“好的。”安之点点头。

言蹊对她笑一笑，把视线投向了屏幕。

安之望着言蹊，这个话题应该就到此为止了，安之从睡裙口袋摸出手机，干脆玩起来，偶尔也瞄两眼屏幕。

“1953 年，国家文物局约请各行各业修复高手进入故宫成立文物修复厂子……”解说声音舒缓平静，安之刷网页刷累了，眼皮渐渐睁不开，眯着眼迷迷糊糊地睡着了，手机“咚”的一声掉下来。

言蹊坐直身体，把啤酒放下，低眸瞧瞧安之，把她半搂着靠在自己怀里，一下一下地拍着她。但她的思绪却仍在柳依依跟她说的那番话上。

“你难道不寂寞吗？不，不只是寂寞，还有渴望，你想有人欣赏你，那种共鸣感，不只是思想上，当然这种是可遇不可求的……”

言蹊愣愣地出神，老实说，她有些混乱。自从高既明后，这些年追求她的不乏优秀的人，却无一让她动心，更多的时候她心平如镜。而她不得不承认，廖承宇，是这么多年来，唯一一个让她觉得相处起来舒服的异性。

可那种灵魂上的共鸣，到底是什么感觉？

言蹊觉得困惑和茫然，以及怀疑。会有这种感觉吗？真的有人会遇到这种感情吗？

言蹊陷入深思。她突然有种感觉，也许自己一辈子都不会遇见，可能，也不会感受到。像柳依依那种灼热的浓烈感情，她一辈子都体会不了，也做不到。

突然，安之挣了挣，“唔”了一声，像是一个姿势睡久了。她动了动，睁开眼，蒙蒙地看向言蹊。

“嗯？姨姨？”

但是言蹊似乎在发呆。

安之眨眨眼，看了她一会儿。她从未见过言蹊这个样子，蹙着眉毛，茫然的，还有一股低低的沉寂。

安之心一揪，直起身：“姨姨……”

“哦……醒了？”言蹊回过神来，看向她，但目光还有些飘散。

宠溺

Chapter 55

她拍拍安之的脑袋，刚想说话，安之抬起头来看她，那双纯净的眼眸凝望着她：“我不想你不开心……”

言蹊的手还搭在安之的脑袋上，她睫毛颤了颤，一时有些迷惘。她并没有不开心，只是该怎么说，连她自己也并不知道这是种什么感觉……空空的，茫然的。

言蹊的指尖捋过安之的发丝，慢慢地抚摸。

小时候她做噩梦时，必须要摸着她的头才能入睡。以至于这个摸头的动作对她们来说都是习惯性的，这无疑是个舒服的动作，安之的眼皮垂了垂。

言蹊是居高的视角，安之一举一动的变化都能看在眼里。果然还是这样，她小的时候，只要做这个动作，很快就会犯困，眼皮打架，像只新生不久的小奶猫。

安之在她身边的这些年，时光沉静，过得既慢又快，眨眼间安之就长成了这么亭亭玉立的少女了。

言蹊莫名心里也平静下来。

她的房子挺大的，因为是父母精心选的位置，精心装修的，足有三层，还有顶楼阳台。原是父母为一家人准备的。现在只有她和安之住，她们平常活动的范围也就在一楼和二楼，这两层楼处处都是她们的痕迹。

言蹊不敢想象，这栋房子，如果没有安之，只有她一个人那将是多可怕的样子。也许如果没有安之在，这些年会有其他人进入她的生命，可那是假设，此刻在她身边成长着的少女才是真实的。

她何必怀疑自己，何必迷惘呢。也许未来她会爱，也许不会爱，也许她还会一个人这样孤独下去，但她没法说服自己勉强去接受，但至少这个时刻她不是一个人，有安之在。

安之动了动，揉揉眼睛。她抬眼，与言蹊眼眸对望。

“快去睡吧，你都困了。”

言蹊把她推坐起来，安之略迷糊地站起来，脑子里一下打结转不过来。言蹊见她发蒙的可爱模样，轻笑地掐一下她的脸。

安之眨了一眼，这才觉得言蹊好像又回来了，唇角噙着温柔的微笑，正近乎宠溺地看着自己。

安之整晚没怎么睡，第二天黑着眼圈去上课。一上午都呆呆发愣，都没关注周围的环境。后背被人戳了一下，安之猛然吃痛，回过头去，映入眼帘的是一头黑发。

咦，许嘉尔怎么舍得把头发染回来？

那人嘴角有嚣张的笑容：“怎样？”

什么怎么样？

“帅吧？”

安之撇撇嘴。这样高的颜值，染什么颜色都很好看，而黑色让她更有一份内敛的文雅气质，不过安之是不会告诉她的。

“小班长，我们可说好了哦，月考分高下。”

安之困惑道：“可是你已经把头发染回来了。”

许嘉尔摸摸自己头发，“……对哦。”

安之忍俊不禁，这人居然还有点呆气。

“既然如此，你输了就答应我一个条件好了。”

“凭什么？”

“小班长，我可是看在你的分上才染回来的。费了不少功夫，又得漂染，我发根现在还在疼。”许嘉尔瞅着她，意味不明地笑，“你不是这么狠心的人吧？”

安之无语地盯着她。

“虽然我赢面很大……”

“比就比。”安之鼓起脸。

她们说话的声音不小，周围同学都听到了，纷纷投以好奇的目光，然后暗自猜测站队。

月考成绩下来的那一天，实验班不少同学都非常认真听着老师念分数，念一科目，记一科目。只是记的不是他们自己的分数，而是两位班长的。

语文，小班长赢两分，先下一局；英语，副班赢三分。暂时打平；数学，都满分，平手；化学，小班长赢一分，再下一局；物理，副班赢一分，再平手。

等等，她们是算总分，还是算单科？是一场定胜负还是三局两胜？正副班长争排名之战就此拉开帷幕。实验班的同学都以为只会是月考这一次，殊不知高一第一学期的每次大小考都是这样，最后连科任老师都知道了，每次考试后甚至会调侃道："这次哪个班长赢了啊？"

月考后的一个周五下午，班主任开家长会。

秋天的黄昏，篮球场上，许嘉尔在打篮球。实验班的男生都太文弱，她就放学后混在校队跟他们一起打。她接过同伴传给她的球，举过头顶，瞄准场上的形势，当机立断地运球，身法灵活，闯入内线，灵巧地弹跳起来，手臂用力一投，球稳稳地入筐。

身材修直，发丝飞舞，中性的帅气发挥到了极致。见到入球后她又吐了下舌头，俏皮可爱。边上许多尖叫的女生。

许嘉尔在理工附高很受女生欢迎。她眼睛瞄到在不远处走廊里的安之，打发掉上前找她说话的几个女生，走了过来："小班长。"

安之无奈地看着她："说吧，要我答应你什么事情？"

许嘉尔似笑非笑："不服气呀？"

安之咬了下唇，脊背挺直。

"给个微信呗，小班长。"

安之看了她一眼，不说话。

"你好像对我特别抵触啊，小班长……"

遇见

Chapter 56

安之不想说什么了，转身就要走。许嘉尔长腿一迈，挡在她面前：“欸，小班长……我开个玩笑。”

她记得那时她站在讲台做自我介绍的时候，全班同学的神色都被她看在眼里，惊诧的、惊艳的，只有一个人好奇地看着她，似乎还夹杂着微微的担心。

上课的时候，她无聊地盯着前面的背影，听说是班里年纪最小的一个，身高也不算矮，但看着特别小是怎么回事？说话声音软软的，奶声奶气的。四肢瘦瘦白白的，很像一只小兔子。

许嘉尔生起要认识她的心思，用手指去戳她，拿笔去骚扰她，终于跟她说上话，没事就想逗她两句。她气鼓鼓的样子特别好玩。

许嘉尔的父母都在国外长大，在国外接受教育，人也相当开明。父母两人的工作都是口译员，相知相爱。许嘉尔身上有那种在充满爱与尊重的家庭环境下成长起来的自信和明朗。这让她在同龄人里特别突出，而且她自己也知道。

“你不是在等你爸爸还是妈妈开完家长会？跟我一起啦，咱们聊聊天啊……”许嘉尔往前一步。

安之不得不往后退一步：“没什么好聊的。”

“怎么感觉你在怕我，我没什么好怕的呀，小班长。”许嘉尔看她满脸警惕的样子太好玩了，像只随时都可能炸毛逃掉的小兔子。她微微牵起唇角，心情非常好：“我们不是互相交换了卷子嘛，小班长，你的英语比较弱哦……”

安之被她吸引住注意力。

许嘉尔慢慢靠近她，对她说：“我发现你阅读错了一道，还有作文扣了分，你阅读是先看题目还是先看文章的？”

“题目啊。”

“嗯，我也是，不过你错的那道是选中心思想的，那篇阅读是讲环境污染的，空气污染只是其中一个部分，你看……”

安之扬扬眉，从书包里摸出卷子看，静静地听着。

等言蹊从会议室出来，走到走廊这边来找安之，就看到这样的画面。

言蹊停住脚步，叫道：“陶陶……”

她一开口，两个人齐齐望向她的方向。

许嘉尔侧过去一看，很年轻的女人，穿着长风衣，内里简单的针织衫和牛仔裤，粗高跟鞋，娴静温和，赏心悦目。

她刚在想这人是谁，在叫谁，小班长像只被人召唤的宠物一样朝来人跑了过去。

她琢磨了一下“taotao”这两个字。桃？陶？陶安之？原来如此。

只见平常对她吝啬于笑容的小班长，对着来人露出甜甜的笑容。

这个年轻的女人摸了一下她的头，眼光却扫向自己，审视的意味很明显。

许嘉尔听到安之轻轻地说：“这个是许嘉尔。”

想必小班长有跟这女人提到自己，只见她目中的讶色一闪而过，然后对着自己点点头：“你好，我是陶陶的家长。”

家长？两个人并不像，所以不可能是妈妈或者姐姐。可这两个人在某些地方仿佛又很相似，似乎有一种长年累月生活在一起才有的熟悉感，这是许嘉尔的第一感觉。不知道是小班长的什么人……她露出那种面对大人才有的疏离的正经的笑容：“您好。”

言蹊也并没有想跟她多说话的意思，低声对安之说：“好了吗？我们回去吧？”

安之点头，然后对她说：“许嘉尔，我回去了。”

言蹊搭了下安之的肩膀，两人很自然地转身离开。

“晚饭想吃什么？”

“随便吃点什么吧，我不饿。”

“嗯……找个可以喝粥的地方好不好？”

“好的。”

再多的话许嘉尔就听不见了，她缓缓地收起脸上的笑意，盯着这两人的背影看，若有所思。

言蹊取了车，看着安之系好安全带，然后再开出校园。她问：“原来这就是许嘉尔，你们关系不是挺好的？”

“才不是呢，她拦着我不让我走。”安之鼓起脸。

“嗯？为什么？”听着她孩子气的告状，言蹊眸中升起了笑意。

安之连忙摆手：“没，没什么啦。”

言蹊投来一个困惑的表情，见安之移开视线，明显不想再继续这个话题了，只能作罢。

言蹊无奈地瞧着她，顿了顿：“那个许嘉尔……”

她对安之身边来往的人总是特别小心。连言大胖言小胖都被她多次警告过，陈魏她了解过，觉得小男生没什么威胁性。杨蒙蒙是她觉得很不错的，所以她一直很放心。

但这个许嘉尔不一样，言蹊也不知道自己的警戒心从哪里来，对方也只是个孩子而已。

“啊？怎么？”

“没什么。”言蹊把话咽下去。

她不是小孩子了，有交朋友的自由，不能再管着她了。

尊重

Chapter 57

整个高一的第一学期，安之和许嘉尔都处在竞争的状态。安之慢慢找到了自己的节奏，还有学科上的优势。随着课程的展开，许嘉尔在物、化两科被安之拉开距离，两人几乎是互换着当第一名。

实验班的其他人看多了就都木然了。

许嘉尔依旧经常逗安之，问她要微信。安之只肯跟她讨论学习上的问题，就是不给她微信。

理工附高的分科在高一的下学期，安之并没有问许嘉尔会选文科还是理科，她隐隐有种不祥的预感。果然下学期开学，她又在理科实验班看到那张熟悉的笑脸。安之无奈地长出一口气。

“Hi，小班长，看来我们未来两年半还要继续当同班同学了。”

分了班，仿佛就动了真格一样。理工附高向来以理科见长，光理科班就有十五个班，四个实验班，竞争非常剧烈。所有进了理科班的学生都不敢掉以轻心。

安之感到了空前的压力，很明显，许嘉尔也是，她的物、化成绩并不是很稳定。高一上学期的时候，她们两个光顾着互相较劲了，都没来得及与其他同学建立友谊。下学期一开学马上就分了班，班里大部分都是陌生脸孔，只有许嘉尔还算熟悉。也巧，班主任老师还是庞老师。

安之多多少少有点认命了，在许嘉尔再一次问她要微信的时候，心一软就给她了。

第一次月考，两人都掉出了年级前三名，一个第四，一个第五。两个自尊心太强的小孩都受到了打击。所以当许嘉尔提出要跟安之一起学习的时候，安之并没有拒绝。坦白讲，许嘉尔是个很好的学习伙伴，她们实力相当，而且了解对方学习上的不足。

两人都是走读，不需要参加学校的晚自习，所以她们约定好每天放学后，在教室里一起学习一个小时，做题或者背诵，或者一起整理笔记。

言蹊并未反对这件事，这并不奇怪。安之觉得奇怪的是，在她初中的时候，言蹊知道她有新朋友的时候，很在意她的新朋友是什么样的人，她甚至还跟杨蒙蒙成了朋友。用杨蒙蒙的话说是“爱屋及乌”，但是对于许嘉尔，言蹊从没主动提起，甚至有时听到安之说到她的时候，言蹊总会不经意地蹙眉，很不明显，但安之都发现了。

想到杨蒙蒙，安之非常失落。她老家离邶城太远，放假也不可能来。而不知道什么原因，她们的联系越来越少，很长一段时间都不说话了。

安之在想，是不是分开了就不会再重逢了，是不是长大了就意味着周围的一切都会变？

这让安之有种恐慌感，她能感觉到言蹊对她越来越放松，不再阻拦她看什么书，不再制定她看手机的时间，不再过问她的朋友。

她有一种琢磨不透言蹊在想什么的茫然感。也许言蹊把她当一个大人了，可当作大人就表示着言蹊不再关心她了吗？

安之不知道怎么办，她甚至私心地认为一切停留在现在这个阶段就好。她什么都不敢去想。

有时跟许嘉尔自习完，言蹊还没下班的时候，她会到电视台找言蹊。言蹊去录影的时候，她会坐在言蹊的桌子前，好奇地看着言蹊工作的地方，言蹊的小盆栽，言蹊的便签条还是安之给她买的角落生物便签条。

安之抿唇笑，看到她常用的笔，虽然现在很多人会用电脑办公，但言蹊有段时间感慨自己的字忘得越来越多了。在她的桌面有一叠 A4 纸，上面有她随意练的字。看得出来是在工作空隙时写的，没有什么规律。但是一个个字，有的端正，有点略潦草。

安之脑海里涌过很多回忆，禁不住拿笔也写下一个“蹊”字。

“这是小路的意思。来，我教你写。”

“为什么你跟舅舅们的名字不太一样？”

当时的言蹊笑，调皮地眨一下眼："因为我是个惊喜啊。"

安之扬着酒窝笑。

又在"蹊"字旁边写了个"陶"字。

这两字并排在一起，对她来说有一种隐秘的欣喜。

这时，桌面放下一个纸袋。安之抬头一瞧，是那个言蹊称为"廖导"的男人。安之遇到过几次，有时他还会请大家吃饭，特意让言蹊带上她。

"安之你在这里？哦，想吃吗？我去再给你买一份？"

安之瞥一眼纸袋里，闻到香甜的红豆面包味道，还有一杯红茶。

她扫了周围，发现周围人都有，提着的心稍微放下来，她摇了下头。

廖导笑了笑，他跟安之见过几次面，觉得这孩子有些怕生，不爱说话，就不勉强她了。

他刚走，安之瞪着那袋吃的一会儿，接着她取出那个红豆包，"嗷呜"大咬一口。

脸颊鼓起来，想了想，干脆一不做二不休，把红茶也拧开喝掉。

等言蹊回来时，安之已经顺利把东西都吃完，包装也丢垃圾桶了，丝毫痕迹都没留下。言蹊领着她走到车库的时候，那个廖导又跑出来，跟言蹊说话。

无非就是些工作上的，为什么不在办公室说呢？上了车后安之憋着一口气，这男人表现得太明显了。可是言蹊看上去并不讨厌他。

安之这口气一直憋到家里，感觉自己憋得像一只河豚。言蹊好像还没发觉，安之觉得她都快要爆炸了。

终于一入家门，她就忍不住问："那个人在追你吗？"

"啊？"言蹊今天有些累，最近又要带新人又得录制节目，冷不防被这个问题砸中，她想着怎么回答。

前段时间她以一种委婉的方式暗示了廖承宇，她暂时不想谈恋爱，廖承宇好像是懂得了她的暗示，也不再单独给她买东西吃，会给团队的每个人都买一份，也不再有意无意地找她聊天，微信上的消息也少了下来，谈的都是一些公事。

但是她发现在她周围说他好话的人越来越多，甚至同事都默认廖承宇跟她很适合，都是一副鼓励的模样。

言蹊暂时还没想到解决的办法。现在安之一问，她一下子也想不出来怎么回答。但是安之目光炯炯地锁着她的脸，似乎这个答案对她很重要。

“你不用管这个，好好学习就是了。最近怎么样了？跟许嘉尔一起自习有成效吗？”

“还行吧。”安之撇嘴道，感觉到言蹊在转移话题。

“嗯……你们现在是朋友吗？”言蹊拿起保温壶倒了一杯水喝。

安之想了想道：“算是吧。”许嘉尔最近正经了很多，说实话，她真的不难相处，也很难去讨厌她。虽然感觉不像杨蒙蒙那么融洽，但确实是目前跟她相处最多的一个同龄人。

言蹊动作顿了顿，她背对着安之，所以安之并没有看到她的表情。

分班后的第一个家长会，言蹊在几个家长闲聊的时候听到一句：“听说这个班有个孩子很有个性，叫许什么来着？”

另外一个家长说：“对，我家孩子跟我讲过，许嘉尔非常酷，听说入学时还染了一头灰色头发。”

“哎哎……你说现在的孩子在想什么？我们要不要跟班主任反映呢？”

“反映什么啊，现在我们假装不知道就好，有时候你越当真，孩子们就会越来劲，越讲个性。”

“对，反正成绩好就行了，我们看管好自己的孩子。”

言蹊内心波澜不断，听到这个消息的时候她混乱了很久，联想到陶陶和她走得比较近，以及更早时看到的画面，那个叫许嘉尔的女生和安之走得很近，她倒是对这点没什么意见，怕安之被带坏是一瞬间的念头而已。或许她多心了。言蹊转过身，看着安之。

“你都……这么大了，都……”言蹊声音低低的，把未说出的话隐在内心。

言蹊眸底的光微微一晃，拍拍她的头，犹豫下终于说：“学习为主，知道吗？”

安之懵懵懂懂地瞧着她。

“其他事情等你再长大一些，知道吗？”言蹊终究还是没有说什么，安之能交朋友太不容易了，她在纠结中告诉自己不要去反对安之的决定。

安之总需要同龄的玩伴，这一点是自己无法给安之的。她现在是少年了，自己不能再像小时候那样管着她，应该给她充分的自由。

她觉得许嘉尔可以相处，可以交朋友，那么她就该支持安之的决定。

言蹊反反复复告诉自己这些话，竟产生了疲累的感觉。

“好了，我先回房间了。”言蹊按了按额头，走回房间。

安之目送她的背影，懊恼地低头，那个问题还是没能问出来。可是问了又能怎么样呢，这是言蹊的自由啊。

冲突（上）

Chapter 58

许嘉尔和安之坚持每天放学留下来自习一个小时，成效是显著的。两个人应试能力和自主学习能力都很强。第二次月考成绩出来，两个人重新回到了年级第二和第三。第三次月考成绩出来，安之是年级第一，许嘉尔年级第二。两人并不敢掉以轻心，周围高手环绕，稍微松懈就要被拉下马。

两人在实验一班，班主任仍然是庞老师，仍让她们两个当正班和副班。而她们两个这么用功，自然带动了班上的学习氛围，一班的教室从放学到晚自习，一直都有人待在里面学习。其他实验班和重点班当然不甘落后，于是这届的高一刚分班就表现出了如火如荼的学习气势，各班班主任都看在眼里喜在心里，尤其是一班班主任庞老师觉得脸上十分有光。

就这样风平浪静过了两个多月，终于有一天还是出事了。

许嘉尔早已成为学校的风云人物。从高一开始，几乎所有女同学都喜欢和她交朋友，甚至有女老师都对她青睐有加。

这让理工附高的男生很不理解，有些人忍不住好奇向女生们打听。女生们说："许嘉尔对女生尊重体贴有礼，还是学霸。功课好、运动好，长得又高又帅，几乎没有缺点。有了这么一个人物，谁还愿意跟男生玩啊？"

好奇的男生们受到了巨大的打击。安之也感受到了许嘉尔的受欢迎。每天课间，都会有女生给她送吃的，薯片、果冻和冰激凌等各种食物。有时候许嘉尔笑着收下，可转眼就塞给安之。

还有数不尽的礼物和纸条，许嘉尔每次都推脱，推脱不过就只好收下，只是她一点都不收敛，经常挂着嘚瑟骄傲的笑容，对每一个人都笑容以对，却没有真正答应。

这无形中惹火了一些人。

有次放学，她们依旧在教室里自习。安之正在做物理受力分析图。忽然，门口一声大喝："许嘉尔！"

教室的人吃了一惊，安之抬眼向门口看去。不知道哪个班的几个男生走了进来，为首的一个黑黑壮壮，扫了一眼教室，就怒目望向许嘉尔，鄙视地上下打量一下她。

"你就是许嘉尔，怎么长得不男不女？"

安之掐住笔。

许嘉尔的思绪被打断，听到这不礼貌的话，更加不耐烦，刚站起又听见一句："看样子就不正常。"

许嘉尔冷脸叱道："哪来的疯狗，滚出去！"

"你装男生给谁看？"男生斜眼盯着她，嘲笑道，后面的男生也讥笑起来。

"你……"许嘉尔咬住牙正想发作，安之急忙站起来拦住她。

她蹙眉看着几个男生："同学，如果你们没事的话请你们出去，我们要学习。"

男生盯着安之，不怀好意地笑："我知道你，你们整天在一起，你是她朋友吧？怎么，看你长得也不错啊，怎么跟她一起玩？"

许嘉尔忍不了，伸手推了他一把："滚出去！"

男生往后一退，撞到了桌子。他恼火地挥拳就打过去："装什么大爷！"

一班也有几个男生在，见到自己班上的人挨打了，就上去劝架，那个打人的男生带来的同伴也上去帮忙，结果全部打了起来。

教室里一片混乱，女生们尖叫起来。

十分钟后，庞老师急匆匆地赶过来。

二十分钟后，其他人被批评了一顿，赶回家了，留下许嘉尔还有那个男生。安之在教师办公室外，犹豫了一下，没有走。

三十分钟后，男生的家长赶到，是一个风风火火彪悍的女性，整间教师办公室都可以听到她的声音："可怜啊，我儿子被打成这样，道歉！必须道歉！赔偿医药费、心理损伤费。你家长呢？老师你可不能偏心，叫学生的家长过来，我们孩子的班主任也在这里，你们来做证，你们来看看……"

安之从窗户看进去，那个家长指着她儿子的脸，大呼小叫的。从安之的角度，只不过看到一些青肿而已。那个男生是体育特长生，因为追重点班的一个女生，正巧那个女生找许嘉尔聊过几次天，但拒绝了他，于是他就迁怒了许嘉尔。

而许嘉尔，安之看过去，她把冰袋捂住一边脸，冷冷道："我父母出差了，不用他们来。我是不会道歉的，你儿子就是一条疯狗。"

两个班主任在一边苦口婆心地劝着，但那个家长一点都不妥协，甚至还破口大骂。

安之看着许嘉尔，她神情冷肃，毫无之前爽朗的笑意，一手捂住脸，背脊却挺得笔直，身影萧瑟而倔强。

安之心脏霎时抽了抽，不知道自己能做什么，知道进去也无济于事。

这时言蹊的电话进来，安之松了一口气，赶紧接："姨姨，你快来……"

言蹊很快过来，她在电话里听了几句没听到全部，到了后先是查看了安之，见她没事才放心听整件事的来龙去脉。

"姨姨，你帮下她吧。"安之扯扯她的衣袖。

言蹊沉思了下，语气温和道："好的，别担心。"

她先是敲了敲办公室的门，然后走了进去。安之看着她的背影，心瞬间安稳下来。她看见言蹊冷静清脆的声音不疾不徐地说了几句，接着许嘉尔和那个男生被赶了出来，办公室门关上了。

许嘉尔神情有点呆，那个男生白了她一眼，转身找个位置坐下。

安之迎上去："你怎么样？"

许嘉尔走过来，取下冰袋，她嘴角破了，连带半边脸都肿了起来。

"那是谁？你……"她们两个靠在走廊的栏杆边。

"我姨姨。你还疼吗？"

"你什么？阿姨？这是哪里的叫法，肉麻死了……"许嘉尔刚想笑，"嘶"了一声呼疼。

"不是阿姨啦……你疼就不要说话了。"

"哼。"男生在那边冷笑。

"哼。"许嘉尔对他挥一挥拳头。

"哎……你消停点吧。"安之拉一下她。

许嘉尔垂下眼睛，把冰袋捂住脸："你不用这样帮我的，我不信我不道歉他们能拿我怎么样！"

安之听出她情绪不好，静了一会儿，才道："你别逞强了。"

许嘉尔咬一下唇，没有言语。

安之心里叹一口气，真是无妄之灾。为什么会发生这种事？抛开迁怒这回事情，许嘉尔又没有犯法，也没有伤害其他人，只是因为个人喜好不同或者说有不同于别人的地方，就要遭受这样的责骂和诋毁。这个世界是怎么了？

已经晚上七点多了，走廊的日光灯亮了起来，吸引了几只夏日的蚊虫。

许嘉尔的脸被笼罩在一半的暗影里，灯光勾勒出她深邃的线条。她低声开口道："我很小就知道我和别的女生不一样了，那时我的父母也花了很长时间接受，他们不是接受不了我，而是接受不了他们的女儿可能会受到外界的非议和责难。就像今天这事情一样……"

安之静静地听着。

"我从小就不敢不优秀，我上各种补习班，各种兴趣班，因为作为小孩，只有成绩优秀，有特长，你才能拥有一点话语权，才能得到那本来就应该得到的尊重。"

"你何必那么高调……"安之问。

许嘉尔掀起嘴角想笑："因为我要掌握我的话语权啊，我要站在够显眼的位置，我就是喜欢别人那副你看不惯我又不能拿我怎么办的表情。"

她嘴角的笑意越扩越大，然而实在有点疼，她又"啊"的一声捂住脸颊。

这个人实在太任性太有个性了，虽然半边脸肿着，但光芒依旧耀眼。

许嘉尔捂住脸，看见安之脸上欣赏的表情，她又得意起来："我帅吧？"

安之："……"

顶着这张脸，你现在看上去有点滑稽才对啊……

冲突（下）

Chapter 59

言蹊进办公室后表明身份，然后提出了要看监控。

言蹊淡淡道:“现在学校的教室和走廊都装有监控，找出来一看就知道了，是谁先挑事的，事情的缘由究竟在谁那里。”

她站在那里，声音沉着镇定。对方家长表现得像只到处掉毛，哇哇叫的母鸡；两位老师焦头烂额，尽显疲态；而工作一天的言蹊，在日光灯通透的办公室内，长腿并直，气质清静恬淡，容貌极为秀丽，一开口就令人折服。

监控里，是男生自己先找上门，他气势蛮横，虽然听不到声音，但显然是在骂人。

言蹊突然眯了眯眼睛，一开始都在争吵，然后安之起身说了句什么，男生突然冲着安之喊了一句什么，把安之吓了一大跳，许嘉尔才动手推了一下他。

“你们看你们看，是她先动手，而不是我儿子！”对方家长叫道。

然而下一秒她就哑了，许嘉尔只是推了她儿子一下，而首先挥拳头的是她儿子。

言蹊勾起唇角。

许嘉尔和安之被叫了进来。

“我是先骂了她们，许嘉尔一天到晚装爷们，染发、剃阴阳头、不三不四……”男生架不住众人的目光，直着脖子叫道。

一屋子的人安静了好几秒。两个老师尴尬，许嘉尔冷笑，安之凝住表情。

男生的妈妈目光一下子嫌恶起来。

许嘉尔刚想开口，言蹊冷静地觑着对方，抬手虚虚地拦了许嘉尔一下，说:

“有人天生是左撇子有人不是，有人喜欢猫有人喜欢狗。你可以表达你的观点，但你不能对跟你不一样的人进行人格上的诋毁，我们这边的孩子是不会道歉的。”

言蹊说着话，她朝前站了一步，把安之与许嘉尔护在身后。许嘉尔斜着脸瞧了言蹊一眼，又回头去看小脸发光看着言蹊的安之。

“你你你……”对方家长卡住，不知道怎么回答，她转而对两位班主任老师说，“你们学校也收这样的学生？”

庞老师这时开口了：“许嘉尔同学是以年级第一的名次考进来的，她现在也是年级的前三名。她在运动会上拿了一千五百米长跑的冠军，她是篮球队员。品学兼优，德智体美劳全面发展，我们学校为什么不能收这样的学生？”

“老——老师……”对方瞠目结舌，转向另外一位班主任，“你们就这样处理了？”

两位班主任对视一眼：“两位学生都要警告处分，记过一次。”

“就这样？可是她先推人的……”

“是你儿子先骂人，还有先揍人的。”安之忍不住说。

那男生指着她们道：“你们早恋！”

言蹊的眉头猛地一跳，安之飞快地看了一眼言蹊，涨红脸反驳道：“我们没有！”

许嘉尔冷眼望向他道：“听说你是追求重点班的班花不顺利才找我晦气的，到底是谁想要早恋啊？我和我们小班长只是在学习而已，所以我们这次月考考得好，你呢？你第几名啊？有这个空上门讨打还不如多背几个单词！”

男生哑口无言，脸色变了变，握紧拳头。

“怎么，你还想打人啊？主动招惹人的是你，污蔑别人的是你，揍人的还是你。”

言蹊这时沉了沉情绪，语速缓慢而有条理：“老师们，我不放心这样的学生在我家孩子周围，学校是学习知识和学习做人的地方，不是打架斗殴诋毁人的地方，我认为警告和记过处分不够，我需要更加明确安全的措施，否则我会让我家孩子去别的学校。”

“我也要去别的学校。”许嘉尔说道。

“学校能不能给个明确的说法？”

“事实摆在面前，她们两位同学在教室里学习，没有打扰他人。反而是你们擅自进教室挑衅……”言蹊目光掠过对面母子的脸，“对于不守秩序、不听劝阻，用语言挑斗滋事、中伤他人，用各种方式触及他人的肇事者，要给予严重警告处分。如果屡教不改，学校有权开除学籍。”她对中学校规了然于胸，而通过她清润标准的口音说出来，显得更加权威。

“我说得对吗？”言蹊问两位班主任。

两位班主任点头称是。

“这——这怎么还能开除……”那对母子这下才真的慌了。他是作为体育特招生进的理工附高，如果被开除，不知道还能不能再进这么好的学校了。

“好……我以后离你们远远的就是了。”

有些人永远没法做到尊重别人，只有当他自身利益受到威胁时，他才会识相和让步。

许嘉尔“哼”一声。

“够了吧。”那家长恨声道。

言蹊若有若无地勾起唇角：“您孩子和许同学老师们已经做了处分，这个由不得我管，但是他必须给我家孩子道歉。”

安之从未见过言蹊的这一面，她眼睛都没有在笑，神情依旧温和，话语平静，可是言语中对她的袒护是显而易见的。

她凝视着言蹊的侧脸，突然有个想法，也许言蹊在很多她不知道的场合也这么维护过她，保护过她，舍不得她受一点委屈。

安之手伸过去，悄悄地拉住了言蹊的衣袖。言蹊顺着她的姿势，牵住了她的手腕。

言蹊就这么牵着她，一直等到事情处理完毕。两位班主任老师等众人出了办公室后终于松口气。

“等等，这位家长很像一位主持人呢。”

那对母子出来后，儿子神情恹恹，母亲皱眉，猛地拍掌道：“原来是那个主持人！”

“妈，谁呀？”

“儿子，你以后真的别再惹这两个人了，管她们是谁，刚才那女人肯定是有背景的，我们惹不起。还有啊，你学习真的要用点心啊……”

从办公室出来，安之回头看了眼许嘉尔：“你怎么回家啊？”

"自己回去呗。"许嘉尔白皙的半边脸青了一块，嘴角也肿着，她瞥了一眼言蹊，又瞥了一眼她牵住安之手腕的手指，扬起笑容，"谢谢阿姨！"

言蹊侧头看了看她，听见称呼的时候她僵了一秒，点点头，表示收到了她的谢意。

反而安之不满地瞪了许嘉尔一眼。

"回去吧？"言蹊轻声问她。

安之点了点小脑袋。

这时城市的灯光早已如昼明亮，长夜未央。言蹊转了方向盘，把车驱往回家的路。安之坐在副驾驶上，不知道怎么觉得很开心，抿着酒窝笑。

"姨姨，你真帅！"安之狗腿道，眼神亮晶晶的。

言蹊瞥了瞥她，没忍住地轻笑几声，正想说什么，安之惊讶地发出声音："咦……这人还在这里？"

言蹊顺着她的视线瞧去，许嘉尔一个人晃晃荡荡地在前面走着。

她心里微微一叹。

三分钟后，许嘉尔坐到了后座，笑着说："谢了啊，阿姨。"言蹊的脸儿不可见地又僵了僵。

安之回过头瞪她："你脸不疼了哦？"

"疼啊，哎，你看看我嘴边，有没有消肿……"许嘉尔凑过脸来，安之靠近，借着不亮的光线看她的嘴角："没有，还有你脸这边都瘀青了……"

"啊……怪不得好疼。"

"那你为什么要逞强，耍帅吗？"

言蹊眼角瞟过去，淡声道："陶陶，坐好点，出发了。"

"哦，好的。"安之乖巧地转过去。

学校门口的挡杆掀起，车子顺利开出校门。

许嘉尔安静了一会儿，又凑上前跟安之说话，什么"英语的语音作业你做了吗？""要不明天我还是请假好了。""你家住在哪里？"等等。

安之有一句没一句地跟她聊着，也没转过头去。言蹊默不作声，一路把车开得稳当又快速，把许嘉尔送到家。

夜幕已经低垂，安之窝在副驾驶位置上，抬头掩住唇，打了个呵欠。

"累了吗？要不睡一会儿？"言蹊看了下表。

“嗯……不困，到家里再睡。”安之冲她笑了笑。

“陶陶……”

“啊？”安之小小地被吓一跳，她赶紧坐好。

言蹊内心纠结来纠结去，试探地问：“以后每天还要留下来自习吗？”

安之听着她的话，以为言蹊还在担心刚才的男生来找她们麻烦，她想了想：“也不用啦，我回家也可以的。”

“……想和班里的同学多待一段时间也可以的。”言蹊再次在内心提醒自己安之需要同龄玩伴，自己不能太约束她。

安之眨眨眼，有点不太确定言蹊真实的意思是什么。言蹊微不可闻地叹口气，腾出右手，轻轻摸了摸她的脑袋，最终还是说了那句：“以学习为主，知道吗？”

有那么一瞬间，安之以为言蹊要对她说出什么话来，但她说完这句，就没有再言语。

安之觉得言蹊还在把她当小孩子，内心有些惆怅。

然而，她确实还小，这是她暂时无能为力的地方。

暑假（上）

Chapter 60

暑假如期而至，今年言蹊没有假期，安之也怕热，乐得在家。刚赖在家几天，就被言蹊揪着跟她运动。

安之自从自行车丢了后也没怎么骑车了，她本身也不是爱运动的类型，放假可以窝在沙发上一天不动的。

放假了，早上也爱赖床，弥补平时上学时的睡眠不足。

言蹊揪她去夜跑：“跟我去跑步。”

“唔，不想去……”安之嘟着嘴不愿意去。

“高中可是有体育会考的哦，是要考八百米测试、仰卧起坐和立定跳远的……我记得。你这个样子行吗？”言蹊伸手弹了一下她的额头。

“唔……”安之苦着脸，“那好吧。”

她们在小区附近跑，夏天的蝉叫声密密在耳边。

安之跑了一会儿就不行了，额发汗湿，喘息着。言蹊就跑到她前面半米处：“呼吸慢一点，均匀一点，不用跑太快，慢慢来……”

安之气喘吁吁地跟着她。

“手臂摆起来，跟着我，再坚持坚持，我们再跑一下，喏，到那棵树我们就停好了。”

安之咬着牙，眼睛瞪着那棵树，脚下一步都不敢停。等跑到了，她如释重负地惨叫一声，已是大汗淋漓。正想蹲下去，言蹊一把拉起她：“不要蹲，来，慢慢走。”

安之喘着气被拉着慢慢走，走了一段路，有风吹过来，觉得慢慢舒服了很多，看向旁边的言蹊，她只是微微出了汗，一点都没有累的样子。

她还嘲笑安之：“才跑这么一会儿就累成这样。”

安之喘着气，胸口热热的，苦着脸：“我能不能等以后再练啊，我不喜欢跑步。”

言蹊似笑非笑地看着她：“不可以，你还得跟我去健身房。”

安之哀号：“我不要……”

健身房在小区旁边，安之好奇地左摸摸右摸摸。言蹊去找私教上拳击课，让她待在跑步机那里。

安之跑了一会儿，体力不支，就溜去看言蹊上课。她纤白的手缠着黑色的护手布，在教练的指导下做梨球练习。在安之的眼里，就是言蹊对着一个挂着的小球，密集地交换着双手击打。充满了力与美。

做完梨球练习，跳了两百下绳，她戴上拳击手套和教练对练。在教练的口令中，左手刺拳，后手直拳，一二连击，格挡，下潜闪身。快速，直接，不断地重复。

她头发全部梳起来，安之见过她少女时期练拳击的照片，照片里的她锐气十足，但都敌不过亲眼所见。她面容更为成熟精致了，本身就不是霸气的长相，而是温柔清雅的，但是拳击时候的她，面容没有变，只是眼神气质，恍若清雅玉瓶晕开莹莹的光。

休息期间，安之像个小跟班一样满眼崇拜地捧起水壶给她。言蹊拧开喝了几口，对她笑了笑。

安之扬起酒窝笑，正想狗腿一把说“姨姨好帅”之类，就被弹了一下脑门，言蹊盯着她：“去那边跑步机跑半个小时再来找我！”

安之：“呜……”

回家的时候累得不行，还是被言蹊扯着走的，还被她笑：“要注意锻炼哦，可不能做只会学习的小书呆。”

真是人不可貌相啊，言蹊居然有拳击的爱好。还有另外一个比较像她的——摄影。

家里三楼专门有一间房间放着她的相机和拍的照片，以及专业的书籍，还有每月都会订的杂志。

“你大学时候没有考摄影专业吗？”

“嗯……我其实没有这个方面的天分，就是爱好而已。”

“咦，你怎么知道没有？我能看一看你拍的照片吗？虽然我不太懂。”安之见过她拍的自己，还有家里的人，每个人的神情样貌都抓得很准，暖暖的烟火气息和铺面而来的温馨感觉。

但是除了这些照片，其他的言蹊就不准她看了。

言蹊清清喉咙：“……没啥好看的。”

安之似乎从她脸上看到不好意思的神情，更加觉得有趣。

“姨姨，你有把你拍的照片寄给一些杂志吗？”

“咳，这个你就不用管了。”言蹊顾左右而言他，撇过脸。

“咦，姨姨……”安之笑着追问，“你是害羞了吗？”

“该不是你偷偷地投过杂志，然后没……”

言蹊突然起身，瞪她一眼：“小孩子说这么多做什么！做你的作业去！”

安之难得看到言蹊羞赧的样子，抿嘴嘻嘻笑，觉得她可爱极了。

暑假期间，安之去老宅住了一段时间。言大嫂新生的小男孩已经一岁多，特别乖，长得唇红齿白，像个小女生，取名叫言骏。安之叫他“骏骏”，大家也就跟着这样叫。

言大嫂笑道：“安之喜欢用叠字的习惯真是改不了，听着还怪好听的。”

骏骏非常喜欢安之，他刚学会走路，会说几句话，他的哥哥们对他总是很粗暴，经常把他拎起就走，要不就扛起来，要不就把他夹在腋下跑。只有姐姐，会牵住他的手，喂他东西吃，跟他说话，唱歌给他听。

这天柳依依到老宅来避暑，和言蹊坐在一楼客厅外面走廊的一个拐弯处喝茶。

庭院外夏蝉长鸣，花卉清盛；室内空调凉爽，非常惬意。

柳依依有一搭没一搭地跟言蹊聊着天。

“哎，上次我去电视台找你，那个帅导演是不是对你有意思？”

言蹊没否认。

“行啊，言小五，你瞒得够深啊……”柳依依戳一下她，“喜不喜欢人家啊？”

言蹊无奈地看她一眼。

“OK，我不说了……啊不，我还是要说一句，喏，不喜欢也是可以在一起的嘛！”柳依依笑嘻嘻地盯着她。

言蹊“噗”的一声笑出来，想到柳依依要说到她二哥。

她们有一句没一句地聊着。客厅内部，从她们这个角度，可以看到安之正在给言小胖补课。

“你看这里，AC=BC，角A=角B是吧？因为三角形ABC是一个等腰直角三角形，所以角ACB是90度吧？AD=DB……”

小胖：“啊？哦。你不要省略步骤好吗？”

安之：“这不是题目上写的吗？”

小胖：“哦哦哦。”

安之：“你能不能注意力集中一点！”

小胖：“嘿嘿嘿。”

柳依依远远地也听到了，笑出声：“我觉得大小胖简直拉低了言家小孩的智商，小安之才像你家的孩子。”

言蹊按了按脑袋，显然对小胖有点无语。

客厅的这两个少年，小胖已经长成个一米七的小伙子了，浓眉大眼，憨头憨脑的，坐在那里，身形是安之的两倍。而安之刚过十四岁，她的婴儿肥褪了几分，下巴尖了点，眼神乌亮晶莹，把头发卷成丸子头，规矩地坐在那里拿笔写着。

柳依依赞叹道：“小安之真是个漂亮可爱的孩子。”她做着时尚编辑的工作，见了太多漂亮的明星和模特，甚至是各种有气质的设计师，对美有自己的一套看法。

她说：“我近几年发现，也不知道是现在的生活好了，营养上去了，还是其他原因，现在大部分的孩子都早熟，就十四到十六岁这个阶段，过早地呈现太多成熟的样子，不是不好看啊，相反是很好看，但就是这种美是属于成年后的，甚至是二十岁时候的。十四到十六岁，甚至十七八岁，就该有一种青涩的美态，人生当中只有一次的，稍纵即逝的，将熟未熟的美，青涩的、软萌的、天真的。但是很多小孩就太急迫地把这种气质催熟了。哎……但小安之现在就是我说的这种美，可爱极了，啊……真美好啊！”

柳依依感慨了几句，然后自觉说得特别好，她得意地瞅向言蹊：“你说我说得对不对？”

言蹊看着客厅里那个认真讲题的女孩，眼神专注而柔和，翘起唇，微微笑，是温柔的笑意。

她说：“对的。”

暑假（下）

Chapter 61

言蹊把目光从安之身上收回来，微笑地瞧了一眼柳依依，按照惯例，柳依依无论说什么最后都会转到言以西身上。

果然，她说道："虽然少年感难得，但言以西更难得，他……"

"我知道啦，是，全天下我二哥最好。"言蹊笑。

柳依依也笑，她凑近说："我们上周去约会了，我觉得我之前看错言以西了。"

"嗯？"

"我之前以为他情商低，除了做学问一窍不通。我约他去吃法国餐，还以为他会像平常一样短袖长裤就过去了。结果你猜怎么着，他正正经经地穿了套西装，Gucci 今年春夏款的，深蓝色格纹双排扣外套，背后一个虎头的那套，Oh my God！

"里面搭的白衬衫，烫得笔直。那一身就把我镇住了，我问，是不是言以南给他搭的。

"他说不是，他自己看中的。

"我就惊呆了，我说你喜欢这套什么。因为 Gucci 的西装可不正经了，我以为他会喜欢那种纯色清淡点的，哪里像这套又是深蓝色，又是格纹，背后还虎头和玫瑰花字母。

"结果你猜他说什么？"柳依依脸都羞红起来。

"说什么？"言蹊笑眯眯地配合她。

"他说看到这套衣服，他想起那句话，'心有猛虎，细嗅蔷薇'，然后他就对着我笑了一下，我当时差点没晕过去！”

柳依依捧住脸，仍然想尖叫的模样。

“好浪漫嗷！原来言以西是这样的言以西！嘻嘻嘻……”柳依依笑得见牙不见眼的。

言蹊也掩着唇笑。

她看着柳依依，心想这才是沉浸在恋爱的模样吧，这种患得患失，以他喜为喜，以他悲为悲，对方给一颗糖就能甜好几天的状态，究竟是一种什么样的感觉呢？

似乎在很多年前她也有过类似的感觉，可现在那是什么感受呢？

客厅的两个小孩子貌似争吵了起来。

“哎，安之，你再给我讲讲嘛！”

“这道题跟我刚才给你讲的是一样的啊！我就差给你读题了，你到底有没有听的啦？”

“有的啊！有的啊！”

“言小胖，你认真点！”

“我已经不叫小胖了，你看我肚子上全是肌肉！”

安之：“……”

两个大人被这对话吸引住，柳依依“哧”的一声笑出来：“原来小胖的心思在这里啊……”

言蹊又按了按额头。

那边安之瞪他一眼：“赶紧把这两道题做了！”

言小胖嬉皮笑脸：“好好好，我做啦，不要生气。”

这时骏骏迈着不稳的小步子跑过来，软软地叫：“姐姐，安……姐姐……”

安之起身，走到他面前，弯下身伸出双手迎着他。

言蹊缓缓地吐出一口气，摇了摇头。安之抱起骏骏，让他坐在她膝盖上。骏骏脸颊肉嘟嘟的，穿着小小的衣服，脖子系着一块围兜。圆乎乎的眼睛盯着安之，小嘴水汪汪地半张着想要说话的样子。

“坐好了。”安之笑着看他，“看我看我……”安之双手捂住脸，口中叫道，“喵喵喵！”两只手不动，突然从左边探出脸来。

骏骏"哦"的一声哈哈哈地笑。

安之重新捂住脸，这次换作"汪汪汪"，再从右边探出脸来，骏骏咯咯咯地笑。

一大一小不停地在那里做鬼脸，软脆的天真烂漫的笑声不断，仿佛把空气荡漾出回声，让人觉得世事皆可原谅。

柳依依托着腮帮子忍不住跟着她们笑："小孩子真好玩啊！真可爱啊！"

"哎，你能想象我和言以西以后的孩子会长成什么样吗？嘻嘻。"她自我陶醉中。

"哎？"没听到回话，柳依依回头瞅她一眼。

言蹊噙着笑意望着前面的一大一小闹来闹去。

柳依依开始没在意，喝一口水笑道："对吧，孩子可爱吧？"

言蹊似乎轻轻地哼了一声。

晚上睡觉时，言蹊过来安之的房间看她。她大了，在言家老宅也需要自己的房间。

到门口就发现言小胖凑在门口跟她说话。

"哎，加微信呗。安之，我们一起打'农药'吧。"

言蹊走过去拧住他的耳朵。

"啊，啊，痛痛，小姑。"

"回房间去。"

"小姑！"

"是不是想被你爸收手机！"

撵走言小胖后，言蹊去敲门："陶陶。"

她本来正在往床上堆枕头。

言蹊进来一看，笑了："你这是要拿几个枕头啊……"

"我的玩偶都不在这边啦。"

言蹊笑，拿过空调遥控调好温度，看着她跳上床，几乎淹没在一堆枕头里。

言蹊说："早点睡，明天我们去晨跑。"

"啊？"安之从枕头堆里抬起头来，十分震惊。

言蹊嘴角边有促狭的笑，过去揉了一把她头发："啊什么啊，就在家的周边跑，说定了。”

安之刚想抗议，但是由下往上的视角，是言蹊那温柔含笑的眼神……

一下子忘记反对了。

等言蹊出了门事成定局的时候，安之才用手盖住脸，“嗷……”

青春

Chapter 62

暑假一过，安之就上高二了。言蹊观察了一个暑假，并没有发现安之有什么异样，至少没有青春期特有的叛逆，除了玩手机的时间长了点。

言蹊不知道是不是她变老了，还是她这么多年太习惯安之了的缘故，觉得保持小时候一样的相处方式挺舒服的。也许是太舒服了，所以她警惕一切可以打破这种稳定性的危险。

一方面她知道安之已经进入青春期，一方面又想与她停留在小孩子时候的相处模式。她常常会长时间看着安之的笑颜，感慨岁月把那个小孩子变成了这么可爱的女孩子，又骄傲又带点失落。

真是矛盾呢，言蹊略为自嘲地笑笑。

她以前的愿望不就是希望安之能健康快乐地在她身边长大吗？只要安之喜欢的，安之想要做的，她应该去支持才对。

安之最近又长高了两厘米，现在一米六二了，她开心得像只小兔子原地蹦了两下，一定要言蹊给她到墙上做好标记。

言蹊被她逗笑了，分明还是个小孩子心性。

“赤脚来量，不准作弊。”言蹊拿着马克笔看着她笑。

安之撇撇嘴，她踢掉拖鞋，往墙边一站，乌溜溜的杏眼瞧着言蹊。言蹊抿了抿唇，来到安之面前，她倒是没有脱掉鞋，加上她本来的身高，足足比安之高半个头。

国庆过后，很快就到了十一月。今年天气不太好，初雪还没来，就先开始了连续的阴冷天，凛冽又冰冷。

但言家老宅这个月有件大喜事。言爷爷八十大寿，不同于以往的低调和家常的生日，言家四个孙辈想给他办一场寿宴。寿宴就设在老宅，除了家里的厨师，还邀请了两位五星级的厨师帮忙。

宾客名单很长，除了言爷爷的战友、同事和言奶奶的学生们，还有他们的朋友、言家孙辈的同事和朋友。

约好在周末的这一天，汇聚一堂，场面活跃热闹。年轻人在一楼有自助餐，二楼是比较适合年纪大一点的人的养生餐。宾客穿梭于一楼二楼，问候言爷爷言奶奶，然后彼此聊天攀交情。

柳依依自然也来了，不同于往常的活泼，她显得有点恹恹的，提不起精神来。

“怎么了？”言蹊抽空走到她身边问。

“没什么，就吵了几句。”

“为什么？”言蹊疑惑，柳依依经常会给她更新她和言以西约会的情况，听她说的情况都很不错。

“也没吵，就我一个人在吵他听着，然后就送我回家。”

“好吧，我承认我有点无理取闹啦，但我觉得你二哥心里有事，他总是若即若离的！”

“咳……”言蹊咳几声，表示她不想听。

“OK,OK…”柳依依喝下一口酒，“我等下就去找他说清楚。”

言蹊笑：“有好消息再告诉我。”

柳依依回头嗔了她一眼，两个人说笑着便在自助餐桌旁边挑东西吃。

言以南凑了过来，笑嘻嘻地打招呼。

“咦，你没带女朋友过来啊？”柳依依也是佩服言以南，医学生本硕博八年连读下来，现在是住院医生，本来就忙得不行，他居然还有空一个接着一个，没有空窗期地谈着女朋友。

“啊，早分了！”言以南在吃贝壳类海鲜。

“又分了？这次你新女友又是哪个科的护士啊？”

“嘿，才不是呢，我已经四个月没有女朋友了！”

“哦？”言蹊和柳依依不约而同地瞅向他。

言以南正色道：“我这次真的找到真爱了，心胸外科新来的住院医生，她真的跟我以前见过的女生不一样。”

“等一下，你不是一直都和护士吗？你这次居然看上医生了？怎么样，有照片吗？”

“不是，这个就……”言以南掏出手机给她们看，脸上有种奇特的光彩，“我没见过这种女生，太坚强，太炫目，太有气质，太……”

言蹊和柳依依好奇地瞥向手机，是一张偷拍，戴着手术帽的女生侧着脸跟其他医生说着话。一点都不像言以南以往交往的类型。朴素、平常，虽然自有一股自信的气场。

“你们不知道，我们那时在观摩一场手术，她全场跟在主治医生旁边。这是一个麻药过敏的病人，需要做冠状动脉旁路移植手术，其实就根本没法做手术的，对麻药过敏就没法麻醉，不能用呼吸机，对吧？”

言蹊和柳依依努力地听着他的话，尽量跟上他的思路。“结果听说是她跟医院提出可以做上胸部硬膜外麻醉……”

“你到底在说什么呀？”柳依依简直一个头两个大。

“也就是这个仿佛可以让他在完全清醒的状况下打开病人的胸腔？”言以南对她们说，“你们在《实习医生格蕾》里看过一模一样的案例是吧？”

“并没有……”言蹊皱着眉。

“不记得了……”柳依依看着手中的红心火龙果，突然不想吃了。

“好好好，长话短说，这个手术不是经常有，当时没有手术的医生几乎都去观摩了。我当时就看着她，做手术那个专注样，病人当时可是非常害怕的，可她一边劝慰他，一边帮助主刀医生，临危不惧，不慌不忙，神乎其技！啧啧啧……七个小时啊！七个小时的手术！”

“啊，我真的是找到真爱了！我要努力追求她！”言以南笑，自信满满。

“小五，以后她就是你三嫂了。”

言蹊惊讶。

柳依依张大嘴。

言以南留下一番豪言壮语后就到隔壁桌去了。

“哎，这是什么情况？天下红雨？天方夜谭？浪子回头？”柳依依和言蹊凑望着言以南的背影感慨万千。

言蹊掩唇小声笑。

“言小五，你还好意思笑，全世界都在恋爱，你呢？你要变尼姑了！”柳依依戳她手臂。

寿宴

Chapter 63

宾主尽欢。一直到傍晚，一个个尽兴而归。孩子们来到二楼。

言爷爷和言奶奶坐在一起，互相牵着手。从孩子们能记事开始，两位老人家就一直是慈爱、和蔼，从不生气且恩爱的模样。

他们头发皆白，慈眉善目，每一条皱纹每一点褶皱都是岁月留下来的见证。当他们看向你的时候，你会接收到鼓舞，你就觉得凡事皆易，没有什么大不了的，也没有什么是做不到的。

他们坐在主位上，孩子们围着他们坐着，大家说说笑笑。

言爷爷笑道:“每一年生日都要给孩子们唱一首歌，今年当然也不例外。”

言奶奶难得思维清晰，她笑看他：“今天大了一岁哦，老头子，不知道你这把嗓子还唱不唱得起来呢？”

言爷爷打了个哈哈：“你弹得动我就唱得动。”

言奶奶笑眯眯地站起来走到钢琴那里。

孩子们嘻嘻笑，惊呼起哄。

言以南叫道：“奶奶，加油！给这个老头子一点颜色瞧瞧！”

言以东瞪他一眼，言以南冲他大哥吐吐舌头，他大哥摇摇头笑了笑。

言奶奶坐在钢琴旁。她从年轻时候就是个优雅美丽的女人，现在也是，弹琴前她有个小动作，转了转指间的戒指，脖颈微微仰起。

然后扭头对着她的孩子们和丈夫微笑了一下。华丽流利的旋律从她灵活的指尖流淌出来。

孩子们露出熟悉的微笑。言爷爷站起身，因为今天是寿宴的关系，他穿了身笔直的西装，收拾得干净帅气。

“嗯嗯……”言爷爷挺了挺因年迈而不再坚挺的背，手伸到领口处对着空气像模像样地做了个打领结的动作，几个小辈被他逗得咯咯笑。

站直，多年在舞台演唱的经验和台风又回来了。

“深夜花园里四处静悄悄，只有风儿在轻轻唱。夜色多么好，心儿多爽朗，在这迷人的晚上……”

男士美声雄厚、悠扬，这首歌孩子们都很熟悉了，几乎是爷爷和奶奶从他们小时哼唱至今。他们年纪渐渐大了，言爷爷的嗓音已经没有以前那么有力，言奶奶的节奏也没有年轻时准确了。

但他们仍然听得很认真。两位老人家一人弹一人唱，时不时还眼神交流对视而笑。

言大哥和言大嫂摇着头和着节奏互看一眼，柳依依把目光投向言以西，言以南笑呵呵地打着节奏。言爷爷唱了一遍前面的第一节，然后换成俄语重复唱了下一小节。

他转头看向言奶奶，眼含深情，转成中文唱接下来的：

“我的心上人坐在我身旁，默默看着我不作声，我想对你讲，但又难为情……”

言以南的起哄声，大胖小胖的笑声响起：“啊，太爷爷好肉麻……”

“多少话儿留在心上……”

屋外夜幕降临，气温越来越低。屋内阵阵欢声笑语，孩子们把自己的心事放下，都在逗两位老人开心。

吃过饭后，言以西和柳依依率先出门。

言以西想去车库取车，柳依依闷不作声地站在原地，言以西瞧了她一眼，似乎在等着她说话，柳依依沉着脸就是不说话。

两个人就在院子前傻站着。

半晌，言以西开口道：“我送你回去吧。”他上前轻轻地搭了搭柳依依的肩膀，就这么一个细微的动作，柳依依所有的坚强都卸下了，她抬起脸，眼中水雾弥漫：“以西，你跟我说实话，你是不是不喜欢我？”

言以西沉默不语，他眉头紧紧地蹙起来。

“你要是不喜欢我，就告诉我，只要你说明白，我柳依依，我柳依依……”

柳依依嗓音哽住，再狠狠说出来，“我以后绝对不再缠着你！”

她声音很大且颤抖。后面出来的言以南、言蹊和安之都听到了。

他们三人脚步一顿，言蹊神情担心，及时拉住了想要上前的言以南。

“我没想八卦，我就……我想拿车啊……”

言蹊说：“我也得回去了，但是，算了，等等吧。”

“我要回医院值班呢！”

“我们走那边去车库。陶陶来。”言蹊说完就跟安之、言以南又退了回去。

柳依依依然固执地盯着言以西，她努力不让自己哭出声来。他看着柳依依哭泣的样子，眼角抽了一下，从兜里掏出一包纸巾，拿出一张，动作轻柔地给她擦泪。

柳依依因为他的动作神情一软，她的眼睛离不开他的脸，似乎不想放过他的一举一动。

言以西注视着她的脸：“依依，我很喜欢跟你在一起。”

柳依依脸上泪痕未干，看着他就扬起唇角笑起来，但又意识到什么，她颤颤道：“但是？还有但是的对不对？”

言以西又沉默了很久，半晌，他长出一口气，道：“我生命中最重要的就是我的家人还有科学，我从来没有想过会成立家庭。”

他凝视着柳依依，眼神里涌起笑意：“但你出现了，我也知道你个性比较活泼，我很古板，我没有办法想象我和你在一起的样子。”

柳依依似乎第一次听到他说这么多话，她眨眨湿润的睫毛一瞬不瞬地望着他。但他接下来的话又让她蹙眉。

“你知道什么叫‘不确定性原理’吗？就是德国物理学家海森堡提出来的量子力学……”

“等等，不要跟我说这个……直接说你想说的。”

言以西笑了一下：“好，我不说这个了。”

柳依依又道：“我不是不想你说这个，你看，为了跟你在一起，我去看了很多物理书，我不想你觉得我太无知了，我甚至还去看了《生活大爆炸》，但……但我就是看不懂里面说的……”

言以西笑容扩大：“你不懂没有关系，我不会说你无知，这不是你的问题，是我的问题。”

他顿了顿：“大概五年前，我去体检……我生育方面有些问题，如果我们在一起，我不能给你一个孩子。而依依，你这么好的女孩，值得拥有全世界女生都可以有的一切……我不能这么自私……”

柳依依张大嘴，震惊地看着他。

言以西说完了，他低着头，温柔地看着她，抬手在她脸上摸了摸：“我支持你的一切决定。我先送你回家吧。”

他说完，转身走向车库。柳依依望着他的背影，胸口酸涩难解。她站在原地，怔怔出神，脑子里一片混乱。等言以西把车开出来，她还站在那儿。言以西等了一会儿，她还没上车，他叹口气，又下车来，在车门处等着她。

柳依依望着他，猛地一擦脸，飞奔过去，一把把他抱住：“你说你支持我的决定是不是？那我要跟你在一起。”

言以西僵住，他愣愣地按住依依的肩膀：“但……”

“我想和你在一起。”柳依依重复道，“建立家庭的方式有很多种，但我理想中的家庭必须要有你，必须要有你，这才是我最想要的。”

柳依依喃喃道：“我只喜欢你。”

言以西眸光颤了颤，他手慢慢地拥紧她。他俯下头靠着她：“……你决定了？”

“嗯。”

“可我，可你……可我们……”言以西确定这是他第一次结结巴巴说出话来。

那都不重要。

夜空慢慢地飘起雪花，细细点点的，从空中飘下来，缓缓地飘到他们的头发上。

这是今年迟来的初雪。

好奇

Chapter 64

二楼的客厅，言以东瞧着院子里相拥的两个人，感慨：年轻啊，年轻人啊……

萧雨桐走进来瞧一眼：“没事了吧？”

言以东点点头：“应该没事了，”他接着说道，“没想到老二是他们三个之中最早有对象的，我还以为他会孤独终老。”

萧雨桐笑笑：“好了，你去给骏骏洗澡，我去看看那两兄弟，是不是又在玩电脑了。”

“天气这么冷，不用洗澡了吧，都下雪了。”言以东摸摸鼻子。

萧雨桐白他一眼：“昨天就没洗，是要发臭吗？你也是，跟儿子一起洗澡去，真是，大的小的都要我操心，有个闺女多好……”

“哎，我这就去这就去。”像是怕了她唠叨一样，言以东急忙走出去，边走边叫儿子。

萧雨桐看着他的背影，偷偷笑了笑。

大胖过来：“妈，你看见我那双阿迪达斯没有？”

小胖笑嘻嘻地说：“妈，我的袜子找不到了。”

萧雨桐气不打一处来：“不知道不知道，自己找！老娘就是因为你们变成黄脸婆的！”

“妈，你不老，美着呢！就是可能更年……”

“更年期到了！”

“臭小子！”

“臭小子也是你生的！”

外面吵吵闹闹，言以东在浴室舒舒服服地泡着澡，骏骏坐在他大腿上玩小黄鸭。

“嘘……”言以东一边在骏骏头顶揉着泡沫一边说，“这个时候呢，绝对不要出去，不要发表意见，这是你妈的主场，懂吗？”

骏骏好奇地张开小嘴，咿咿呀呀道：“妈妈……凶……”

“嘘！”言以东对着孩子作嘘声状，忍着笑。

言以南开着车抽空看了一眼手机，微信上他发出去的信息还没有回。

他不在意地笑了笑，摸了摸纸杯，依然热热的。这样的冬夜，喝上一杯热饮应该会很舒服吧？她有可能会对他笑哦，那张不苟言笑的脸笑起来会是什么样子呢？

言以南很期待。

“姨姨，下雪了……”安之指了指车窗外飘着的点点白絮。她伸出去接住雪花，一两秒后她掌心的液体凉凉地沁入肌肤中。

安之扬起笑脸，她探出头来仰望，深蓝色的夜幕底下，细而绵密的雪点静谧地飘落，覆盖着整座城市。

言蹊慢慢地驾着车，侧脸瞧着她。

安之一直很喜欢雪，从她小时候第一次见到的时候就喜欢，每年她都在期盼下雪。

她沿着江边的路开。从车里看出去，无边无尽的雪花点缀着整个墨蓝色的天，缓缓地飘落江面，像是新海诚的动画电影画面。

言蹊瞧了眼手表，时间还早。

“要下车看一看吗？”

“嗯！”

停好车，言蹊和安之踱步到江边。不是很冷，安之仰脸让雪花抚摸她的脸，开心的酒窝一直在脸上绽放。

言蹊微笑。

“一下下我们就回家。”安之转头对她说，耳畔的碎发扬起来，脸颊冻得粉粉的，眼睛亮闪闪的，都是开心的笑意。

“嗯。”言蹊点头，走到她身侧，和她并列站着，看着这如斯美景。

“柳阿姨和二舅舅会结婚吗？”安之问，“像大舅舅和萧阿姨那样。”

“嗯……依依和二哥我不知道，只是他们还是情侣阶段，成立家庭是比较复杂的情况。”

“复杂？不是相爱就够了吗？”安之疑问。

“相爱是前提，但成立家庭需要两人在很多方面都一致，两人想要的、需要的、灵魂上的……咳。”言蹊说到这里就停住了，她掩饰地笑道，“你问这个做什么？”

言蹊笑：“好奇？”

安之轻咬了下唇，望向她：“你……以后也会吗？”

言蹊闻言一愣，她突然不知道该怎么回答这个问题。她斟酌着字词：“我当然也希望能这样……但目前，我，我还没有……”

“也就是说，你以后也会结婚有孩子？”安之直直地凝视着她，言蹊觉得这种眼神太过于深邃和认真，就好像她必须知道答案一样，有股炽热的求知欲。

言蹊有些困惑，这不太像安之，安之给她的感觉是温柔乖巧内敛的，很少让她感到这么急切的情绪。她的思绪急速地转起来，感觉到安之可能有点害怕的情绪。言蹊本能地想要去安抚：“陶陶……”

但她刚才的沉默时间让安之觉得这已经是肯定的答案了，她黯然地低下头来，闷闷道：“回家吧。”

言蹊刚想说话，安之转身低垂着头走回车里，在言蹊看来，好像很沮丧。言蹊苦恼地掠了一下头发。

言蹊继续开车，可是车里的气氛已经有些诡异了。

言蹊想着如何调动一下气氛。安之脑袋靠着车窗，目光看向前方，嘴唇翘着。

她在不开心吗？在赌气吗？在生气吗？

言蹊悄悄地叹口气，果然来了，她以前就爱把情绪藏心里，青春期就更是如此了。

“陶……”

这时安之的手机铃声响了起来。

安之接起来：“喂？小胖？”

言蹊眉毛一扬。

“你不是该去学校了吗？哦，明天啊，你为什么打电话？不行，你的问题都太蠢了，还有你去了学校不是不能用手机吗……”

小胖的语气都可以从听筒听到：“还是可以的啊，每天有一个小时的。还有安之，能不能不要叫我小胖啊，叫我小骥，骥哥哥……”

安之皱起眉：“你都比我小，我为什么要叫你骥哥哥？”不仅安之觉得有点恶心，言蹊也皱眉看过来，似乎也有点被恶心到了。

言蹊沉住气，安之有点气愤道：“不，你不能叫我陶陶！”

言蹊沉不住气了，她小声道：“把电话给我。”安之把电话递到她耳边，言蹊冷下语气，“言小胖，你再打电话给陶陶，我会保证你高中三年也在寄宿学校过！一个月都出不来一次的那种！”

“小姑！”

“你也不能叫她陶陶，你听到了没有？”

“啊？小姑，为什么只有你……”

言蹊不想再跟他对话了，对安之说：“把电话挂断。”安之愣愣地瞧着她，下意识地就听她的话，挂断电话。

一时安静。

到家，从车里出来，锁好门，到厨房喝水。

最后言蹊忍受不了沉默了，她开口了：“陶陶，怎么了？是我说错了？”

安之低垂着头不说话，一脸不愿意跟她交流的样子。言蹊一拳打空，心生郁闷，感觉头越发痛了，而且陷在越来越深的交流黑洞里。

“陶陶？”

“你什么都不懂！”安之“咚咚咚”地跑回房间。

期望

Chapter 65

言蹊一夜辗转，没有睡好，隔天起来晚了点，起来的时候安之已经去上学了，厨房有她留着的早餐，小米粥还是温热的。

言蹊一个人在厨房喝完了粥，发了会儿呆，才驱车去上班。

言蹊从小生长在男生多的家庭里，她从小就和哥哥们接受着这样的教育：要尊重和爱护女孩子。

奶奶是这么跟她说的：虽然现在都标榜着男女平权，但是女性无论从出生、入学、工作和成立家庭，从幼年到成年，这一路几乎是一条血路。来自社会的桎梏会源源不断地压在女性身上，终此一生她们必须披荆斩棘，还不一定会成功。所以女性要帮助女性。这是她从小接受的教育。一直以来，如果能接收到任何人的钦慕，她都表示感谢。这事情她处理得非常自如，没有障碍。

言蹊好奇，她在安之的内心究竟是什么样的形象？无论如何，安之对她的期望一定非常高，至少自己让她觉得有安全感，她才会如此坦率地对她说出这些话来。

下午前两节课上完，下课的铃声一响，安之就直接趴倒在课桌上，脸颊贴着桌面，一副生无可恋的模样。她用手遮住脸，心里一团乱麻。

后座的许嘉尔默默地观察了她一会儿，戳戳她的后背。

“不要理我。”安之闷声道。

“老师要来了，你要这么躺一节课吗？”许嘉尔继续戳戳她。

“你很烦。”

许嘉尔呵呵笑："小班长，我又不是那个需要叫起立的人。"

"你很烦。"安之重复了一声，坐了起来。

最后一节课是化学课，安之提不起精神，老师在评讲他们考完的试卷。

许嘉尔在走神，她偶尔也看看安之，安之托着头，明显也在走神。

老师在念题目："下列叙述错误的是：A. 用金属钠可区分乙醇和乙醚。对不对？"

有同学回答：对，钠和乙醇反应有气泡产生，而钠和乙醚不反应。

老师继续："B. 用高锰酸钾酸性溶液可区分乙烷和乙烯。班长你来回答。"

没有人回应她。

许嘉尔回过神，开口替安之回答："乙烯可以使高锰酸钾酸性溶液褪色，而乙烷不能，所以是对的。"

化学老师扫了她一眼："回答正确。C. 用水可以区分苯和溴苯。班长？"

许嘉尔等了会儿安之，事实上，化学老师和全班都在等待着安之回答。这科是安之的主场，没有人比她更厉害。现在是这题目对她太简单了不屑于回答吗？

"嗯嗯，苯的密度比水小，而溴苯的密度比水大，用水可以区分，所以C也是正确的。"许嘉尔只好又回答。

化学老师扶了扶眼镜。"前面三个选项既然都是对的，那么D选项肯定就是错误的，错在哪里了？班长？陶安之班长？"

许嘉尔差点又要替她回答，安之这才放下手："甲酸甲酯分子结构中也含有醛基，故用新制的银氨溶液不能区分甲酸甲酯和乙醛，所以D选项是错误的。"

化学老师盯了她两秒，才继续往下讲题。

安之惆怅地叹口气。

放学她背起书包准备回家，许嘉尔背起自己的书包跟着她走了一段路。

"你有心事啊？"许嘉尔低着头去瞧她。安之垂着头慢慢地数着步子走着。

"嘿……"许嘉尔在她身旁倒退走几步，仍然瞧着她。安之不理她，像只垂头丧气的兔子。

许嘉尔转过来陪着她走着，猛地凑近她，歪头瞧着她："跟我说话嘛！我们不是朋友吗？"

安之终于抬头看了她一眼："我们是朋友，但是我现在不想跟你说话。"

许嘉尔抿嘴笑了笑。她觉得安之心情不愉快的时候脸颊就会鼓起来，像个小包子一样，但因为她褪了不少婴儿肥，所以像个半鼓的包子。她怎么能这么可爱。

“那我等你心情好了，再跟你说话？”许嘉尔好声好气道。

安之闷声走了两步，抬头又看了她一眼：“对不起啦，我心情不好，我先回去了。”

许嘉尔望着安之走出校门，翘起唇角。

安之搭着公交车回家，言蹊还没回来，厨房里有刘奶奶做好的饭菜，她拿出来加热。

犹豫着要不要给言蹊打个电话，问她什么时候回来，等她回来吃饭。但她不敢。

言蹊也没有打给她，安之觉得很害怕。

她轻轻地抽噎了下，差点要哭了。她等了一会儿，言蹊还没回来。她一个人吃完晚餐，洗碗，到二楼去，洗完澡，做作业。

安之翻出一张英语卷子来做，大量的英语阅读，她需要集中精神。她做了整张卷子甚至还写了作文，在对答案的时候，叹口气，错了三个，这是她做得最差的一次了。

她放下卷子，走出房间，突然发现言蹊坐在客厅里，不知道回来多久了。

言蹊在看书，一副若无其事的样子。看见安之出来，她微直起身，看着安之，似乎想要说话。

回来也不告诉她。安之突然觉得很委屈。她扭过头，不理言蹊，噔噔噔跑下楼。

言蹊还没来得及说话，安之就下楼去了，鼓着脸，像在生气。言蹊眨眨眼，发生什么事情了？

言蹊等了一会儿，她一整晚都在组织语言，似乎觉得应该跟安之谈话，又似乎觉得应该当作什么事情都没发生。

犹豫来犹豫去，她的书都没翻过。

她侧耳听，安之应该是下去喝水找零食吃，差不多就要上来了，完了，她还没决定，该谈话还是不该呢。

安之走上来了，她到了客厅又停下来，上前走了几步，停住，垂着头，碎发散落在脸颊旁，看着自己的脚。

“嗯……陶陶？”言蹊轻声叫她。

安之抬眼望向她，孩子气地噘了噘嘴：“……我阅读错了三道。”

言蹊有点错愕地扬扬眉：“……啊？”

安之噎了一噎，嗔了她一眼，气鼓鼓地转回房间。

言蹊疑惑地歪歪头。这是怎么回事？错了三道阅读题……很，很多吗？

心思

Chapter 66

言蹊在沙发冥思苦想了一会儿，决定还是去看一看。安之的门没有关，言蹊敲了敲：“陶陶？”

屋子里过了好几秒才闷声闷气地“嗯”了一声。

言蹊推门进去，安之已经收拾好桌面和洗漱好了，穿着睡衣坐在床上。

“要睡了吗？”言蹊微笑问。

“嗯。”安之低声应道。她穿着长袖棉睡衣，最近高了的缘故，旧睡衣的裤子短了一点。

言蹊走过去坐在她床边：“不穿袜子冷不冷？”

她小时候人小体弱，一到冬天手心脚心都是冷的，到了晚上更加严重，所以睡觉时都会穿袜子。后来心姨和刘奶奶在饮食上细心照料，已经大好了。言蹊一时想不到别的开场白，只能用这个。

“不冷，不用穿。”安之抱着膝盖，并没有看她。

言蹊微微蹙眉，感觉到安之有明显的情绪问题。

言蹊思索着该如何展开话题，她尝试着问：“刚才说英语卷子做得不好是吗？还是……”

言蹊还没说完，安之侧头幽幽地瞧了她一眼，继续垂着头抱着膝盖。言蹊一顿，感觉又被交流的黑洞包围了。言蹊无奈地摇了下头，另外再找时间跟她说一说吧。

“那早点睡吧。”言蹊站起身，准备出门。

她站起身的瞬间，安之急巴巴地把目光黏住她：“姨姨……”

言蹊回头看她，安之迟疑道："我，我昨晚……"

她结结巴巴的，眼神怯生生的，面容带点惶恐。

言蹊心一软，到底年纪还小啊，她坐回去，拍拍安之的肩膀。

安之蜷坐着，这个模样很像她小时候，不开心也不会说，像只小兔子一样躲在角落里，不说话，只会自己哭。

言蹊缓缓开口："陶陶，你还记得我跟你说过我很喜欢的一位诗人吗？罗伯特·弗罗斯特，他写过一首诗叫《未选择的路》。"

安之静静地听着。

"黄色的树林里分出两条路，
可惜我不能同时去涉足，
我在那路口久久伫立，
我向着一条路极目望去，
直到它消失在丛林深处，
但我却选择了另外一条路。"

安之很喜欢言蹊念书的声音，特别是她念诗，口音更准，也没有很严重的朗诵腔，诠释词句的能力非常强，而且有她这么多年的主持功底加成，清透，沉静。她隐隐觉得言蹊要跟她说什么。

言蹊突然停住不念了，她轻轻地笑了笑，对安之说："陶陶，你知道姨姨多少岁了？"

咦？安之有些疑惑，她飞快地在内心算了一下，言蹊比她大十五岁，但她还没过生日，所以现在还是二十八岁。安之觉得这个年龄段的女生，多多少少有点时间的紧迫感。前两年在这个年龄段的柳阿姨就非常情绪化，整天哀叹岁月不饶人，唉声叹气，还会哭。

安之觉得自己懂了，急忙狗腿道："不知道，我觉得姨姨都没有变过！"

言蹊被她逗笑了，想说什么，又忍不住笑起来。眼眸里像有无数的星星在流转，点点都飞入了安之的心。

她的心在喃喃道："真的没有变，而且越来越好看，越来越美。"

言蹊抿着唇，还有未散的笑意在她脸上，让她显得特别温软："我这个年纪，很多女孩子都有家庭了，或者有情侣，或者还在等待爱情的路上，或者不得不接受一场场的相亲。我每天都会收到这样的信息，让我相亲的，让我赶紧谈恋爱的，让我趁年轻赶紧生孩子的。就好像我现在站在一个分叉路口，我还没有决定怎么走，就有源源不断的声音，告诉我必须往人多的地方走。因为‘大家都走那条路’，因为‘我到了年纪’……”言蹊缓缓地说着，没有什么不愉快的表情，只是语气略有些疲惫。

安之凝望着她，没有插话。如果她没记错，这是言蹊第一次对她说出烦恼。

言蹊微叹口气，抚摸安之的头发：“人生的选择就像在你面前的两条不同的路，有的人选了人多的那条，有的人选了人少的，就像这首诗说的那样。但没有人能说你的选择是错的，是奇怪的，只要你没伤害到别人。只是一旦选择了，我们就要坚持我们的选择，并且对一切的后果负起责任。”

言蹊轻柔地抚摸安之的鬓发，对她微笑：“我们陶陶也到了花季的年龄了，而前面也有许多道路等你选择。很多人到了这个时候会很迷茫，所以姨姨想告诉你，无论你选择什么道路，姨姨都会在身后支持你。”

安之眼眶有些发涩，靠在她肩膀拱了拱，有点呜咽道：“嗯！”

言蹊笑着揉揉她的头：“你是觉得自己的情绪来得莫名其妙，又觉得我理解不了，所以你做错了三道阅读题吗？”

“三道，对于你来说是多的，对吗？”言蹊调侃道。

安之咬咬唇，脸颊蓦地一烫。当然了，一道一点五分，错了三道差不多五分了，说不定就被别人拉下第一名了。还有，言蹊今天放学都没有给她打电话，回家也没告诉她，特别是昨晚之后。

她今晚一整晚都在忐忑不安中，她也不知道自己怎么了，或许是青春期的叛逆，又或许，她其实是害怕自己突然长大了，言蹊就不要她了，就像她那亲生的母亲，嫌自己是累赘。

可是言蹊并没有察觉安之复杂混乱的心思，笑了笑，对她说：“好了，现在可以放心睡觉了吧？”

她站起身，安之不死心，追问道：“姨姨，你现在有在约会吗？”

言蹊笑着低头看她：“我每天这么早回家，周末也不怎么出门，打电话也是跟你打，你觉得我有在约会吗？”

安之愣了愣。

“还没有。”言蹊决定满足一下小孩子的好奇心。她刚走几步，安之再追问：“姨姨，难道没有人跟你表白吗？”

言蹊几乎要被这个问题打晕了，她略狼狈道：“我读书时倒是有，但我……嗯，没有这么想过，嗯……太晚了，我困了……”

“早点睡啊。不许玩太久手机。”言蹊落荒而逃。

朋友（上）

Chapter 67

邶城的寒冬经常下雪，小雪居多，雪花像被风吹起的蒲公英，飘到了小孩子的衣兜里，年轻女孩的秀发间，上班族的围巾的一角，构成独特美丽的雪景。

这样的天气喝上一杯热饮是再惬意不过的事情。

柳依依出来找言蹊，两个人就在电视台不远的一家甜品店二楼，对着落地窗外满天飞雪大发感慨：忙里偷闲的感觉真好。

甜品店有刚出炉的面包，有咖啡和奶茶，整个房间里都是温暖的香甜气息，让人沉溺。

柳依依最近跟言以西处在热恋中，前期的纠结和苦恼得到了极大的抚慰，她甚至留长了头发，染成了粉褐色，配合妆容，恋爱中的女人美得几乎在发光。

言蹊一边喝着热奶茶一边微笑地听着柳依依滔滔不绝的说话。她为他们高兴，柳依依能成为自己的嫂子太好了。言蹊有种感觉，二哥和她，会白头偕老。

爱情总是美好的，相爱更是美好。

她们两个正说着话，突然有两位年轻的面容姣好的女生上前，看样子像是大学生，似乎鼓了很久的勇气，其中一位害羞有礼地对言蹊问：“言蹊姐姐你好，我们能要一个你的签名吗？”

言蹊惊讶后很快就答应了，她询问了两位女生的名字，然后分别在两个人的笔记本上签上自己的名字，并写上几句祝福语。

字迹秀丽端正，祝福语温暖讨喜。

两位女生很兴奋，多跟她讲了一些话，例如很喜欢她的主持风格和穿衣风格，觉得她很棒之类的。言蹊全程大方微笑，还给两个女生买了热饮，走的时候，这两个小女生脸都是红的。

柳依依斜睨着她：“啧啧啧！我这种大编辑都没有人问我要签名，我可是在微博上坐拥千万粉丝的大V！”

“都没有什么人问我要签名，年轻的小姑娘也没有。”柳依依语气失落。

言蹊看着她笑，轻轻摇头：“你有我二哥还不够啊？”

柳依依眼波娇媚：“够是够的，但我也想要年轻小姑娘对我脸红。”柳依依斜眼瞥瞥甜品店另外一角，“喏，那个帅导演进来后就一直在看你。”

言蹊微怔，侧过头去瞧了一眼。廖承宇也和友人在一起聊天，察觉言蹊的目光，他向她点头，投过来一个微笑。言蹊收回视线，若有所思。

“哎，你真的对他没有感觉吗？一点点好感都没有？”柳依依好奇地问。

言蹊认真地想想：“也不是这么说，他人还是不错的。”

“我让人打听了一下他的情况……”

言蹊皱眉低声道：“你什么时候……你居然在电视台也有‘情报人员’？”

柳依依掠掠头发：“你们虽然是老套的编制单位，但姐的人脉还是能渗透进去的，拜托！我肯定要打听清楚吧，你说他条件又不差，长得又好，也三十出头了……他啊，在西区那边供着房，虽然条件不能跟你家比，但也算自力更生，你说这样的男的，在相亲市场也算热门了，他还单身？难道是有啥怪癖？我当然好奇啊！”

言蹊沉思了下：“我没有问过，但听说有过一段很难忘的恋情吧。”

“是的，据说是初恋，他们要结婚的时候，女朋友出意外去世了，他就一直单身至今。”

“也算是一个痴情种了，这样看人还不错，他应该是觉得自己可以走出来了，或者对你动了心想要跟你交往。我个人意见呢，就是物质条件差了点，但你也不需要物质条件，对吧？”

言蹊沉思了几秒，扬起羽睫，似笑非笑地看着她：“是谁让你当说客的？我二哥应该不会这样做的。”

柳依依带着被戳中的笑意道：“是你大哥啦，他特意找的我，叫我‘二弟妹’，让我多关心关心你的终身大事……”

言蹊一副果然如此的神情，道：“我就知道是我大哥……”

“啊，也不是啦，你大哥说的我知道你也懂，你爷爷奶奶年纪越来越大了，身体也慢慢变差，他们虽然什么都没催你，但心里最放不下的就是你。”

柳依依继续道：“本来他们也挺担心以西的，但现在他有我了！”

果然是什么话题都可以秀恩爱啊。言蹊想笑一笑，但是她垂眸思索，如果说在这个世界她需要特别照顾他们情绪的人，就只有年迈的爷爷奶奶了。特别是这几年，言爷爷的血压越来越不稳定，言奶奶的记性越来越差。

言蹊心情沉重起来。

她们买单的时候才被告知早已经有人帮他们买了。一打听，果然是廖承宇。柳依依轻笑，看了一眼言蹊，眼神都是“瞧吧，人还是可以的”。

言蹊一时无语。

推门出来的时候，扑面而来的雪花飘到她们的脸颊，旁边走过一群刚放学的学生，穿着毛呢外套搭配百褶裙。

“啊！青春啊……”柳依依感慨。

“这是学校的校服？”言蹊多瞧了几眼。

“这一看就是私立学校的，公立学校的就一个字，丑！颜值稍微差点就撑不住的。”柳依依感慨，“青春真好啊……咋一眨眼就过去了呢？”

言蹊任雪花飘到脸颊，微仰着头，双目露出一点迷惘的神采。

同一时间，许嘉尔和安之在操场打扫卫生。

许嘉尔正左顾右看，捡着垃圾，猛地一抬头：“哎，小班长，看，下雪了。”

安之跺跺脚，觉得有点冷，瞧着满天飞舞的雪花，酒窝微陷：“嗯！”

许嘉尔认识她一年半了，觉得她可爱极了，可爱中又有一点点傲气，不像其他娇气的爱搞小团体的女孩子。

“小班长。”许嘉尔薄唇微抿，唇角轻轻上扬，凝视着眼前的女孩。

朋友（下）

Chapter 68

仿佛一阵风吹过，雪花调皮地兜脸打过来。安之愣愣地望住许嘉尔，许嘉尔慢慢地走近她，她校服外套里穿着件灰色的毛线衫，头发已经略长，刘海也微微长了点，但遮不住那对乌墨深邃的目光。

“我……”安之思维一下子就短路了，暂时想不到语言。

许嘉尔停住脚步，她没有说话。安之垂下头，有点不知所措。过了一会儿，许嘉尔轻轻说：“你在发呆，是心里有什么事情吗？”

“你可以给我讲一讲吗？”许嘉尔不是不好奇的，小班长除了可爱，有点骄傲，似乎还有些神秘，而且经常独来独往。上了高二，她基本已经确定了在各项考试的霸主地位，就是许嘉尔也没有办法，只能在单科跟她争一争。许嘉尔一点嫉妒的心思都没有。

安之静了一会儿，说：“我爸妈未婚生了我，把我留给我外公。我五岁多的时候外公去世，我爸妈都不愿意带着我，是姨姨把我带回家的。”

说到此处，安之发现她已经不难过了。好像她一下子就长大了，又好像回顾过去，所有不愉快的日子都有言蹊在身边，都有她温柔的目光和笑容。

她已经不是那个不认得路的小孩子了，她现在都能够顺利地说出以往的经历。

许嘉尔反倒是受到了震撼。她从小在满是爱意和自由的环境里长大，父母对待她更像是挚友，她从未想过这个世界上有放弃孩子的父母，她以为这只出现在电影、电视剧和书里，更别说这样的情节是真实发生在她欣赏的女孩子身上。

她内心从未有过的刺痛，像被人狠狠地拧了一把。

“我还在想，为什么你们长得不像，而且……你父母从未出现过……对不起。”许嘉尔的声音也是低低的、真诚的。

安之笑了一下：“你道什么歉呢，又不关你的事情。”

许嘉尔一时也不知道说什么。她们就并肩站着，静静地仰头望着漫天的雪花，直到晚修的第一声预备钟响起。

“我该回家了。”安之瞧了一眼手机，发现有一条言蹊的信息，说她今晚要晚点回家，让安之回家后给她发信息。

安之怕她担心，急忙发了一条说自己已经回到家了。

“我送你回家吧。”许嘉尔看着她说。

“不用了，我可以自己搭公交车。”

然而安之还是没有拗过许嘉尔，她意外地坚持送安之回家。

出了校门，她们一人买了一个手抓饼装在纸袋里，边走边吃。等吃完，公交车就到了。

公交车上人不多，天冷，大家都有些瑟缩。有两个并排的座位，她们两个坐在上面默默不语。

邶城的夜晚灯火辉煌，车水马龙，被漫天的雪花一过滤，少了几分虚浮的繁华，多了些静谧文艺的况味。

她们就此一路沉默到安之小区附近的公交车站。

下车后许嘉尔坚持一定要陪她下来，还要陪她到小区门口。

“不用送了啊，我家就在前面，你不搭车回去吗？”

“这里本来就没车到我家，我等会儿打个滴滴回去就行。”许嘉尔对着她说，灿烂的笑容就像夜空一闪而过的烟花，异常夺目。

安之有些不好意思：“让你绕了这么远的路……”

许嘉尔道：“都是我坚持的啦，既然到了这里，不送到你家里怎么行呢，走吧。”

安之只好跟着她走。她长手长脚，比安之要高好多，安之快走几步跟上她，在前面带着路。

许嘉尔居然是这么温柔的人。之前没有发现她这一面，安之悄眼看了她一眼。

许嘉尔笑眯眯地与她对视：“我是不是很帅？”

安之：“……”还是很臭美。

路灯在萧瑟的冷风中发出橘黄色的光，她们脚步声一前一后地响动着，灯光把她们的影子拉得很长。

很快，就到了小区门口。许嘉尔不露声色地打量了下，心里黯然更深，那个女人果然是白富美啊，有这么大的家产，这辈子也不用发愁了吧，而且她外貌出色气质绝佳，为人处世让人挑不出毛病。

“许嘉尔。”安之叫她，眼神幽静，“谢谢你送我回来。”

许嘉尔笑了笑：“不客气啦！你不觉得有我在你身边挺开心的吗？有人听你说话，陪你聊天，以后你要是有任何不开心的，不能对别人讲的，可以告诉我啊，因为我能够完全理解你的心情。”许嘉尔轻笑，伸手拍拍她的头。安之看到她又露出那灿烂的笑容，说：“我就是这么帅啦！”

安之内心百感交集地看着许嘉尔朝她挥手，坐进车内。

“我到家会给你发微信的！”她刚发过来的语音。

安之呆呆地望着载着许嘉尔的车子远去，看不见了，才拿出门卡进去。

不远处言蹊在车里，把刚才的一幕全都看在眼里，虽然离得远听不见她们在说什么，但感觉似乎像看了场无声的青春电影。

安之明明告诉自己她早回家了啊……言蹊头痛似的抬手按了按额角，微微叹口气。她坐了半晌，决定就当什么都没看见，她也假装什么都不知道。

爷爷

Chapter 69

这个冬天的天气不太好，这天一大早就下起小雨来，言蹊停好车没注意，一脚踩进路边的一个小积水滩里，接着她右眼连跳了好几下。

不好的预感，她心里忐忑。

然而一个上午风平浪静。年关将至，台里娱乐频道忙到不可开交，她应对自如，甚至还有空停下来喝一杯热饮。

言蹊心情刚刚稍定些，以为只是自己多心而已。这时一个电话进来，言蹊还没听完就奔出办公室，脸色苍白道：“等一下，在你们医院？好，我现在就过去。”

她急着跑了几步，才想起她没拿车钥匙，急忙跑回办公室，从桌面抓起车钥匙就走。

“等下，言蹊。”廖承宇追出来，“怎么了？什么事？”

“哦……麻烦你帮我请个假，我需要去一趟医院。”言蹊勉力保持镇定，对他说。

“等等，医院？好好好，没事，你放心先去吧。”廖承宇点头走进办公室。

言蹊快速走几步，没一会儿，廖承宇从她后面追上去，拽住她的胳膊。

言蹊回头疑惑地望着他，他一脸坚定：“我陪你一起去，你这个样子不能开车。”然后他拿过她手上的车钥匙，“我送你过去。”

他率先走几步，脚步走得很稳。言蹊怔在原地好几秒，廖承宇问她：“哪家医院？”

廖承宇见她呆呆的，干脆拽住她的手臂，说：“快走吧。”

电话里是言以南，早上起来的时候言爷爷觉得不舒服，头晕心闷，他刚要去拿药，药瓶子正扭开，突然就栽倒在地板上晕过去了，幸好心姨及时赶到，现在在医院里检查，还不知道具体的情况。

言蹊一路心惊胆战，她遇到什么事情都能镇定，但她的软肋就是爷爷奶奶，她最怕家里的老人出事，尤其言爷爷近些年有高血压，心脏也不太好。他都八十了，这个年纪的老人最怕意外，最怕……

“别担心，别先自己吓自己。”廖承宇温和地安慰她，把车开得又稳又快。

言蹊呼出一口气。

到了医院，廖承宇让她先进去，由他去停车。言蹊也没客气，脚踩高跟鞋一路小跑进去。

言以南已经在一楼等她：“没事没事，爷爷醒过来了，在做检查。”

“没事吗？血压现在正常？还有奶奶呢？奶奶一定吓到了。”

“还没敢让奶奶知道，心姨在家陪着她呢，我已经打电话给大哥，告诉他情况了。爷爷晕过去的时候摔到腿了，有些扭伤，但还好还好。你先定定心，脸都是白的。我去忙一下等下再过来。”

言蹊到了病房，开门进去，言蹊已经挤出一点笑意：“爷爷……”

言爷爷靠坐在床上，腿架着。

“小五怎么过来了，爷爷没事呢。”言爷爷微笑着，毕竟年纪大了，面容疲惫，笑容都是虚弱的。

“我也没什么事情。”言蹊走过去坐下，“觉得怎么样？”

言以西和萧雨桐都在房间，萧雨桐对言蹊说：“小五，你劝劝爷爷，医生让他住院观察一下，必须做个全身检查，他老人家就是不愿意。”

言爷爷笑道：“本来就没什么事，我就是摔倒了，我这把老骨头还行，没碎没断，还留在医院干什么！再说去年不是才全身检查过吗？”

“那不行的，要留下来检查的。”言蹊坚持说。

“你奶奶还在家里等着我呢，她看不到我等下又要闹小脾气了。”言爷爷笑。

几个小辈沉默了，他们都知道老人家感情好，一时不见都不行，特别是言奶奶近几年记忆力下降得厉害，大部分时间只认得言爷爷一个人。

“还是住一晚吧，检查一下，我今晚回家陪奶奶。”言蹊恳求道。

言爷爷拍拍她的手正要说什么，门外传来言以南的声音：“咦？您是哪位？是我二哥的朋友？”

然后言蹊听到廖承宇的声音：“我是言蹊的同事，听说她家人住院……”

他还没说完，言以南就扩大声音：“小五的同事？啊，快进来！我是她三哥！”

言蹊还来不及说什么，言以南就把他带了进来，这下包括刚才到现在还没说话的言以西，屋里的全部人一起齐刷刷地对他行注目礼。

廖承宇进屋略微尴尬地一愣，幸好多年的职场经验帮了他，他露出笑意，先自我介绍：“你们好，我叫廖承宇。”

言蹊顺口接住他的话：“这是我同事，就是他送我过来的。”

廖承宇道：“对，我停好车，把钥匙给你送过来。”

众人：“哦……”声音拉得很长。

言蹊没有办法，只能一一介绍：“这是我爷爷，大嫂，二哥，三哥。”

廖承宇一一点头打招呼。言爷爷明显来了精神，跟他多说了几句话。言蹊看在眼里，内心叹气。

“爷爷！”言蹊扯住言爷爷的衣袖，她下意识放软声音，状似撒娇。

言爷爷好笑地望着她：“你这是干什么？你这一招是跟小安之学的吧，哈哈哈哈！”

言蹊一愣，微恼道：“爷爷！”

言爷爷哈哈笑：“好好好，这招还是有用的，我答应你，今晚就在医院。”

“那我也说话算话，我今晚回那边陪奶奶，您不用担心。”言蹊笑起来。

这是第一次见到她这么孩子气的一面。廖承宇默默地注视着。

言蹊得了言爷爷的保证，放下心来。几个小辈分了工，她先回家。萧雨桐再待一会儿回家，言家两兄弟留下来。

廖承宇跟她走到医院的停车场，还没等她开口，他就笑着说：“我知道，我帮你请一天假。”

言蹊略不好意思道：“谢谢。”

廖承宇接着又道：“你现在就回去吧，我打车回去就行。”

言蹊更加不好意思，点头继续道谢。

廖承宇默了两秒，叫她名字：“言蹊。”他嗓音醇厚，叫她的名字有股天然的深情。

言蹊忽有所感地望着他。

安之下了公交车，急匆匆地跑到医院，一股烟跑到医院的挂号大厅门口，可突然又退了回来。刚才眼角瞄到熟悉的身影，她退回去细看，果然是言蹊。但她身旁……这个男的她再熟悉不过了。

安之抿了抿唇，望着他们。

那个男的突然把手放在言蹊肩上，然后说了一大堆什么话。安之拧着眉，听不到，走近又会被发现。她紧紧地盯着言蹊看，言蹊没有笑，表情也很模糊，安之读不出来，但是她似乎有点震动，跟他说了什么，那个男的毫不在意地笑笑，很有绅士风度地给她开门。车子开动，他还貌似深情款款地目送车子离开。

安之进入医院，到了言爷爷的病房门口。她刚要敲门，萧雨桐兴奋的声音从没有关严的门里窜了出来："刚才那个说是小五的同事，我猜就是她的男朋友。"

"哦，真的？"言爷爷的声音。

"可不是吗？爷爷，您看我们小五，一直独立能干，您看这次这个'同事'送她过来，还让他上来跟我们打招呼，不是男朋友也是特别重要的人！"

"同意！那男的明显对小五有居心，都是男人，我一看就明白了！"言以南补充道。

"小五没说，我还是持观望的态度的。"言爷爷说是说，但是连门外的安之都听懂了他语气中的宽慰。

"我听依依跟我讲，这位廖先生追言蹊很久了，他人挺稳重踏实的，人不错。"言以西言简意赅说完，他向来不发表意见，所以显得可信度特别高。

"哎呀，我就说嘛，爷爷！"萧雨桐欣喜道。

言爷爷笑道："那就好那就好！"

备考 Chapter 70

接下来的一段日子安之过得糊糊涂涂，几乎是被日子推着走的。该考试了就去考试，该去老宅住就去老宅住。年关将至，有工作的大人们忙到不行，加上言爷爷扭伤的缘故，以往在外住的言以西、言以南和言蹊都争取时间多在家里待一会儿，萧雨桐要带骏骏，心姨忙着家里的大小事，还有关注言爷爷的起居以及他吃药的情况。

这种情况下，安之这半大不小，平常又乖巧的孩子就容易被忽略了。而且不知道是不是她多心，言蹊对她的关注度也没有以前那么高，她好像一下子就完全把自己当成大人了。

虽然她平时给自己的自由度也是蛮高的，但是每天至少会有一个电话，说一下当天的情况，例如“回家没有、吃饭没有？”之类。但是最近也都没有。安之也没有打给她，因为每年年底都是言蹊最忙的时候，安之不想去吵她，而她们就这么默契地互相冷落起对方来。

但也有可能只是安之的错觉。

安之根本不敢去进一步求证，前些日子在医院看到的那幕在她脑海里挥之不去，他们工作还天天在一起，安之害怕的就是言蹊已经接受了他。但是她一点办法都没有，她什么都不能做。

除夕夜，言爷爷和言奶奶非常开心，因为过年前言家和柳家见了一面，两家把言以西和柳依依的婚事定了下来。

萧雨桐开心地说：“希望明年可以听到小南和小五的好消息。”

言以东意味深长地说：“小南估计……”

言以南没好气地说：“大哥，我一定会追到她的！一定会成功！”

言以东笑：“哦，连大胖小胖都有女朋友，你还没成功！”

吓得言大胖言小胖急忙澄清：“爸，爸，我们还没！我们还没有！”

全家喜气洋洋的。

晚上等全家都睡下后，安之一个人起来从车库里拿了烟花出去放。接连几朵灿烂的花朵在空中绽放，最后一大朵孤独地在空中熄灭，之后就是孤寂，清冷的孤寂。

安之一个人站在原地很久，呼吸之间都是寒冷的空气，冻得她脸麻麻的。她想起刚到言家的那一年，言蹊偷偷带她出来放烟花，一眨眼这么多年就过去了。

言家很好，全家人都很好，太好了。就好像她在电影里看过的那种美满的家庭，她沉浸其中，享受着言家人对她的照顾和关爱。他们把她当作言家的孩子，她既感动又纠结。

在这个世界上，除了言蹊，她就是孤零零的一个人，她突然意识到这一点。

只要她再奢求，她就会失去眼前的一切，失去言蹊。而她没有其他地方可以去了，这么多年，受着这么多的照顾，受着言蹊的宠爱，她已经不能想象她自己一个人的生活了。

她也没有那种“无论孩子做错什么，父母永远是最坚实的最后的港湾”的父母，她只能是一个人。

她不能奢求更多了，这么多年言蹊没有个人生活，多多少少也有顾虑到她的缘故。

安之望着已经空无一物的夜空，努力地仰着头，不让眼泪流下来。

寒假过后，正式进入了高二下学期。许嘉尔从美国回来，带了一大堆东西发给同班同学，她戳戳安之：“春节过得怎么样啊？”

安之恹恹地无可不无可地应答着。

许嘉尔上上下下打量了她一眼：“小班长，我发现你不长了？”

以往谈到身高问题，安之都要炸毛不高兴，但现在她懒懒地在课桌旁坐下，懒懒地道：“不长高了就不高吧。”

许嘉尔仔细瞄瞄她，觉得她精神状态不太好。寒假里安之会给她发微信，安之有时候回有时候不回，语气也都兴致不高。

应该发生什么事了。许嘉尔想了想，正要多问几句，恰好有同学上来问安之数学题。许嘉尔就看安之揉了一下脸，拿出一支三菱中性笔，唰唰唰写在白纸上："你一定是这里不明白，你看在这里画一条辅助线，是不是就明朗多了……"

许嘉尔看着安之拿笔在纸上列着步骤，再细细讲解。随后她抿着唇笑起来。

开学过后，化学老师在班上宣布省中学生化学竞赛开始了，班上同学可以报名参加。如果在省级竞赛取得好成绩的话，还可以参加国家级化学竞赛，这对以后考大学很有帮助。

安之精神一振，她刚好需要比赛来调适心情。这是现阶段最适合她的了。

下课后，化学老师把她叫到办公室，带着她厘清了一下高中化学的知识板块。安之早已把高三的知识都自学完了，基本老师一说她就能往下接，甚至很多高中没有的知识概念她也都知道。

化学老师非常满意，叮嘱她："不要做太难的题，还有要关注一点有机化学。还有你以后每周五留下来做实验，竞赛会有实验题，老师给你钥匙。"再给了她一些笔记，鼓励她几句。

安之谢过老师，出了学校时长出一口气。告诉自己不要胡思乱想，她擅长的、能够倚靠的只有学业。

安之开始为期一个月的备考。她分配好时间，每天除了其他科的学习，会多用一些时间来学习化学。安之经常会学到深夜。她知道她在读书上有一点天分，可是世界上有天分的人多了，比她聪明的人也多，她要更加努力一点。

言蹊在她学习到深夜的时候来过问了几次，见她为了学业努力，点点头鼓励她，就不多过问了。

"钱够用吗？"她后知后觉地发现安之很久没花零花钱了，安之微信绑定的是言蹊的卡，支付宝也是，所以安之用了多少钱她都知道。家里的现金也很久没用过了。

"嗯，够用，没什么需要花的。"安之对她笑笑。

"衣服、护肤品都不用买吗？"言蹊又问。

"不用啦。"安之穿得最多的就是校服，皮肤天生底子好，做好最基础的保湿就行，这样即使用大宝都可以。

“哦……好的。”言蹊点头，一时沉默，觉得也没什么需要问的了，她顿了顿，其他的私人问题，言蹊犹豫了一会儿还是没有问。

“不要学太晚，注意休息。”她留下这话离开房间。

她没看到她离开的时候，安之在背后一直默默地看着她。门合上的时候，安之垂下头。她想问：“你已经恋爱了吗？你是不是已经接受他了？”

但她不敢，内心有一丝丝庆幸，也许言蹊恋爱了会告诉她？但是凭什么呢？为什么言蹊恋爱就要告诉她？在言蹊心里，她只是一个寄住的孩子吧？言蹊是不是认为她已经大了，就不用管了？甚至等她恋爱了，她就不会管她了？一滴滴水珠从她眼中掉下来晕染了桌上的纸，“氮原子”三个字完全模糊了。

她默默流了一会儿眼泪，抹干脸颊，再继续做题。

预赛的地点在她们学校，许嘉尔也参加预赛了，她纯粹就是想见识参与一下。

三个小时，考完出来后她们都有点脱力了，买了热牛奶边喝边走。

“我应该能进九月的初赛，但是太累了，不想考。”许嘉尔喝完牛奶，把纸盒一捏，一甩，纸盒在空中划成一条弧线进了垃圾车。

安之小口小口地吸着牛奶，脸颊微鼓着。从许嘉尔的角度看去，她穿着厚厚的大毛衣还有牛仔裤、靴子，围着一条红色的围巾，雪肤粉唇，细细长长的睫毛在冬日阳光的照耀下泛着微金的光。

“嗯。”她喝完一大口才回答自己，萌态十足。

许嘉尔说：“我高中毕业后会出国，这是早就决定的事情了。安之，你有想过出国吗？”

这还是许嘉尔第一次叫她名字，安之愣了愣，才回答：“暂时没有。”

许嘉尔知道安之是为了谁，不过她还是想问一下。她自嘲地笑了下，说：“我明白你的想法，但……我觉得你还是考虑一下吧。不一定只有邶城理工才是最适合你的学校。”

追求

Chapter 71

正当饭点，电视台的食堂里很热闹。言蹊打了菜花炒肉、清炒奶白菜，要了一碗山药排骨汤，还有一个苹果。

她正在慢慢地吃着，廖承宇走到她对面，放下餐盘，也一起吃。旁边的几个同事识趣地冲他们挤挤眼，到别桌去了。

全世界都以为他们恋爱了。同事、家里人都这样认为。但实际情况比较复杂，也要简单一点。

言蹊必须承认，她对廖承宇的印象一直不错，他是能成为好朋友的人。但是一旦到了谈恋爱这个层面，总觉得还是少了一点什么东西。言蹊知道她对恋爱对象有非常高的要求，几近苛刻。

她的恋爱史也很简单。有过青春的萌动，大学考不上同一所便自然地分手了。直到大二时遇到了高既明，那是刻骨铭心、浓墨重彩的一次。

之后也不是没有人追求，相反是太多了，有时已经到了让人心烦的地步，直到她纵容了“有私生女”这个谣言的发酵，耳根才清净下来。像柳依依说的那样，她的一颗心古井不波，似乎再也没有了恋爱的欲望。

但是，廖承宇无疑是近些年来她觉得不错的人。一是他长情且专情，他初恋女友兼未婚妻去世后，他一直思念缅怀她；还有他洁身自好，从未有桃色绯闻。相当体贴绅士，有风度，这一点在当今社会的男士身上是少见的。

她本来在医院的停车场又婉拒了他一次，他还是没有放弃。在得知言蹊爷爷身体没大碍的时候才把她约出来。

第一句话就是向她道歉：“我那天太乘虚而入了，你在那么焦急的情况下，还让你为难。”双眸看着她真诚地说，“但我真心喜欢你。”他向她吐露心声，“我未婚妻走了有十二年了，前面几年我根本走不出来，一心也就想着工作。到了后来，我又习惯性地一个人，也不再思念她，就是觉得很难再对别人有相同的感觉。”

他们在一个文艺的、清净的酒吧里喝着酒，不嘈杂，多数人都是轻声聊着天。

台上有还未出名的男歌手在唱林忆莲的歌：“如果全世界我都可以放弃，至少还有你，值得我去珍惜，而你在这里……”

言蹊静静地听着。有时，听完一个人对你的表白，也是最起码的尊重。

“我其实注意了你很久，在你还不知道我的时候，然后动了心。这之后我觉得我又找到了爱一个人的感觉。”

言蹊微微动容。

“我知道你还没喜欢上我，你只是不讨厌我，你放心，我也只是很喜欢很喜欢你，还没爱上你。”廖承宇笑一笑。

言蹊突然被他幽默到，跟着笑了一下。

廖承宇继续说：“我有时在想，我已经三十多岁了，我现阶段要一段什么样的感情呢？也许像家里人说的凑合就行了，别要求太多。但我不行，至少我要喜欢那个人，她也要喜欢我才行。我们甚至都不需要深爱，因为有时深爱太痛苦了。”

言蹊微微蹙眉。

“有时候我在想，现在离婚率那么高，除了诱惑太多人心浮躁，是不是一开始他们就要求太高太多，所以结了婚无法承受巨大的落差和失望？那么反过来，我们只是喜欢，不要那么深爱，会不会更加长久？”

言蹊从未想到这些，她怔了一下，思索：“这是个有趣的假设。”

“言蹊，我说了这么多，我只想恳求你，能不能给我追你的机会，让你有一些喜欢我，然后我们再往下走？其他的都是我美好的假设，但我首先请求你，给我追求你的机会。”

他言辞诚恳，语气真挚。言蹊有一刹那晃神，心间波动。想到她的爷爷奶奶，想到她自身。难道真要一直单身下去，孤独终老？马上就要三十岁了，说实话她没有那么坚强，也许，也许，可以试一试？

“如果我努力了，你再不喜欢我，那我也只能算了。”廖承宇笑了一下，

"你不要有压力，请跟我相处一段时间，我绝对不逼迫你，不行咱们就分开，我保证君子。"他孩子气地举起手做发誓状，露出了两个深深的酒窝。

言蹊愣了愣，终于点了点头。

所以就出现了全世界都以为他们在交往，但是他们两人都知道他们不是的这种状况。

言蹊庆幸的是，廖承宇说会尊重她就真的尊重她，他不会搞一些哗众取宠的花哨的手段。以前她的一位追求者，是某个富二代公子，送化妆品送豪车送各种购物券，每天固定送各种花，每次都在电视台前面堵她，花她收了没地方放，不收就被放在电视台前面，有时甚至会堵住别人的路，给台里上班的人带来很不好的影响，弄得她尴尬极了，还被有些女同事酸她吊着别人。最后她没办法，只能故意透露她家里有要照顾的小孩，甚至带着安之到台里来，这种追求方式才慢慢没有了。

对了，她还要顾及安之，廖承宇至少跟安之见过几次，而且言蹊知道他对安之也没有什么排斥的心理，会夸安之，也会跟她聊一聊安之，并没有避讳也没有问太多隐私的问题。

她是年前答应他的，但是单独相处的时间并不多，很多时候他们都在团队工作。过完年才有时间一起吃饭，大多数也是在食堂吃饭。如果说有一点不一样的就是，廖承宇会光明正大地找她，拉长跟她说话的时间，加班的话就会给她买吃的，细心又不会让人觉得压迫。

老实说，言蹊觉得这种相处模式挺舒服的。她也会投桃报李，比如说到食堂先给他打好饭，主动发一些短信提醒天气之类。

他们就以这种好友的方式慢慢地相处着，但是全世界都以为他们在谈恋爱。

就连柳依依也在微信上跟她说："很好啊，先当好朋友也不错的，看起来你们进展不错啊，言小五！"

言蹊接下来的时间也都在忙工作，等她闲下来才后知后觉发现这几个月她都没跟安之好好聊过天。她最近是在参加化学竞赛，而且就在今天。也不知道考得怎么样？通常安之都会打电话给她的，但是她们多久没有打过日常电话了？

她们以前不是这样的，每天都要通一次电话，简单几句话都是必需的。言蹊努力地回想，似乎是那次她觉得安之青春期，需要点个人的空间，她也大了，不用时时刻刻跟她交代。

言蹊皱皱眉，有些内疚。

很多人不了解言蹊，觉得她个性温柔大度，但其实她特别不喜欢被人欺骗，尤其是她在意的人。跟高既明恋爱时，他们两个在学校都是受欢迎的人，但是言蹊一跟他确认关系就婉拒了其他人。但是高既明不同，他总是不忍心。特别是那次，被她撞见没有当众拒绝，之后也没跟她说明情况，还跟那个女孩子暧昧。就是那次，她是真正动了气失去了对这段感情的信心。

言蹊下班后婉拒了廖承宇送她回家的提议，自己开车回去，打安之的电话也没有人接。她进了家，停好车，锁好门。家里一楼的灯依旧亮着。她上了二楼，只留了壁灯。

看了下表才九点，安之已经睡觉了？言蹊放下包包，脱了外套，安之房间的门并没有关，言蹊推门而入。

房间里只有落地灯，还有窗帘上的星星灯亮着。

“陶陶，睡了吗？”言蹊走了进来，轻声问，床上的被子动了动，安之的小脸探出来。

“不舒服吗？”言蹊坐到床边，本来想探一下她的额头，但想起她刚从外面回来，手还是冷的。

“嗯……有一点点。”安之声音软软的，两只眼睛水水地瞅着她。

言蹊想想，算了下日子：“例假来了？”

安之点点头。

房间里开了暖气，应该不会冷，言蹊还是替她掖掖被子，起身给她装了个热水袋，塞进她被子里。

“放在肚子那里。”她轻声道。

害怕

Chapter 72

安之乖巧地照她的话做，温温的热量熨烫着小腹，确实舒服多了。她躺着，借着屋里不亮又足够看得清楚的灯光，默默地注视着言蹊。

可能是刚从外面回来的缘故，她妆容还没有卸掉，明艳动人，眼眉嘴角自然地带点温柔的笑意。

“今天考试的时候就来了？”言蹊又想到安之初潮的时候就赶上中考，考完卷子也是累得脱力。

“不是，到家才来的。”安之细声说道。

“那还好。”言蹊抬手揉了揉她的头发，“考得怎么样？”

“应该可以进初赛的。”安之说。

言蹊唇角的笑意加深：“很厉害。”

“快睡吧。不舒服就早点睡。”言蹊说完站起身来。

安之听她说完这句话好像要走了，禁不住叫了一句：“姨姨！”

“嗯？”言蹊回头。

安之半直起身来，望着言蹊，满腔话语问不出口。

其实什么都不用问，她也已经都知道了。或许在她很小的时候，她就知道会有这天的到来。她的姨姨，终究是要被别人追走的。时光已经算厚待她，给了她这么多年陪伴的记忆。

“你……开心吗？”安之喃喃地问。

言蹊略疑惑地看着她：“怎么突然问这么奇怪的问题？”她坐回去。

“就，就想知道。”安之的脸在被窝里像一朵小小的栀子花，眼眸的光像晨星，微微的，晶莹的。

言蹊歪头想想："我并没有什么好不开心的。"她伸手理理她的额发。

安之抿了抿唇，不再说话了。言蹊也不说话了。屋子里一阵沉默，只有灯光静静地陪伴着她们。

"你……"言蹊不知道怎么开口问安之和许嘉尔的情况，她只能尝试着开口，"好像蒙蒙回去她家乡后，你们就没联系了？"

"嗯，好像她换了电话号码，也不知道她发生什么事情了，希望她一切都好吧。"安之想到蒙蒙还是有些伤心。

"嗯，"言蹊轻声道，"其实你，你在学校有要好的同学也可以请她，他们来家里玩的。"

安之眨眨眼："好的。"

言蹊内心长出一口气："快睡吧，来，躺下吧。"她给安之拉好棉被，"要你的兔子公仔吗？"

"已经在我被窝了。"安之酒窝陷下去，笑得甜甜的。

言蹊低笑一声："我应该早就知道的。"她到安之脚边把被子给她塞好，"不要乱踢被子。"

安之的视线一直黏在她身上："姨姨，你能不能等我睡着再走？"

言蹊点头："好的。"

安之闭上眼睛，搂住兔子公仔，小腹也暖暖的，言蹊也在旁边陪着她。可是她有些想哭，但她不敢，怕被言蹊发现。言蹊的目光正凝视着她，那是什么样的目光呢？言蹊的手像以前哄她睡觉一样，轻柔地抚摸她的头顶。

她的心又软又涩，强力控制自己的眼皮不动，呼吸放慢，就让言蹊以为她睡着了。

又过了一会儿，应该是言蹊认为她睡着了，继续摸摸她的头发，轻轻地起身，带上门。

安之这时才睁开眼睛，两滴泪珠从眼边滚落下来。

五月，春意渐浓，但是邶城依旧还是阴冷的天气多。安之在一个阴雨天的周六去邶城理工大学找言以西。言以西听了她要参加竞赛，找出了几本适合她的书给她看。

言以西在理工大学做研究，今年开始带研究生，学校分给他一间三室一厅的公寓，清雅干净，在校园内环境也幽静，柳依依便搬过来住。两人自从二月底旅行结婚，在北欧游玩了一个月，最近才回来上班。

安之到的时候柳依依也在，而言以西刚好要出门，他把书给安之，说："可以了解一下，不要有太大压力，就当玩一玩。"

柳依依在旁边看着那几本大部头感觉头都要炸了，这一大一小还就交谈起来了。

"好了好了，赶紧出门。小安之好不容易周末，你不要啰唆了。"柳依依催他。

言以西笑笑，很自然地抬手摸了下她的头，柳依依脸颊微热，媚眼娇嗔了他一眼。

安之看着他们，翘起唇角笑，又有些黯然。这就是互相喜欢的样子吗？眼底眉梢都是掩盖不住的爱意，旁若无人的，根本无法掩饰的。

柳依依送言以西出门，回来见少女坐在沙发上。

柳依依心神一动，笑道："小安之，今天周末，跟阿姨出去逛街如何？"

安之回过神，挤出笑："不要啦，我还得回家复习功课。"

"多无聊啊。好吧，不出去，那跟阿姨聊聊天，也不着急回去。"

安之挠挠脸：她有疑问放在心底很久了，再不说出来就要打结了："柳阿姨，嗯，二舅妈……"

柳依依"哈哈"笑起来："小安之乖，有事要问我吗？"

安之抿了抿酒窝："那个……和姨姨谈恋爱的那个人怎么样？"

柳依依看着她，笑意微敛。

安之有点局促："他们相处得还好吗？"

柳依依答道："那男的物质条件一般，但人还不错。言小五对他……"她不动声色地观察安之的表情。她能够看到少女明显紧张得很，手指一直在拽着衣角，卷啊卷的。

她决定求证一下："言小五应该挺喜欢他的。"

柳依依心想，可能是因为安之的身世关系，她太依赖言蹊了。

柳依依突然不知道该说什么。过了好一会儿，安之抬起头来，眼睛红红的。

"我知道了。"安之吸了吸鼻子。

柳依依一辈子能言善辩，却是第一次卡壳："你别想太多了。"

安之抹着眼泪。

柳依依被她哭得心疼，坐过去搂住她的肩膀：“好了好了，我知道了。”

她本来还想说：“可能你还小，等过一阵子长大了，多见一些人，多经历一些事，你就会想开了。”但她说不出口，她没经历过安之的生活没资格说话。

安之哭了好一会儿，完全停不下来，还在慢慢抽噎。

“其实，你姨姨跟那个廖承宇也没进展那么快啦，他们还在磨合中。”柳依依说完就想咬自己的舌头。

“安之，我知道你的心情，可是……你姨姨总得有自己的生活……”柳依依一生都能言善辩的，现在磕磕绊绊说得十分辛苦。

“我知道。”安之眼泪汩汩，晶莹地流下来。

“我不会让她知道的。”安之喃喃道。

“我也不能让她知道。我太自私了，姨姨已经为我做了很多。”

等安之走了之后，柳依依久久不能回神。她长吁短叹，心情难过得不得了。

“这孩子太让人心疼了，哎，这孩子……”

（上册完）